그들이 보지 못할 밤은 아름다워

백사혜
연작소설

Hold Your Nights
Unseen

추천의 말

백사혜가 그려내는 우주는 잔혹동화처럼 선명하고 손에 닿을 듯 구체적이다. 한 우주의 확장과 뒤틀림과 몰락, 그 우주 속 개인들의 삶이 차갑고도 서정적인 문장으로 펼쳐진다. 몸서리쳐질 만큼 섬뜩하지만, 강력한 몰입감에 눈 뗄 틈 없이 끌려 들어가고 만다. 백사혜는 인간을 거의 항상 끔찍하고 극히 드물게 반짝이는 다면체로 설득력 있게 조형해 낸다.

우주가 지배 계급의 게임판으로 변해버린 세계에서 어떤 이들은 생명을 부지하려고 서슴없이 손에 피를 묻히고, 영주들은 신이 되고자 온갖 기이하고 추악한 기행을 디해간다. 작은 개인들은 메마른 압화처럼 바짝 짓눌려 있다. 하지만 눌린 손아귀를 들여다보면 그 안에는 마지막 순간에도 놓지 않은 갈망이 있다. 총과 칼로 살아가기를 포기했기에 기억된 이들이 잔향처럼 남아 묻는다. 이토록 비참한 세계에서도 왜 어떤 존재들은 끝까지 빛을 안고 죽는가.

_**김초엽**(소설가)

오래전부터 인간은 밤하늘을 올려다보며 때로는 신화와 같은 이야기를, 때로는 무정한 암흑을 닮은 공포를 떠올리곤 했다. 인간의 내면을 닮은 그 광대한 우주 안에는 분명 우리가 알지 못한 무수히 많은 이야기가 숨겨져 있을 것만 같다.

백사혜 작가의 연작 소설 『그들이 보지 못할 밤은 아름다워』는 자신만의 궤적을 그리는 여러 인물이 모여 마치 별자리를 이루는 듯한 이야기다. 작중 시점인 머나먼 미래에서 우리는 지금보다 한층 진일보한 인류를 만나게 되지만, 자신의 욕망에 한없이 충실한 그들은 여전히 너무나 '인간적'이다. 문명이 아무리 진보한들 인류가 가진 근원적인 갈등에서는 쉽게 벗어날 수 없다는 듯이.

철저한 계급사회 속에서 다양한 계층의 인물들이 등장하는 이 작품은 SF적 외피를 입고 있지만 본질적으로는 인간의 내면을 다룬 서사에 가깝다. 이러한 광막한 우주를 배경으로 우리가 스스로의 내면을 들여다보는 이유는 둘이 본질적으로 서로를 닮았기 때문인지도 모르겠다. 그 끝을 알 수 없고 우리의 이해를 아득히 넘어서며, 그럼에도 불구하고 끝내 이해하고자 하는 욕망을 품게 된다는 점에서.

이 작품에서 특히 인상적인 건 각 장의 어떤 인물도 타성에 젖어 있거나 자신의 선택에 대해 변명하지 않는다는 점이다. 다만 자신이 선택한 결과의 무게를 온전히 감내한다. 쉽게 그들을 동정하거나 윤리적 판단을 내릴 수 없게 만드는 이러한 엄정한 태도야말로 이 소설의 가장 큰 매력이자 이야기에 힘을 부여하는 요소라 하겠다.

이 책을 다 읽고 나면 그 제목처럼 우리가 아직 보지 못한 우주의 어느 단면에 아름다운 이야기가 떠돌고 있을 거라 상상하게 된다. 그걸 발견하기 위해서 해야 할 일은 하나뿐이다. 기꺼운 마음으로 작가의 다음 이야기를 기다리는 것.

_하지은(소설가)

차례

우리는 모두 마른 꽃잎과 같다

손끝에 구불거리는 머리카락이 감긴다.

소녀는 계속 말없이 눈을 감고 있다. 손이 덜덜 떨렸으나 너는 아무렇지 않은 척 쥔 머리카락을 땋으려고 노력한다. 손가락 마디마디에 힘이 들어간다. *긴장했구나?* 소녀가 웃으면서 말하는데, 너는 그 목소리를 듣지 못한다.

소녀의 입술 밖으로 나오자마자 음성이 삭제되고 그 내용만 머릿속에 입력된 것 같다. 하지만 너는 그것이 이상하다고 느끼지 못한다. 오늘은 중요한 날이니까, 라고 겨우 중얼거리자 소녀는 답이 없다. 너는 네가 가지고 있는지도 몰랐던, 팔목에 감긴 머리끈을 들어 소녀의 머리카락을 고정한다.

너는 정갈하게 땋은 머리칼 아래로 드러난 소녀의 목덜미가 지나치게 가늘고 하얗다고 생각한다. 너는 너도 모르게 그 새하얀 걸 움켜쥔다. 아, 느껴진다. 맞닿은 감촉은 부드러운 피부가 아니다. 경추의 두둘두둘한 굴곡이 손아귀에 잡힌다. 소녀가 고개를 기울인다. 네 손등에 턱이나 뺨을 기대려는 것처럼. 너는 네 눈을 덮은 환상이 한 겹 걷어졌음을 눈치챈다. 그러나 소녀는 피부와 근육이 없는 목을 뒤로 꺾어 보거나, 무시무시한 괴물로 변해 너를 땅 밑으로 끌어당기거나 하지는 않는다. 그저 기다릴 뿐이다. 아직 네 눈에 벗겨지지 않고 달라붙은 비밀의 필름이 몇 장 더 남았다는 듯.

너는 기쁘다. 이런 상태인 소녀를 그대로 두고 도망칠 생각 따위 없는 너의 마음을 소녀가 알아준 것만 같아서. 너는 기껏 정성스레 땋았던 곱슬머리를 다시 풀고, 머리카락을 네 가닥으로 나누어 다시 엮으며, 부동의 마음을 증명한다.

너와 소녀 사이에 어떠한 말도 오고 가지 않는다. 네가 어설픈 손장난을 겨우 마무리 지을 때야 소녀가 팔을 든다. 낡고 해진 드레스 너머 움직이는 견갑골이 보인다. 모든 색을 거부하는 눈부신 흰색이다. 때가 타지 않았더라면, 소녀의 뼈에 걸린 드레스도 같은 색이었을 테다. 그러나 소녀의 드레스 자락에는 진흙탕에서 한바탕 굴렀다가 방치한 것과 같은 얼룩이 여기저기 퍼져 있었다.

보여?

소녀가 무언가를 가리키며 묻는다. 그제야 너는 자신이 어디에 있는지, 왜 앉은 소녀의 뒤에 서 있는지 곱씹어 볼 겨를이 생기지만, 소녀의 손가락을 따라가느라 생각은 의문이 되지 못한다. 너는 닳은 관절에 매달린 끝마디뼈가 가리키는 곳을 응시한다.

시체 썩는 냄새가 진동한다.

오래 살라는 말이 덕담인 때가 있었다고 한다.

얀에게는 거짓말처럼 들릴 수밖에 없는 명제였다. 얀이 여태껏 들어온 안부 인사라곤 '늙기 전에 죽기를 바란다' 따위의 행복을 빌어주는 무난한 말밖에 없기 때문이었다.

하지만 매일 건네는 인사와는 반대로, 모두가 하루 한 끼 조촐하게라도 때우기 위해서 아등바등하며 살아갔다. 죽지 못해 사는 것 이상의 희망이 언젠가는 나타나리라 믿기라도 하는 것처럼. 얀은 살고 싶지 않았지만, 그렇다고 죽고 싶지도 않았다. 죽을 이유를 찾지 못해 계속 사는 셈인 자신의 인생에 특별한 회의감이 들지는 않았다. 그럼에도 얀은 매순간 자신이 가지지 못한 어떤 것에 대해 생각했는데, 정작 지금의 자신이 뭘 놓치고 있는지는 알 수 없었다.

"또! 또! 또 떨어졌어! 시이발, 잘해보라고, 개새끼들아!"

그런 얀이었지만, 도박은 죽을 만큼 경멸했다.

"이 개자식들이 또 내 돈을 없애버렸어! 내 믿음! 신뢰! 전부 쓰레기가 돼버렸다고! 이래서 세상에 믿을 놈 하나 없다는 거야!"

"내가 말했잖아. 신생 영주한테 투자하지 말고 다들 하는 것처럼 기둥 영주들한테나 투자해. 오래된 재벌한테 돈 쓰는 게 제일 안정적이라고."

"도전 정신 몰라? 도전 정신! 겁쟁이 새끼, 네가 그러니까 평생 이 엿 같은 구덩이에서 못 벗어나는 거야."

얀의 친부 야스코는 매일 아침부터 밤까지 도박을 했다. 그는 판돈을 잃을 조짐이 보일 때마다 얀을 부르곤 했다. 너는 왜 아비가 무시당하는데 가만히 있냐는 말과 함께 발길질이 날아오면, 얀은 몸을 잔뜩 웅크렸다. 야스코는 기분이 나쁘면 아무튼 얀을 일으켜 괴롭혔으나, 상처 입은 애벌레처럼 몸을 말고 있으면 봐주는 경우가 있었다. 오늘은 얀의 전략이 통했다. 어김없이 얀을 부르며 이불을 들추던 야스코는 처량하게 몸을 구긴 얀을 보더니 쯧, 하고 혀만 한 번 차며 종일 늘어져 있던 낡은 1인용 소파로 돌아갔다.

사실 이 동네 사람들은, 아이 어른 가리지 않고 전부가 도박꾼이었다. 그들은 미약하게라도 통신이 터지면 바로 품 안에 고이고이 보관하던 구식 소형 단말기를 꺼내 구간별 전쟁 실황과 트레이딩 차트를 확인했다. 우주를 건 도박의 승패를 가르는 기준은 간단했다. 영주, 초재벌 나으리들의 땅따먹기가 이번엔 성공할 것인가, 아닌가.

우주 도박의 시작을 알려면 조금 앞으로 거슬러야 한다. 역사적인 그날, 개척단은 지구의 귀한 자원과 함께 인류의 무궁한 미래를 기약하며 우주 구석구석에 있는 불모지 행성으로 떠났다. 개척단의 목적은 영광스러운 인류의 테라포밍이었다. 그리고 150년이 조금 안 될 정도의 시간이 흘렀다. 2131년, 지구는 테라포밍에 성공한 개척단의 연락을 받았다. 그러나 우호적인 분위기는 오래가지 못했다.

'지구와는 이 이상 교류하지 않겠다.' 개척단은 단호히 선언했다. 이유는 지구의 신분제였다. 개척단은 초재벌을 중심으로 편성된 계급이 국제 기준으로 자리 잡은 지구 사회에 반대하겠다는 입장을 밝혔다. 재산의 규모에 따라 정해지는 신분의 틀을 거부한 개척단은 지구의 연락을 끊었다. 외지구에서 자기들만의 공동체를 만든 그들은 지구의 연락을 지속적으로 무시했다.

'영주'라는 계급으로 뭉친 재벌과 기업가들은 분노했다. 그들은 자신들의 부동산이 될 행성을 훔친 외지구인을 공격하기 위한 구실을 찾았다. 영주는 테라포밍 연구에 거액을 투자한 선대의 업적을 강조하며, 개척단으로 선택받지 못했더라면 지금까지 살아남지도 못했을 그들을 건방지고 은혜도 모른다면서 헐뜯었다. 인류가 무얼 위해 같은 인간을 우주로 방출했는지 아무도 기억하지 못할 정도로 오랜 시간이 흘렀기에, 외지구인이 이기적인 도둑으로 몰려 지구 공공의 적이 되기는 쉬웠다.

하지만 영주는 외지구인을 악마화하는 것으로 만족하지 않았다. 영주는 지구 밖의 우주 자원과, 자원을 문명과 융합한 외지구 신기술을 원했다. 가득 찬 창고를 더 풍족하게 만들기 위해, 저것들이 마땅히 자신들의 몫이라 주장했다. 그리고 그 명분을 앞세워 외지구인과의 전쟁을 선포했다.

'아무리 명분이 있어도 전쟁이라는 폭력적인 개념은 지구 인류의 반발을 살 수 있다.' 이 점을 우려한 영주는 외지구인과의 무력충돌을 하나의 게임처럼 보이도록 변모시켰다.

게임 세계처럼 아주 간단한 형태로 도식화된 3차원 우주 맵 위엔 외지구인 행성과 영주 세력을 대표하는 아이콘들이 떠 있다. 지구 인류는 단말기로 접속해 맵에서 마음에 드는 영주를 골라 지원할 수 있다. 투자의 이유는 다양했다. 자신의 거주지를 소유하고 있는 영주라서, 영주의 상징 아이콘이 독특해서, 아니면 영주의 딸이나 아들의 생김새가 자신의 취향이라서. 어떤 인간이든, 한 끼 먹을 값도 안 되는 10코스로 전쟁에 참여할 수 있다.

게임으로 변모시킨 전쟁이 불러온 효과는 놀라웠다. 유행에 둔한 사람이라 하더라도 지구인이라면 응당 영주를 응원해야 한다는 인식이 대세가 됐다.

모든 도박이 그렇듯 판은 투자자가 불리하도록 짜여 있었다. 승패를 판단할 수 있는 정보의 절대적인 양이 적은 데다가, 판돈을 끌어들이기 위한 가짜 뉴스가 판을 쳤다. 누구도 그런 지라시들을 견제하지 않았다. 오히려 부추기기까지 했다. 사람들은 응원하는 영주를 좋게 말하는 글만 골라 읽었다. 그게 사실인지 아닌지는 중요하지 않았다. 돈을 걸어놓은 영주의 진영이 한 번이라도 승리하기만 하면 투자액을 조금은 회수할 수 있다. 승리의 규모는 중요치 않다. 투자자들은 그런 상상을 통해 만족을 얻었다. 그게 중요했다. 실제 현금으로 환전받을 수 있는지조차 장담할 수 없는 가상의 화폐가 움직인다는 게.

할 수 있는 것이 제한된 야스코 같은 사람이 손쉽게 즐거움을 느낄 수 있는 건 도박을 통해 오르고 내리는 숫자밖에 없었다. 쥐꼬리보다 적은 돈을 버는 데 온 힘을 할애하는 그들에게 시간과 돈이 드는 휴식거리는 모두 사치였다. 모두가 인스턴트 쾌락에 푹 잠기기를 택했다. 손바닥만 한 화면으로 불행과 죽음을 관전하며 숫자로 남의 운명을 재볼 수 있는 말초적이고 즉각적인 쾌락에. 전쟁이 지구 밖이라는 평생 가볼 수도 없는 공간에서 벌어지고 있다는 사실도 그들의 죄책감을 덮는 데에 한몫했다.

지구인들은 하나둘, 현실성 없는 전쟁을 진짜 게임처럼 여기게 됐다. 얀 또한 전쟁에 대해 깊이 생각해 본 적 없었다. 도박 중독에서 오는 기행을 일삼는 야스코를 혐오했기에 전쟁 도박도 따라 싫어하게 됐을 뿐이었다. 전쟁에 누가 끌려가고 누가 죽고 하는 공감 어린 상상 같은 건 해본 적이 없었고, 할 이유도 없었다.

그래서 얀은 자신이 직접 전쟁터에 내던져질 것이라는 생각 또한 하지 못했다.

서류상으로는 얀이 열다섯 살에 용병 등록을 했다고 기록이 남아 있지만, 사실 얀은 열두 살 생일을 맞이한 직후 용병 회사에 팔려 갔다. 특이한 일은 아니었다. 얀의 고향에서는 어지간히 사랑이 넘치는 집이 아니고서야 가족 구성원은 전부 가장의 재산 취급을 받았다. 얀은 자신의 위로 형이 둘, 누나가 셋 있었다고 듣긴 했지만, 얼굴을 직접 본 적은 한 번도 없었다. 아이를 다섯 팔아넘긴 것치고, 얀이 머물렀던 야스코의 집은 허름했다. 다른 지역에 으리으리한 집이 따로 있어서, 거기에 그의 정부와 다른 자식들이 살고 있다는 소문을 들은 적이 있는데, 맞는 말 같았다. 야스코가 정말 돈이 부족했더라면 목에 걸친 금목걸이를 진즉 팔아 생계를 유지하는

데 썼을 것이다. 그러나 야스코는 낡은 옷을 걸치는 한이 있어도, 금목걸이는 절대 벗지 않았다.

야스코는 얀더러 못생겼다는 말을 자주 했다. 네 형이랑 누나들은 얼굴이 반반해서 괜찮았는데, 야스코는 매번 그렇게 운을 뗐다. 야, 너는 나를 닮아버려서 쓸모를 짜내기가 어렵다, 라고. 얀은 못생겼다는 타박보다 자신이 야스코를 닮았다는 말이 더 싫었다. 부정하고 싶어도, 거울 속에 비치는 자신의 얼굴은 야스코와 똑같아서 더 괴로웠다. 윤기 없는 붉은 머리카락도, 반점처럼 퍼진 얼룩덜룩한 주근깨도, 유달리 얇은 골격과 비정상적으로 길쭉한 팔다리도, 누가 봐도 얀은 작은 야스코였다. 하지만 야스코는 얀이 자길 빼박았다고 해서 특별한 자식으로 대해주지는 않았다.

"네가 어딜 가서 사랑받을 수 있겠냐. 나니까 돌봐주는 거지."

야스코는 얀에게 그렇게 꼬박꼬박 핀잔했다. 얀을 팔아버리기 직전까지도.

어느 날이었다. 빈대가 들끓는 침낭 안에서 끙끙대며 자던 얀을 야스코가 뒤집어 깨웠다. 야스코가 물고 있던 담배의 연기가 얀의 콧등에 스멀거렸다. 일어나. 야스코가 우물거렸다.

못생겨서 못 치르던 밥값을 하러 가야지, 이제. 얀은 언제나 밥값을 하며 살아왔기에 '이제'라는 단어가 무슨 뜻인지 도통 이해할 수가 없었다.

용병 등록 절차는 굉장히 간단했다. 행정 직원은 얀의 실제 나이를 듣고도 놀란 기색을 전혀 보이지 않았다. 업무에 지친 눈으로 무관심하게 슥 얀을 훑더니, 펜과 종이를 야스코 앞으로 내밀 뿐이었다.

"아드님 시민 등록 카드 없는 거 확실한가요? 시민 데이터베이스에 등록되어 있다는 게 발견되면 저희는 아드님을 돌려보낼 수밖에 없고, 지급된 돈은 다시 회수됩니다."

"이봐, 이 판이 어떻게 돌아가는지 세상 사람들이 다 아는데 자존심 상하게 왜 물어보는 거야?"

"기본 절차라 저도 여쭤봐야만 해서요. 이름이… 야노프? 간단하게 얀, 나이는 열다섯 살로 등록할게요."

"열일곱 살은 안 되나?

"키가 크긴 하지만 어려워요. 세 살이나 올리는 것도 중개인 입장을 봐서 후하게 치는 거예요. 훈련비도 반값으로 책정해 드렸잖아요."

"열다섯은 애매한데…. 바로 최전방에 배치되는 나이는 아니잖아?"

"오히려 용병들 뒷바라지부터 시키는 게 장기적으로 좋을 수 있어요. 당장의 푼돈 몇 푼보다 주기적으로 오래, 그것도 조금씩 느는 돈이 통장에 꽂히는 게 더 낫잖아요."

"저 통장 없는데요."

어디서 그런 용기가 나왔는지 모를 일이었다. 잠자코 둘의 대화를 듣고 있던 얀이, 크지는 않지만 충분히 주목받을 만큼 날카로운 목소리로 끼어들었다.

"뭐?"

"저는 제 명의로 된 통장이 없어요."

"이 새끼가, 잘 모르면 입 다물고 있어! 자, 자, 이놈 말은 무시하고, 어디까지 얘기했지?"

"제 통장이 없다고요! 만들어야 한다고요!"

야스코는 시시덕거리던 웃음을 거두고는 얀의 멱살을 잡았다. 얀은 곧이어 눈앞이 번쩍거리는 통증이 뺨에 터지듯 퍼지는 것을 느꼈다. 하지만 고함지르는 걸 멈추진 않았다. 야스코는 얀이 입을 다물 때까지 계속해서 뺨을 쳤다. 얀은 아프다기보다는 지쳐서 반항하기를 멈췄다. 그보다도, 도와주었으면 했던 상대가 마치 이런 일을 처음 보는 게 아니라는 듯 무심하게 할 일만 하는 모습에 텁텁한 공포를 느껴 더는 악을 쓸 수가 없었다.

"울지 마, 울지 마."

손목에 용도 모를 칩을 삽입당하고 비행선 구석에 쭈그려 울고 있는 얀의 머리를, 누군가 거칠게 쓰다듬었다.

"생각의 관점을 바꾸는 거야. 너는 이제 대규모로 벌어지는 지구의 도박판을 뒤집을 힘이 생긴 거라고. 당장은 티끌에 불과한 힘이지만, 티끌도 먼지 구덩이에서 구르면 커지기 마련이지. 네 구더기 같은 아비가 응원하던 영주의 이름을 기억해?"

얀은 제 무릎에 파묻었던 고개를 살짝 들어 상대를 봤다. 회색 눈에 검은 머리카락을 가진, 팔자주름이 깊어지기 시작한 나이로 보이는 사내였다.

"아마 소야오일걸? 네 고향 사람들은 이상하게 다 소야오에 목매더라고. 영주가 거기서 태어난 것도 아닌데 말이야." 사내는 일부러 장의 친절을 외면하는 얀의 반응에도 민망해하지 않고, 자연스럽게 손을 뒤로 물렸다. "좋은 소식 하나 귀띔해 줄까, 꼬마야? 이 회사가 사실은 말이다, 대부분 아우라라는 영주에게로 용병을 투입하거든? 그리고 너도 우리 부대로 오게 됐어. 너랑 나랑 한솥밥 먹는 동료가 됐다고. 네가 원한다면, 너는 네 아비가 훔친 네 몫의 돈을 다시 빼앗을 수 있다는 말이다. 내가 도와주마. 앞으로 네가 덜 운다고 약속한다면 뜻이야. 자꾸 울면 살아남을 수가 없어. 죽으면 빼앗긴 걸 되찾을 수가 없고. 그러니 눈물 그만 빼라. 첫 만남부터 동네방네 스스로를 심약한 겁쟁이라 소문내고 다녀봤자 좋을 게 하나 없어요, 엉?"

남자는 나중에야 자신을 장이라 부르라고 일러주었다.

너와 소녀가 태어난 곳에서는 여린 꽃이 자라지 못했다.

얼음 같은 대지 위 무자비한 바람 속에서, 식물은 지상 대신 땅의 뿌리를 통해 수분할 수 있도록 진화했다. 덩치가 크고 줄기가 아치형처럼 굽은, 굵고 투박한 나무만이 네 고향에서 자랄 수 있었다. 하지만 소녀가 꽃이라는 걸 보고 싶어 했다. 식물답지 않게 부드럽고 얇아서, 조금만 힘을 주면 뜯긴다는 꽃잎이라는 걸 직접 만져보고 싶다면서. 소녀가 무언가를 원한다고 네게 말하기는 처음이었다. 소녀는 원하는 것이 무엇이든 자기 힘으로만 얻어내려고 했으니까. 그랬기에 너는 소녀가 지나가듯 했던 말을 머릿속에 꼭꼭 담아둘 수밖에 없었다. 너는 틈만 나면 공용 인터넷 센터에서 꽃에 관해 검색한다. 소녀의 생일에 맞춰 꽃을 선물로 주고 싶었다.

네가 사는 끄트머리 시골에서는 포트 서비스를 이용하기가 어려웠다. 바가지를 감내하고 불친절한 서비스를 이용한다 해도, 사기를 당하기 일쑤였다. 그러나 너는 네가 모아둔 돈을 전부 털어, 꽃을 사는 데 성공한다. 주문부터 쉽지 않았다. 한번 핀 꽃은 개화의 순간을 오래 유지하지 못하는 데다 꺾으면 하루도 안 되어 시들어 버린단다. 정말 나약하기 짝이 없는 생명체다. 그런데 다른 행성에서는 이 식물을 연인에게 다발로 선물한다고 했다. 너는 잠깐 의문이 든다. 사랑의 상징으로, 한철이라는 애매한 시간도 견디지 못하는 존재를 선물한다고? 저들은 가슴을 간질이는 이 감정이 영원하지 않을 거라는 전제를 미리 깔고서 사랑을 하는 걸까?

너는 그들의 문화를 이해하지 못한다. 그래서 네 바람과 소녀의 소원 사이에서 타협한다. 너는 압화를 주문한다. 배송 중 꽃이 시들거나 하는 위험 부담을 줄이기 위함도 있었지만, 잘 말린 압화는 주인 된 사람이 죽고 나서도 보관할 수 있다는 문구 때문이었다.

그러나 기껏 품을 들인 계획은 엉망이 되고 만다. 약품 처리를 한 꽃보다 자연스럽게 말린 꽃을 선택한 건 완전한 착오였다. 로켓에 들어 있는 압화는 네가 원하는 형태가 아니었다. 꽃잎이 전 방향으로 활짝 핀 샛노란 꽃을 주문했건만, 배송된 건 살짝 빛바랜 보라색의, 꽃대 위로 꽃잎이 바짝 올라간 압화였다. 하지만 반송하거나 바꿀 수는 없었다. 소녀의 생일이 당장 내일이었다.

조금 더 좋은 걸 주고 싶었는데, 미안. 너는 소녀가 로켓을 열어보기도 전에 사과한다. 의미심장한 눈빛으로 흘기던 소녀가, 로켓을 열고는 깜짝 놀란 듯 차가운 공기를 힘껏 들이마신다. 로켓을 손안에 꼭 쥔 채, 너를 와락 끌어안는다. 입고 있던 두툼한 인조 털옷에 기꺼운 무게감이 실린다. 소녀는 이걸 어떻게 구했는지, 얼마에 구했는지 묻지 않는다. 대신 이렇게 말한다. *영원히, 죽을 때까지 가지고 다닐게.*

그래야지. 너는 진지해지지 못하고 농담처럼 대꾸하고 만다. 간질거리는 기분에 끝도 없이 재채기가 나올 것 같아 그랬던 탓도 있지만, 소녀가 네 선물에 부담을 가지지 않았으면, 그냥 압화 그 자체로 즐겨줬으면 했다.

꼭 죽을 때까지 가지고 있을 필요는 없어.

부대에는 얀의 또래로 보이는 아이들이 많았고, 그게 큰 위안이 되어주었다. 얀과 똑같이 버림받은, 자신을 버린 보호자들에게 잔뜩 화가 나 있는 친구들. 부모와 이웃의 험담으로 공유된 비슷한 처지의 불행은, 아이들의 결속에 한몫했다. 숫기 없는 얀마저도 쉽게 어울릴 수 있었다. 첫 번째 애착의 시도가 좌절된 아이들이었기에 마음의 닻이 되어줄 무언가를 절박히 원했다. 부표처럼 둥둥 떠다니는 애정의 갈망이 인정받고 싶다는 욕구로, 영주에 대한 절대적인 충성심으로 변하는 데엔 오랜 시간이 걸리지 않았다.

"외지구인은 찢어 죽일 것들이야."

아이들은 공중파에서 송출되는 언어를 그대로 읊었다.

"그것들은 우리의 미래를 앗아 가고 있어. 자기들만의 왕국 안에서 지구인을 학살할 계획을 세우고 있다고. 우리는 그들에게서 지구를 지킨다는 사명을 받든 전사들이야. 영주님들은 위대하시고. 아우라 님은 그중에서도 가장 위대하시지."

아이들은 고귀한 헌신을 증명하고 싶어 안달이 났지만, 몸은 그들의 의지대로 움직이지 않았다. 지금껏 제대로 먹고 마신 적이 없는 아이들이었다. 그나마 얀은 눈에 띄게 키가 컸지만, 자라난 키만큼 근육이 붙지 않아 깡마른 몸은 허수아비와 다를 바 없었다. 우주 용병 회사의 고참인 장은 경험 없는 아이들을 전장에 투입하지 않았다. 아이들에겐 원거리 무기 사격을 보조하거나 부상병을 돌보는 일이 주어졌다. 가급적 뒤에 밀어두려는 쟝의 배려에도, 아이들은 자기 몸과 비슷한 크기의 장총을 자유자재로 휘두르려 끙끙대면서 쓸모 이상의 가치를 내보이기 위해 애썼다. 그러나 쟝은 그들의 노력을 못 본 체했다.

안 그래도 어른에 대한 반항심을 주체하기 어려웠던 아이들은 격분했다. 아이들의 마음속에는 불이 있었다. 그리고 분노는 그 불꽃을 더욱 타오르게 하는 연료가 되어 아이들을 집어삼켰다. 아이들은 자신들을 지배한 그 불이 발걸음 닿는 모든 곳에 붙기를 원했다. 늙다리들은 항상 우리의 업적을 가로채려 해. 우리는 바보가 아니야. 우리도 싸울 수 있어! 호전적인 재스퍼가 외치면, 얀의 첫 친구가 된 아이들은 옳다구나 동조했다. 쟝의 말에 얌전히 따라야겠다고 생각한 사람은, 쟝에게 마음을 준 얀밖에 없었다.

소수의 똘똘한 아이들은 임무지 지도를 해킹해(사실상 등록된 생체정보만 일치한다면 쉽게 접근할 수 있는 정보였지만, 아이들은 해킹에 성공한 것이라 굳게 믿었다) 소스를 다운받아, 중견 병사에게 내려온 지령을 토대로 어디서 어떻게 몰래 잠입해 적을 칠 것인지를 궁리했다. 만약 성공한다면, 수연이 말했다. 영주님은 우리를 다시 봐주실 거야.

얀은 아이들이 무얼 기대하는지 모르지 않았다.

영웅. 아이들은 영웅이 되기를 바랐다. 진영을 승리로 이끄는 인도자. 영주의 신임을 듬뿍 받을 거라는 증표. 여기서 그보다 더 좋은 보상이 있을까? 수연과 재스퍼의 설득에 얀은 조금 솔깃했다. 만인에게 박수갈채를 받는 얀에게 어떻게든 말을 걸려고 하지만 인파에 밀려난 야스코가 아등바등하는 모습은 상상만으로도 야릇한 쾌감을 주었다. 하지만 얀은 결국 장의 명령대로 부대에 남았다. 겁쟁이. 아이들이 비웃음 섞으며 도발했지만 얀은 잠자코 있었다. 아이들이 몰래 부대에서 빠져나갈 때까지도.

참전병이 돌아왔다. 팔이나 다리가 날아가 급하게 실려 온 이도, 절뚝이며 걷다가 피를 토하고 쓰러지는 자도 있었다. 난잡한 소음 속에서 얀은 친근한 얼굴들을 찾기 위해 애썼다. 얀은, 야스코에게 맞아 갈비뼈가 부러질 뻔해도 울지 않았던 얀은, 임무가 종료되었다는 선언과 함께 마지막에야 돌아온 장을 발견하고서야, 처음으로 목 놓아 울었다. 울음을 터뜨린 얀을 본 장은, 응급처치를 위해 달려온 사람들을 잠시 물리고 천천히 다가와 얀을 안아줬다. 얀은 기계 슈트 너머로 들리는 장의 심장소리에, 사람의 체온이 주는 따듯한 온기에 더 격심하게 울었다. 쟝이 살아 돌아왔다는 안도감은 곧 다시는 돌아올 수 없게 된 친구들에 대한 이른 그리움으로 번졌다.

얀은 스크린을 통해서야 친구들을 다시 볼 수 있었다.

위대한 아우라 님을 위하여!

재스퍼가 손바닥이 위를 향하도록 왼손을 비스듬히 기울여 올리고 약지를 굽힌다. 약지가 굽혀지면서 중지도 자연스럽게 안쪽으로 살짝 말린다. 아우라에게 충성을 맹세하는 손짓이다. 결혼반지를 끼는 손가락을 굽힘으로써 아우라 영주 당신의 것이 되겠다는 의미의 경례다. 그 외침이 꼭 불사의 마법이라도 되는 것처럼, 아이들은 울부짖으며 전선으로 뛰어들고 죽기 직전에도 파들파들 떨리는 팔을 들어 손가락을 굽힌다. 얀은 단번에 이 영상이 만들어진 것임을 눈치챌 수 있었다. 영상 속 재스퍼와 수연은 지급되지도 않은 비행 슈트를 입고 현란하게 공중을 활보했다. 노련하게 싸우는 아이들 앞에 괴담 속에서 나올 법한 흉측한 외관의 선착민들이 곧 악당처럼 나타났다. 선착민들은 살인자의 미소를 걸치고 온갖 무기를 휘두른다. 아이들은 용감하게 맞서 싸우지만, 결국은 무자비한 총과 칼에 죽고 만다.

"이제 곧 '우리는 그들의 희생을 기억할 것입니다'라는 문구가 뜨겠지."

같이 선전 영상을 보던 장이 옆에서 중얼거렸다. 그리고 정말, 얼마 안 있어 까맣게 변한 화면에 잉크로 정교하게 새긴 하얀색 글귀가 유령처럼 나타났다. 이어 전사자 명단이 떴다. 얀은 수연의 이름 철자가 틀렸다는 걸 발견했지만, 할 수 있는 건 아무것도 없었다.

"사람들이 언제까지 저 애들을 기억해 줄 것 같니?"

"죄송해요. 제가 말렸어야 했어요."

"내 말도 안 들었는데 네 말은 들었겠니? 애들이 알았을 리 없지. 아직 자신이 세상의 중심이라는 믿음을 만끽해야 하는 나이에 이 도박판으로 떠밀려 와서… 자신들이 무얼 걸게 되었는지 말이야."

"저희가… 무엇을 걸게 된 거죠?"

얀은 물어야만 했다. 장의 말인즉슨, 얀의 무언가도 이 전쟁터에 묶여 있다. 하여, 그 무언가가 앞으로도 묶여 있을 자신의 무엇인지 궁금했다. 하지만 장은 말없이 얀의 손에, 작고 말랑한 무언가를 들려주었다. 고무로 만든 새 모양 장난감이었다. 본래의 형체를 거의 잃었지만, 분명 재스퍼의 것이었다.

"저렇게 합성된 선전 도구로 사용되고 싶지 않으면, 전장에서 죽지 마라, 얀."

얀은 침묵했다. 침묵 속에서, 얀은 죽지 말라는 말과 오래 살라는 말이 엄연히 다른 것임을 깨닫게 된다. 그리고 문득, 장에게 듣고 싶었던 말은 이게 아니라는 걸 알아챘다. 하지만 오래 살라는 말을 듣고 싶었던 건 아니었다. 답은 장이 가지고 있었다. 그러나 장은 끝끝내 얀이 듣고 싶었던 말을 해주지 않는다. 지금은 때가 아닐지도 몰랐다.

"사람들이 저 영상을 진짜라고 믿을까요?"

"믿지. 믿고말고. 우리가 벌이는 전쟁을 직접 관람하겠답시고 몇십 년 치 봉급을 털어 여기까지 목숨을 걸고 우주선을 탈 사람은 없으니까. 심지어 선착민이 저렇게 지옥에서 튀어나온 악마처럼 생겼다는 것도 믿을걸? 영주들은 외지구인이 우리와 다른 이종異種이 되었음을 강조해서 전쟁의 정당성을 선전해야 하고, 사람들은 영주가 뿌리는 거라면, 그게 뭐든 맛있게 먹을 기다."

장이 낄낄 웃었다. 그게 재밌어서 흘리는 웃음이 아니라는 것쯤은 파악할 수 있었다.

"야노프, 사람은 보고 싶은 것만 본다. 사랑하고 싶은 것만 사랑하는 것으로, 인간으로서의 책임을 다했다고 믿고 싶어하지. 배척의 낙인이 찍힌 자들의 고통까지 따지기엔 그네들의 고된 삶에는 여유가 없거든. 사랑받기 위해 만들어지고 선별되고 추려진 것들 중에 무엇을 선택할지 고심하는 것만으로도 힘이 빠지지. 그 소모감이 만족을 선사하는 거야. 그 선택으로 자기 몫을 다한 거라고 굳건하게 합리화하면서."

얀은 그제야 친구들이 그 영리한 머리를 가지고 죽음을 향해 돌진한 이유를 어렴풋하게나마 알 것 같았다.

얀은 그렇게 사랑을 배웠다. 이후에 알게 되는 모든 사랑은 이 개념에서 갈라진 잔가지일 뿐이다.

사랑은, 삶을 견디기 위한 도구. 자신이 무의미하다는 사실을 부정하고 영혼에 광을 내기 위한 기만의 시약. 얀이 습득한 사랑에 낭만이 낄 자리는 없었다. 한 명의 인간이 일생에 접할 수 있는 사랑은 한정적임에도 모든 사랑이 고귀할 수는 없다. 상위의 사랑이 있다면 하위의 사랑도 있기 마련이다. 하나의 사랑은 다른 사랑을 하찮은 것으로 전락시켜야만 지속될 수 있었다.

얀은 형편없이 망가져 쓸모를 잃어버린 고무 새를 주물렀다. 삑삑거리며 목청을 높여야 할 고무 새는 잠잠했다.

말없이 얀과 고무 새를 지켜보던 쟝이 품에서 무언가를 꺼냈다. 사진이었다. 인상을 잔뜩 찌푸린 채 앞을 노려보고 있는 여인의 사진. 네모난 턱, 부러졌다가 붙었는지 사연이 엿

보이는 흰 코. 얀은 장이 꺼낸 사진이 재스퍼의 고무 새와 비슷한 역할을 하고 있다는 걸 눈치챘다. 상반되는 감정이 교차했다. 장이 사랑하는 상대가 세속적인 아름다움의 기준을 충족하지 않는다는 사실에 안도하는 자신이 싫어지면서도, 얀은 희망 따위를 엿봤다.

"그분이…장이 사랑하기로 선택한 분인가요?"

사랑하기로 선택한 사람. 얀의 어설픈 단어 선택에 장이 옅은 웃음을 흘렸다.

"그래. 아내야. 안고 있는 건 내 아들이지. 출선하기 전에 겨우 이름을 붙여줬어, 여피라고. 연락을 자주 못 해서 이 녀석이 나를 아빠로 인식하고 있을지는 모를 일이지만 말이다."

"장은 좋은 아빠예요."

얀은 충동적으로 그렇게 내뱉었다.

"자주 못 만나는 건 용병이니 어쩔 수 없는 일이에요. 아내분노, 여피도, 장을 그리워하고 있을 거예요. 장은 가족들을 먹여 살리기 위해 여기서 이렇게 일하고 계신 거잖아요."

장이 입술을 뗐다가 도로 닫았다. 하고 싶은 말이 있으나 그냥 삼키기로 결정한 것처럼. 얀은 그런 장의 망설임을 모르고 그의 기분이 나아질 만한 말을 고르느라 어물어물거리기만 했다. 장의 큼직한 손이 얀의 뒤통수를 덮었다. 처음 만났을 때부터 장은 종종 이렇게 얀을 쓰다듬어 줬다. 그러나 얀은 이 손길에 평소와 다른 것이 묻었다는 걸 알았다. 출처 모를, 체념의 촉감이었다.

"그래. 고맙게도 내 가족들이 나를 기다려 주고 있지."

장이 작게 속삭였다. 가라앉은 목소리는 너무 낮아 사람의 소리라기보다는, 물에 빠졌을 때 울렁거리며 생기는 큰 물거품의 잔향이 고막을 훅 훑고 지나간 것 같았다.

"내가 돌아오기만을…."

소녀에겐 나쁜 입버릇이 있었다.

만약에 내가 죽으면.

죽은 이후의 미래를 가정하는 말을, 소녀는 자주 입에 올렸다. 네가 없으면 내가 왜 살아, 라고 으레 답해주던 너였지만, 이번만큼은 화를 낼 수밖에 없었다. 여기저기서 들려오는 소문이 너를 불안하게 만든 탓이었다. 곧 전쟁이 벌어질 수 있다는 이야기. 얼마 안 있으면 너와 소녀는 성인이 된다. 앞으로 들이닥칠 위기에 어떻게 행동할지 결정할 권리가 있다는 뜻이었다. 너는 소녀가 어떤 길을 걸으려고 할지 누구보다 잘 알고 있었다. 그래서 그 가정이 예언이 될까 두려웠다.

그런 얘기 좀 하지 말라고 했잖아. 스스로가 없는 미래를 상정하던 소녀는 너의 볼멘소리에 다시 입을 다문다. 너는 소녀가 달래주기를 원한다. 진짜 일어나지 않을 일인데 뭘 그래, 라고. 하지만 소녀는 결코 그렇게 말하지 않는다.

너는 깨닫는다. 소녀가 노래하듯 내뱉는 가정들은, 무게감을 덜어 내기 위해 애쓴, 즉석에서 자아낸 유언이었다. 너는 이해가 가지 않는다. 소녀는 네가 아는 누구보다도 강인했다. 그런데 자꾸만 죽음을 입에 담는 이유를 도통 헤아릴 수가 없었다. 더군다나 말이 씨가 된다고 하지 않는가. 소녀가 돌연 아프기라도 할까, 너는 두렵다. 사신이 명부에도 없는 소녀를 데리고 얼음 바다로 갈 빌미가 생기는 것 같아 너는 견디기 힘들다.

"날 두고 죽고 싶어?"

네가 화내며 짓씹듯 묻자, 소녀가 멀거니 너를 보더니 나무의 속살을 깎아 내기를 멈춘다.

소녀는 자주 나무를 깎았다. 소녀의 손이 닿은 나무는 털이 마치 휘날릴 것처럼 정교한 동물 조각이 되곤 했다. 장식품으로 내다 팔아도 좋을 솜씨였으나, 소녀는 조각을 완성하면 언제나 땅에 묻거나 불에 태워버렸다. 소녀의 온전한 작품을 가진 사람은 네가 유일했다. 그 사실을 떠올릴 때마다 너는 이기적인 행복에 젖곤 했지만, 지금만큼은 소녀가 터무니없는 값에라도 좋으니 조각을, 소녀의 손때가 묻은 물건들을, 소녀의 흔적들을 이 세상에 많이 남겨달라고 강요하고 싶어진다.

소녀가 목에 걸린 로켓을 건드린다. 소녀가 로켓을 연다.

말려놓은 소중한 기억이 있으니까, 괜찮을 거야.

네가 소녀의 말을 받아들이기까지 시간이 조금 걸린다. 네가 조용히 구슬픈 표정만 짓자, 소녀가 네 어깨에 기댄다. 말을 맞추지도 않았는데 너와 소녀는 동시에 눈을 감는다.

"꽃잎과 우리가 같진 않잖아."

우리도 똑같아.

너는 반박하려다가 그만둔다. 소녀가 네 손을 잡는다. 누가 먼저랄 것도 없이, 너희는 손을 깍지 낀다.

이거 봐, 우리도 똑같아. 안 그래?

자신이 '돌아갈 곳'으로 장을 선택하는 건, 얀에게는 순리처럼 당연했다.

장은 자기 옆에 붙어 아기 오리처럼 쫄래쫄래 따라다니려는 얀을 밀어내지 않았다. 오히려 차라리 잘됐다는 듯, 부대에 새로 들어온 아이들보다 얀을 조금 더 챙겨주거나, 얀의 실수라면 정도가 어떻든 무조건 덮어주며 확연히 티가 나는 편애로 보답해 주었다. 장이 기꺼이 허락한 쌍방향 애정 덕인지, 언제나 조용히 구석에서 몸을 웅크리고 있던 얀은 점차 적극적으로 무언가를 요구하기 시작했다. 애정을 얻고자 하는 용기는 장에게 가족 이야기를 해달라는 수줍은 어리광을 부리는 데에 소모되었지만, 언제나 후회는 없었다.

얀은 마치 장이 자신의 아버지인 것처럼 대하기 시작했고, 장도 마치 얀을 자신의 아들인 것처럼 대하기 시작했다. 한 음절인 이름이 닮았으니, 이름의 유래부터 이어져 있을지 모른다는 착각이 둘 사이를 감돈 적도 있을지 모르나, 둘 다 그것을 모른 체했다.

장이 추억하는 아내와의 과거 속에서, 그는 자상하고 친절한 사람이었다. 장은 오케스트라 없는 결혼식에서, 아내와 손을 맞잡고 부끄럼 없이 춤을 췄다. 마디 굵은 손가락으로 아내의 머리카락을 땋는 걸 즐겼고, 아들이 태어났을 때 아버지가 되었다는 감격으로 눈물을 멈추지 못했다. 장은 이상적인 가장이었다. 마음만 먹으면 일탈할 수 있는 환경에 있음에도 가족에게 맡긴 마음을 배신하지 않는 든든한 가장.

장은 그렇게 선하고 좋은 사람이 됐다. 얀은 기꺼이 그 환상 속에 들어갔다.

하지만 둘의 환상은 전쟁 상황을 이겨낼 수 있을 정도로 단단하지는 못했다.

사실 장은 정말로 좋은 사람이라고 하긴 어려웠다.

"점령지의 선착민 시신들 중에서 멀쩡한 것들을 수거해라."

이런 지령을 내린 이도 장이었다.

"팔아서 병력 유지비에 보태야 돼."

선착민에 대한 증오는 시대의 이정표와도 같아져 버렸다. 하지만 모순적이게도, 죽은 선착민은 지구인들에게 사랑받았다. 여유 있는 계층에서 선착민의 신체 부위를 장식품으로 가공해 진열하는 괴상한 취미가 유행처럼 번지게 된 것이다.

영주들이 생성하는 외지구인의 이미지는 갈수록 더 악랄해졌다. 가끔은 팔이 여럿 달리기도 했고, 정수리부터 관자놀이까지 염증 같은 뿔이 우둘투둘 돋아 있기도 했으며, 이빨은 누렇고 짐승의 것과 비슷했다. 얀은 물론 그 이미지가 사실이 아님을 알고 있었다. 같은 지구인보다도 많이 보게 되는 선착민이었다. 행성의 특성에 따라서 신체 특성이 약간씩 달라지긴 했지만, 완전히 별개의 종으로 구별될 만큼 변했다고 하기는 어려웠다. 심지어 어떤 차이점은 팔다리의 길이나 시력만큼이나 사소했다. 그러나 영주들의 필터를 거친 외지구인은, 지구에서는 볼 수 없는 진귀하고 아름다운 동물 같았다. 전쟁이 일상이 된 지금, 선착민만큼 값어치 있는 장식품도 없었다. 영혼이 빠져나간 그들의 육신은 벽에 걸어두기 좋은 제물이기도 했으니까.

시류를 잘 읽는 용병들은 알아서 연줄을 대고 시신을 팔았다. 생체 보관 상자가 비싸기는 했지만, 돌아올 액수에 비하면 우스울 수준이었다. 그래서 바보같이 외지구인을 '멀쩡하게' 죽이려다가 되레 당하는 용병들도 적지 않았다.

"영주가 허락하나요? 시신을 보내면 선전 속 선착민들이 합성 이미지라는 사실이 들통날 텐데."

"네가 그러니까 아직 어리다는 거다. 너 같은 돌머리를 왜 장이 끼고 도는 건지, 원."

올슨이 혀를 츳츳 찼다. 장과 막역한 사이라고 스스로를 칭하던 올슨은 되레 언제나 은근슬쩍 장을 깎아내리곤 했다.

"잘라 낸 시체를 그대로 부자들한테 보내는 것 같아? 부위별로 가공하는 업체가 따로 있어. 지구인이 아는 모습으로 만든 다음 박제하는 거지. 내가 한 번 봤는데, 아주 감쪽같다니까? 이게 고객층 취향도 아주 각양각색이라 주문이 끊이지가 않아. 머리나 몸통처럼 한 부위만 수집하는 인간도 있고 다양한데, 그런 변태놈들의 컬렉션을 맞추기 위한 디자인 표도 따라 나와 있을 정도라고."

"어차피 가공할 거면 연고 없는 지구인 시체를 쓰는 편이…."

"묘하게 다른 점이 있으니까 수고를 들이는 거 아니겠냐. 지구인 시체를 써본 적이 왜 없겠어? 그런데 백이면 백, 고객들이 귀신같이 눈치챘다고. 육신에서 풍기는 오묘한 분위기라는 게 있다나 뭐라나? 최근에는 박제품을 감정하는 직업까지 생겼다더라."

그렇게 얀은 죽은 선착민을 미중하는 임무까지 떠맡게 된다. 총알과 박격포, 피와 살점이 어지럽게 뒤섞인 땅에서 얀은 파묻힌 시신들을 찾아내야만 했다. '운이 좋으면' 폭격에 휘말린 민간인 시신도 찾을 수 있었다. 병사보다는 민간인의 가짓수가 더 다양하기에, 용병들은 일부러 건드리지 않아도 되는 지역마저 공격하곤 했다. 시신의 옷을 벗기고 방부제 가루를 뿌리고 상자에 넣으면서, 얀은 차라리 사람을 죽이는 일을 하고 싶다고 생각하기에 이르렀다. 총을 쏘면, 할 일은 거기서 끝나니까.

가끔 얀은 끔찍한 몰골로도 숨이 붙어 있는 생존자를 발견했다. 내장이 쏟아져 나왔는데도 힘겨운 호흡을 이어가거나, 뒤통수가 골절됐지만 의식은 붙어 있는 경우도 왕왕 있었다. 그들은 침묵 속에서 스스로의 인생 주마등에 빠져 있었다. 시체 덤불 사이를 헤치고 다니던 얀은 가끔 누군가를 부르짖는 목소리를 주워들었다. 엄마, 아빠, 동생, 연인. 아내와 남편, 아가우, 미오, 라울, 샨, 위지아, 모이시, 고든. 마지막 힘을 쥐어짜 낸 사람들의 품 안에는 십중팔구 호신부가 있었다. 얀은 그 호신부가, 그들이 애타게 부르던 자들이 준 물건이라는 걸 알았다. 물건의 의미를 파악하는 건 어렵지 않았다. 재스퍼가 지니고 있던 고무 새와 같은 것들이겠지. 언제부턴가 얀은 그 물건들을 하나둘 챙기기 시작했다. 매번 일정한 보급품만 받아 사용하는 전쟁 속에서, 얀의 개인 보관함은 조금씩 비좁아졌다.

수많은 유품이 순서 없이 뒤섞였으나, 얀은 물건 하나하나의 주인 이름을 빠짐없이 기억했다. 여기서 주인이라 함은, 호신부를 지니고 있던 사람이 아니라 그것을 준 상대였다. 소중한 사람의 안녕을 바라는 간절한 마음을 조그마한 물건에 접어 넣었을 이름들이었다. 얀은 외지구인들의 호신부를 혼자만의 비밀로 뒀다. 밤마다 몰래 하나씩 꺼내 보며, 그들이 어떤 관계였고 어떤 사랑을 했는지 그려보는 취미가 생겼다. 어른들의 낯 뜨거운 음담패설로 배운 사랑과, 장의 순애를 겹쳐 대입하면서 호신부에 숨겨진 사연을 추측하려고 들었다.

그러면 얀은 더 외로워졌다. 외지구인에게마저 그들을 기다리는 존재가 있다는 사실이 거북했다. 장을 아무리 따라도, 장이 돌아갈 장소가 자신이 아니라는 게, 아무리 노력해도 자신은 언제까지나 첫 번째가 아닌 두 번째라는 사실이 얀의 고독을 더 묵직하게 만들었다. 얀은 주인 잃은 유품을 모으는 데에 점점 더 깊이 몰두했다. 이 버거운 고독의 거부하기 어려운 중독성이 얀을 구석구석 파고들었다. 여기서 빠져나와야만 했다. 인간을 비인간적으로 만드는 것에 중독되면 어떻게 되는지, 얀은 이미 야스코를 통해 절감하고 있었다. 그러나 얀은 멈출 수 없었다. 멈추기엔 이미 늦어버렸다.

결국 얀은 넘어서는 안 되는 선마저 넘어버리고 말았다.

언제나처럼 죽음이 내려앉은 대지. 이게 몇 번째 작전인지도 모호했다. 방독면을 쓴 채로 땅을 헤집던 얀은 옅은 신음을 듣자마자 장전된 총을 겨눴다. 거기, 아직 숨이 붙은 소녀가 한 명 있었다. 폭발에 휩쓸렸을 텐데도 용케 살아 있었다. 하반신이 없었다. 아직 자신이 죽어가고 있다는 사실을 깨닫지 못했는지, 소녀는 실낱같은 숨을 붙들며 혼잣말을 끝없이 중얼댔다. 얀은 다가갔다. 굳이 조심하지 않는 발소리에 소녀는 청백색 눈동자를 움직여 얀을 봤다. 그 즉시 망자의 그늘에 사로잡혀 있던 소녀의 안색이 돌연 환해졌다. 저주 어린 비난의 시선을 예상했던 얀은 놀랐다. 동시에 소녀에게 붙은 일시적인 생기에 이끌렸다. 가까워진 얀에게 소녀는 외지구인의 언어로 말하기 시작했다.

"쉬런! 쉬런……………………."

얀은 소녀의 말을 알아들을 수 없었지만, 애절한 소녀의 외침 속에서 되풀이되는 단어가 있음을 눈치챌 수 있었다. 쉬런. 소녀는 얀을 쉬런이라고 불렀다. 얀이 아우라 영주 로고가 박힌 전투복을 입고 있음에도, 소녀의 시야엔 오직 얀의 얼굴만, 혹은 그 위에 겹쳐진 쉬런만 보이는 듯했다.

처음 겪는 일에 얀은 당황했다. 연푸른 피부를 가진 이 소녀를 지금 죽여야, 시간을 아낄 수 있었다. 하지만 울컥울컥 피를 토하면서도 한마디라도 더 하려는 모습이 새삼스럽게 안타까웠다. 동정심일까. 하지만 셀 수 없는 선착민의 피를 의구심 없이 손에 묻혀온 얀이 이제 와서 이 소녀에게만 특별한 감상을 가질 이유가 없었다. 얀의 가슴이 불편하게 울렁거렸다. 자신 말고는 누구도 가여워해 본 적 없었던 얀은 이 감각의 정체를 짚어낼 수가 없었다.

끝없이 울리는, 쉬런을 부르는 소녀의 목소리에 붙잡혀 움직일 수 없었다. 소녀가 토하는 피가 점점 검게 변했다. 소녀의 목구멍이 점차 핏물에 막혔다. 소녀가 입술을 뻐끔거리며 주먹을 살짝 들어 올리자, 얀은 저도 모르게 그 손을 감싸 쥐었다. 소녀가 얀에게 딱딱한 물건을 하나 넘겼다. 로켓이었다. 소녀가 희미하게 미소 지었다.

"……쉬런. ………"

얀은 소녀가 얀에게, 아니 쉬런에게 마지막으로 무엇을 바라는지 느낄 수 있었다. 충분히 모르는 척할 수 있었고, 그게 소녀에게 표할 수 있는 최소한의 존중이라는 것도 얀은 알았다. 그러나 얀은 소녀의 착각에 같이 휘말려 올라온 충동을 이기지 못했다.

얀은 허리를 굽혀 소녀의 입술 위에 자신의 입술을 겹쳤다.

입술은 부드러웠고, 피에 뒤덮여 아직 따듯했다. 그러나 이성을 앞선 무지한 기대와는 달리, 입맞춤은 전혀 낭만적이지 않았다. 소녀의 혀에 붙은 이름이 얀에게 넘어오는 감각이 생생했다. 동시에 소녀의 생生 일부가, 고통과 복수심과 애정과 불신과 후회와 결단이, 얀의 입을 타고 기도 속으로 파고들었다. 소녀는 눈을 뜬 채로 숨을 거두었다. 소녀의 입술 사이로 가쁘게 터지던 숨이 끊긴 후에야 얀은 천천히 떨어질 수 있었다. 얀은 손가락으로 자신의 입술을 꾹 눌렀다가, 마구 문질렀다. 입술에서 피가 날 때까지.

얀은 자책했다. 아무나 붙잡고 변명이라도 하고 싶었다. 기만이 이렇게나 쉬운 건지 몰랐어요. 얀은 머릿속에 들어찬 청중들에게 외쳤다. 저 애가 끝까지 속을 줄은 정말 몰랐다고요. 그러나 소녀는 얀에게 농락당한 채로 삶을 마무리하게 됐다. 결국 그렇게 됐다.

속이 뒤틀렸으나, 전시 상황에 맞춰진 생존 본능이 구역질을 꾸역꾸역 가라앉혔다.

얀은 부글거리는 혼란의 응어리가 화강암처럼 딱딱하게 굳어가는 것을 느끼기만 해야 했다. 얀의 무릎은 바닥에서 떨어지지 않았다. 저 멀리서 얀을 부르는 목소리가 들려왔다. 얀은 전리품을 허겁지겁 주머니에 집어넣기 전, 로켓을 열어봤다. 그 안에 있을, 마주하는 시선의 주인에 따라 변할 사진 속 '쉬런'의 눈을 맞닥뜨리고 싶었다. 그게 로켓과 소녀에 대한 기억을 놓아버릴 즉각적인 핑계가 되어줄 것이라 얀은 믿었다.

하지만 달걀형 로켓 안에 쉬런은 없었다.

대신 바짝 말린 보라색 들꽃이 눌린 채 피어 있었다.

얀은 그 들꽃의 이름을 알았다.

장이 수도 없이 되풀이했던, 다른 존재의 고유명사가 되어 버린 그것이었다. 실제로 보긴 처음이었다.

특징이 비슷하긴 했지만, 장이 얘기했던 것과 다른 꽃일지도 몰랐다. 하지만 얀은 로켓을 버릴 수가 없었다. 이상하게도 얀은 영원히 가지지 못하리라 여겼던 무언가를 얻게 된 기분이 들었다. 눈보라 속에서 언제라도 부질없이 꺼져버릴 촛불로 온기를 쬐는 듯한 느낌이었다. 그리고 그 감각은, 평생을 거쳐 궁금해했던 어느 감정의 정체를 향한 실마리가 되어주는 듯했다. 하지만 당시의 얀은 만족감과 꽤 많이 닮아 있는 그 감각을, 막연히 곱씹는 데에서 그치고 말았다.

장의 세계와 같은 이름을 손에 쥔 얀은 우주선으로 돌아가자마자 그동안 모아두었던 호신부를, 상자째로 쓰레기통에 버려버렸다. 그동안 얀을 지탱해 준 상상 극장의 입장권들이 전부 소각되는 걸 지켜보면서, 얀은 로켓을 손안에 꾹 가두며 매끈한 표면의 굴곡을 느꼈다. 그렇게 얀은 금속 껍데기에 체온을 억지로 불어넣으면서, 로켓의 주인 자리를 차지하고 싶다고 바랐다. 타인의 관계를 벅벅 긁어 자기 생에 얹으려고 시도했다.

로켓은 금방 장에게 들키고 말았다. 로켓을 베개 밑에 숨기는 걸 깜빡한 날이었다. 손에 꼭 쥐고 자던 얀은 잠결에 인기척을 느끼고는 겨우 눈꺼풀을 들어 올렸다. 장이 근처에 앉아 무언가를 뜯어보고 있었다. 퍼뜩 소름이 돋았다. 얀은 벌떡 일어났다. 아니나 다를까, 장이 들고 있는 건 죽은 소녀의 로켓이었다. 장에게는 한 번도 심하게 혼난 적 없었기에 겁을 먹을 필요도 없었지만, 장에게 말하지 않은 비밀이 있다는 사실이 얀을 괜히 불안하게 만들었다. 장이라면 로켓의 출처를 금방 추론해 낼 것이다. 미처 고백하지 못한 작은 사실이 두 사람 사이에 거리감을 만들까 두려웠다. 자기를 그렇게 따르면서 왜 털어놓지 않은 것이 있냐고, 장이 비난할 것만 같았다. 장은 야스코와 전혀 다른 사람임을 알고 있음에도 그랬다. 얀은 좌불안석이 되어서는, 이불 밑의 천만 손톱으로 뜯었다. 장이 작게 한숨을 쉰다. 긍정적이지 못한 징조다. 하지만 장은 얀의 각오와는 다르게, 로켓을 얀에게 돌려줬다.

"들키지만 마라."

그렇게 얀은 로켓을 가져도 된다는 허락을 받았다고 믿게 됐다.

마른 꽃잎의 주인은 장이 아니었음에도.

"그만두자."

소녀가 상처받은 표정을 짓지만, 너는 단호하게 되풀이한다. 멈추자. 괜히 어른들의 싸움에 우리 시간을 낭비하지 말자. 우리가 할 수 있는 건 다 했어. 소녀는 동의할 수 없다는 의미로 고개를 젓는다. 너는 소녀가 스스로를 저 밖에서 일어나는 전쟁의 곁에 묶어두는 의무감이 어디서 비롯됐는지 안다. 전사자들의 희생이 안타까워도 우리 중 한 명이 죽는 것보다 그냥 도망치는 게 훨씬 낫지 않겠냐는 이기적인 말이 턱끝까지 차오른다. 하지만 너는 안다. 그 말이야말로, 소녀의 마음까지도 멀어지게 할 작별의 보풀이 될 수 있다는 것을. 그래서 너는 참는다. 너는 소녀와 함께 살고 싶고, 소녀도 너와 함께 살고 싶어 하니까. 하지만 소녀는 너와 다르게 외면이란 선택지를 택하지 못한다.

우리가 그만두고 싶다고 해서 정말 그만둘 수 있다고 믿는 거야? 정말 그렇게 생각해?

소녀의 눈에 눈물이 맺힌다. 너는 소녀가 우는 것을 처음 본다. 소녀는 부모가 죽었을 때도 피가 나도록 입술을 깨물기만 했지, 눈물 한 방울 보이지 않았었다. *그러지 못해. 나는*

그만둘 수 없어. 네가 반박하려고 하자, 소녀가 로켓을 쥔다.

아, 너는 속으로 한탄한다. 네게 저걸 주는 게 아니었는데. 저 안에 든 압화만 아니었다면, 너는 나와 함께 우리만의 세상으로 도망쳐 줬을 텐데. 너는 소녀의 방 옷장에 고이 개켜져 있던 하얀 드레스를 떠올린다. 어머니가 결혼식에서 입었다던 드레스를 입은 소녀가 자기 앞에 서서 웃는 모습을 얼마나 자주 그렸었는지. 너는 소녀의 얼굴을 매만진다. 손을 떼면 다시는 건드리지도 못할 귀중품을 만지듯, 네 엄지가 소녀의 뺨에 하릴없이 머문다.

"너는 그만두지 못하겠지, 언제든 모른 척할 준비가 되어 있는 나와 다르게. 네가 떠나지 못하게 만들 방법이야 찾으면 있겠지만, 나는 결국 네 뜻을 굽히지 못할 거야."

너는 네가 떳떳하지 못한 세상에서 사는 걸 견딜 수 없어 하는 사람이니까. 네 눈에서도 눈물이 떨어진다. 한겨울의 소음처럼, 네 울음은 고요한 눈물 안에 갇혀 소녀에게 닿지 못한다. 너는 소녀를 네 세상에 얼마나 간절히 붙들고 싶어 하는지, 결국 증명해 내지 못할 것이다.

"그리고 나는 지금을 영원토록 붙들면서 살아가겠지…."

"지구에 돌아가면, 우린 어마어마한 돈방석 위에 앉게 될 거야."

그렘이 알싸하게 취해서는 신나게 떠들어 댔다.

"용병이 영주의 장기말에 불과하다고? 흥, 모르는 소리! 우린 대박 난 영주의 상품이야. 지구에서 우릴 모르는 인간은 없다고! 내가 엉덩이 한번 씰룩거리면 기절할 팬들이 널렸어. 이렇게만 간다면, 우리는 용병 연계 회사에서 독립할 힘이 생기겠지. 충성심이라는 좆같은 구속에서 자유로워질 수 있다고! 조금만 더 명줄을 붙들자. 그럼 곧 원하는 영주를 택할 수 있게 될 거야. 아니, 아니지. 자회사를 차릴 수도 있어! 그럼 지금처럼 성과급 없이 정해진 금액만 꼬박꼬박 받는 노예 같은 생활과 안녕이다, 이거야."

땀 냄새 나는 동료들 사이 잘 보일 사람도 없을 텐데, 그렘이 왁스를 지나치게 발라 반질반질해진 머리를 천 번째 빗으며 으스댔다. 근래 그렘은 외모 꾸미기에 공을 들였다. 치장한 용병이라니, 이질적인 두 단어의 조합이었으나, 그렘을 비롯한 부대원들은 이 조합을 자연스럽다고 여겼다.

"조만간 외지구인과의 행성 쟁탈전이 끝난다 하더라도, 전쟁은 안 끝나. 영주들끼리 서열 다툼을 시작하겠지. 그럼 뭐다? 정보전의 서막이 열린다. 이 말씀이야. 곧 용병 드래프트니 에이전트니 생기면서 우리를 영입하려는 다른 영주의 제

안도 들어올 거라고. 그러니까 아우라 영주가 '데뷔'시켜 준 우리는 더 돈독해질 필요가 있어. 이 부대 그대로 지구에서 카르텔을 만들자고. 우리만큼 서로를 잘 아는 팀을 우주 어디서 또 찾겠어?"

그렘은 말이 너무 많았다. 대화의 공백을 견디지 못하는 그는, 자신에겐 침묵을 일소할 의무가 있다는 듯 입을 항시 움직여 댔고, 이 때문에 할 말 못 할 말을 구분하지 못했다. 얀은 장을 곁눈질했다. 반쯤 풀린 눈으로 술을 홀짝이던 장은 얀에게 눈길을 돌려주며 말없이 윙크했다. 제풀에 지칠 때까지 그냥 두라는 의미였다. 얀은 장을 따라 묵묵히 술잔을 기울였다. 이번에 전리품으로 갈취한 술은 지구 보급품보다 훨씬 맛이 좋았다. 얀은 연거푸 술을 들이켰다. 다른 용병들은 이미 거나하게 취해 있었다. 감각을 무디게 해주는 술은 용병에겐 살가운 간신배 같은 친구였다. 얀처럼 매일 밤 악몽이 따라붙는 용병에게는 특히 그랬다.

"못 찾지."

치후가 짤막하게 대꾸하자, 그렘이 잔뜩 신나서는 치후에게 어깨동무를 했다.

"그렇지? 우린 똥통에서 구를 만큼 굴렀어. 고생을 보상받기까지 머지않았다고!"

그렘은 아니꼽긴 했지만, 이 말만큼은 모두가 동의했다.

아득한 우주를 수없이 누빈 끝에, 드디어 종전의 기미가 보이고 있었다. 절반 이상의 행성이 영주들에게 먹혔고, 남은 외지구인 행성 중 6할이 항복을 선언했다. 심지어 자기 진영을 배신하고 영주를 모시겠다 선언하는 무리도 있었다. 승리가, 아우라 부대의 용병들이 재력과 인기의 정점을 찍을 미래가 가까워지고 있었다.

그렘이 손목에 찬 통신기의 화면을 톡톡 두드리자, 엄지만 한 입체 아이콘이 튀어나왔다. 그렘의 외형을 묘사해 극단적인 데포르메를 적용한 3등신 캐릭터였다. 아우라 영주의 작품이었다.

집안 대대로 엔터테인먼트 사업을 해왔던 아우라 영주는 숙련된 장사치의 눈으로 용병의 또 다른 가치를 꿰뚫어 봤고, 용병을 영웅으로 만드는 거대한 프로젝트를 설계했다.

온 우주를 누비며 유토피아를 독점하려는 이기적인 선착민을 토벌하는 영웅. 만화영화에서나 나올 법한 서사이지 않은가. 아우라는 전쟁 도박에 빠진 사람들의 심리를 정확하게 겨냥했고, 선택받은 용병들은 아우라가 솜씨 좋게 짜놓은 이야기를 통해 전 지구적인 인기를 누리게 되었다. 그건 얀도 마찬가지였다.

얀은 총을 들고 포즈를 취하는 3등신의 얀을 멀거니 봤다.

자신을 본떴다는 캐릭터였지만, 얀은 미미한 이질감을 느꼈다. 구매자의 일상 계획을 관리해 준다는 매니저형 프로그램 '영원의 단짝'은 친구가 되고 싶은 유명인의 생김새를 따 출시되는 게 보통이었다. 캐릭터 얀은 얼마 전 유저 인기투표에서 '친구로 삼고 싶은 용병' 3위에 올랐다. 그렘은 5위, 치후는 8위. 아우라의 신도시에는 선택받은 조그마한 얀들이 시민들의 팔목 통신기에 붙어 거리를 누비고 있을 것이다. 정작 진짜 얀은, 신도시에 한 번도 발을 들인 적이 없었는데도.

얀은 앙증맞게 움직이는 캐릭터들을 볼 때마다 야스코를 떠올리곤 했다. 네가 누구에게 사랑받을 수 있겠니, 하고 습관적으로 타박하던 친부를. 야스코는 어디에 있을까. 살아는 있을까. 얀은 그가 살아 있기를 바랐다. 그래서 그가 팔아버린 아들이 지금은 지구인들의 영원의 단짝으로 사랑받는 모습을 봤으면 했다. 자신이 틀렸음을 깨닫고, 얀에게 모진 말을 했던 과거를 땅을 치고 후회하기를.

"정해진 좌표를 따라 떠도는 건 이제 신물이 나. 지구에 돌아가면 반드시 정착하고 우주는 거들떠보지도 않을 거야. 결혼도 해야지."

"결혼? 야, 온갖 재밌는 거 두고 결혼은 무슨 결혼? 지구에는 우리랑 얘기 한번 나눠보고 싶어 안달 난 사람들이 줄을 섰다고! 사인이나 하나 만들어 둬. 도착하면 사방팔방에서 자기 피부에 사인을 문신으로 새겨달라고 애걸복걸해 올 테니까. 애인이 되어달라는 미인도 수십만 명 있을 거야. 골라 사귀는 맛이 있겠지. 그나저나 너 팔로워 수 몇이냐? 늘었어?"

"얼마 전에 1B 됐어."

"애개, 겨우 10억? 나는 얼마 전에 1.3B로 늘었는데. 사진 같은 걸 자주 올리라고. 사람들에게 먹이를 주란 말이야. 너무 오래 기다리게 하면 우리 귀염둥이 팬들은 지쳐서 한눈팔게 뻔하다고."

얀은 피식 웃고 말았다. 그렘이 웃기를 딱 그치고 얀을 노려봤다. 용병으로 살아온 햇수만 따지면 얀이 훨씬 선배지만, 그렘은 나이가 많다는 이유 하나로 얀을 줄곧 낮잡아 봤었다.

"뭐가 웃겨?"

"아무것도 아니야."

얀은 고개를 젓지만 웃음이 멈추지 않았다. 얀 자신도 정신이 나간 게 아닐까, 생각이 들 정도였다.

"전부터 너는 네가 우리보다 낫다는 것처럼 구는데, 조심해. 너에게 그 지고지순한 순정이 있다고 네가 우리보다 덜 더러운 인간인 것 같아?"

"그렘, 그쯤 해."

"끼어들지 마. 야, 네가 살풀이처럼 해대는 죽은 애인 타령 좀 들어주니까 우쭐해지신 것 같은데, 망령 붙잡고 사는 게 콧대 치켜세울 일은 아니라고. 전쟁터에서 발정 난 게 자랑거리냐?"

"말이 심해, 이 친구야."

"내가 뭐! 애절했니 어쩌니 해도 사랑 그거 다 발정이야. 잊지 못한 사랑이라 해봐야 발정 난 걸 제대로 풀지 못해서 아쉽게 남아버린 미련인 거지. 다 그렇게 생각하지 않아? 내 말이 틀려?"

죽은 애인. 얀에게 로켓을 건넨 외지구인 소녀는, 언제부턴가 얀의 거짓말 안에서 첫눈에 반해 짧은 사랑을 나눈 연인으로 둔갑해 있었다. 이야기를 지어내긴 쉬웠다. 장이 자신에게 그랬던 것처럼, 이야기의 부족한 부분을 덧대어 나가면, 정말로 경험한 일처럼 생생해졌다. 얀은 소녀와의 사랑 서사를 빈틈없이 고쳐나갔다.

딱 하나, 소녀의 이름만큼은 지어내지 못했다. 하지만 아무도 부르지 않을 이름 같은 건 필요 없었다. 그렇게 완성된 이야기는 얀의 돌아갈 장소가 됐다. 다른 누구도 아닌, 오직 얀만을 위해 존재하는 견고한 개념. 얀은 이런 감정을 영영 모르고 살 그렘이 불쌍하기만 했다. 그래서 싱거운 조소만 머금었다.

"할 줄 아는 게 그런 말밖에 없지?"

그렘이 벌떡 일어나 얀의 멱살을 잡는다. 동료들이 황급히 일어나 둘을 말리려는 찰나, 타이밍 좋게 짧은 경보가 울렸다. 쟝이 경고하듯 그렘과 얀을 향해 손목을 까딱거렸다. 잠자코 상황을 지켜만 보고 있던 치후가 대응했다. 소야오 영주 측 우주선에 온 연락이었다.

"동행 요청. 자가발전 동력이 고장 나고 연료도 다 떨어져서, 정거장까지만 붙어 가고 싶대."

"그쪽이랑은 사이가 나쁘진 않으니까 상관은 없는데, 따로 붙은 조건은 있나?"

"감사의 의미로 외지구인 인질 몇을… 빌려줄 수 있다고 합니다."

"아, 그럼 환영이지. 거절할 이유가 없네. 그렇죠, 대장?"

방금 있었던 일을 잊기라도 한 것처럼, 그렘의 입이 다시 재살거리기 시작했다.

"새로운 얼굴들이랑 재미 좀 봅시다!"

얼마 후, 우주선이 도킹하고 소야오 측 용병이 아우라 우주선으로 들어왔다. 쟝이 소야오 부대의 대장을 가볍게 안았다가 주먹을 마주 툭 쳤다. 협공 작전을 몇 번 펼쳤던 사이라 낯익은 얼굴들이 많았다. 어린 신병들은 충성심이 들끓을 시기라 그런지, 다른 진영의 우주선을 얻어 타는 게 영 달갑지 않다는 표정을 감추지 못했다. 저편에 묻어둔 재스퍼와 수연에 대한 기억이 불쑥 떠오른 얀은 목구멍 안쪽이 조금 뜨듯해졌다. 오늘은 조금 경계심을 풀어도 될 것 같았다. 그런데 다짐하기가 무섭게, 얀은 한 소야오 신병과 눈이 마주쳤다. 그는 못 볼 걸 봤다는 듯 얼굴을 와작 일그러뜨리고는, 느닷없이 얀을 향해 손가락질하면서 소리쳤다.

"저 사람 선착민 아니에요?"

얀의 미간이 찌푸려지자, 상황이 심각해지질 않기 바라는 소야오 측 대장이 신입의 머리를 가볍게 때렸다.

"미안, 오해가 있어서 그래. 미리 설명을 해줬어야 했는데."

그가 얼른 어떤 사진을 공유 패드에 띄워 아우라 용병들에게 보여줬다. 잡아 온 인질을 정면에서 찍은 사진들이다.

"얼마 전 붙잡은 인질 중에 얀이랑 똑같이 생긴 놈이 하나 있거든. 나도 보고 놀랐다니까."

그가 자세히 보라는 듯, 맨 우측 하단에 있는 사진을 누르자 확대된 사진이 홀로그램 속에서 미세하게 흔들렸다. 장을 포함한 주변의 모두가 눈을 동그랗게 뜨고 화면을 봤다가, 얀을 보고 다시 화면을 보기를 반복했다.

자세히 보면 다른 점을 찾아낼 수 있긴 했다. 얀의 콧볼이 아주 살짝 더 넓다거나, 머리숱이 더 많다거나 하는 정도의 차이. 무엇보다, 남자의 연푸른 피부 위엔 주근깨가 없었다. 그러나 얀은 거울을 보는 듯한 느낌을 도무지 지울 수 없었다. 뭐야, 얀. 너 조상 중에 외지구인이 있었냐? 얘랑 너, 친척 아냐? 그렘이 시시덕거리지만 얀은 받아칠 수 없었다.

쉬런.

인질 명부를 확인하지 않아도 알 수 있었다.

소녀의 쉬런이 여기에 있었다.

얀은 그 이상 동요한 기색을 드러내지 않았다. 장은 얀을 걱정하는 기색이었지만, 이 이상 마찰을 빚지 않는 것을 우선했다. 분위기는 빠르게 바뀌었다. 회식이 열리고 술잔이 오갔다. 우주선이 조용해질 때까지 기다리던 얀은, 긴장이 풀린 동료들에게 불침번을 대신 서주겠다고 했다. 거절하는 이는 없었다.

함선 내부의 카메라를 통해 모두가 잠든 걸 거듭 확인한 얀은, 뒤춤에 찬 레이저건의 배터리를 확인한다. 도킹으로 이어진 통로는 열려 있었다. 얀은 조심스럽게 발을 내딛는다. 하지만 얀은 은밀하게 소야오 측 함선으로 넘어가는 데 실패하고 말았다.

"얀."

분명 잠든 걸 확인했는데, 그마저도 예상했다는 듯 얀을 거뜬히 속여 넘긴 장이 얀을 불러세웠다.

"가지 마라, 그럴 필요 없다."

발목 인대가 뻣뻣하게 굳는 것 같았지만, 얀은 태연한 척 돌아섰다.

"제가 꼭 무슨 짓을 벌일 것처럼 말씀하시네요. 저쪽 함선 구경 좀 하려는 거예요."

"인질을 보러 가려는 거겠지. 그 남자애를 보러 가려는 것 아니냐."

"제가 왜요."

"네가 늘 지니고 다니는 로켓의 진짜 주인이니까, 그 애가."

"그게… 무슨…."

"굳이 확인하려고 하지 마라, 얀. 지어낸 이야기는 이야기로 남겨둬. 거짓말을 진짜로 만들려고 애쓸 필요는 없다. 그건 인격 없는 캐릭터에 열광하는 지구인과 다를 바 없는 짓이야."

얀의 눈동자가 흔들렸다. 어디서부터 어디까지 들킨 걸까. 죽어가는 소녀에게 로켓을 건네받는 자신을 본 걸까. 그 애에게 입 맞췄던 것도 목격했을까? 아니면 추측이 우연히 맞아떨어졌을뿐일까. 얀은 애써 평정심을 유지하려고 애썼다.

"널 위해서 하는 말이다."

"나를 위해서요?"

하지만 장의 그 말에 얀의 속이 뒤집혔다. 단 한 번도 장에게 버릇없게 군 적 없는 얀이었건만, 이젠 자신보다 작아진 장을 의도적으로 내려다보게 됐다. 얀의 눈에는 배신감이 묻어 있었다.

"나를 위해서라고요? 함께 지냈던 시간 동안 나를 위해서, 라는 말을 처음 꺼내 드는 순간이, 어떻게 지금일 수가 있어요? 거짓말을 진실로 구멍 내지 말라는 말을 어떻게 장이 나한테 할 수 있죠?"

"야노프."

"제가 지어낸 거짓말을 저 알아서 하겠다는데 왜 참견하시는 거예요. 이게 장이 가르쳐 준 거잖아요! 제게 늘어놓은 가족에 대한 거짓말들, 듣고 배우라는 거 아니었어요? 장의 아내와 아들이라는 작자들은 한 번도 장에게 연락한 적이 없었죠. 그 흔한 결혼반지도 없잖아요. 진짜 가족들이 아니었으니까! 그렇게 치밀하게 이야기를 지어내 모두를 속였으면서, 저는 왜 안 되죠? 장이 보기에 제가 누군가에게 사랑받기에 모자란 인간이라 그래요? 존재하지도 않는 인간에게마저?"

"존재하지 않는 인간이 아니잖느냐, 야노프."

장은 쏟아 내는 모든 힐난에도 얀을 붙든 팔을 놓지 않았다.

"존재했던 인간이잖아."

그 말이 얀을 들춰냈다. 얀이 외면해도 충분히 잘 살았을, 몰랐어야 더 잘 살았을 진실이 고름처럼 튀어나왔다. 진실은, 얀이 거짓말로 꾹꾹 밀어 넣어 숨겼을 때보다 훨씬 크게 부풀어 있었다. 진실은 흐물흐물해진 입천장을 통과해 얀의 정수리까지 장악한다. 얀의 얼굴이 붉어졌다. 자기 머리색보다도 붉게. 어찌할 수 없는 부끄러움이 얀을 덮쳤다. 얀은 그 수치를 숨기기 위해, 평생을 걸쳐 후회할 말을 뱉었다.

"그래서요? 장도 저와 다를 것 없는 망상으로 버텨왔잖아요. 그리고 나는 그 개 같은 당신의 가짜 아들보다 못한 취급을 받았고요! 가짜에게 밀린 초라한 심정을 장이 알기나 해요? 난 '진짜'의 이야기를 가져갈 거예요. 장이 알았으면서도 내어주지 않은 '진짜'의 이야기를요!"

아마 마지막 기회는 장에게 로켓을 들켰던 날이었을 것이다. 그날, 장이 들키지 말라는 말 대신 다른 얘기를 해주었다면, 네 것이 아닌 호신부로 스스로를 위로하지 말라는 말과 함께 장의 소지품을 주었더라면, 얀은 다른 선택을 할 수 있었을까. 알 수 없었다. 악을 쓰듯 묵힌 원망을 마구잡이로 던진 얀은 쟝의 손을 뿌리치며, 소야오 측 함선으로 도망쳤다. 버튼을 누르자 문이 닫혔다. 쟝은 얀을 붙잡지 않았다. 문 두드리는 소리도 나지 않았다. 얀은 쟝의 인기척을 기다렸지만, 문 너머는 고요했다.

격자무늬의 푸른 레이저 너머에 있는 선착민 인질 무리를 찾아내는 건 쉬웠다. 그들 또한 용병들처럼 얀의 얼굴을 보고 놀라움을 감추지 못했다.

"…."

다른 인질들이 그의 기색을 살피는 것으로 보아, 쉬런이 저들의 대장 격인 듯했다. 얀은 최대한 아무렇지 않은 척, 창살을 사이에 두고 한쪽 무릎을 꿇어 쉬런과 눈높이를 맞췄다. 쉬런에게 오래 생각할 시간을 주지 않으려고 했는데, 이렇게 얼굴을 마주하고 있으니 거울에 비친 상이 의지를 가지고 멋대로 움직이는 것 같다는 꺼림칙한 감각에 사로잡혔다. 얀은 이 감각을 내쫓듯 소녀의 로켓을 꺼내 보였다. 얀이 로켓을 열어 안을 보여주자마자, 쉬런의 눈빛을 덮고 있던 의구심이 깨졌다. 깨달음, 경악, 슬픔, 증오, 결단, 감내가 차례대로 쉬런의 얼굴 위에 스쳤다. 얀은 쉬런이 버럭 화를 내기를 바랐다. 그러나 쉬런은, 감정을 억누르며 차분한 의문문을 제시했다. 지구의 언어다.

악센트가 이상한 지점에서 강하게 붙는 게, 후천적으로 습득한 것이 틀림없었다. 얀 또한 지구 공통어를 뒤늦게 교육받은 입장이었지만, 잘 모르는 지방의 사투리 같다는 감상이 짧게 스쳤다.

"영문 모르겠군. 이게 뭐지?"

얀은 모르는 척하는 쉬런의 태도가 거슬렸다. 쉬런은 로켓이 무엇인지, 누구의 것인지 알아봤다. 그렇다면 감옥 레이저에 몸이 지져지거나 얻어맞을 위험을 감수하고서라도 분노해야 하는 것 아닌가? 원래 소중한 것을 위해서라면 감정을 거리낌 없이 드러내야 하는 거잖아. 영주를 위해 몸을 던진 아이들처럼, 푼돈으로 도박을 더 하기 위해 자신을 때린 아비처럼, 그리고 자기네 행성을 지키기 위해 목숨을 내던진 선착민처럼. 그간 얀의 잠을 설치게 했던 꿈들이, 쉬런의 행동 하나에 한순간 보잘것없어지는 것 같았다.

"정말 몰라서 물어? 잘 봐. 잘 보라고."

"안 보여. 난 시력이 안 좋아서."

거짓말인지 아닌지 분간이 가지 않는 어조였다.

"가까이 보여줘. 레이저를 끄고. 그럼 알 것 같다."

속이 뻔히 보이는 도발이었다. 얀도 머리로는 그를 비웃었다. 하지만 장에게 퍼부었던 울분의 여운이 아직 가시지 않았던 탓일까, 얀은 자괴감을 떨쳐 내기 위해 이성적이지 못한 판단을 하고 말았다. 얀은 쉬런의 요구대로 감옥 옆의 레이저

스위치를 내렸다. 그러고는 아무것도 없어진 공간을 성큼성큼 가로질러, 쉬런의 눈앞으로 활짝 열린 로켓을 들이밀었다.

"이제 보이지? 네놈 여자 거야. 그 여자, 마지막으로 나한테 애원하더라고. 안아달라고, 키스해 달라고. 그래서 그렇게 해줬지, 너 대신 내가."

이런 말을 하려고 쉬런을 찾은 게 아니었는데. 얀은 감당하기 버거운 감정의 무게에 못 이겨 그렘처럼 속되게 말하고 말았다. 다행인지 불행인지, 얀은 그 이상 말을 이어가지 못했다. 눈앞이 번쩍였다. 쉬런이 얀의 이마를 정수리로 치받은 것이다. 일정량 이상의 운동에너지가 감지되면 수갑이 손목을 자를 것처럼 조일 텐데도, 쉬런은 아픈 기색 하나 없이 얀과 몸싸움을 벌였다. 뒤춤의 총을 꺼내려고 시도하는 사이, 무언가가 날렵하게 얀의 뒷목을 때렸다.

얀은 그대로 정신을 잃고 말았다.

네가 지원군 입대를 위해 떠나기 전날 밤, 누군가 거칠게 너희 집 현관문을 두드린다.

일찍 부모를 여읜 너를 이 시간에 찾아올 사람은 한 명밖에 없다. 잠을 설치던 너는 벌떡 일어나 문을 연다. 역시나, 소녀가 있다. 소녀의 어머니가 물려준 하얀 드레스를 입고. 소녀의 쇄골 근처에서 네가 선물한 로켓 은줄이 흔들린다.

눈길 위에 발자국을 남기며 걸어온 소녀의 드레스 자락은 조금 더러워져 있다. 허벅지까지 굽이치던 곱슬머리는 입대를 위해 민머리가 되었고, 걸쳐 입은 가죽 코트는 여러 번 기워 누덕누덕했다. 너는 여느 때보다도 거세고 복잡한 감정의 소용돌이가 그대로 덮치게 내버려 두며, 소녀를 끌어안는다. 소녀가 너를 품으로 삼킬 것처럼 마주 안으며 속삭인다. *헤어지기 전에 조금이라도 더 같이 있자.*

기껏 그렇게 간 곳은 너희 집 지붕이다. 너희에게 있어선 가장 아늑한 아지트다. 아이였을 적부터, 너희는 거기에 앉아 같이 하늘을 보곤 했다. 너는 소녀를 위로 먼저 올려주고, 실내복을 정장으로 갈아입는다. 공장에서 같이 일하는 친한 형이 생일 선물로 준 정장은 그새 짧아져 발목이 훤히 드러난다. 네가 어색한 몸짓으로 등장하자, 소녀가 웃는다. 숨넘어가듯 웃지만 놀리는 기색은 아니었다. 이 해괴한 의상 맞춤이 어떤 의미인지 알아서, 앞으로는 함께 있을 수 없다는 사실에 대한 슬픔이 샘솟아서, 하지만 얼굴을 보는 것만으로도 좋아서, 단번에 들이닥치는 이 감정을 어떻게 소화해야 할지 몰라 웃어버린 것을, 너는 이미 헤아리고 있다.

너와 소녀는 아무 일도 일어나지 않을 것처럼, 내일 또 평범하게 만날 수 있을 것처럼 평소와 같이 이야기를 나눈다. 이윽고 소녀가 팔을 든다. 관절이 도드라진 긴 손가락이 밤하늘을 가리킨다. 소녀가 묻는다.

"보여, 쉬런?"

너는 겨우 소녀에게서 눈을 떼, 소녀가 가리킨 곳을 본다.

피비린내가 났다.

익숙하지만 결코 친숙해질 수 없는 냄새였다. 피 냄새에는 언제나 아수라장의 굉음이 따라붙기 마련이었는데, 정적만 한참 이어졌다. 괴리감을 느낀 얀이 겨우 천근만근 무거워진 눈꺼풀을 들어 올렸다. 시야가 여러 겹으로 나뉘었다가 다시 합쳐졌다. 어지럽다. 얀은 일어나려고 했지만 몸이 말을 듣지 않았다. 얀은 그제야 양손이 등 뒤로 묶였다는 걸 깨달았다. 고개를 숙이자 반대 방향으로 누운 자의 얼굴이 보였다. 올슨이었다. 사지를 축 늘어뜨리고는 움직이지 않았다. 바닥과 밀착된 관자놀이에서 흘러나온 피가 작은 웅덩이를 만들었다. 얀은 배에 힘을 주고 상체를 일으켰다. 다른 동료들도 시체가 되어 있었다. 얀은 이 사달의 원인이 자신이라는 걸 뒤늦게 상기했다. 얀은 눈을 있는 힘껏 감았다가 떴다. 조종실의 키패드를 조작하고 있는 붉은 뒷통수가 보였다. 장. 얀은 본능적으로 외쳤다. 장!

"그 남자라면 저기 있다."

쉬런이 뒤도 돌아보지 않고, 엄지로 장이 있는 곳을 가리켰다. 장의 고개가 부자연스럽게 꺾여 있었다. 그의 아래턱에 뚫린 커다란 총상이 고스란히 보였다. 죽었다. 아직 살아 있다고 얀 스스로를 속일 수도 없게 장의 총상은 적나라했다. 얀의 귀에 이명이 삐, 하고 지나갔다. 금붕어마냥 뻐끔대던 얀을 지켜보던 쉬런이 다시 입을 열었다. 쉬런의 지구공용어는 문법도 어순도 맞지 않았지만, 강단 있는 어조는 그 의미가 우스워지지 않도록 단단하게 받쳐줬다.

"저 남자는 스스로 죽었다. 내 손으로 죽이고 싶었지만, 아쉽게도."

"뭐?"

"우리는 기습하려고 했다. 그런데 너를 부르던 저 남자와 마주쳤을 때. 저자는 머리채를 잡혀 끌려오는 너를 보고, 바로 죽이더군. 뒤따라오던 자기 동료를. 시키는 대로 할 테니 너만은 부디 살려달라면서. 여기 죽은 인간들 절반, 저 남자가 죽였다."

"마, 말도 안 되는 소리…."

"배신 왜 하는지 물으니, 언젠가 이렇게 될 줄 알았다고 답했다. 속죄냐고 물었어. 그건 아니라고 하더군. 감히 부탁하면서. 이걸 너한테 전해달라고. 그러더니 자기에게 총을 쐈다. 답을 듣지도 않고."

쉬런이 얀의 눈앞에 들이민 건, 총알이었다. 무언가가 새겨져 있었다. 시야가 흐릿해 얀은 그 단어를 제대로 읽을 수 없었지만, 얀은 쟝이 마지막 순간 무슨 의미로 이걸 전해달라고 부탁했는지 알 수 있었다. 넋이 나간 표정 그대로, 얀의 눈에서 눈물이 후두둑 떨어졌다.

그러자 쉬런은 기다렸다는 듯, 어떠한 경고도 없이 얀에게 주먹을 날렸다. 가장 소중한 것을 잃었음을 자각한 순간을 만끽하게 두지 않겠다는 듯, 그 순간을 앗아 가는 게 자신의 복수 중 하나라는 것처럼. 쉬런이 얀을 구타하면서 모어로 알 수 없는 말들을 중얼거렸다. 그중 에이브라는 발음이 유독 뜨거웠다. 에이브. 얀은 속으로 그 단어를 따라 발음해 봤다. 그 애 이름이 에이브였구나.

예전 생각이 났다. 살았는지 죽었는지도 모를 친부도 얀을 이렇게 때렸었다. 그때는 부당함에 속이 쓰렸다면 지금은 이 폭력이 당연한 대가를 치르는 것처럼 느껴졌다. 한참 뒤에야 쉬런이 얀을 밀치듯 놓았다. 얀은 뒤로 퉁, 밀리다가 벽에 부딪혔다. 얀의 등과 팔이 스르르, 바닥으로 쓰러졌다.

뒤늦게야 방의 모든 면이 시야에 들어왔다. 얀은 자신의 충동이 어떤 결과를 초래했는지 절감했다. 조금만 더 버텼다면, 조금만 더 신중했다면 지구에 금의환향할 수 있었을 텐데. 그렘의 말마따나 성공한 삶이 용병들을 기다리고 있었다. 하지만 왜인지 얀은 그들의 미래를 망쳤다는 자책까지 들지는 않았다. 단 한 사람의 미래를 제외하고는. 따뜻한 기운이 돌연 코를 틀어막았다. 코피였다. 피를 닦기 위해 손을 든 얀은 검은빛을 띤 핏줄이 팔뚝 위로 솟아 있는 걸 발견했다. 쉬런의 혈관에 흐르는 건 보통 피가 아니었다. 독이었다.

"너. 이제 넌 우리 인질이다. 해독제를 받고 싶다면 순순히 따라와라."

"용케 안 들키고 독을 숨겼네…."

"우리는 몸 안에 독을 품고 있거든. 지구 인간들은 우리가 괴물이 되길 원하기에, 원하는 대로 괴물이 되어주기로 했어."

유독 날카로운 송곳니 사이로 으름장이 흘러나왔다. 어설펐던 지구공용어 문장들과는 다르게 문법과 발음이 정확했다. 마치 오랫동안, 얀 같은 지구인에게 말하기를 별러왔던 것 같았다. 얀은 영원 같은 찰나 동안 쉬런과 시선을 맞대며 대치했다.

"그냥 죽여. 탈출할 방법을 찾아야 하지? 셔틀 대기실은 함성 우측 하단 복도 3번 방에 있다. 생체정보 승인이 필요하면 눈을 뽑든 손모가지를 잘라 가든… 마음대로 하고, 빨리 죽이기나 해."

"아니, 넌 우리와 함께 간다."

"왜? 왜 나를 살려두는 건데?"

"에이브가 어떻게 죽어갔는지 설명해 봐라."

"뭐?"

"에이브가 어떻게 죽었는지 말해. 에이브가 애원했다고 했지. 네놈에게, 안아달라고. 너는 그대로 해줬고. 그때 에이브는 어떤 모습이었지? 사지는 멀쩡했나?"

도무지 종잡을 수 없는 명령이었다. 얀은 질문들의 의도를 파악하기 위해 몇 번이고 되물었지만, 쉬런은 아득바득 대답을 이끌어 내려고 할 뿐이었다. 좋지 못한 결말을 맞이한 연인의 마지막 모습에 집착하는 쉬런에게 음흉한 취향이 있는 건지, 의심이 들 정도였다. 하지만 답을 해주지 않을 이유도 없었기에, 얀은 기억을 더듬었다. 거짓말을 해봤자 의미가 없을 것 같았다.

"에이브가 그런 상태로, 너를 보고 내 이름을 불렀다는 거지."

"난…."

"그럼 너는 보았을 거다. 나를 볼 때만 지어주는 에이브의 그 표정을. 어떤 표정이었지? 말해라."

그제야 얀은 깨달았다. 쉬런은 얀을 용서했기에 살려두려는 게 아니었다.

얀은 로켓이었다. 쉬런이 지키지 못하고, 빼앗지도 못하는 에이브의 마지막을 품은 로켓. 더는 살아 있지 않은 연인의 조각난 순간을 기억하고 있는 누군가.

"제발, 그냥."

얀은 운명이 내린 저주에서 벗어나고 싶었지만, 이미 저질러 버린 과오는 바꿀 수 없는 것이었다.

"그냥 내가 여기서 죽을 수 있게 해줘. 죽여줘."

"아니, 오래 살아야지."

오래 살라는 말이 덕담이었던 때가 있었다고 한다. 어쩌면 누군가의 목숨을 앗아 가지 않아도 무난한 삶을 살 수 있었던 시대의 문화였을 것이다.

"오래 살아서, 끔찍했던 기억에 덮여 소중한 것을 잊어가는 기분을 나와 함께 느껴야지."

하지만 누군가의 목숨을 빼앗아야만 살 수 있는 지금은, 목을 조르는 올가미에 지나지 않았다.

이대로 혀를 깨물어 버릴 수도 있었다. 해독제를 먹지 않으려고 버티는 방법도 있었다. 하지만 얀은 어느 쪽도 택하지 않고, 죽은 장을 향해 기어갔다. 경직이 진행되고 있는 장의 다리에 얼굴을 묻었다. 기름이 새듯 나오던 눈물에 비로소 울음소리가 섞였다. 얀은 분별없는 어린아이처럼 흐느끼기 시작했다. 얀은 이제야 죽음이라는 게 무엇인지 실감할 수 있었다.

매일 맞닥뜨리는 것이 죽음이었으나, 얀은 죽음이 늘 낯설었다. 온갖 총구와 무기가 코앞까지 들이밀어져도, 얀을 정말 죽이지는 못하는 생생한 영화를 보는 기분으로 한평생을 살아온 것 같았다. 방관자의 입장에서 마땅한 죽음과 마땅해서는 안 될 죽음을 구분하는 건 쉬웠다. 마땅한 죽음들은 엔딩 크레딧에 잠깐 올라왔다가 사라졌다. 수연과 재스퍼처럼. 그리고 마땅하지 못한 죽음을 맞은 이름들은 누구도 돌봐주지 않는 무관심 안에서 썩어들어 갔다.

얀은 마땅하지 않은 죽음을 맞이해도 괜찮았다. 오히려 그게 올바른 결말처럼 느껴졌다. 그러나 장만큼은 이런 식으로 죽어서는 안 됐다. 얀을 잘 키워보겠다는 도박을 했지만, 결국 성공하지 못한 사람. 그럼에도 마지막까지 얀을 원망하지 않은 사람. 장은 얀을 살리기 위해 자신의 영혼을 선전 도구로 팔아버렸다. 말라빠진 못생긴 남자애에게 무슨 가치가 있다고. 하지만 얀은 이미 이유를 알았다.

아, 징그럽다. 징그러워 죽겠다.

얀은 자조한다. 사랑이라는 게 정말 징그러워서 미칠 것만 같다. 어딘가에서는 억 단위의 돈을 벌 수 있는 사랑이 있는데, 어딘가에서는 한 푼어치 값어치도 되지 못해 우주의 먼지와 함께 뒤섞이게 될 사랑이 존재한다는 게 참을 수 없이 역겨워진다. 하지만 결국 얀도 그 징그럽고 값어치 없는 짓을,

매 순간 하고 있었다. 유리를 들춰내면 곧장 바스러져 없어질 말린 압화를 만드는 것과 같은 짓을.

코에서 조금씩 나오던 검붉은 피가, 이제는 수도꼭지를 튼 것처럼 줄줄 흐르는 지경이 되었다. 목구멍에서도 피 맛이 올라왔다. 이대로 그냥 중독으로 죽어버리면 좋았겠지만, 쉬런이 자신의 안쪽 어금니를 뽑았다. 단면을 열자 나온 캡슐을 재빨리 얀에게 먹였다. 얀은 저항했지만 머리채가 잡혀서 억지로 해독제를 삼켰다.

생사의 고비를 여러 번 겪은 몸에 힘이 풀리면서, 의식이 점차 가물가물해졌다. 그때 쉬런의 부하가 다급하게 들어오며 속사포처럼 빠르게 말한다. 아마 여기서 빨리 탈출해야 한다는 뜻이겠지. 쉬런은 발로 얀을 툭툭 찼다. 일어나라는 듯. 이 순간 가장 닮은 두 사람이 서로를 봤다. 얀은 마지막 저항을 하듯 고개를 가로로 저었다. 계속, 계속. 하지만 쉬런은 아랑곳 않고 얀의 뒷덜미를 잡아 끌었다. 장의 시신이 멀어진다. 얀이 손을 뻗지만, 닿지 않았다. 지금에야 얀은, 장이 왜 얀을 두고도 허상으로 눈을 돌리려는 시도를 멈추지 못했는지 이해할 수 있었다.

가짜는 잃지 않고자 하는 의지만 있다면, 잃지 않을 수 있으니까.

진짜와는 다르게.

탈출선의 입구가 위에서 아래로 닫혔다. 얀은 탈출선의 사각형 창밖으로 배경이 바뀌는 것을 봤다. 시야가 흔들렸다. 안정되었을 때는 어둠이 있었다. 우주 본연의 어둠. 도킹된 두 함선은 아이 장난감보다도 작은 모조품 같다. 여태 어둠에 짓눌리지 않은 게 용할 지경이었다. 하지만 우주선은 밖에서부터 일그러지지 않고, 안에서 밖으로 빛을 뿜어내며 폭발한다. 소리 없는 폭발은 우주선을 가장 안쪽에서부터 산산조각 내버린다. 그 안에 있던 사체들마저도. 지금까지 남의 죽음을 방관하기만 했던 얀에게, 결국 가장 사랑했던 사람의 죽음을 애도할 기회는 주어지지 않았다.

폭발하는 늙은 별을 흉내 낸 우주선 잔해가 점차 멀어졌다. 그것이 하나의 빛나는 점이 되었다가 더는 보이지 않게 될 때까지, 얀은 있는 힘껏 소리를 질렀다. 목이 쉬도록 고함을 치고, 또 친다. 쉬런과 선착민들이 거부한 그 오열은 우주선 안에 이리저리 튀다가, 얀에게 다시 오롯이 흡수됐다. 얀은 그렇게 다시 혼자가 됐다.

"돌아가고 싶어."

얀이 망가진 인형처럼, 몸을 떨며 멍하게 중얼거렸다. 구속이 풀린 손으로 온몸을 더듬어 보았지만, 장이 준 총알이 어디에도 만져지지 않았다. 탈출선으로 이동하면서 흘린 게 분명했다. 걷잡을 수 없는 막막한 공포에 얀은 그대로 사라지고만 싶었다.

"하지만 어디로 돌아가지… 어디로?"

"너도 치르는 거다. 비로소. 네 것을 잃을 걸 알면서, 우리 것을 빼앗으려고 한 대가를."

얀의 혼잣말에 응답하는 건, 쉬런이 아닌 그의 동료였다.

"나는 내가 빼앗는지도 몰랐어."

"우愚답이다."

"진짜 몰랐어. 나는 내가 잃을 게 있는지도 몰랐어. 내 게 아니어도 잃을 수 있다는 사실을, 누구도 가르쳐 주지 않았어…."

"개새끼."

그는 그보다는 더 정교한 말을 하고 싶었으나, 그로서는 그게 적군의 언어로 표현할 수 있는, 그가 품고 있는 복잡한 감정을 대표할 수 있는 최선의 단어인 것 같았다. 울음을 잔뜩 먹어 한껏 처졌던 얀의 입매가 비틀려 올라갔다. 킥킥거리는 실소가 나왔다. 언젠가의 쟝이 그랬을 것처럼.

부하와 짧게 무언가를 논의하던 쉬런이 그런 얀을 곁눈질하더니, 창에 거머리처럼 붙어 있는 얀을 거칠게 떼어 냈다. 그리고 검지를 들어, 창 너머를 가리켰다. 얀의 시선이 쉬런의 검지를 따라갔다. 빛을 반만 투과하는 유리창 때문에, 얀은 레이어처럼 우주 위에 겹쳐진 두 사람을 봤다. 어둠과 빛. 얀의 홍채가 어떤 것을 우선해 초점을 잡을지 갈피를 잡지 못했다.

"보이나?"

무엇이 보이냐고 묻는 건지에 대한 보충 설명은 없었다.

"보이지 않는다면 너는 그냥 개새끼겠지만."

쉬런이 손가락을 거두었으나, 얀은 쉬런이 가리킨 무형의 한 점에서 눈을 떼지 못했다.

"볼 수 있다면, 가여운 개새끼라고 동정 정도는 해줄게."

"별."

네가 대답한다.

"별이 있네."
"별이 보이지."

에이브가 수긍한다.

"어둠 속에 묻힌 다양한 행성도 저 사이사이 있을 테고."
"문득 그런 생각이 들었었어. 우리는 하늘을 볼 때 빛을 내는 별을 보고 예쁘다 말하지만 정작 인간은 발광하는 별 위에서는 살 수 없지, 하는."
"타 죽고 싶지 않은 이상 그렇지."
"뭐든 다 그런 것 같이. 그러니까 우린 빛나지 않는 사람이 되자."
너는 다정한 눈빛으로 에이브를 그을리며, 대답 없이 몸을 에이브 쪽으로 더 기울이기만 한다.
"가끔은 너무 밝다 못해 눈부신 빛 너머, 어떤 하늘의 별도 되지 못하는 행성으로 가서 평화를 만끽하자는 얘기야. 전쟁이 끝나고 나면, 너와 나, 둘이서만."

에이브가 미소 지으려고 애쓰는 입가 옆으로 한 줄의 눈물이 흘러내린다. 처음으로 에이브는 죽음을 가정하지 않는다. 희망만큼 좋은 고난의 방어막도 없다. 하지만 죽는 게 아닌, 살아 있을 미래의 가정이 왜 이토록 어색한지, 너도 에이브도 모를 일이었다. 빛이 스쳐 가기만 하는, 어둠 속에 감춰진 행성에, 꽃을 심으러 가는 거야. 우리만의 정원에. 에이브가 약속한다.

"그리고 꽃이 시들고, 다시 피는 걸 같이 지켜보자."

반복하는 계절 속에서.

죽을 때까지.

황금 천국의 증언

우리 집은 대대로 농부였어요. 땅을 일궈 먹고사는 사람들이었죠.

저는 우리 집이 싫었습니다. 온몸에 흙을 묻히고 종일 땡볕에서 일하니 살이 타고 주름이 빨리 지는 것도 마음에 안 들었지만, 제가 손수 거둔 수확물을 마음대로 다루지 못한다는 사실이 제일 구질구질했어요. 기껏 땀 흘려서 재배한 채소 중 절반 이상이 폐기되는 걸 멍청하게 지켜봐야만 했거든요.

왜 폐기하냐고 물으시진 않겠죠? 원래 그렇잖아요. 보기에 완벽한 타원형이 아니거나, 예쁜 굴곡이 생기지 않았거나, 오른쪽 왼쪽으로 나누었을 때의 단면이 대칭을 이루지 않으면 기준 미달로 불량품 취급을 받아 시장에 나올 수 없게 돼요.

딱히 안이 썩지도, 맛이 다르지도 않은데 영주 산하 거래소에서는 무조건 땅에 묻으라거나 불태우라고 명령하죠. 폐기된 채소들에 대한 보상이 따로 나오진 않지만, 치솟은 물가 때문에 영주들이 아니면 이 채소들을 사줄 사람은 없어요. 그러니 농부들은 따를 수밖에 없습니다. 결국 누군가의 식탁 위에 올라가는 수확물은 전체의 10퍼센트뿐이에요. 나머지 90퍼센트의 수확물은, 몇 개월 동안 투자한 노고와 비룟값이 무색하게도 없는 취급을 받게 되죠. 믿기지 않겠지만 정말이에요.

우리 농장에서 서쪽으로 반나절 동안 쭉 걸으면 마을이 하나 나오거든요? 언젠가 오빠를 따라 그 마을에 들른 적이 있어요. 그때는 그래도 정이라는 게 남아 있어서, 기회가 되면 팔지 못할 농산물은 그 마을에 직접 기부하거나 했죠. 하필 트럭이 고장 나서 수레를 밀고 가야 했던 날의 기억이 아직도 생생합니다. 땀으로 축축해진 등에 옷이 달라붙으면 짜증이 울컥 치밀어, 왜 잘 알지도 못하는 사람들을 위해 이 고생을 해야 하는지 투덜거리곤 했죠. 그렇게 입안에서 불만을 짓씹다가도 마을 입구에 들어서면 화가 조금 누그러지기도 했어요. 그곳의 주민은 남녀노소 할 것 없이 피골이 상접한 얼굴이고, 마을은 마치 살아 움직이는 시체들만 모아놓은 수용소 같았거든요.

그러던 중, 검문이 엄격해졌습니다. 그래도 예전엔 폐기 처분을 내린 작물들은 들키지만 않으면 저희 마음대로 쓸 수 있었어요. 검문소 직원들은 작물의 시장 가격을 통제하기 위해 파견되긴 했지만, 법망에 걸리지만 않는다면 그것들로 뭘 하든 눈감아 줬거든요. 하지만 더는 저희를 봐줄 수 없게 된 거예요. 수확물을 팔지 않고 거지들에게 나눠준다는 소문이 퍼지면 시장 가치가 떨어진다나 뭐라나. 농장과 친분이 있던 검문소 직원들이 싹 물갈이됐습니다. 농부들은 폐기 예정인 수확물을 자의적으로 처분할 수 없게 됐죠.

이젠 굶어 죽기 직전인 사람들이 직접 농장까지 찾아와야만 했습니다. 온 발에 물집이 잡히고, 오는 길에 탈수로 죽을 수도 있지만, 먹을거리를 뭐라도 하나 얻어 가야겠단 생존 욕구를 속에 품고. 저희 부모님을 비롯한 몇몇 어른들은 검문의 감시를 피해 그들 몫을 조금 숨겨두기도 했지만, 그것도 얼마 가지 못했습니다. 가장 나이가 많았던 촌장님이 마을 광장, 모두가 보는 앞에서 목이 매달리게 된 이후부터는 모두가 철저하게 산송장들을 무시할 수밖에 없었죠.

농장 주위에 철조망이 설치됐어요. 아사를 목전에 둔 사람들이 철조망을 흔들며, 두려움에 쉰 목소리로 썩은 부분이라도 좋으니 한 조각이라도 달라고 울부짖는데, 모두 그 소리를 듣기 괴로워했어요. 어머니는 울음을 참으면서 안으로 들어

갔고, 아버지는 한숨만 푹푹 내쉬었죠. 어른들은 아무것도 못 했어요, 무능력하게도…. 그래서 그들을 쫓아내는 건, 절로 제 몫이 되었습니다. 철조망을 발로 차며 위협하는 일도, 철조망 격자 구멍에 손가락이 걸린 채 죽은 사람들의 손가락을 하나하나 떼서 시체를 떨어뜨리는 일도 전부 제가 했어요. 기억하기로는 그때부터 또래들이 저와 어울리지 않았던 것 같습니다. 저도 굳이 또래 무리의 비위를 맞추며 굽히고 들어가려고 하진 않았어요. 더는 쓸데없는 데에 에너지를 쓰고 싶지 않았거든요. 저더러 사이코패스다, 인간성이 없다, 하고 수군대던데, 저 아니면 아무도 그 일을 하려고 하지 않았을걸요? 지금은 울타리에 달라붙은 송장들을 누가 어떻게 처리하고 있을지 궁금해지네요.

여러모로 귀찮은 일투성이였지만, 수확물을 품별하는 작업만큼은 나름 재밌었습니다. 적성에 맞았거든요. 수확한 채소를 벨트 위에 올려놓은 다음, 껍질이나 크기, 모양새를 꼼꼼히 보고 분류하는 일인데, 씨를 뿌리고 트랙터를 몰아야 할 때는 부리나케 도망가 숨어 있곤 했지만, 납품철에는 일터에 가장 먼저 얼굴을 비추곤 했어요.

제시되는 기준에 전부 부합하면 우리는 '완벽'이라고 칭하죠. 제 손으로 직접 그 완벽한 것들을 골라낼 수 있다는 것에 더할 나위 없는 행복을 느꼈어요. 최상급이라고 적힌 박스에 가장 완벽한 감자나 호박, 당근 들을 넣을 때는 전기에 살짝 감전된 듯 쾌감이 심장에서부터 온몸의 동맥으로 짜릿하게 퍼져나갔죠. 다른 무엇도 저에게 그만한 만족감을 주지 못했습니다.

수확물의 운명은 인간과 같아서, 어떻게 될지 아무도 모릅니다. 땅의 영양 상태와 씨앗의 질, 벌레와 일조량과 습기와 비료…. 같은 조건이어도 하루하루의 우연들 사이에서 그들의 운명은 인간의 판단에 의해 '품질'이라는 서열이 정해지며 나뉩니다. 품질에 따라 하늘과 땅 사이만큼의 간극이 생기죠. 하지만 수확물은 말을 할 줄 모른다는 점에서 인간과 달라요. 아마 저는, 농작물을 보면서 변론할 줄 모르는 무력한 인간을 투영했는지도 모르겠습니다. 자기 쓸모대로 쓰일 것인가, 버려질 것인가. 그런 역할극을 통해 신이나 영주가 된 기분을 느끼고 싶었던 거겠죠. 그때만큼은 제가 모든 걸 통솔할 수 있었으니까.

저는 정말 완벽한 대칭을 이루거나 먹기 아까울 정도로 예쁜 빛깔이 도는 수확물을 몰래 하나씩 가무리곤 했습니다. 특별히 쓸데가 있는 건 아니었어요. 훔친 채소를 장식품으로 쓸 순 없잖아요. 저는 침대 밑 상자에 훔친 수집품을 하나둘 모아뒀습니다. 비만 내리면 벽지에 곰팡이가 피는 방에 두니 냉장 보관하지 않은 것들은 금세 썩어버렸어요. 조금 더 오래

가는 걸 모으고 싶어졌죠. 제 눈은 절로 썩지 않는 것들에게 돌아갔습니다. 검문소 직원들이 가지고 다니는 장신구. 시계, 반지, 귀걸이, 목걸이. 저는 우리가 받아야 할 봉급을 그들이 몰래 빼돌리고 있다는 걸 알았어요. 그러니까 저는 정당한 제 몫을 돌려받기로 한 겁니다.

저는 저의 정의가 공감을 사지 못할 것을 알았기에, 아무에게도 말하지 않았어요. 가족은 자신들을 지켜주지도 못하는 도덕의 규율에 너무도 충실했고, 검문소 직원은 승진을 위한 건수를 잡기 위해 쥐를 찾는 매처럼 언제나 충혈된 눈으로 우리를 살폈어요. 그래서 저는 수집품 상자를 집의 뒤뜰, 잡초만 무성한 정원에 파묻었습니다. 뿌리를 뽑아도 금방 다시 자라는 잡초는 훌륭한 위장막이 되어줬죠. 지속적인 물건 분실이 단순한 사고가 아님을 감지한 검문소 직원들이 동네를 샅샅이 뒤져도, 그들은 범인도 증거도 찾을 수 없었어요. 이미 그들의 일정표를 파악한 상태였던 저는 제가 똑똑하다는 걸 과시하려고 안달 내는 아이가 아니었거든요. 은밀한 도둑질은 반년가량 이어졌습니다.

문제는 어느 해의 마지막 수확일에 일어났죠.

밤이었습니다. 농부들은 일찍 잠들지만, 저는 달이 반사하는 햇빛이 가장 선명해지는 새벽 때까지 말똥한 눈으로 밤공기의 한기가 가라앉기를 기다렸어요. 오랜만에 수집품을 감상하기 위해 발뒤꿈치를 들고 밖으로 조심조심 나갔어요. 하지만 뒤뜰에서 초대받지 않은 손님을 만나게 됐습니다. 소꿉친구 아이시였어요. 이 동네 아이들은 전부 젖병과 천 기저귀를 서로 돌려쓰며 자랐지만, 아이시는 그들 중에서도 그나마 저와 그나마 가깝다면 가깝다 할 수 있는 관계였죠. 특별한 이유가 있는 건 아니었고, 아이시가 잔정이 많았거든요. 이것저것 참견을 잘하는 성격이었던 아이시는 제가 혼자 있는 꼴을 보지 못했어요. 하지만 그런 오지랖도 정도껏 했어야죠.

아이시는, 제 상자를 들고 있었습니다. 분명 꽁꽁 숨겼는데. 저는 걔가 어떻게 상자의 존재를 알아차렸는지보다, 그 애가 제 걸 들고 있다는 사실에 더 경악했어요.

“내려놔.”

“싫어.“

아이시의 대답은 단호했죠.

“거기 뭐가 있는지 알기나 해?”

“알아, 그러니까 이걸 팔 거야. 팔아서 사람들을 먹여 살릴 거야.“

뭐? 저는 황당해서 가족이 깰 수 있다는 사실도 잊고 버럭 외칠 뻔했어요. 그걸 팔려고 했다가는 바로 의심받아서 잡힐 거야. 아이시는 대꾸했습니다. 사줄 사람이 있어, 그 사람이

이 상자에 대해서 알려주었지. 그 말에 저는 제 도벽이 진즉에 들켰음을 깨달았습니다. 검문소 직원이었겠죠. 누군진 알 수 없었으나, 그는 자신이 직접 나서는 대신 아이시를 이용한 거예요.

저는 제가 우위에 있다고 믿었던 힘의 구조가 사실은 허상이었음을, 제가 검문소 직원들의 머리 위에서 놀고 있었던 것이 아니라 누군가 제 날개를 붙잡고 인형놀음처럼 허공에 띄워 이리저리 조종했다는 것을 깨달습니다. 분노가 치밀었어요. 그 화는 고스란히 아이시에게 돌아갔죠. 내놔. 하지만 아이시는 꿈적하지도 않았습니다. 제가 무슨 말을 하든, 듣지 않을 거라는 의지가 담긴 표정이었어요. 그래서 저는 상자를 억지로 빼앗기 위해 달려들었죠. 아이시는 미련하게 끝까지 버텼고요. 참다못한 저는 결국 아이시를 밀쳤고, 온힘으로 버티던 아이시의 몸은 균형이 깨지자 그대로 뒤로 넘어가 버렸어요.

퍽, 하는 둔탁한 소리가 이어졌습니다.

뭔가 잘못됐다는 직감이 드는 순간, 아이시의 머리에 생긴 커다란 피웅덩이가 점점 커졌어요. 아이시의 크게 뜨인 눈은 감기지 않았죠. 아이시가 죽었다는 걸, 저는 애써 맥박을 확인하지 않아도 알 수 있었습니다. 그러면서도 빼앗은 상자를 내려놓을 수는 없었죠. 어떻게 수습하지. 목뒤에 땀이 맺혔어요. 죄책감이 들진 않았습니다. 아이시는 제 것에 함부로 손을 대서는 안 됐어요. 그러지 않았으면 애초에 죽을 일도 생기지 않았을 텐데.

하지만 저는 감옥에서 일평생을 보내긴 싫었고, 당장 숨을 끊기도 싫었어요. 그래서 우발적인 범죄를 실토하며 선처를 구하는 대신 죄를 은폐하기로 했죠. 저는 상자를 묻었던 구덩이보다 더 깊이 아이시를 파묻기로 했습니다. 그런데 창고에서 삽을 가져오는 그 잠깐에 누군가 나타나서는, 죽은 아이시를 내려다보고 있었어요. 짧게 친 머리카락, 귀 연골이 남아나지 않겠다 싶을 정도로 빽빽하게 박힌 피어싱. 저는 그 남자를 알았습니다. 검문소장이었죠.

"친구를 죽였는데도 눈물 한 방울 흘리지 않는군."

저는 그 순간이 제 생의 마지막이더라도 그가 유도한 대로 움직여 주고 싶지 않았어요. 그래서 삽 손잡이를 무기처럼 고쳐 잡고 그를 노려보았습니다.

"그 애는 제 것에 손댔어요. 당신도 제 것에 손대면 저 꼴이 날 수 있겠죠."

훔친 물건들의 소유권이 저에게 있다고 주장하는 게 모순이라고, 말도 안 된다고 느껴지나요? 하지만 그런 세상이었어요. 너무도 쉽게 가진 것을 빼앗고 빼앗을 수 있는 곳. 정말 좋아하는 걸 뺏기지 않으려면 지독해지는 수밖에 없었습니다. 저는 검문소장과 유혈의 담판이 벌어지리라 예상하면서, 그를 죽인 후 어떻게 처리할지까지를 재빠르게 계획했어요. 그 침묵의 시간 동안 저를 저울질하던 그의 눈빛이 느닷없이 유순해졌어요.

저는 제 명줄이 조금 연장되었다는 걸 본능적으로 알았죠.

M

그는 쓸모 있어 보이는 저를 '핏국물탕'의 '하이에나'로 쓰려고 했다더군요.

태어나 농장에 갇혀 흙과 벌레와 식물과 죽어가는 좀비만 보던 아이에게는 처음 듣는 단어였습니다. 영주 밑에서 일하는 사람들끼리 용돈벌이를 위해 기상천외한 일들을 벌인다는 건 눈치껏 알아챌 수 있었지만, 그들의 입은 무거웠으니까요. 저는 설명을 요구했고, 검문소장은 순순히 설명해 주었어요. 학교를 다니지 못한 제가 처음 듣는 역사 수업이었죠.

영주가 절대 권력으로 자리 잡고, 각 영주는 베트파린 조약을 맺었습니다. 우주 공간 소유권을 의미하는 '간경間境'을 인정한다는 내용이었죠. 이후 본격적인 세력 다툼이 시작된 건 누구나 아는 사실이에요. 최고들의 최고가 되기 위해서는 누구보다 앞선 과학기술을 소유해야만 했고요. 검문소장이 얘기하기를, 그러려면 수많은 시행착오와 실험을 거쳐야 하는데, 그 과정에서 나오는 문젯거리들을 묻어둘 공간이 필요해졌다네요. 실험체로 쓰인 시신들을 폐기할, 진실을 없앨 수 있는 공간.

은폐용 쓰레기장으로 당첨된 건 테라포밍의 손길이 닿지 않은 행성들이었습니다. 그렇게 공식 우도宇圖 좌표에 표기되지 않은 소행성이 굉장히 많아진 거죠. 우주에는 실제로는 존재하지만 공식적으로는 '존재하지 않는' 소행성, 시체 처리장들이 얼마나 많은지 저는 감히 상상도 못 할 거라면서 그는 웃더군요.

그는 그곳을 핏국물탕이라고 불렀습니다. 거기엔 인공 배양된, 말 그대로 살덩이리에 지나지 않는 시체도 많지만 전쟁 중 죽어서 갈 곳 없어진 군인들의 시체가 버려지기도 했답니다. 아니면 영주의 눈 밖에 난 사람의 목을 쓱싹한 후에 던져버리는 장소로 쓰이기도 하고…. 인간이 만든 블랙홀인 셈이죠. 실재하지만, 실재하지 않는 척하는 거대한 죽음의 구멍. 시신이 뱉은 피 섞인 액체가 모여 붉은 바다를 이루고 바닷물에 불어 흐물흐물해진 시신은 국의 건더기와 다를 바 없어질 만큼의 죽음이 축적된 곳.

'하이에나'는 핏국물탕을 뒤지며 시신이 입은 옷을 건져 귀중품을 털거나, 죽은 지 얼마 안 된 시체를 솎아 내 몸을 열어 값나가는 장기를 수확하는 사람들의 속칭이에요. 이 우주에는 병에 걸려도 멀쩡한 폐나 신장이나 간을 구하지 못해 죽어버리는 병든 사람들이 정말 많은데 영주들은 핏국물탕이 포화 상태가 돼도 시체의 장기를 기부하는 일에는 관심이 없었다네요. 대신 검문소장 같은 인간들이 바치는 상납금을 챙기고, 하이에나가 쓰레기장을 누비며 무언가를 가져가는 것을 눈감아 주었다고 합니다. 일종의 공생관계였던 거죠. 검문소장 같은 인간들은 영주에게 일정 금액의 상납금을 바치고, 영주는 어차피 쓰레기로 방치했을 것들에서 이익을 뽑아내고.

거기까지 말하고 그가 제 얼굴을 살폈습니다. 제가 역겨워하지도 힘겨워하지도 않자 실험실의 기이한 동물을 관찰하듯 표정이 바뀌었는데, 짜증스럽긴 해도 불쾌하진 않았어요.

"끔찍하다는 생각은 안 드니? 태산처럼 쌓인 시체를 뒤적이는 일을 할 뻔했다고. 너."

"가면 잘했을 것 같아서요."

사실이었어요.

"저는 눈썰미가 좋아요. 수확물 품질 구별을 재밌어하기도 해서 금방 적응했을 거예요."

제 대답이 끝나기 무섭게 그가 발작적으로 웃었어요. 어찌나 크게 웃던지, 저희의 대화를 듣지 않는 척하던 그의 경호원들이 일제히 그를 돌아볼 정도였죠.

"그래, 어차피 네가 새로 하게 될 일도 사람 몸뚱어리 관찰하는 일일 텐데. 거기도 농장은 농장이지."

그는 저를, 핏국물탕이 아닌 시즈 영주의 별장으로 보낼 거라고 말했습니다. 시즈 영주가 자주 머무르는 별장의 '시녀장'이 될 거라고 했죠. 시대를 몇 바퀴 돌아 다시 유행하게 되었다는 아르누보 양식으로 지어진 건물 벽돌 아래엔 무시무시한 비밀이 도사리고 있었습니다. 그 별장은, 바로 황금 영약을 기르는 재배지였어요. 영약의 거름은, 인간이었고요.

황금 영약은 유명하죠. 끝없이 퍼지는 전설 같은 소문 때문에 고향에서도 모두가 알고 있었어요.

지구의 식생과 비슷한 외계 행성의 열대우림에서 발견한 식인 식물을 개량해 뽑은 진액이라는 얘기도, 인간의 모습을 흉내 내 자라는 미믹형 동물로 만드는 약이라는 추측도 나돌았습니다. 당신들은 그 영약의 진짜 정체가 무엇인지 아나요? 저는 황금 영약의 제조를 돕긴 했었지만, 그것의 정체가 무엇인지, 왜 굳이 인간을 화분으로 사용해 그것을 키우는지는 알 수 없었어요. 높으신 분들은 다 그렇잖아요? 저 같은 사람에겐 언제나 딱 노동에 필요한 수준의 겉핥기 정보만 내려주죠. 그들이 대체 무얼 무서워했는지 모르겠어요. 생물학은커녕 기본 과학 상식도 없는 우리가 언제라도 그들의 노른자를 낚아채지는 못할 텐데.

어쨌든 제가 그 별장의 비밀 온실에서 본 건, 인간 아이들을 거름 삼아 그들의 피부를 가르고 자라난 황금 생물이었습니다. 식물처럼 생긴 그것은 줄기도, 가지도, 잎도 전부 황금색이었죠. 꼭 식물에 세심하게 금박을 입힌 것만 같았어요. 저는 식물원에 초청받은 귀빈마냥 입을 가리며 연신 감탄했어요. 그 식물의 뿌리를 품은 흙처럼 안정적이어야 할 토대가, 움찔거리는 걸 보기 전까지는 말이에요.

인간의 형태라고는 부를 수 없게 되었지만, 놀랍게도 아이들은 그 순간까지 숨이 붙어 있었습니다. 살아 있나 봐요? 온실초(저택 아이들의 몸에 심은 황금잎은 모종초, 이곳의 황금잎은 온실초라고 불렀어요) 거름과 눈이 마주친 제가 얼떨결에 묻자, 온실초 관리자는 눈썹만 까딱였어요. 그럼 죽은 것처럼 보이나? 거름의 눈에서 눈물이 흘러내렸어요. 하지만 전 못 본 척했습니다. 어쩌면 인간이 황금 영약의 재료로 쓰일 수밖에 없는 이유가, 인간만이 가진 **저런 점** 때문일 수도 있으니까요.

다 자란 식물의 진액을 짜내기 위해 그들이 어떤 짓을 했는지까지는 설명하지 않을게요. 당신의 표정을 보니 한때는 멋스러운 보증표가 붙은 시즈 영주의 영약을 탐한 적 있어 보이니까.

지하 온실 투어가 끝나자, 온실초 관리자는 시녀장이 할 일을 죽어버린 전임 시녀장 대신 인수인계해 주었어요. 모종이 성숙기에 도달했을 때 관찰되는 인간 거름의 신체 증상을 발견하는 대로 해당 모종을 온실로 보내는 일. 그리고 새로운 거름을 지체 없이 들여 영약 재배 회전이 안정적으로 이뤄질 수 있도록 하는 게 제 역할이었습니다. 농장에서 하던 수확물 관리와 별반 다를 것 없는 일이었어요. 일은 간단했지만, 한 가지 의문이 들었죠.

"애초에 인간을 배양해서 온실로 들이면 좀 더 효율적으로 재배할 수 있지 않을까요?"

온실초 관리자가 비죽 웃었어요. 누군 그 생각을 안 해본 것 같냐는 것처럼.

"시즈 영주님은 배양인 쓰면 부정 탄다 생각하셔."

이 우주의 질서는 검증된 과학이지만, 지금까지도 과학보다 미신을 믿는 사람은 많죠. 시즈가 그런 부류였고요. 그는 실험관에서 태어난 배양인보다, 자연인의 피와 살을 양분으로 먹고 자란 영약이 더 효과가 좋을 거라 여겼던 거예요. 과학적인 근거는 따로 없었어요. 시즈에게 중요했던 건, '자연스러운' 과정이었습니다. 농약을 치지 않은 채소가 더 몸에 좋다는 주장과 궤를 같이하는 믿음이었죠. 재밌지 않나요? 인간의 손을 타지 않는 신성함이라는 개념을, 과학이 이룩한 편의로 왕좌에 앉은 영주가 굳건히 믿고 있다는 것이.

배양이 아닌 인간을 구하는 일은 영주에겐 난관도 아니었어요. 자기 자식을 파는 부모는 많아요. 돈을 주지 않더라도, 영주를 위해서라면 막 태어난 갓난아기도 서슴지 않고 받아달라며 제물 삼아 바치는 충성스러운 신민이 한둘이 아니죠. 그렇게 저택으로 보내진 아이들은 마취약에 취해 있는 동안 황금잎 씨앗을 주입당하고 의식이 돌아오면 시즈 영주의 견습 하인으로서 교육을 받게 됩니다. 숙주를 하인으로 삼아 일하게 만드는 것도 시즈의 어떤 미신적인 신념이 관여하는 것 같긴 했으나, 거기까진 굳이 알고 싶지 않았습니다. 함께 온실초 투어를 하던 검문소장도 굳이 구구절절 설명하지 않았고요.

별장에 도착하자마자 그는 저에게 말끔한 옷을 주고 욕실을 쓸 수 있게 해주었습니다. 여름에는 찝찝한 우물물을 쓰고, 겨울에는 얼음장같이 차가운 물을 수건에 적셔 몸을 닦던 저에게는 수도꼭지를 돌려 물 온도를 마음껏 조절할 수 있다는 것 자체가 크나큰 호사였어요. 시즈를 만나지 않았지만, 저는 그 시점에서 이미 시즈에게 충성을 맹세하고 있었죠. 그가 어떤 종류의 인간인지는 상관없었어요. 제 몸에서 찌든 땀내를 없애주고 잘 다려진 옷을 입혀준다면 저는 누구에게라도 제 심장을 바쳤을 겁니다.

시즈의 저택은 겉보기엔 궁전과 다름없었지만 내부는 비교적 검소했습니다. 하인들은 새로 온 저를 호기심 어린 눈으로 흘깃거렸지만, 각자의 일을 하느라 저희를 그대로 지나칠 수밖에 없었죠. 키가 작은 저를 스쳐 지나가는 하인들은 은근슬쩍 저를 살폈는데, 고개를 살짝 꺾으며 내려다보는 그 시선들이 거슬리다 못해 불쾌했어요.

아직 고용이 결정되지도 않았지만, 저는 그들을 아주 엄하게 다루겠다고 다짐했습니다. 작은 몸집 때문에 얕보인다면 그만큼 바보스러운 일이 어니 있겠어요?

아치형 계단 중앙에는 고풍스러운 엘리베이터가 떡하니 설치되어 있었지만, 영주 전용이었기에 저와 검문소장은 계단을 이용해야 했어요. 한 사람이 쓰기에는 지나치게 크게 만들어진 엘리베이터라고 생각했는데, 정찬실에 들어간 저는 그 생각을 바로 고쳐먹었습니다. 저만한 사람이 열 명은 있어야 꽉 찰 것 같았던 정찬실은 시즈 한 사람을 담기도 벅차 보였거든요.

시즈가 종일 머무르고 있다 해도 무방한 정찬실은, 말 그대로 모든 종류의 사치를 퍼부어 만든 공간이었습니다. 복도를 장식해야 할 조각상이 정찬실 벽면을 따라 빼곡하게 나열되어 있었고, 전등은 유명한 극장에나 달려 있을 거대하고 세밀한 샹들리에인 데다가, 창문을 가리는 커튼은 제 손에 닿았던 모든 직물들보다 보드라우리라 만지지 않아도 첫눈에 상상할 수 있을 정도였죠.

"테이블보를 걷으면 너는 눈이 부셔서 뜨지도 못할걸?"

검문소장이 속삭였어요.

"저 기다란 테이블은 상판부터 다리까지 전부 다이아몬드로 만들어져 있거든. '여덟 쌍둥이' 영주들의 작품이지…. 즉, 시즈 영주님이 그들과 친하시다는 말이야! 너 내가 정말 좋은 줄 잡게 해주는 줄 알아라."

저만 한 보석이 존재할 수 있다니. 애초에 보석으로 가구를 만들겠다는 터무니없는 생각이 현실로 이뤄질 수 있는 거였다니. 저는 놀랐습니다. 굳이 드러내지 않을 부분까지도 다이아몬드로 만들 필요가 있었을까, 하는 의아함도 들었어요. 하지만 이게 시즈의 권리였겠죠? 영주니까. 영주는 원하면 뭐든 할 수 있으니까. 적어도 상다리가 정말 휘어질 일은 없겠다는 짧은 소감만 머릿속을 스쳤어요. 그도 그럴 것이, 테이블 위에 차려진 음식의 양은 다이아몬드 테이블 정도가 아니면 정말 버티지 못하겠다, 싶을 정도로 어마어마했거든요. 부엌으로 이어진 통로를 통해서는 조리복을 입은 하인들이 열심히 카트로 갓 만들어진 음식을 날랐습니다. 온갖 재료를 다지고 자르고 소스에 버무려 감히 맛을 상상할 수 없는 요리였지만, 저는 저희 고향의 최상급 작물이 모조리 시즈의 뱃속에 들어가고 있다는 사실만은 확실히 알 수 있었죠.

시즈의 이목구비는 정확하게 기억나지 않아요. 그의 머리색도, 눈동자 색도, 코의 형태도. 매부리코였는지 주먹코였는지조차도요. 다만 위아래로 쩍 갈라진, 침범벅이 된 입술 사이로 보이는 하얀 이빨과 붉은 혀가 그의 유일한 존재 의의인 듯 끝없이 움직이는 모습만 뇌리에 깊숙이 박혀 있습니다. 그는 뚱뚱한 손에 들린 포크로 고기를 찍고, 과일을 찍고, 면을 감고, 또 육즙이 뿜어져 나오는 고기를 또 찍고. 어쩌다가 음식이 포크에 튕겨 그의 무릎에 떨어지면, 시즈는 눈 하나 깜빡 않고 바지에 얼룩이 남도록 내버려 두었죠. 그러곤 고개를 돌려, 근처에 서 있는 하인을 바라봤습니다. 시즈는 음식을 씹느라 바쁜 입을 대신해 눈으로 명령했죠. 네놈의 일을 하라고. 그러면 운이 나쁜 하인은 테이블 밑으로 기어 들어가서는 열심히 얼룩을 닦았어요. 만약 얼룩이 지워지지 않으면 하인은 시즈의 '품위 유지'를 위해 그 자리에서 그의 옷을 기저귀처럼 갈아입혀야 했는데, 그 과정은 상상에 맡길게요.

"영주님께 인사 올립니다."

검문소장이 테이블의 맞은편에서 허리를 푹 숙였어요. 시즈와 우리는 마주하고 있긴 했지만 테이블이 워낙 길고 커서, 우리의 얼굴이 잘 보일지는 의심스러웠어요. 시즈는 우리에게 눈길조차 주지 않았습니다. 음식을 퍼 나르는 손놀림은 여전했죠. 고용주에게 인상을 확실히 박아두고 싶었던 저는 첫 만남이 그의 식사 시간에 이루어진다는 게 자못 불만이었지만, 티를 낼 수는 없었어요.

"식사하시는 와중 죄송합니다. 영주님의 시녀장으로 적절한 인물을 찾아 데려오게 되었습니다. 인사드려라, 말리."

"말리라고 합니다."

사실, 그때가 그나마 적기였어요. 나중에 알았지만 시즈는 잘 때를 제외하고는 언제나 무언가를 입에 집어넣느라 바빴고, 검문소장은 오늘의 코스 메뉴를 미리 살펴 어느 시점에서 조금이나마 식사 속도가 느려질지 나름대로 계산을 했던 것이었죠. 저는 이 행성으로 오면서 몇 번이고 다듬었던 자기소개를 외울 준비를 했지만, 시즈는 저를 딱 한 번 정면으로 응시하더니 금방 시선을 거두고 말했습니다. 제가 아니라 검문소장에게요.

"내일부터 일 시켜. 전임자 메모리 끼워 넣게 하고. 기억 토치 시술은 받았나?"

"물론입니다. 차후 관리도 철저히 하겠습니다."

저는 기억 토치 시술을 받지 않았지만 검문소장은 시치미를 뚝 뗐어요. 정직하게 대답해서 핑계나 변명을 덧붙여 사족으로 대화를 질질 끄는 것보단, 일단 거짓말을 하고 거짓말을 진실로 만드는 게 편하다는 걸 그도 알고 있었던 거죠. 시즈는 생각보다 과묵했습니다. 저택의 규칙이라든가, 자신이 얼마나 위대한 존재라든가에 대해 일장연설을 늘어놓는 대신, 짤막한 한마디만 던졌죠. 우물우물 씹는 소리가 섞이지 않아 또렷하게 들린 유일한 문장이었어요.

"명심할 건 단 하나. '모든 책임은 각자에게.'"

시즈의 목소리가 위엄이라는 망토를 두른 듯 일변했습니다. 저는 당황했지만, 검문소장은 태연히 고개를 숙이고 시즈의 말을 복창하더군요. 모든 책임은 각자에게. 저는 그 문장이 여기서 통용되는 시즈의 인장*印章이라는 걸 바로 알았어

* 영주라는 계급이 굳어지면서 영주 각자의 권위와 개성을 드러내기 위해 사용한 일종의 인사말.

요. 그래서 저도 고개를 숙이며 앵무새처럼 따라 말했습니다.
"모든 책임은 각자에게."

M

자신의 분수 내에서 최대한의 권력을 부리기 위해서는 우선적으로 위와 아래에 각각 어떤 인간들이 있는지를 명확히 간파해야 합니다. 피라미드의 층을 구성하는 벽돌을 조심스럽게 살피는 거죠. 검문소장은 시즈의 직속이 아니었기에, 저는 그를 더 신경 쓸 필요가 없었어요. 그를 어서 보내버리고 싶었던 저는 계약서를 받자마자 서명했습니다. 그러나 검문소장은 자기 할 일이 끝났음에도, 제가 기억 토치 시술을 받고 영지 내에서 사용할 계정을 만들 때까지 귀찮게 굴었어요. 그러고선 제 계정에 자기 연락처를 멋대로 등록하기까지 했죠.
"가끔 연락해."
그가 처음 듣는 간드러진 목소리로 말했어요. 기회주의적인 그의 태도를 비난할 수는 없겠지만, 저는 고향에서 제 목숨을 가지고 논 그를 용서할 생각이 없었습니다. 저는 자리를 피하기 위해 시술 때문에 머리가 어지러운 것 같다는 핑계를 대며 쉬고 싶다고 말했죠. 그러자 검문소장은 킥킥거리며 제 머리칼을 한 줌 쥐더니 거기에 슬쩍 입을 맞추더라고요. 그가 눈을 휘어 웃었어요. 그 순간 저는 두 가지 선택지를 떠올렸습니다. 그리고 더 현명한 쪽을 택했죠. 저는 그를 따라 미소 지었어요. “연락할게요.”

그가 만족스러운 표정을 지으며 나가자마자 저는 그놈의 입술이 닿았던 머리칼을 잘랐어요. 기껏 기른 머리가 사라지는 건 아쉬웠지만 가만 놔두면 그의 입술 세균이 머리칼을 타고 스멀스멀 올라와 두피 안에 파고들 것 같았거든요. 소각장에 머리카락 묶음을 던져 넣은 저는 방에 돌아와 시녀장 유니폼을 꼼꼼히 챙겨 입고, 단정해진 제 모습을 거울에 비춰 보았습니다.

기억 토치 시술의 느낌은 기묘했어요. 시녀장이었던 사람들의 모든 기억이 찰흙처럼 뭉쳐져 제 머릿속에 들어왔어요. 어떤 기억이 누구의 것이며 언제 일어난 일인지 특정 짓기는 힘들었습니다. 기억들은 쏟아지는 개미 떼처럼 예고 없이 제 기억들 위를 침범했어요. 하지만 저는 그들이 지나온 과거 속에서 자아를 잃지 않을 수 있었죠.

거대한 우울감이 밀려왔어요. 그러나 저는 거센 파도에도 휩쓸리지 않는 거대한 바위처럼 자신의 위치를 지키며 그 감정을 관찰했습니다. 과거의 시녀장들은 예외 없이 전부, 영약의 재료인 아이들에게 동정심을 품었죠. 그 동정심은 아이들을 인간이 아닌 물질로 보아야 하는 자신의 역할에 대한 죄책감으로 이어졌어요. 죄책감은 그들의 양심을 좀먹었습니다. 결국, 그들은 십중팔구 영원히 고립된 땅으로 추방당하는 조건으로 일을 그만두거나, 자살해 버리고 말았죠. 저는 자기 미래를 파멸하기로 택한 그들을 이해할 수 없었습니다.

안타깝게도, 그들은 처지에 배부른 연민만큼 치명적인 게 없단 사실을 알지 못했어요. 고통에 대한 공감이야말로 인간을 인간답게 만든다는 이야기는 닳지 않는 메아리처럼 떠돌고 또 떠돌지만, 그 '미덕'이야말로 사치재에 불과해요. 그건 아지랑이보다 못한 허상이죠. 연민을 돈으로 실현할 수 있는 자들이 창조한 무형의 보석이에요. 보석으로 장식할 관도 없으면서 남을 불쌍히 여긴다는 건 주제 파악 안 된 허세에 불과해요. 저는 이제 막 정수리에 나뭇가지로 짠 관을 얹은 참이었고, 제 관은 미덕의 보석을 감당할 수 없다는 걸 알았습니다. 제 주제에 맞는 보석이란 굴종이었죠. 제 앞에 머리를 조아리는 하급자들을 통해 얻는, 얄팍하기 짝이 없는 만족감.

적나라하게 원초적인 나머지 도덕적 허영마저 지져버리는 빛을 가진 보석.

아이들에게 정을 주지 않는 건 쉬웠습니다. 철저한 업무 분배와 책임 부담은 그들이 한때 가졌을지도 모를 개성을 똑같은 각도와 모양으로 깎아버렸고, 저는 그들에게 더 날카로운 칼날처럼 굴었어요. 저는 조금의 실수도 용납하지 않았습니다. 저택의 질서를 벗어나지 않는 선에서 저만의 규칙을 새로 세웠죠. 저는 이미 우리 안에 가둔 양 떼를 더 좁은 우리로 몰기로 했습니다. 그러기 위해서는 제 편이 되어줄 사냥개와 지팡이가 필요했죠. 저는 아이들을 감시하고 관리하는 인간들 중 저를 도와줄 사람이 있지 않을까, 자연스럽게 살폈어요.

저택에서 일하는 건 당연하게도 저 혼자가 아니었어요. 수많은 경호병이 저택 곳곳에 배치돼 있었고, 단조로운 색의 평범한 디자인이지만 번뜩이는 광택을 지닌 망토를 두른 수상한 손님들이 정찬실을 들락거렸습니다. 그들의 정체는 알려지지 않았고, 하인들에게는 손님이 누군지 물어서는 안 된다는 규칙이 있었어요. 아이들은 그들을 다른 행성에서 온 시즈의 친구 정도로만 어렴풋이 짐작할 뿐이었고요. 완전히 틀린 추측은 아니었죠. 그들은 과학자였습니다. 시즈 소유의 인공위성에 설치된 연구실에서 근무하는, 시즈를 위해 황금 영약을 비롯한 신기술을 개발하는 사람들이었죠.

그들은 외출을 할 때 독특한 차림새를 고수했어요. 저택에 입장할 때마다 입체적이고 부리부리한 짐승 가면을 써서 안면을 가린 그들은, 목소리를 내지 않고 소통했습니다. 그들이 수화를 사용할 때마다 망토 사이로, 피부가 다 비칠 정도로 얇은 장갑을 낀 하얀색 손이 나타나 마임을 하듯 허공 위를 둥둥 떠다녔죠. 저는 그들도 죄책감을 느끼고 싶지 않아 아이들과의 접점을 최대한 줄이려 이런 번거로움을 선택한 거라고 생각했어요. 그들의 옷차림은 그 정도로 불편해 보였거든요. 하지만 우연히 그들의 가면 아래 얼굴을 목격한 순간, 저는 사실은 그 반대라는 걸 깨달았습니다. 그들은 아이들을, 즉 그들의 실험체를 최대한 자극하지 않도록 스스로의 생김새를 꽁꽁 감춘 거였어요.

그들은 '하나같이' 아름다웠습니다. 백옥처럼 파리한 피부에, 틀에서 찍어 낸 듯 똑같은 이목구비를 가진 그들은 인간이라기보다 섬세한 유리 인형 같았어요.

하지만 저는 그들을 제 편으로 만드는 수고를 들이지 않기로 했죠. 유리로 된 것처럼 반들거리는 그들의 안구 속에는 오로지 하나의 목표만 뚜렷하게 존재하고 있었거든요.

저는 경비병도 포섭하지 않았습니다. 종일 자동 투구를 쓰며 정해진 자리에 버티고 서 있는 그들은, 솔직히 말하자면 지적 수준이 많이 뒤떨어졌어요. 하도 오래 서 있기만 해서 그런지 사고방식도 고목과 다를 바 없더군요. 특히 정찬실의 경비병들은 시즈가 먹어대는 모습만 봐서 그런가 입만 열면 식사 시간이 얼마나 남았는지와 오늘의 메뉴 얘기밖에 할 줄 몰랐습니다. 그나마 정신을 붙잡고 있는 자들은 저택에 온 지 얼마 안 된 신참이었기에 큰 도움이 되지 않았죠.

그래서 저는 사냥꾼을 아군으로 삼았습니다. 행성의 스파이나 침입자를 찾아 죽이는 일을 하는 남자였죠. 비록 활짝 웃을 때는 누런 이가 드러나고 말할 때 풍기는 입냄새가 지독하긴 했지만, 쓸모는 있었어요. 산전수전을 겪은 몸은 민첩하게 반응하는 근육으로 가득했고 온갖 털로 뒤덮인 머리통은 고물 계산기보다는 계산이 빨랐죠. 공허한 인생을 육체적인 쾌락으로만 채우려는 기질을 버리지 못했다는 점이 아쉽긴 했습니다. 그는 인사를 나누자마자 추파를 던지며 제게 치근거렸죠. 물론 저는 거절하지 않았습니다. 그가 있어야 저는 언젠가 노출될 양 떼에 휘두를 목동의 지팡이를 쥘 수 있겠다고 판단했거든요.

저는 사냥꾼의 폭력과 야만성을 옆구리에 끼고, 아이들을 본격적으로 통솔하기 시작했습니다. 조금이라도 눈에 띄거나 거슬리는 짓을 한다 싶으면 저는 그들을 가차 없이 처벌했죠. 저에게 말대꾸하거나 정을 붙이려 하거나 조금이라도 불만을 보일 시, 처벌은 가중됐습니다. 그들이 품고 있는 황금잎을 손상해서는 안 됐기에 직접적인 체벌을 가하진 못했지만, 육체적인 고통을 가하지 않아도 사람의 마음을 꺾는 방법은 굉장히 다양했죠. 독방에 가두는 것부터, 아이들을 선동한 따돌림, 고의적으로 배제한 혜택…. 저는 이러한 폭력들을 휘두르면서도 저를 향한 공포가 적개심으로 변모하지 않을 명분을 마련해 두어야 했습니다. 그리고 그 명분은 이미 명명백백하게 존재하고 있었어요. 처음 알았을 때 저는 이것이 시즈가 새로운 시녀장을 시험하기 위해 설치한 함정이 아닐까, 하고 착각하기도 했죠.

저택의 하인들에겐, 보이지 않는 손이 거미줄처럼 촘촘히 주입한 꿈이 있었습니다. 아이들의 정서를 최대한 건강하게 유지하고 싶었던 시즈는 무서우리만치 체계적으로 설계된 꿈을 낚싯대처럼 아이들의 머리 위에 대롱대롱 달아둔 겁니다. 단순히 저택을 나가고 싶다는 추상적인 바람은 쉽게 끊어지고 흐릿해지기 마련이라는 걸 시즈는 알고 있었어요.

'하인'이라는 이름표가 붙은 인간이 얕은 깊이로 무겁게 품을 수 있는 갈망은, 전부 한 갈래로 수렴되기 마련입니다. 인정. 육욕이 될 수도 있고, 낭만 어린 사랑이 될 수도 있고, 진급하고 싶단 야망이 될 수 있는 인정 욕구. 시즈는 그 모든 인정욕구를 한데 아우를 수 있는 방안으로서 방침 하나를 세웠습니다.

아직 성인이 되지 않은 별장 하인의 업무 수행이 유달리 뛰어날 경우, 아니타 영주 저택으로 이직할 수 있는 특권을 부여한다. 이 평가는 실시간으로 이루어지며, 매주 혹은 격주마다 시녀장이 통보한다.

아니타 영주는 실존하지 않았어요. 합성사진 속에서만 존재했죠. 그러나 시즈의 저택에서는 아니타 영주에 대한 소문에 불과했으나 신화가 된 이야기들이 그득 차 있었어요. 하인들은 모두 자비롭고 아름다운 아니타를 사랑했습니다. 판에 박힌 일상을 보내며 다른 무언가를 원하나 그게 무엇인지 알지 못하는 하인들에게, 아니타는 구체적인 종교가 되어줬죠.

아니타는 하인들이 투영한 욕망으로 빚은 꿈의 결정체라 할 수 있었습니다. 청초하고 상냥하며 출신을 따지지 않는 데다 남을 함부로 판단하지도 않고 자애로운 사촌이 50명은 있어서, 설령 아니타의 사랑을 얻지 못하더라도 하인들은 그의 친족의 눈에 들 가능성을 희망으로 둘 수 있었죠. 하인들은 걸핏하면 검증되지도 않은 존재에게 안기고 키스하는 것으로도 모자라 함께 가정을 꾸리고 싶어 했어요. 절대 넘을 수 없는 신분의 격차가 그들의 꿈 안에서는 정말 쉽게 허물어졌어요.

사냥꾼은 저런 하인들을 두고, 평범한 사람이기에 무력한 자신을 구원해 줄 누군가를 본능적으로 바라는 거라고 얘기하더군요.

"우월한 상대와의 혼인은 한낱 바람에 흩어질 날벌레들이 바랄 수 있는 가장 튼튼한 울타리지."

그는 제 가슴을 주무르면서 느끼한 목소리로 속삭였어요.

"그렇지만 너는 저 애들과 다르게 현명해, 알잖아? 너는 높은 판자벽 뒤 세워진 게 푸른 들판인지 도축장인지 신중하게 유추하고 발걸음을 옮기는 여자야."

그는 스스로를 풀이 가득한 들판이라고 착각하고 있었어요. 재밌는 발상이었죠. 애초에 저는 풀을 뜯어 먹는 초식동물이 아닌데.

그래서일까, 이 주의 우수 하인으로 뽑혔다는 소식을 들은 아이들은 기쁨의 눈물을 쏟곤 했어요. 졸도하는 경우까지 있었죠. 아니타에게 간다는 말은, 결국 황금잎을 적출당해 죽는다는 뜻이라는 걸 알 리가 없었으니까요.

저는 저택의 사방에 기회의 꿀을 발라놨어요. 저는 빽빽한 줄이 그어진 일람표를 마치 채점표인 것처럼 들고 다녔습니다. 아이들 안에서 무럭무럭 자라는 황금잎의 성숙도를 기록하는 그 표는 저만 해석할 수 있는 기호로 채워져 있었습니다. 아이들은 제가 그들에 대해 뭐라고 쓰는지 엿볼 수도 없었지만, 행여 기회가 있어 일람표를 펼쳐도 그 의미를 알 수 없었을 겁니다. 더불어 저는 아이들의 실적을 모조리 이 일람표에 적어놓는단 소문을 구태여 냈어요. 점수가 높을수록, 아니타의 품으로 갈 수 있는 시간이 빠르게 단축되는 셈이라는 식으로요. 하인들이 저의 자그마한 호의를 갈구하게 만드는 데엔 열흘이 채 걸리지 않았어요. 그렇게 저는 꿀에 파묻힌 개미들을 언제든지 손가락으로 눌러 죽일 수 있는 공고한 권좌를 다질 수 있게 되었습니다.

물론 모든 하인이 제 뜻대로 움직이진 않았어요. 별일은 아니죠. 사람이든 가축이든 엉뚱한 돌연변이는 하나둘씩 꼭 생기는 법이잖아요? 그 애는 제가 저택에 오기 전부터 하인들 사이에서 겉돌고 있었죠. 그 애는 저와 몸집이 비슷한 아이였습니다. 특별히 하얗지도 가무잡잡하지도 않은 피부에 눈썹은 지나치게 두꺼웠고 꽉 묶기도 애매한 길이의 단발은 짚으로 만든 빗자루처럼 뻣뻣했죠. 그래서 저도 그 애를 예의주시하지 않았었어요. 친부모에게 지나친 상처를 받은 아이나 예민한 성정을 타고난 아이는 가끔 있었거든요. 걔도 그런 부류일 거라고 생각했습니다. 자기만의 특별하지 않은 사연이 첨가된.

아니타에 열광하지 않는다는 점이 눈에 밟히긴 했지만, 시키는 모든 일을 고분고분 조용히 해내는 애였어요. 그래서 저는 그 애가 위협이 될 거라 여기지 못했죠.

"모모."

그 애가 바로 모모였습니다.

"안 들어가고 뭐 하는 거지?"

딱 하나 이상한 점이 있긴 했어요. 모모에게는 사소한 버릇이 하나 있었죠. 밖에서 일하는 날이면 모모는 다른 아이들이 시간에 맞춰 복귀할 때 일부러 무언가를 두고 온 듯 굼뜬 동작으로 발만 굴리다가, 고개를 들어 오래도록 멍하니, 낮은 공기에 가라앉은 빛 먼지를 살피듯 허공을 응시하곤 했습니다. 저는 그 시선이 어디로 향하는지 알았어요. 숲의 미궁. 모모의 눈은 언제나 미궁을 향해 있었죠.

하인들에게 뒷정원에서 열매를 따는 업무가 주어진 날이었습니다. 검붉은 열매로 직접 절인 잼은 시즈가 가장 좋아하는 디저트 소스로 사용되었죠. 하인들은 그 일을 달가워하면서도 두려워했어요. 저를 포함한 경비병들의 감시가 느슨해지는 몇 안 되는 시간이라 분수에 맞는 자유의 파편을 만끽

할 수 있는 시간인 한편, 그 정원에는 미궁이 있었거든요. 아무리 외면하려 애써도 불현듯이 눈에 담게 되는 미궁의 겉면은 종종 희미하게 떨리곤 했습니다. 마치 미궁 전체가 전율하고 있는 것처럼요. 그 모습은 우리가 저택의 옆에 무엇을 끼고 사는지 강제로 상기시켜 주었죠.

웅장하게 서 있는 미궁은 시즈가 머무는 별장보다 다섯 배는 더 넓었습니다. 조금의 빈틈과 한 톨의 흠집도 없이 말끔한 하얀 장벽이 미궁의 내부를 가리고 있었고요.

시즈는 하인들에게 미궁에 대한 자세한 설명을 하지 않았죠. 미궁은 그저 '금기의 장소'였습니다. 보통 인간은 금지된 것에 호기심을 보이기 마련이지만, 시즈가 어떻게 손을 쓴 건지 하인들은 미궁을 궁금해하지 않았어요. 언급하는 것 자체에 거부감을 느끼고 손사래를 치곤 했죠. 대신 하인들은 미궁의 비밀을 알아서는 안 되는 이유를 죽순이 솟아나는 속도로 창조했습니다. 대부분 고전적인 설화에서 따온 것들이었고요. 물리나 화학은커녕 제대로 된 교육기관을 다니지도 못한 그들이 내놓을 수 있는 이야기라고는 입과 귀만 있으면 습득할 수 있는, 사랑과 파멸의 변주에서 벗어나지 않는 구전뿐이었겠죠. 가장 신빙성 있게 취급되는 가설은 '괴물'이었습니다. 사람 잡아먹는 괴물을 시즈가 어떤 연유에서인지 죽이지 않고 애완동물처럼 키우고 있다는 진부한 헛소리였죠. 하지만 미궁엔 정말 괴물이 있었어요. 정확히는, 황금잎의 부적체들이 갇혀 있었죠.

황금잎이 적절히 성숙했을 때 숙주를 죽이면 황금잎을 수확할 수 있지만, 종종 황금잎과 완전히 동화되는 숙주들이 있었습니다. 황금잎이 나노 굵기의 뿌리를 내리는 것처럼 숙주의 신경과 혈관에 흡착, 종국에는 동화되는 현상이죠. 이로 인해 숙주의 몸이 한 차례 진화하는, 드물게 발생하는 사고입니다. 어떤 연유로 공생의 조건이 충족되었는지는 알 수 없었고요.

그러면 그 숙주는 어떻게 되느냐? 죽을 수 없게 됩니다. 불사의 몸을 갖게 되는 거죠. 하지만 이건 흔히 선망하는 아름다운 영생과는 달라요. 무분별한 재생력을 가지게 된 육신은 오래 지나지 않아 인간 외의 무언가로 변모된다고 하더군요. 괴물을 본 적이 있다던 사냥꾼에게서 그 설명을 들었는데, 묘사만으로도 저는 충분히 불쾌해졌습니다. 종종 침입자가 있어 주기적으로 미궁을 순찰해야 하는 사냥꾼은, 시즈의 행성에서 미로 같은 미궁 속 합성유리 통로의 입구와 출구를 아는 몇 안 되는 인간이었어요.

"미궁에 들어가면, 나는 망해버린 인간의 미래를 지켜보는 신처럼 부적체를 유리 통로 밖에서 관찰할 수 있지."

사냥꾼은 말했습니다.

"인간도 동물도 아니게 되어버린 부적체는 잘못 진화한 인간의 미래를 의인화…, 아니 형상화한 것처럼 보이기도 하거든."

그 미궁은 저조차도 수상쩍게 여기던 장소였습니다. 하지만 모모는 미궁의 진실을 알 턱이 없었고, 저는 모모가 미궁에 보이는 관심을 무료한 일상 속 도피를 위한 상상 놀이 정도로 간주했죠. 제가 언제나처럼 눈치를 주자, 모모가 송아지 같은 눈으로 저를 돌아봤습니다. 평소라면 죄송합니다, 라고 바로 말했을 텐데, 그날따라 모모의 의식은 현실이 아닌 다른 곳에 발을 딛고 있는 것 같았죠.

"말리 님, 들리세요?"

그렇게 말한 모모는 한쪽 팔과 옆구리 사이에 꽃을 딴 바구니를 끼고 손을 자신의 입가에 대더니 휘파람을 불었어요. 높은음, 높은음, 낮은음, 그리고 정적.

"네가 얼마나 휘파람을 잘 부는지 자랑이라도 하고 싶은 거니? 내가 네 친구로 보였다면 유감이구나."

"아뇨, 말리 님. 제 휘파람 소리 말고, 저쪽이요."

모모의 눈은 미궁에 고정되어 있었습니다.

"저편에서 응답해 주는 소리요."

뚱딴지 같은 말을 한껏 무시하기 위해 인상을 찡그리면서도, 저는 정말로 미궁에서 응답을 하는지 듣기 위해 숨을 죽였습니다. 아무 소리도 들리지 않았죠. 감히 저를 갖고 놀았다는 것에 화를 내려는 순간, 모모는 눈을 크게 떴어요. 눈꺼풀이 늘 눈동자를 반쯤 덮고 있었던 모모의 홍채가 무슨 색인지, 저는 모모의 안광을 그때 처음 확실히 볼 수 있었죠. 그 애는 꼭 화답을 들은 것처럼 반응했습니다. 자신의 귀에만 맴도는, 어떠한 신호를 감지하기라도 한 것처럼. 반응이 즉각적이고 투명해서 저는 모모가 저를 속였다고 평소처럼 재단할 수조차 없었어요. 판단 착오였죠. 제 말문이 막힌 틈을 타 모모가 다시 입을 열더니, 다른 사람이 된 것처럼 또박또박 말했습니다.

"저기 제 친구가 있어요. 토토라고, 저는 어릴 적에 토토랑 제가 결혼할 줄 알았거든요. 그래서 토토가 여기에 일자리를 얻었다고 하자, 저도 여기로 따라왔어요. 비록 토토가 아니타 영주에게 반했지만, 그래서 밤의 맹세를 나누던 전과는 다르게 아니타 영주님 얘기만 매일매일 들었지만, 저는 그래도 좋았어요. 토토와 함께 있을 수만 있다면, 저한텐 어디든 천국이었으니까. 바지런한 토토가 저를 두고 아니타 영주님 댁에 가게 되었다고 기뻐할 때, 저는 남겨지는 것이 정말 슬펐어요. 토토는 약속했죠. 저를 기다리고 있겠다고. 하지만 저는 토토가 없는 세상을 참을 수가 없었고, 큰 벌을 받을 각오로 비행선으로 향하는 토토의 뒤를 밟았어요. 어떻게든 몰래 따라가려고요. 그런데, 그런데…."

저는 하인의 사생활과 사연 따위 알고 싶지 않았습니다. 하지만 한 귀로 듣고 한 귀로 흘리고 있는 모모의 한탄이, 모모가 깨달아선 안 되는 진실의 순간으로 이어질 것임을 본능적으로 감지할 수 있었어요.

"말리 님, 저는 저 미궁에 무엇이, 아니 누가 있는지 알아요. 아니타의 영지에 가게 될 줄 알았던 제 친구가 저기 있어요. 저는 봤어요. 토토가 비행선에 들여보내졌다가, 뒷문을 통해 미궁으로 끌려가는 걸 봤어요. 그 후, 저희는 가끔 이렇게 얘기를 나눠요. 하지만 아무도 믿어주질 않아요. 제가 친구를 너무 그리워하다 못해 미쳐버린 나머지 헛된 망상을 하고 있다고만 생각해요. 토토가 정말로 저기 있는데. 저기에 갇혀 있는데…."

부적체 판정을 받은 숙주가 미궁으로 끌려간 것을 목격했구나. 저는 상황을 요약했죠. 그 길로 보고해야 했어요. 시즈에게, 혹은 그의 측근들에게, 진실의 덜미를 잡을 미꾸라지가 하나 있다고. 아직 설익은 황금잎이기는 하지만 저택에 방치했다가는 곤란해질지도 모르겠으니 즉각 처분해야 한다고.

하지만 저는 그러지 않았습니다. 왜일까요? 저는 지금도 그 순간을 계속해서 곱씹곤 해요. 도대체 그 찰나, 무엇이 저를 비합리적인 회피를 선택하게 했을까? 저의 뇌에서 수많은 뉴런의 일부가 되어 일상적으로 편두통을 일으키는 시녀장들의 비명? 한 번쯤은 시즈가 식탁에서 자발적으로 일어나는 꼴을 보고 싶다는 은근한 반항심? 유리 가면을 쓴 것 같은 과학자들의 표정이 무너지는 걸 보고 싶다는 유치한 승부욕? 아니면, 꼬리가 길어 이미 밟혔다는 걸 눈치채지도 못하고 누구에게도 공감받지 못할 생각에 갇혀 홀로 속을 썩이고 있는 여자애에게 웃기지도 않는 연민이라도 느낀 걸까요? 어느 쪽이든 제가 쓴 면류관의 크기에 맞지 않는 오만을 부렸다는 사실은 바뀌지 않죠.

"말리 님도 제가 거짓말을 하고 있다고 생각하시나요?"

"글쎄."

저는 그렇다고도, 아니라고도 하지 않았어요. 그러나 모모에겐 그 어중간한 중립, 긍정도 부정도 될 수 있는 모호한 답변만으로도 충분했을 거예요. 차라리 모모가 그때 건방진 행동을 하나라도 더 했더라면, 예를 들어 제 이름을 부르거나 감격에 차 저를 끌어안는 짓 따위를 했더라면 저는 이후에 벌어진 모든 참사를 방지할 수 있었겠죠. 하지만 모모는 그 자리에 붙박인 듯 서 있기만 했습니다. 모모는 떨리는 숨을 겨우 삼키더니, 바구니를 고쳐 잡고 저를 가만히 바라봤죠. 미소 짓는 것도 우는 것도 아니었지만, 감정의 명도가 밝아진 것만은 확실한 표정으로.

가장 아래쪽 척추부터 시작된, 말로 설명할 수 없는 소름이 머리끝까지 타고 올라오는 걸 느꼈어요. 무언가 단단히 잘못되었다는 걸 직감했지만, 저는 모모가 들어갈 때까지 아무것도 하지 못했습니다.

그러지 말았어야 했는데.

M

"말리 님!"

다음 날 아침, 누군가 급박한 목소리로 제 방문을 두드렸어요. 피피였죠. 피피는 제 방문 너머로 맨가슴을 드러낸 사냥꾼이 나타나자 깜짝 놀라서는 입을 틀어막았습니다. 근래 사냥꾼은 저희의 관계를 공공연하게 알리고 싶어 안달이 나 있던 상태였고, 애정 행각은 조용히 하고 싶다는 제 부탁은 깡그리 무시하고 있었죠. 옷가지마저 추리지 못한 상태였던 저는 욕을 짓씹으며 사냥꾼이 피피를 상대하는 걸 가만히 둬야만 했습니다. 곁눈질로 본 피피의 얼굴은 새빨갛게 물들어 있었죠. 무슨 일이지? 사냥꾼이 저 들으라는 듯 능글맞게 속삭이자, 피피는 어물어물하더니 울 것처럼 말을 더듬었어요. 보, 복도에, 큰일이….

빠르게 옷을 갈아입고 도착한 복도는 그야말로 난장판이었습니다. 사방에 피처럼 보이는 붉은 액체가 터져 있었어요. 벽에는 새빨간 글씨가 커다랗게 쓰여 있었고요. 공용어가 아니어서 바로 알아볼 수 없었지만, 불길한 징조라는 것만은 그 자리에 있는 모두가 확신했죠.

"이거 유즈어잖아."

저와 반대쪽 방향에서부터 어슬렁어슬렁 걸어온 사냥꾼이 툭 내뱉었어요. 인기척을 내지 않았기 때문에 하인들 몇몇이 기겁하며 비명을 질렀죠. 안 그래도 아침부터 이 사달이 난 것에 독이 오를 대로 올랐던 저는 남 일처럼 말하는 사냥꾼에게 체통 없이 쏘아붙이고 말았어요.

"당신, 이거 읽을 수 있어?"

"내 전 아내가 여기 출신이었어. 이제 유즈어를 쓰는 사람도 몇 안 남았던데 여기서 보게 되다니 재밌군."

"말 빙빙 돌리지 말고. 무슨 뜻이야?"

"'묻어줘.'"

사냥꾼이 발음해서는 안 되는 저주를 읊조리는 것처럼 목소리를 음침하게 내리깔며 중얼거렸어요.

"'묻어줘?' 장난치는 건 아니지?"

"이런 걸로 왜 장난을 치겠어. 나야말로 누가 왜 이런 글을 남겼는지 궁금한데?"

저는 미심쩍은 눈길을 흘기다가 말고, 벽에 검붉게 말라붙은 액체를 검지 끝으로 눌러봤어요. 하인들이 약속이라도 한 듯 동시에 숨을 삼켰는데, 그 소리가 웃겨서 상황에 맞지 않게 웃을 뻔했죠. 단역을 맡은 희극 배우가 된 기분이었어요. 저는 액체의 냄새를 맡고 혀로 핥았어요. 그건 피가 아니었습니다.

"어제 마지막으로 생물 저장고에 간 게 누구지?"

하인들이 서로를 둘러봤어요. 개중 영특한 축에 속한 바바가 손을 들고는 냉큼 답했죠. 모모, 모모예요. 그 즉시 모두가 모모를 보았습니다. 하인들은 조금의 망설임도 없이, 연습이라도 한 것처럼 모모를 향해 정확히 고개를 돌렸어요. 상체는 고정된 채, 목만 비틀어 모모를 바라보는 아이들의 모습은 꼭 모모가 숨겨진 주연임을 드러내는 연출 같았죠. 만질 수 없는 공기 취급받던 모모의 존재가 갑자기 금박을 두른 성상이라도 된 것처럼 도드라졌어요. 그들은 모모가 어디 있는지 몰랐던 게 아니었습니다. 그들은 모모를 무시하기 위해 끝없이 모모를 의식하고 있었던 거예요.

모모. 저는 번뜩이는 눈알이 달린 장막 사이를 지나는 것 같다는 생각을 하며 걸음을 옮겼습니다. 모모 앞에 서자, 다른 하인들은 모모가 어디에도 도망가지 않게 자연스럽게 에워쌌죠. 네가 그랬니? 제가 묻자, 모모는 순순히 실토했어요. 애초에 숨길 생각조차 없어 보였죠. 네, 말리 님. 무시무시한 난장판을 벌여놓은 주제에 모모는 생쥐가 찍찍거리듯 소심하게 대꾸했어요. 왜 그랬지? 그러자 모모는 그 질문을 기다리기라도 한 듯 바로 입을 열었습니다. 꼭 한 글자라도 잘못 발음하면 무언가에게 용서받지 못하게 될 것처럼 혀를 움직이면서, 또박또박.

"저녁마다 토토가 제게 울부짖는 말이에요, 말리 님."

"토토?"

"저 혼자 간직하고 싶지 않았어요, 간직해선 안 되었어요. 그래서……."

모모가 자신의 두 손을 깍지 끼듯 꽉 붙잡고는 덧붙였어요.

"모두에게 전해야만 했어요. 모두가 알아야 하니까."

일이 터지고 나서야 저는 기록을 뒤져봤어요. 토토는 모모와 같은 행성에서 같은 시기에 왔다가, 한 해를 넘기지 못하고 처분된 숙주였습니다. 모모가 주절거린 대로 둘은 얼핏 봐도 각별한 관계 같았죠. 어느 시녀장의 먼 기억 속, 틈만 나면 구석에서 어깨를 붙이고 저들끼리 속닥거리며 대화를 나누는 둘의 모습을 흐릿하게 건져 낼 수 있었어요. 여기서 새로 배정받은 이름이 아닌 태어날 때 붙은 '첫 이름'으로 서로를 부르는 순간들이 머릿속을 스쳤습니다. 문득 고향의 가족과 이웃들, 그리고 죽은 아이시 생각이 나면서 소소한 짜증이 치밀었어요. 자기가 책임지지도 못할 감정을 죄책감으로 퇴색시켜 허우적거리는 꼴이 정말 마음에 들지 않았죠.

모모가 벌이는 기행의 수위는 갈수록 더 심해졌습니다. 저장고에서 다른 큼직한 작물들을 훔쳐다 저택에서 자신이 올라설 수 있는 가장 높은 층 창밖으로 던지기도 했고, 아슬아슬한 접시 탑을 카트로 밀어 옮기던 하인을 불쑥 아무 이유 없이 날카로운 비명으로 놀래켜 접시를 모조리 깨버리게 만들었을 뿐 아니라, 모모의 휘파람을 듣다가 질린 다른 하인이 손으로 모모의 입을 틀어막자, 어디서 숨겨두었는지 모를 뭉툭한 포크로 그를 찌르려 들기까지 했죠. 제가 고안한 벌은 모모에게 통하지 않았습니다. 오히려 그 고립과 고통이 모모의 기행에 더더욱 힘을 실어주는 것 같았어요. 단단하던 제 권위는 천천히 흔들렸죠. 하인들이 저를 보는 시선에는 더는 온전한 존경과 경외가 담기지 않았어요. 그들 안의 저는, 모모 같은 왜소한 양 한 마리도 제대로 통제할 줄 모르는 어설픈 관리자로 바뀌어 가고 있었던 겁니다.

"왜 그 애의 황금잎은 다른 애들보다 성장 속도가 느린 거지? 다른 이름은 다 한 바퀴 돌았는데, 모모만 여전히 남아 있잖아."

어디에도 울분을 풀 수 없었던 저는 결국 사냥꾼에게 징징거리게 됐죠.

"걔가 얼른 내 눈앞에서 꺼졌으면 좋겠어."

사냥꾼은 제 푸념을 듣는 둥 마는 둥 하면서 제 허벅지나 만지작거렸어요. 그와의 관계는 항상 이런 식이었이었습니다. 침대에서 소기의 목적을 달성하면 같은 눈높이를 허락하는 베개 위에서 서로에게 독백을 쏘아댔죠. 서로의 귀에 제대로 도달하지 않을 화두들을. 사냥꾼이 저와 재혼하고 함께 꾸릴 미래 따위를 한참 늘어놓으면, 저는 모모 이야기로 그 헛소리를 끊어버렸죠. 그는 저더러 자신이 전 아내와 사별했다고 말했지만, 저는 그가 아내와 아이를 팔아넘겨 빚을 갚았다는 사실을 이미 오래전에 알고 있었습니다.

인간은 외로우면 사랑을 원하게 돼요. 외롭다는 건 스스로를 믿지 못한다는 뜻이죠. 저는 누군가를 사랑할 일이 없었기에 그의 성기가 주는 쾌락을 사랑과 혼동할 일이 없었죠. 사냥꾼은 제가 그의 사탕발림에 감동받지 않자 자존심이 상해서는 제 몸에서 손을 뗐다가, 그래도 옹졸한 남자로 취급받긴 싫었는지 불퉁하게 대꾸하더군요.

"그럼 미궁으로 보내버려."

"미궁?"

"그래, 마구잡이로 때려 정신 차리게 할 수 없다면, 여기서 줄 수 있는 가장 커다란 심리적 공포로 혼쭐내는 게 낫지 않겠어?"

사냥꾼 덕분이라고 말하긴 싫지만, 저는 그제야 깨달았습니다. 모모가 왜 그따위 짓들을 벌였는지 말이에요.

저는 벌떡 일어났어요. 사냥꾼이 뒤에서 어딜 가냐는 식으로 외쳤지만, 저는 손에 집히는 대로 옷을 걸치고는, 뛰듯이 걸음을 옮겼죠. 제 행색은 신경도 쓰지 않았어요. 모모를 가둔 독방이 점점 가까워지자 익숙한 휘파람 소리가 들렸습니다. 높은음, 높은음, 낮은음. 제가 독방 문을 거칠게 여는 순간에마저도 모모는 휘파람을 멈추지 않았습니다. 안 그래도 작은 몸을 잔뜩 웅크리면서. 꼭 녹음기를 품은 번데기 같았죠. 제가 그 애의 멱살을 잡아 올려도 그 애는 저항하지 않았어요. 다 해진 허수아비를 붙들어 올리는 느낌이 들었죠. 저는 저답지 않게 시근거리며 으름장을 놓았습니다.

"네가, 미궁에 갈 일은, 절대 없어."

살면서 그렇게까지 화가 난 적은 없었어요. 심지어 아이시가 제 상자를 건드렸을 때보다도 저는 더 분노하고 있었어요.

"감히 나를 우롱하려고 들어?"

모모는 잘못했다고 빌지도 않았고, 이러지 말라고 항의하지도 않았습니다. 그저 토끼 같은 눈으로 저를 쳐다보기만 했어요. 검은자가 주변의 하얀 공막을 차츰 물들였는지, 어째 눈동자가 더 커진 것 같다는 착각이 일었죠.

작은 폭으로 오르내리는 가슴팍만이 모모가 텅 빈 인형이 아니라 살아 있는 인간이라는 유일한 증거 같았어요. 모모는 한참 뒤에야 아, 하는 탄식을 작게 내뱉었습니다. 말리 님.

"말리 님은, 천국에 가고 싶은 적이 단 한 번도 없으셨나요?"

"나를 감히 개소리로 꼬드길 생각일랑 하지 말렴."

"말리 님, 저는, 토토가 떠난 뒤에, 천국에 대해서 아주, 아주 오랫동안 생각해 왔어요."

동시에 모모의 눈에서 눈물이 소리 없이 후두둑, 떨어졌어요. 저는 부리나케 손을 뗐습니다. 그 눈물이 손에 묻으면 염산에라도 닿은 듯 녹아내려 버릴 것 같았거든요. 쉼 없이 흘러내리는 눈물 아래 모모의 표정은 경건하다는 말이 어울릴 정도로 초연했죠. 모모는 저에게서 풀려나자 하나의 특징이 되어버린 그 자세를 취했습니다. 양손을 꼭 맞잡아 깍지 끼고, 고개를 밑으로 살짝 기울이는 그 자세를요.

"토토도, 저도, 맹세코 하늘이 기겁할 정도로 나쁜 짓을 한 적이 없어요. 그런데 가여운 토토는 저 미궁 안에 갇혀 나오지 못하고 있어요. 왜일까요? 말리 님. 저희가 가졌던 희망은 그렇게 큰 게 아니었는데. 토토도, 저도, 대단한 천국을 바랐던 게 아니었는데. 그래서 정말 착하게 살려고 노력했는데. 토토가 태양 같은 사람의 사랑을 받고 싶어 했던 게 그렇게 큰 죄였던 걸까요? 제가 제 한평생을 토토와 지내고 싶다고 바랐던 게 너무 큰 욕심이었던 걸까요? 사실 천국은 우리 같은 아이들을 위한 장소가 아니었던 걸까요?"

그건 기도였어요.

"하지만 저는 여전히 천국에 가고 싶어요, 말리 님. 저흰 가야만 하고, 갈 거예요. 저희를 위한 천국이 없다면, 조잡하게 짓는 한이 있더라도 가고 말 거예요. 아무리 저희가 하찮다고 해도, 이 우주가 그만한 공간 정도는 선심 써서 내어주리라 믿어요…."

"내가 왜 너를 불렀는지 아나?"

말씀을 해주셔야 알지 않을까요, 라고 속으로 불평하는 건 이류나 하는 짓이죠. 저는 시즈 영주가 어떤 행사를 잡아두었는지 정보를 미리 입수해 두었기에, 별것 아니라는 투로 자신 있게 대답했습니다.

"며칠 뒤 열리는 큰 잔치를 위해, 제가 무얼 준비해 두어야 할지 일러주시기 위해 저를 부르신 걸로 압니다."

의외이긴 했어요. 영주들끼리 사교를 위해 잔치를 벌이는 일이 있다는 것쯤은 알고 있었지만, 그 개최자로 시즈가 자진해서 나설 줄은 몰랐거든요. 할 수만 있다면 일생을 먹는 행위에만 바치고 싶어 하는 인간에게 고만고만한 권력자들끼리 벌이는 과시와 자랑, 견제만큼 불필요한 시간 낭비는 없을 테니까요. 시즈가 흠, 하는 소리를 냈어요. 한숨이었는지, 아니면 우연히 크게 내뱉은 날숨에 목소리가 섞인 건지 분간이 되지 않았죠.

"그래, 이전 것들과는 다르게 눈치껏 행동할 줄 아는군. 네가 할 중대한 임무가 있다."

"명령만 주세요."

"이번 만찬의 메인이 될 하인을 하나 충분히 살찌워 놔."

시즈가 꼭 제철 작물을 수확하라는 투로 그렇게 명했어요.

"네?"

"유난히 성장이 더딘 개체가 하나 있더군. 보름 뒤인 만찬에 맞춰 돌봐놔."

"그 앨 요리 재료로 쓰신다는 말씀이신가요?"

"똑똑한 줄 알았는데, 아무래도 사람을 잘못 본 것 같군. 개탄스럽도다."

지금도 생각해요. 그때 말문이 막히지 않았더라면, 그래서 사람을 드시겠다고요, 라는 말을 입 밖으로 기어이 내뱉었다면, 무사히 해고당해 시즈의 만찬이 벌어지기 전 그 행성에서 쫓겨날 수 있었을까? 그날 벌어진 그 사건에 말려들지 않을 수도 있지 않았을까?

"황금 영약의 신판을 발표하는 자리다. 다른 영주 녀석들이 충격받을 만한 상징적인 이벤트가 필요해. 나는 식인을 새로운 패러다임으로 만들 거다. 가치 없는 인간이 너무 많아졌고, 영생을 고려한다면 우주가 영원히 불포화 상태로 유지되지 않을 거라는 사실을 똑똑히 새겨줄 필요가 있어. 식인은 쓰레기들을 영양가 있게 처분하는 가장 좋은 방법이지."

시즈는 똑똑한 인간이었던 걸까요? 아니면 뇌가 식욕에 전 나머지, 윤리의 경계선 때문에 차마 입에 넣지 못했던 인간의 살점을 마음껏 탐식하고 싶다는 욕망에 순종한 돼지에 불과했을까요? 어느 쪽이든, 어떻게 생각하든, 제가 할 수 있는 건 없었어요.

"네가 싸지른 실수를 내가 직접 처리해 주는 것에 감사하고."

저는 얼어붙었어요. 시즈가 노골적으로 더러운 언어를 썼다는 걸 모른 체하려야 할 수 없었죠. 분명 다른 식으로 말할 수도 있었을 텐데, 그는 제가 모모를 정해진 우리 안에 얌전히 묶어두려는 수차례의 시도를 전부 실패했다는 사실을 그런 식으로 직면시켰습니다. 온몸이 수치로 떨렸어요. 갑자기 시즈가 쩝쩝거리며 먹는 소리가, 음식을 먹을 때마다 지나치게 비대한 그의 침샘이 끊임없이 분비한 침이 입가를 타고 턱을 적시는 모습이, 정찬실에서 차지하는 그의 부피가 참을 수 없이 역겨워졌어요. 저는 얼마 남지 않은 인내력을 비틀거리는 속을 붙드는 데 전부 소진해 버렸죠. 저는 최대한 침착하게 허리를 숙여 절했어요. 네, 더없는 영광입니다, 하고는 빠르게 정찬실을 나갔습니다.

저는 시즈가 무너뜨린 제 자존감을 어떻게든 쓸어 모으며 제가 직면하게 된 과제를 긍정적으로 보려 노력했습니다. 맞아요, 저는 사람을 죽였어요. 살인자란 딱지가 붙어도 억울할 게 없는 입장이죠. 하지만 저는 아이시의 시신을 먹을 생각은 하지 않았어요. 철창을 흔들며 식량을 요구하던 산송장들마저도 이웃을 먹으면서까지 목숨을 부지하려 들지는 않았어요. 하지만 시즈는, 원하기만 하면 우주의 모든 요리 재료를 그의 위 안에 쑤셔 넣을 수 있으면서도 굳이 같은 인간을 맛보려 애쓰고 있었어요.

저는 그제야 제가 이 저택에서 무슨 일을 하고 있는지 실감했습니다. 애초에 황금잎 재배 자체가 식인의 일환이었던 거예요. 저는 이미 알고 있었는데도, 제 입에 인간육이 들어가지 않았다는 핑계로, 눈을 돌리고 있었고요.

하지만 언제 다시 쓸 수 있을지 모를, 하잘것없는 면류관을 벗고 싶지 않았던 저는 시즈와 같아지는 것을 택했죠, 결국.

"먹어."

시즈의 선언이 떨어진 직후, 저는 모모의 유니폼과 방을 압수했어요. 모모를 저택의 먼지 쌓인 지하 독방에 밀어 넣은 다음, 일정 시간마다 음식을 먹이러 내려갔습니다. 첫 며칠은 식사를 거부하더군요. 저는 살찌우는 약재가 첨가된 음식을 막무가내로 모모의 입에 집어넣었지만 모모는 억지로 음식물을 삼켜도 금방 토해 냈어요.

저는 그때마다 초조해졌죠. 시즈의 명령이 다시 오지 않을 변덕 어린 자비라는 걸 알았기에 어떻게든 모모와 씨름해야 했습니다. 잠깐 눈을 떼면 독방 바닥엔 새로운 토사물 웅덩이가 생겨 있었어요. 모모에게 식사를 해야 청소해 주겠다고 으름장을 놓았기 때문에 독방은 금방 고약한 냄새로 가득해졌습니다. 설득하고 타이르고 협박해도, 모모는 도리질만 하다 소리를 지르고 저를 할퀴기까지 했어요. 짐승이 따로 없었죠.

마치 당신이 나를 가축처럼 대하니 원하는 대로 짐승이 되겠다, 반항하는 것 같았습니다. 시즈에게 잡아먹힐 미래를 모모가 알 리는 만무했어요. 그렇기에 무엇이 모모를 돌변하게 했는지를 짐작할 수 없었죠.

사냥꾼은 이 문제를 자기가 해결하겠다고 나섰어요. 저의 피로를 풀어주는 것이 제 환심을 살 기회라고 생각한 거겠죠. 내가 왜 영주의 사냥꾼이겠어? 어린 짐승을 다루는 데 일가견이 있거든, 하며 기세등등한 사냥꾼에게 저는 결국 독방의 위치를 내어주고 말았습니다. 그는 처음엔 저와 함께 독방을 드나들다가, 어느 순간부터는 말도 안 하고 혼자 지하에 가더군요. 저는 사냥꾼이 그러도록 두었어요. 은혜를 산 사냥꾼이 저에게 무엇을 요구할지 모른다고 외치는 이성보다는 이 상황을 타파해야 생존할 수 있다는 절박함의 목소리가 더 컸거든요.

그런데 대체 그가 무슨 술수를 벌인 건지, 일곱 밤이 지났을 즈음 모모가 음식을 먹기 시작했습니다. 제가 밥그릇을 내려놓으면 시즈처럼 여러 오물이 달라붙은 손으로 음식을 퍼먹었죠. 뭘 어떻게 한 거지? 하고 묻자 사냥꾼은 어깨만 으쓱였죠. 설마 그쪽으로 건드린 건 아니겠지, 쏘아붙이자 사냥꾼이 씩 웃었죠. 질투하는 거야? 저는 그의 사고 회로가 어떻게 돌아가는지 되씹고 더는 질문하지 않았어요. 당장 중요한 건 모모를 먹이는 것이었으니까.

모모의 도축 일자는 만찬식 마지막 날 밤이었습니다. 미리 잡아서 양념에 재워놓아 풍미를 더할까 고민을 좀 했어요, 라고 담당 요리사가 저와 일정을 공유하던 중 말을 꺼냈죠. 하지만 귀한 분들께 도전적인 레시피를 선보이다 실수라도 하면 큰일이니 큰 모험은 하지 않기로 했죠. 아직도 믿기지 않네요. 시즈 님께서 새 시대, 새 식단의 선구자가 될 요리사로 저를 지명하시다니. 요리사는 울먹울먹 주절주절했어요. 진심으로 감격한 겁니다. 저는 생각했죠. 아, 나를 비정한 인간 취급하던 우리 마을 사람들이 요리사의 이 모습을 봤어야 했는데.

한 차례 고비를 넘기자, 모든 것은 어지러울 정도로 빠르게 흘러갔습니다. 모모는 나날이 통통해졌고 저택은 한층 더 사치스럽게 되었으며 하인들에겐 새로운 디자인의 유니폼이 분배됐어요.

만찬이 시작되자, 고요했던 행성은 금세 시끄러워졌습니다. 비행선에서 내린 영주들과 그들의 총애를 받는 수하들이 속속들이 저택으로 들어오자, 하인들은 그들을 맞이하며 자신의 '아니타'를 찾기 위해 신경을 바짝 곤두세웠죠. 시즈의 저택은 분별력따위 사라진 열기로 후끈 달아올랐어요. 몇몇 하인들은 주제도 모르고 귀빈들에게 다가갔다가 멸시받았고, 시즈가 왜 자신들을 초대했는지 궁금한 영주들은 참지 못하고 술에 취한 척 저택을 들쑤셨죠.

황금 가면, 눈부신 샹들리에, 계단을 오르내리는 발소리, 때로는 오케스트라 때로는 신시사이저 리듬으로 멈추지 않는 음악, 들키지 않으려 애쓰는 척하지만 사실은 들키고 싶어 하는 신음들, 미술 작품마냥 온갖 색소가 첨가되어 아름답게 조리되었으나 한 입 먹고 버려지는 음식들, 주인 잃은 구두, 시간마다 바뀌는 영주들의 드레스.

무도회장 한가운데 설치된 분수에는 황금색 액체가 여러 갈래로 뿜어져 나왔어요. 황금 영약으로 담근 술, 황금주였죠. 시즈는 제가 이곳에 온 이래 처음으로 정찬실 밖으로 나와 손님을 응접했습니다. 응접이라고 해봐야 태산만 한 자동 휠체어에 앉아 하인들이 푹푹 떠주는 음식을 아기 새처럼 받아먹으며, 신화 속의 넥타르나 불로초에 버금가는 약을 자신이 창조했으니 우리가 신에 가까워지는 날이 머지 않았다고 주절거리는 거였죠. 영주들은 환호했어요. 하인들은 저 반짝거리는 황금주가 무엇으로 만들어졌는지 모르는 채, 예비 신을 모시는 자신들을 진심으로 자랑스러워했죠. 저는 기계적으로 박수 치면서 생각했습니다. 만약 시즈가 식탐에 미치지 않았더라면 그는 정말 영주들의 왕이 될 수도 있었겠구나, 하고. 시즈에겐 누구도 따라 할 수 없는 엄청난 카리스마가 있었어요. 음식만 먹어대도 모두에게 칭송받는 마력이 있었죠. 아마 시즈 자신도 그 사실을 알았을 거예요. 그럼에도 그 욕망을 놓지도 못하고, 제거하지도 않았던 이유는 무엇이었을까요.

시즈의 허락이 떨어지자 영주들은 분수대로 달려들었어요. 황금주를 잔으로 떠 마시는 영주도 있었고, 분수에 코를 박고 후루룩대는 영주도 있었습니다. 답답한 내복을 벗는 것처럼 체면을 벗어던진 채 분수대에 다닥다닥 붙은 영주들의 뒤통수는 껍데기가 없는 따개비 같았어요. 저는 목을 가다듬는 척 잠깐 손으로 입가를 지그시 눌러 가렸다가, 조용히 물러났죠.

만찬이 이어지는 내내 저는 틈만 나면 모모가 있는 지하로 내려갔습니다. 이상하게도 거기서 살이 불어난 모모를 마주하면 기묘한 안도감이 들었거든요. 모모는 저를 인지하지도 못하는 듯했습니다. 잘 길들인 가축처럼, 멍한 눈으로 사방이 막힌 벽만 노려볼 뿐이었죠.

그러다 모모는 저희 사이에 아무 일도 없었던 것처럼, 갑자기 친근하게 말을 붙여 왔어요. 며칠 동안 이어진 만찬이 끝나기 하루 전의 일이었죠.

"이제 됐어요."

모모가 속삭였어요.

"저는 곧 천국에 갈 거예요, 말리 님. 전부 끝났어요."

그리고 모모는 눈을 감았습니다. 배터리가 방전된 안드로이드처럼요. 당시의 저는 죽음을 직감한 모모가 나름의 유언을 남긴 거라고 가볍게 넘겼어요. 파티의 물살에 이리저리 치여 지쳤던 터라 깊이 생각하고 싶지 않았기도 했고요. 그런데 불길한 예감은 잠들기 직전에야 닥쳐왔습니다. 왜 내가 독방을 나가기 직전 모모는 다시 그 휘파람을 불기 시작한 거지? 모모가 정말, 체념으로 생을 마감할 아이였나? 저는 자문을 멈출 수 없었어요.

그리고 불길한 예감은, 불행하게도 정확히 맞아떨어져 버렸죠.

잠자리를 박차고 나와 황급히 다다른 독방엔, 모모 대신 바지가 허벅지까지 내려가 엉덩이를 훤히 드러내고 있는 사냥꾼이 누워 있었어요. 목덜미에는 물어뜯긴 흔적이 가득했죠. 잇자국이 사람의 것이라는 걸 확인한 순간, 두통이 이마와 뒷머리를 마구 때렸습니다. 저는 자세를 낮춰 사냥꾼의 바지춤을 더듬었어요. 그가 늘 자랑스럽게 달고 다니던 미궁의 패牌형 전자열쇠가 없더군요.

웃음소리가 들렸어요. 저는 황급히 두리번거렸지만, 아무도 없었어요. 한꺼번에 몰려든 스트레스로 감이 무뎌진 탓에, 저는 그 웃음의 주인이 과거 시녀장들이라는 것을 뒤늦게 깨달았습니다. 음계를 맞추지 않은 합창이 불협화음처럼 두개골 안에서 부딪히고 튕겼죠.

기어코. 저는 중얼거렸어요.

기어코 그것이.

M

모든 책임은 각자에게.

모모가 사라진 순간부터, 제 머릿속에 자리를 튼 시녀장들은 시즈의 인장을 계속해서 속살거렸어요. 모든 책임은 각자에게, 모든 책임은 각자에게. 지는 그 소리를 없애기 위해 제 머리를 여러 대 세게 때렸지만 무용했죠. 저는 소용없을 줄 알면서도 귀를 틀어막으며 이 상황을 어떻게 해결할지 고민했습니다. 모모는 분명 미궁에 갔겠지. 그러니까 모모를 찾으려면 나도 미궁에 가야 한다는 뜻이야. 모든 책임은 각자에게. 그냥 모모 말고 다른 하인을 잡아다 바치면 안 되나? 안 되겠지. 숙주들은 꼼꼼하게 관리되는 상품이니까. 모든 책임은 각자에게. 시즈에게 무슨 일이 벌어졌는지 있는 그대로 실토하는 방안도 있어. 그렇지만, 시즈가 만찬을 망친 나를 과연 눈감아 줄까?

사냥꾼이 없는 저택을 빠져나가는 건 쉬웠어요. 경비병들의 이목은 전부 다른 영주들에게 쏠려 있었죠. 그게 시즈의 유일한 무지였을겁니다. 그가 경계할 대상은 같은 지위를 가진 영주뿐이라는 무지. 저택 안에 있는 '것'들은 이미 그의 것이기에, 일거수일투족을 꿰뚫어 볼 수 있다는 자만이 결국 모모를 미궁으로 초대한 결정적인 열쇠가 되어준 것이겠죠.

과연 미궁의 문은 열려 있었어요. 희미한 빛이 안에서 새어 나왔습니다. 빛이라니. 어둠이 미궁을 정복했으리라는 짐작과는 다르게 미궁 안에는 빛이 있었어요. 시즈의 정찬실을 종일 밝히는 샹들리에에 비하면 초라하기 짝이 없는 그 작은 빛이 저를 미궁 안으로 끌어당겼죠.

미궁 내부는 사냥꾼의 묘사와는 전혀 달랐습니다. 미궁은 딱딱한 방화벽으로 둘러싸인 감옥이라기보다 비바리움에 더 가까웠죠. 수많은 나무가 천장을 뚫을 듯 높게 자라나 있었어요. 같은 땅에서 자랄 수 없는 침엽수와 활엽수가 뒤엉킨 기묘한 숲이었습니다. 잎 모양은 가지각색이어도 모두 황금빛을 띠고 있었어요. 광원이 없는 미궁 속에서 각기 다른 두께의 금박을 입힌 것 같은 잎사귀가 찬란하게 반짝거렸죠. 초록색 숲 사이사이 황금색 실처럼 보이는 가느다란 작물이 엮인 나무만 빛을 내뿜고 있었습니다. 저는 홀린 것처럼 그 실을 만져보려고 했는데 앞으로 뻗은 손이 퉁, 하고 보이지 않는 무언가에 부딪혔어요. 저는 그제야 제가 분리된 통로 안에 있음을 자각했죠. 어느 순간부터 들어섰는지는 알 수 없었어요. 저는 손바닥으로 통로 벽을 더듬었습니다. 그런데 뭔가 툭, 하고 관에 떨어지더니, 유리 통로의 겉면을 타고 흘러내렸어요. 나무에 걸린 황금색 실이었죠.

아니, 다시 보니 그건 실이 아닌 점액이었어요. 점액은 통로 여기저기에 묻어 있었죠. 점액으로 드러난 유리관의 테두리를 눈으로 좇던 저는, 삼킨 숨을 도로 내뱉을 수가 없었습니다. 그리 멀지 않은 교차로 쪽 통로가 박살 나 있었어요. 산산조각 난 유리들이 숲의 식물과 점액 위에 흩어져 있었고요. 그게 뭘 의미했겠어요?

저는 떨리는 다리로, 조심스럽게, 쪼개진 유리 통로를 벗어나 숲으로 들어갔습니다. 돌이키자면 그때는 부적체가 저를 덮칠 수 있다는 생각을 아예 못했던 것 같아요. 어떻게든 모모를 데리고 돌아가야 한다는 집착 어린 책무가 제 영혼을 뒤덮고 있었으니까요.

좋다고도 나쁘다고도 할 수 없는 기이한 냄새가 코끝에 감돌았어요. 새하얀 장벽으로 완전히 차단된 내부는 바람 한 점 들지 않았기에 주변은 너무도 고요했습니다. 제 발소리가 지나치게 크게 울려서 저는 결국 어정쩡하게 걸음을 멈춰야만 했죠. 모모! 저는 외쳤어요. 모모! 지금이라도 돌아오면 영주님이 너를 용서해 주실 거야! 한참이나 제 목소리가 메아리쳤지만, 응답은 없었죠. 저는 멀리서부터 무언가가 쿵쿵거리며 뛰어오는 소리나 부자연스러운 인기척이 느껴지지 않을까, 뭐라도 감지하기 위해 온 신경을 곤두세웠어요. 저택에서도 긴장을 갑옷처럼 둘렀던 저였지만, 거기서는 몇 배나 두렵게 저를 감싸야 했습니다. 이러다 탈진하겠다 싶을 정도로요. 끝없이 사람의 정신을 갉아먹던 시녀장들은 그 순간만큼은 왜인지 침묵했어요. 그조차 거슬렸죠. 어색한 미궁의 고요함을 점점 참기 힘들어졌습니다. 이 적막을 메우기 위해 저라도 비명을 질러야 할 것 같았을 정도로요. 하지만 저는 마지막 이성까지 끌어모아, 비명을 지르는 대신 다른 소리로 적막을 메우기로 했어요. 저는 휘파람을 불었죠. 모모가 불었던 그 음 그대로. 높은음, 높은음, 낮은음.

그러자 거기에 응하듯, 모모가 나타났어요.

그렇게 사랑해 마지않던 친구와 함께.

부적체는 어떤 기척도 없이 거대한 음영을 제 위에 드리웠습니다. 저는 그림자의 무게를 고스란히 버텨야 했죠. 뒤를 돌아볼 것인가, 말 것인가. 저는 뒤를 돌아보았어요. 돌아볼 수밖에 없었습니다.

그리고 보고야 말았죠.

자신의 천사와 영원히 함께하게 된 모모를.

축복과 저주는 한 끗 차이라는 말이 있잖아요?

인간은 마침내 제약 없는 번영의 축복을 거머쥐기에 이르렀지만, 그 축복은 신의 물레에서 뽑힌 것이 아니에요. 영주들이 내킬 때 마주 비빈 손가락에서 우연히 자아진 것이죠. 이 시대의 축복은 무수한 시행착오가 있었기에 만들어질 수 있었고 그 시행착오는 곧 저주라는 부산물을 낳았어요. 악의만 남은 저주죠. 소수의 축복을 위해 우주에 조금씩 퍼지기 시작한 저주는 축복의 후광에 가려져 잊혔고, 저를 포함한 모두가 그것을 잊은지도 모르고 살아왔어요. 하지만 그 부정체는 제가 그동안 무얼 망각해 왔는지 다시금 깨닫게 해주었습니다. 하나로 합쳐진 그들의 육신을 통해.

여러 피부색의 팔들이 가장 먼저 눈에 들어왔습니다. 길이와 굵기가 현란한 수십 쌍의 팔들이 깃털처럼 빼곡하게 솟아 채워진 날개. 그 밑으로 이어지는, 흉곽과 두상과 하반신이 어지럽게 뭉쳐진 몸뚱어리. 그리고 그 중심에서 또륵또륵 움직이는 눈동자들. 선명한 금색 눈동자들 사이에 유일하게 다른 색 한 쌍이 있었어요. 토끼 같은 새까만 눈, 이젠 검은자가 흰자의 대부분을 가린 눈동자가 저를 발견하고는 눈꼬리를 휘며 웃어 보였죠.

기어코 모모와 닮고 만 천국의 천사는 그 눈웃음으로 제게 가르쳐 주었어요.

해방될 수 없는 저주가 어떤 것인지를.

그리고 그들이 어떻게 자신의 저주를 축복으로 승화시키고 있는지를.

천사는 수십 쌍의 눈으로 저를 보며 휘파람을 불었어요. 휘파람은 노래가 되었죠. 자신들을 애도하는 신성한 찬가를 부르는 천사는 저를 붙잡으려 들진 않았어요. 감기지 않는 눈으로 저를 지켜만 보았죠. 그게 저를 더 미치게 했습니다. 제가 웃었는지 울었는지 비명을 질렀는지 욕을 했는지 기억도 나지 않아요. 이 목의 상처는 제가 제정신이 아니었다는 증거가 되겠네요. 아마 저는 누가 제 목을 조르기라도 하는 것처럼, 존재하지도 않는 손길을 떼어 내려고 스스로 목을 긁고 할퀴었을 거예요. 상처가 따끔거릴 때마다 천사가 제 눈앞에서 일렁거려요. 한층 더 일그러진 형상으로, 더 숭고하고 끔찍한 형태로.

태어난 순간부터 살기 위해 날카롭게 벼려왔던 생존 본능 덕에 가까스로 움직일 수 있었어요. 저는 겨우 도망쳤습니다. 그대로 주저앉아 있다가는 잡아먹히는 것보다 더 끔찍한 몰골이 될 거라는 직감이 치고 올라왔죠. 천사는 저를 붙잡지 않았어요. 미궁 밖에서 무슨 일이 벌어지고 있었는지 이미 알고 있다는 듯이.

미궁에 허락 없이 출입했다는 것을 들키면, 시즈는 일말의 망설임도 없이 그 사람을 죽일 겁니다. 그걸 알고 있으면서도 저는 증거를 감출 시도도 않고 곧장 저택으로 뛰어갔어요. 시즈에게 엎드려 빌려고 했죠. 이 행성에서 나가게 해달라고. 봉급을 받지 못하는 하이에나가 되어도 좋고, 빚에 쪼들려도 좋고, 고향으로 돌아가 대가 없이 농사만 지어도 좋으니 제발 여기를 떠나게 해달라고 애원하려고 했어요. 무아지경으로 단차가 큰 돌계단을 뛰어 내려가던 저는 순간 발을 삐끗해, 그대로 넘어져 구르고 말았죠. 띵한 충격과 함께 사위를 가리고 있던 공포의 안개가 벗겨졌습니다. 그제야 제 귀에 시즈의 저택에서 터져 나오는 온갖 굉음이 들어왔죠.

각양각색의 비명이 오래도록 이어지니, 새로운 형태의 가곡처럼 들리기까지 했습니다. 발목이 시큰거렸지만, 저는 일어났어요. 누군가가 저택의 문을 박차고 굴러 나왔죠. 초대받아 온 영주와 대동한 사이보그 호위병 중 하나였습니다. 그는 제 쪽으로 내달리려고 했지만, 저택에서 튀어나온 기다란 덩굴에 붙잡혔어요. 그가 절망하며 저를 향해 손을 뻗었죠. 뭐가 어떻게 돌아가고 있는지 도무지 알 수 없었던 저는 그의 손을 맞잡는 시늉조차 하지 못했어요. 쿵, 쿵, 쿵. 육중한 무언가가 출입구로 다가왔습니다.

그것, 대문을 지나가지 못할 정도로 커다랗고 뚱뚱한 그것은 무시무시한 포효와 함께 벽을 부수고 몸을 드러냈습니다. 촉수처럼 흔들거리는 덩굴은 그것의 등과 배에 링거 줄처럼 붙어 있었죠. 그것은 자신의 덩굴이 붙잡은 호위병에게 달려들었어요. 시뻘거니 물든 이로 호위병의 티타늄 신체와 살점을 갈기갈기 찢었죠. 저는 쩍 벌린 그것의 입을 보자마자 깨달았습니다. 저건, 인간이었던 저것은 시즈였어요.

알고 있던 대로 묵직한 시즈의 몸은 몇 배는 더 크게 불어나 있었습니다. 시즈가 호위병을 삼키자, 살이 출렁거리며 먹은 만큼 부피를 키웠죠. 저는 시즈가 다음 사냥감으로 저를 노릴 수 없도록 저택 안으로 뛰어 들어가 몸을 피했어요.

안은 그야말로 아수라장이었습니다. 핏자국이 바닥과 벽, 천장을 도배했고 사지가 멀쩡한 생존자는 아무도 없었어요. 분수대는 박살났지만 수관은 멈추지 않고 저장된 액체를 계속 뿜어 붉은 피와 황금주가 뒤섞인 칵테일이 발목에서 찰랑거렸죠. 서서히 차오르는 물은 오묘한 빛으로 파형을 만들며 제 얼굴을 비추다 지우다 했습니다. 이 풍경에 넋을 잃었던 저는 겨우 정신 차리고 뒷문으로 향했어요. 철벅거리는 발로 뒷문을 향해 내달리려는데 어어, 하는 이상한 신음이 들렸죠. 혼란 속에서 살아남은 사람에게는 뭐라도 얻어낼 게 있겠다는 생각에 반사적으로 고개를 돌렸던 저는, 아무것도 못 본 척 앞만 보고 다시 뛰었어요.

그건 생존자가 아니었어요. 시즈처럼 몸에서 황금 줄기가 튀어나오기 시작한 좀비였죠.

그의 신분은 알아볼 수 없었어요. 몸에 걸친 천이 다 찢겨 있었거든요. 저는 제 방으로 돌아가 귀중품을 챙기려고 했지만, 황금잎에 뇌가 먹힌 다른 숙주가 길을 막고 있어서 갈 수 없었습니다. 저는 결국 제 물건 어느 것도 챙기지 못하고 위로, 더 위로 올라갈 수밖에 없었어요. 저는 다락방에 올라가 사다리를 걷어차고 문을 닫았지만, 한숨 돌리기도 전에 황금색 촉수가 바닥을 뚫기 시작했죠. 저는 어쩔 수 없이 다락의 창문을 열어 지붕 위에 올라서야 했고요.

살을 에는 듯한 바람이 거세게 불었어요. 머리카락이 쉴 새 없이 제 얼굴을 때렸고 추위에 온몸이 으슬으슬 떨렸지만, 제겐 머리를 묶을 끈도 몸을 덮을 겉옷도 없었죠. 저는 떨어지지 않게 아슬아슬 균형을 잡고, 훨씬 높아진 눈높이로 저택 주변의 정경을 멍청하게 바라봤습니다. 그것 말고는 할 수 있는 게 없었어요. 도망칠 곳은 어디에도 없었죠. 시즈의 행성 모든 곳에 괴물이 도사리고 있었거든요.

각자의 책임을 다한 괴물들이.

원근감이 소용없어질 정도로 비대해진 시즈의 몰골은 지붕 위에서 봐도 선명했습니다. 공기라도 들어찬 듯 팽팽해진 그의 피부는 언제라도 터질 것 같았죠. 그의 몸에서 자라 나온 줄기는 담쟁이덩굴처럼 땅을 타고 스멀스멀 움직였어요. 그는 그렇게 먹어댔는데도 배가 고픈지 먹잇감을 물색하며 네 발로 걸었어요. 두 다리로는 더는 육신의 무게를 지탱하지 못하게 된 거겠죠. 한참 두리번거리던 그와 저의 눈이 마주쳤습니다. 그의 망막은 희뿌연 금색 점액으로 덮여 있었어요. 천사들의 선명한 금색 눈동자들과는 때깔부터가 다른 금색으로.

시즈는 저를 먹고 싶은데 어떻게 올라가야 할지 모르는 얼굴로 제자리에서 한참을 서성거리다가, 한 마리의 들짐승처럼 길게 울부짖었습니다. 갑자기 웃음을 참기가 어려워지더군요. 그래서 저는 미친 것처럼 웃었어요. 허파가 찢어지는 게 이런 느낌이구나, 싶을 정도로 격하게 웃었죠. 웃음은 멈추지 않는데 눈물이 끝없이 흘러나왔어요. 시녀장들이 저와 같이 웃었어요. 내가 이들과 같이 웃게 될 날이 오다니. 그 생각과 함께 저는 의식을 잃었습니다.

그리고 눈을 뜨니, 저는 당신들에게 구조되어 여기 누워 있었고요.

황금약의 부작용이 우주 여기저기서 속출하고 있다면서요? 조금이라도 생채기가 나면 그 부위가 정상적으로 회복되지 않는 현상이요. 처음에는 환부와 비슷한 형상으로 재생되다가, 암세포를 도려내듯 그걸 또 잘라 없애면 피보나치의 나뭇가지처럼 또 재생되고. 존엄사를 선택해 급소를 찌르면 그 급소에서 다른 신체가 재생해 죽을 수도 없고요. 하나의 신체에 머무르는 영혼의 신성함을 지키기 위한 선택보다 아바타를 이용해서 몸을 돌려쓰는 영주들이 더 현명하다는 사실이 이렇게 입증됐다고 할 수 있을까요? 잘 모르겠네요.

하지만 저는 당신들이 이 사태를 어떻게 처리할지 알아요. 그들을 질식시킬 수도 익사시킬 수도 태워 죽일 수도 없잖아요? 우주의 진공으로 내보낼 수도 없겠죠. 거기서 어떤 끔찍한 괴물이 탄생할지, 그리고 당신들이 그것을 감당할 수 있을지는 미지수니까. 당신들은 황금잎 복용자들을 모조리 시즈의 행성에 몰아넣을 거예요. 쓰다 남은 실험체들을 폐기한 것처럼, 죽지 못하는 이들이 담긴 행성을 우도에서 영구적으로 추방시키고는 시치미를 떼겠죠. 그들이 처음부터 이 세상에 존재하지 않았다는 것처럼.

당신은 천국이 무엇이라고 생각하나요?

죽음의 문지방을 한번 밟고 오니 모모가 한 말이 뇌리에 자꾸만 맴돌더군요. 착한 사람은 천국에 가고 나쁜 사람은 지옥에 간다는 오래된 논리는 아주 옛적에 쓸모가 없어져 버렸죠. 악의 결정체처럼 보이는 인간들은 생을 현실에 반영구적으로 붙드는 방법을 고안해 냈고, 그들의 애정 위에 놓이지 못한, 찌꺼기 같은 삶을 사는 나머지에겐 한정된 선택지만 남게 되었잖아요? 태풍에 휩쓸리는 작물처럼 으스러지거나 영주들의 작위적인 은혜에 매달리거나… 사실 이 양자택일을 할 수 있는 순간을 마주하는 것만으로도 운이 좋은 편에 속한다 할 수 있었죠. 저는 그렇게 믿어왔습니다. 우리는 제시된 것 이상의 선택지는 감히 구상하지도 못했어요. 구상할 능력조차 없었고.

그런데 그들은 해냈어요. 본래의 이름을 잃고, 부적체라는 명칭이 딱지처럼 붙은 그들은 지옥을 현실로 끌고 오는 데 성공했어요. 그 천사가 영주들의 행보와 대척할 만한 절대적인 선이라는 주장을 하고 싶은 건 아닙니다. 이 지옥은, 선과

악의 기준이 아닌 그들의 복수심으로 지어진 것이니까. 인과의 심판을 마냥 받아들이지 않기로 결심한 그들은 이제 널따란 날개로 품을 내보이며 기다리겠죠. 영원이란 꿈을 위해 같은 인간을 먹은 인간들을. 이제 그들은 사라지지 않을 지옥에서 영원히 함께하게 될 거예요.

이 일의 배후에 그들이 있었다는 건 그닥 놀랍지 않아요.

당신들은 저더러 그들을, 허위로 충성을 맹세하며 시즈의 연구실로 숨어든 자들의 정체를 알고 있었느냐고, 그들을 지지하느냐고 물었죠. 부적체가 천사로 거듭날 수 있게 해준 그들. 영주에게 저항하는 '그' 세력을. '부타의목소리', '부타의선언', '부타의봉', …. 통일된 이름은 아직 없다고 했죠?

그들이 무엇이든, 저는 그들을 몰랐어요. 그들은 제가 그들의 신념에 동조하지 않으리라는 것을 진작 눈치채고 있었던 거라고 생각해요. 저는 지금도 그들의 머릿속을 이해하기 어려워요. 자기 얼굴을 잃고, 영원히 어딘가에 정착하지 못하고 우주를 떠도는 일생을 받아들이면서까지 영주의 세상에 반기를 들면 무얼 얻을 수 있을지 감도 잡히지 않고요. 저는 영주를 열렬하게 추종하지 않지만, 그렇다고 반대 세력을 응원하지도 않아요. 당신들이 펼쳐놓은 경기장에 판돈을 건 적이 한 번도 없고, 앞으로도 없을 겁니다. 솔직해질까요? 저는 제 몸 하나 잘 건사할 수만 있다면 누가 이기든 신경 쓰지 않는다고요.

그러나 당신과 저를 포함한 모두가 아는 진리가 하나 있잖아요. 옳고 그름과 선과 악을 호명하는 힘은 그 시대를 거머쥐고 있는 대명사들에게 주어진다는 진리요. 심판의 망치는 힘을 가진 자들만 휘두를 수 있고, 역사는 그들의 목소리로만 기록될 겁니다. 지금까지 그래왔듯, 앞으로도. 그러니 제가 말할 수 있는 정답은 '그들을 지지하지 않는다'겠죠? 제 거처가 어디가 될지는 당신들에게 달려 있으니까.

제 말이 맞잖아요. 그런데 저를 왜 그런 눈으로 보는 거죠? 저는 제 나름대로 치열하게 살아왔어요.

그러니 당신들에게 부탁하고 싶은 건 딱 하나예요. 여기서 뭐든 할게요. 황금잎을 대항하기 위한 실험의 도구로 이용되어도 방치되어도 다른 궂은일을 맡아도 좋아요. 이 빌어먹을 여자들을 제 머릿속에 평생 끼고 있어야 한다고 해도 상관없어요. 그냥 여기 있게 해주세요. 남들이 제가 해온 짓을 비판하거나 비웃는다 해도, 아무래도 좋아요. 다만 모모만큼은 다시 만나고 싶지 않아요. 천사들의 휘파람 소리를 듣고 싶지 않아요. 아니, 천사들이 제게 다시 노래를 불러주지 않을지도 모른다는 사실이 두려워요.

천사들에게 심판받고 싶지 않아요.
저를 그 행성에 다시 보내지 말아주세요.

그들이 보지 못할
밤은 아름다워

너를 만나기 위해 도착한 행성, 히엠스는 정말 삭막하고 추운 곳이었다.

히엠스는 내 모국어로는 겨울이란 뜻이었는데, 그래서 나는 내가 세 번째로 거주하게 된 행성을 멋대로 겨울이라고 부르기로 했다. 물론 허가받지 않은 타 문화권 언어를 쓰는 일에 영주들이 얼마나 예민하게 구는지 알았기에, 속으로만 혼자 중얼거릴 뿐이었다. 나를 여기에 데리고 온 집행인은 내게 겨울 위에서 사는 방법을 하나하나 친절히도 일러줬다. 여긴 생명체가 살기 적합하도록 '개조'된 행성이긴 하지만 주기적으로 산소나 유기물 공급망 필터 점검이 필요하다고, 그래서 필터 교체 시기에는 밖에 나가지 않는 게 좋다고 그는 경고했다. 개조된 신체를 가진 나는 피부로 산소를 흡수할 텐데, 히엠스의 정화되지 않은 대기를 흡수하면 질병에 걸릴 수 있다면서. '겨울'이 '수족관'(이곳에 오기 전에 살던 행성에 붙인 별명이다)에서 얼마나 떨어져 있는지 가늠하긴 어려웠다. 집행인이 내 휠체어를 밀자 바퀴가 눈밭을 누르며 서걱거리는 소리를 냈다. 뒤에 따라붙는 집행인의 발소리와는 묘하게 달랐다. 지구의 생존 경쟁과 우주의 전쟁을 연달아 겪어 습관이 된 경계를 늦추지 않았지만 소리가 눈발을 따라 은은하게 묻히는 이 행성은 묘하게 평화로웠다. 온갖 방한재로 몸을 꽁꽁 싸매고 있던 탓인지, 아니면 목적지가 정해져 있다는 것에 안도감을 느낀 건진 몰라도, 불면증으로 고생하고 있던 나는 이동하다 말고 실로 오랜만에 꿈 없는 잠을 잤다.

"여기선 밤이 아닌 시간에 자는 걸 추천하지 않아요."

퍼뜩, 무언가에 소스라치게 놀라듯 잠에서 깨니 생전 처음 보는 사람이 내 옆을 지키고 있었다. 머리통이 새인 사내였다. 무슨 종인지 정확히 알아볼 순 없지만 하얀 깃과 매끄럽고 뾰족한 부리가 특징적이었다. 거대한 동물 탈을 뒤집어쓴 것 같았다. 그가 말할 때마다 움직이는 부리가 어쩐지 이질적인 느낌을 줬다. 부리 안의 치열과 혀가 맞부딪히며 사람의 언어를 발성하는 것을 상상하니 기분이 묘했다. 그도 나를 보면서 비슷한 생각을 하겠지마는.

"아." 나는 괜히 코로 한 번 호흡하며 부푸는 폐를 느끼고는 답했다. 오래도록 쓰지 않았던 탓에 성대는 많이 약해져 있었다. 새된 목소리가 났다. "새겨들을게요. 그런데 여기는 밤낮 구분이 어려운 것 같아요."

"익숙해질 거예요. 저는 그냥 무덤지기라고 불러주세요. 어차피 저희가 그리 자주 만나지는 않을 테니."

무덤지기. 그러고 보니 형 집행인도 이 행성을 두고 겨울 무덤이라고 했었지. 비유적인 표현인지 아니면 말 그대로의 무덤이라는 뜻인지 나는 궁금해졌다. 하지만 거대한 굴뚝 같은 탑이 내 시야를 가로막고 있었다. 탑의 입구가 보이지 않았으나, 더듬이 같은 장치가 우리를 인식하고는 꾹 닫힌 입을 열었다. 무덤지기는 나를 휠체어째로 들어 올려, 턱을 넘어가는 것을 도와주었다. 내가 별다른 요청을 하지 않으니, 그도 실내에서까지 손잡이를 잡아 밀어주는 수고까진 하지 않았다.

그를 따라가다 보니, 복도 오른편에 위치한 커다란 창이 나를 마주했다. 창이 어찌나 큰지, 건장한 정상 인류 성인 세 명의 신장을 합친 것보다도 높은 천장까지 닿아 있었다. 네모난 창은 끝없이 흩날리는 눈보라만 담는 카메라 같았다. 하늘은 뿌연 눈안개에 묻혀 보이지 않았다. 사내는 내가 눈보라가 그리는 일시적인 사선을 마음껏 감상할 수 있도록 나를 가만 두었다.

"여긴 유배지죠, 그렇죠?"

"네."

"다른 모든 죄수도 여기에 오나요?"

"아뇨, 당신은 엄선된 죄수입니다."

"엄선되었다고요?"

"네."

"아직 모범 죄수로서의 어필을 제대로 하지 못했다고 생각했는데…. 죄수도 설마 자아 복제 박스를 통해 기계적으로 선별되나요?"

사내가 웃었다. 농담이 먹힌 건지, 아니면 비웃음인지, 알 수 없었다.

"영주들이 당신을 마음에 들어 했어요. 그것뿐입니다. 영주들을 알잖아요."

사내는 나를 왼쪽 복도로 이끌었다. 문 앞에서 내 지문을 등록하려던 사내는 물살에 다 닳아 반질거리는 내 손끝을 보더니 대신 홍채를 등록시켰다. 이윽고 나와 사내의 신원을 확인한 보안 장치가 자동문을 열어줬다. 나는 거기서 둥근 배양관에 든 태아를 볼 수 있었다. 너였다. 잠에서 덜 깬 나는 아직도 내가 꿈을 꾸고 있는 건지 의심하게 되었다. 그도 그럴

게, 내가 돌볼 아이가 아직 배양 상태에 있다고는 전혀 생각을 못 했으니까. 단순하게 영주의 자식을 뒷바라지하거나, 아니면 그들이 애완동물이랍시고 만들어 낸 나보다도 기이한 괴생명체를 돌보게 될 줄 알았다.

"당신은 앞으로 이 아이의 엄마가 될 거예요."

"엄마라고요?"

"보모라는 말보다는 엄마가 나을 테니까요. 이 애도 당신을 엄마라고 부를 거고."

나는 당황했다. 아이의 탄생부터 내가 개입되리라고는 예상하지 못했다. 호칭에 약간 거부감이 느껴졌으나, 티를 내진 않았다. 아이의 이름을 묻자 사내는 마음대로 부르라고 했다. 이름 같은 건 아무래도 상관이 없는 것이라면서.

"매뉴얼은 읽으셨나요?"

"읽긴 했는데…."

"그대로 아이를 돌보기만 하면 돼요. 프로젝트가 시작된 후 어떤 탑에서도 성공 판정이 난 적이 없다는 사실만은 아셨으면 해요. 간단한 일이 아니란 것만 미리 알아두시면 후에 조금… 맘이 편하실 겁니다."

"다른 탑이 있나요?

"예, 간단하게 동쪽, 서쪽, 남쪽이라고 부르고 있어요. 여긴 북쪽이고요. 각각 다른 매뉴얼이 부여되죠."

"그렇군요…. 하지만 다른 것보다 저 같은 죄수에게 아이를 맡긴다는 게… 의아하긴 해요. 이게 정말 저에게 내려진 형벌이 맞나요? 물론 갓난아기를 돌본다는 게 보통 힘든 일이 아니라는 걸 알지만…."

그는 침묵했다. 그래서 나는 휠체어 바퀴를 밀어 배양기 바로 앞까지 다가갔다. 너는 웅크리고 있었다. 사지를 오롯하게 갖춘 갓난아기의 형상은, 네가 곧 세상에 나올 만반의 준비가 되어 있음을 알리고 있었다. 그가 뒤늦게야 덧붙였다.

"이 아이를 계속 키워야 하는 건 맞지만, 이 아이'만' 보살펴야 하는 건 아니에요."

사내는 천천히 발걸음을 옮겼다. 자신이 전달해야 할 사항은 다 얘기했다는 듯이. 그가 떠나면 여기에 남는 건 외눈박이 기계견과 외눈박이 휴머노이드뿐이다. 당황한 나는 상체만 살짝 틀어 그를 돌아봤다.

"어디 가세요?"

"여기서 제가 할 일은 끝났어요. 저는 바쁩니다. 행성 전체가 제 관할이거든요."

혼자서 이 넓은 행성을 다 관리하시는 건가요? 라는 물음이 목구멍 끝까지 올라왔다가 잠겼다. 생각해 보니 이 행성이 얼마나 큰지도 전해 듣지 못했다. 바다뿐인 행성이라 친다면, 인간 수족관 구역이 다섯 개 정도 들어갈 수 있는 크기일까?

그보다 훨씬 작을지도 모르지. 달이 두 개였던 폰투스와 다르게 여긴 달 같은 위성이 아예 없으니까 왜행성일 수도 있겠네. 무엇보다 여긴 다른 곳도 아니고 유배지고. 여러 생각이 충돌했다. 하지만 나는 괜히 묻지 않는다. 작은 호기심은 웬만해선 흘려보내는 게 좋다. 분수에 맞지도 않은 걸 배웠다는 게 알려지면 인상이 나빠질 수 있으니까. 나는 떠나는 무덤지기에게 별다른 인사를 건네지 않았고, 그 또한 마찬가지였다. 어차피 생활과 일의 모든 보조는 휴머노이드가 해줄 테니. 그의 말마따나 우리가 마주칠 일은 앞으로 없을 것이다. 그때까지만 해도 나는 그렇게 믿었다. 배양기 밑에 뜬 숫자가 깜박거렸다. 00:03:04. 너와의 첫 만남이 3시간도 남지 않은 상태였다.

하지만 너는 태어나고 이틀이 채 지나지 않아 첫 번째 죽음을 맞이했다. 사소한 실수였나. 배가 고팠던 건지 아니면 단순한 투정이었는지 모를 울음을 쥐어짜던 너를, 나는 바로 안아주지 못했다. 구차한 변명을 덧붙이자면, 나는 길고 긴 여행으로 인한 피로와 미래에 대한 걱정으로 상당히 지쳐 있었다. 그래서 나는 네가 울어도 바로 일어나지 못했다. 한참 후에야 깨어난 나는 울다 지친 너를 그제야 어설프게나마 달랠 수 있었다.

다음 날, 너는 온데간데없었다. 나는 사활을 다해 너를 찾았지만, 어디에도 없었다. 울음소리조차 들리지 않았다. 휴머노이드를 붙잡고 도와달라고 외쳤지만 그들은 기잉, 소리만 내며 커다란 외눈만 데룩데룩 굴릴 뿐 아무런 반응도 보이지 않았다. 공황 상태에 빠진 나는 탑의 나선형 계단이 조립되는 소리를 들었다. 무덤지기가 그렇게 반가울 수가 없었다. 어떻게 그가 때마침 나타났는지 짐작할 새도 없이, 나는 그에게 속사포처럼 말을 쏟아 냈다. 아기가, 아기가, 없어졌어요. 그는 담담하게 대꾸했다. 아기는 지금 재배양되고 있어요.

"매뉴얼을 어기셨잖아요."

"매뉴얼? 아이를 돌보지 않으려던 게 아니었어요. 하필 그때 너무 피곤해서… 다신 어기지 않을게요, 그러니…."

"진정해요. 매뉴얼을 어겨도 당신이 받는 불이익은 없으니까."

"아기는요?"

"재배양하고 있어요, 아까 말했다시피."

"어째서요? 복제 과정에서 실수라도 있었나요? 설령 있다한들 이제 막 태어난 갓난아긴데,"

"폐기 처분됐어요."

나는 내 귀를 의심했다.

"네?"

"폐기됐다고요, 폐기. 매뉴얼대로 크지 않으면 의미가 없어서요."

폐기. 그는 정말 아무렇지도 않게 그 단어를 내뱉었다. 아. 나는 눈을 깜빡였다. 폐기. 그렇군요. 폐기. 입안에서 그 단어를 곱씹고 나니, 일순 속이 안 좋아졌다. 머리는 단어를 받아들였는데 몸은 단어가 내포한 의미를 소화하지 못하고 있었다. 나는 멍하니 허공을 응시하다가, 휠체어 바퀴를 밀었다. 의식이 텅 비어버린 것과는 반대로 손은 너무 급하게 움직인 나머지 바퀴 사이에 손가락이 끼일 뻔했으나, 나는 아랑곳하지 않고 화장실로 달려갔다. 휠체어에서 내려 차근차근 자세를 취할 여유가 없었다. 나는 황급하게 휠체어를 박차고 바닥을 기어 변기를 붙잡아 토했다. 먹은 게 없는데도 위장은 자꾸만 위액을 내보냈다. 이 아이'만' 보살펴야 하는 건 아니에요. 사내의 말이 무슨 뜻이었는지, 나는 이제야 헤아릴 수 있었다. 나는 울렁거리는 속을 다시 한번 게우며 생각했다.

내가 어쩌다가 이런 곳에 오게 되었더라.

O

분갈이해 줄 누군가가 없다는 걸 알면서 지나치게 꼿꼿하면, 언젠가 꺾인다. 그 상태로 아무도 수습해 주지 않는다. 그렇게 바닥에 방치되어 굴러다니게 된다. 그러니 바람과 친해질 수 없다면, 나무가 될 생각은 하지 말고 갈대가 되어 버틸 고민만 하면 된다. 강한 바람에 굵은 나무는 부러지고 유연한 갈대는 살아남았다는 이야기는 내 삐딱한 마음가짐을 달래는 교훈을 전하고자 한다는 걸 모르지 않았다. 하지만 나는 건너 주워들은 우화를 오래도록 마음에 우려낼 정도로 여유가 많지 않았다. 나의 삶은 각박했다고 말하는 게 더 정확할지도 모르겠다. 이는 나뿐만 아니라, 지구에 남은 인간 전원에게 해당하는 단어이긴 하다.

여름엔 홍수, 겨울엔 폭설. 재해가 지나간 자리에 남은 수인성 질병과 열병, 전염병을 버티고 나면 가족과 친구와 연인과의 신뢰는 산산이 깨부숴지고 감정의 파편마저 으스러지고 없다. 붙잡으려 해도 붙잡을 수가 없다. 희생은 고귀한 상황에서나 아름다운 것이지 구더기 같은 곳에선 개죽음일 뿐이니까. 그래서 나는 정말 수없이 많은 이들을 스쳐 보내왔다. 고의였든 고의가 아니었든 나는 혼자일 때보다 누군가와 함께일 때가 더 많았지만, 특정한 집단 속에 오래 정착한 경우는 없었다. 가끔 정거장 빌딩에 사는 거주민들이 우리를 두고 안타깝다고 동정하는 순간에도 딱히 화가 나진 않았다. 에너지를 아껴야 한다는 생존 본능이 감정도 무디게 만든 모양이었다. 그들은 우리더러 추레하고 비굴하다고 했는데…. 글쎄, 살기 위해 허리를 굽히는 걸 그런 식으로 비하한다면 그네들은 그렇게 자랑스러워하는 우아한 이미지를 지키기 위해 당장에라도 죽을 수 있는지를 묻고 싶다. 비굴과 우아는 반의어 관계가 아니다. 바람이나 온실 속 나무로 태어나지 않았다면 갈대가 되는 수밖에 없다.

그렇게 살아왔기에 영주 지원 프로젝트에 거리낌 없이 신청했는지도 모르겠다. 영주란, 사유 행성을 가진 기업가들을 가리키는 호칭이다. 이제 세상은 행성 단위로 나뉘었다. 어느 순간부터 국가라는 개념은 사용되지 않았다고 한다. 지금은 국가 정상이 아닌 영주의 세상이다. 민족과 국가로 나뉘어진 세상에서 흔히 일어났던 쓸데없는 인종차별이나 극단적인 애국주의 따위의 크고 작은 혐오 분쟁이 없어진 대신, 축적해 온 재산의 차이로 신분이 결정 나는 세상. 일반 대중들은 영주가 되는 것보다 능력 있는 영주 밑에 들어가길 꿈꾸게 되었다. 우주로의 첫 발돋움이 삶의 격차를 영원히 판가름했으니, 나 또한 새로운 우주 법칙에 순응했다.

나 대신 다른 친구가 죽도록 눈감았던 날, 나는 나를 완전히 버렸다. 자아의 포기라는 전환점을 맞이한 나는 행성 이주 프로젝트에 사인했다. 지구에 더는 미련이 없었다.

처음으로 계약한 사유 행성은 요툰이었다. 나는 요툰에 내 모든 RNA코드를 줬다. 그들은 1순위 피험자의 실험 샘플을 내 유전자에 섞어 신체 부위를 고속으로 배양했다. 그들은 나에게 새로운 폐를 이식했고 세포의 전염성 교체 방식을 사용해 피부와 근육도 입맛대로 바꿨다. 그렇게 아종 인간으로 재분류된 내 육체는 요툰 영주의 애완 인간, '요툰의 폰투스'가 되었다.

육지가 전체 면적의 8분의 1밖에 차지하지 않는 이 해양 행성의 바다는 지구의 것과 성질이 유사했다. 나는 새로운 몸을 이용해 바다를 손쉽게 터전으로 삼을 수 있었다. 내겐 압력에 맞춰 기능하는 폐가 생겼고, 삼투압을 막아낼 근육과 피부, 그리고 안구를 저절로 보호하도록 씌워지는 얇은 속눈꺼풀도 추가로 생겼다. 또한 길어진 다리와 편평하게 넓어진 발로 나는 내가 원하는 방향으로 헤엄칠 수 있었다. 물의 저항을 최소화하기 위해 머리카락을 제거한 내 두상은 매끈매끈했다. 전설 속에서 흔히 생각하는 아름다운 인어의 모습과는 거리가 멀었다. 내 하반신은 물고기 꼬리보다 개구리 다리에 가까웠다. 발목으로 향할수록 가늘어지다가 물갈퀴가 달린 발부터 부채꼴로 넓게 퍼지는 이 두 다리는 서너 번 꼬아 모으면 하늘거리는 꼬리지느러미처럼 보이기는 했다.

그들의 과학기술이라면 번거로운 인간 개조보다 원하는

대로 생명체를 배양하는 것이 훨씬 쉬웠을 거다. 영주는 인류의 진보를 위해 자비를 베푸는 거라는 둥, 자신들을 정의로운 구원자처럼 꾸며댔는데, 아니, 나는 왜 그들이 인간으로 태어난 존재들을 활용하는지 아주 잘 알고 있다. 무조건적인 순종에서는 권위의 양분을 찾을 수 없다. 영주들은 패배감과 갈망을 갈망했다. 그 감정은 그들과 세대의 일부를 공유하는 '인간'에게서만 뽑아낼 수 있다. 실제로 나는 패배감을 느꼈다. 여느 때처럼 굴복해 버렸다. 요툰에겐 장난감 수조에 불과한 이 행성이 너무 아름다워서 울어버렸다. 영주 때문에 씻을 수 없는 상처를 입었음에도 나는 행성과 사랑에 빠져버렸다. 요툰에게 충성하고 싶지 않았지만 지구에서 겪은 고난을 되풀이하고 싶지도 않았다. 그래서 전쟁에도 참여했다. 그게 사랑하는 곳을 지키는 나의 유일한 방법이었다.

우주의 양상과 바다의 양상은 다르면서도 닮은 점이 많았다. 우주는 진공상태인 데다 수중과 다르게 부력이나 저항이 작용되지 않으니 자의적으로 방향을 틀며 움직이기 매우 어렵다. 하지만 암흑물질 사이 다른 구조물과 인공체를 끼워 넣은 스페이스 웹을 건설하고 스파이를 위해 개발된 특수 유니폼을 입는다면 얘기가 달라진다. 전쟁의 승패를 가르기 위한 장기말 이용 방식은 시대가 지날수록 발전했다. 나 같은 폰투스인은 별도의 산소통 없이 우주를 누비는 데 굉장히 유리했다. 향유고래만큼의 신체 능력을 가진 우리는 무산소 환경에서 최대 1시간 동안 폐를 쪼그러뜨리고 근육과 혈액에 저장된 산소를 사용해 움직일 수 있었다. 우리는 우주에 있어도 자유로이 헤엄치며 임무를 수행할 수 있었다.

우주는 어마어마하게 넓기에 아무리 기술이 발전해도 발신과 수신의 시간차는 분명히 생긴다. 전파가 상대 진영 행성에 도달하기까지 적어도 지구의 시간 단위 기준 최소 4분의 공백이 존재했다. 그 틈을 타 위성이나 매개 물질을 교란하는 게 우리 스파이들이었는데, 산소가 줄어드는 시간을 잘못 계산해 죽거나 적이 쏜 대형 레이저에 맞아 몸이 분해되는 경우도 왕왕 있었다. 뇌와 네트워크를 연결해 가상 세계에서 활동하는 스파이들이 정신적으로 사망하면서 자아를 잃는 것에 비하면 뭐가 더 슬픈 최후일지는 잘 모르겠다. 빵! 우리로 인해 또 다른 누군가가 죽었다. 정말 많이 죽었다. 안타깝진 않았다.

패전 후 전범의 책임이 영주가 아닌 우리에게 뒤집어씌워졌을 때, 나는 나 자신에게도 안타까움을 느끼지 못했다. 승전 측 영주의 측근은 내 마모된 감정을 강인함으로 해석했고, 나를 더 살려두기로 했다. 눈가 주변에 금가루처럼 반짝거리는 펄을 펴 바른 집행인이 조각 같이 생긴 입술로 내게 명했다.

“아이를 하나 맡아서 매뉴얼대로 양육해야 해. 아주 잘 키워야 할 거야. 가능한 한, 아주 오랫동안.”

나는 막 잠에서 깬 너를 바라본다.

O

너는 정말 예쁜 아이였다. 내가 맡아 기르는 아이여서가 아니라, 객관적인 사실이 그랬다.

티 없이 깨끗한 피부, 관리하지 않아도 윤기가 흐르는 곱실거리는 금발, 짙은 녹음을 닮은 눈동자. 마치 특정 기준에 맞춰진 미적 유전자가 너를 중심으로 모인 것 같았다. 이것이 영주의 의도라는 걸 쉽게 추측할 수 있었다. 무얼 위해서? 나는 너를 볼 때마다 의문을 품었다. 머리부터 발끝까지 비현실적으로 아름다운 인간을 하나 만들어 놓고, 뭘 하려는 걸까. 아주 먼 옛날에 유행했다고 전해지는 슈퍼 베이비인가? 미모, 지성, 인품을 다 갖춘 완벽한 아기를 양육하는 것이 목적이라면 너는 여기 있어서는 안 됐다. 나는 좋은 교육자가 아니다. 훌륭한 인성을 갖추려면 그에 걸맞은 사회 환경에 놓여 있어야 한다. 그러나 너는 제대로 된 의사소통을 할 수 있는 인간이라곤 나밖에 없는 탑 안에서 외롭게 살아 있었다. 수없이 많이 태어났다가 죽기를 반복하면서.

나는 네게 특별한 이름을 붙이지 않았다. 애, 아가야, 이리 와봐. 이름으로 너를 부르면 없던 정이 생길지도 모른단 막연한 두려움이 너를 무명으로 남게 했다. 이제 몇 번째인지도 기억이 나지 않는 '너' 중에서도, 네가 특별한 '너'가 될까 봐 무서웠다. 나한테 너는, 몇 명이 시차를 두고 폐기되었다가 다시 복제되어도 전부 똑같은 너여야만 했고, 나는 내가 돌보는 '너' 중에서 특별한 '너'를 만들어서는 안 됐다. 그래야 너를 대할 때마다 느끼는 기시감과 괴리감을 이겨낼 수 있었다. 꼭 3년이 지나서야 너는 의미 없는 옹알이 대신 뜻 담긴 말을 하는 단계에 이르렀다. 음마. 엄마. 나는 얼굴을 찡그리며 웃는다. 내가 웃었는지도 솔직히 잘 모르겠다. 나는 너를 안고 잘했다는 듯 등을 두드려 줄 뿐이다. 매뉴얼. 나는 너를 안은 채로 무표정하게 생각한다. 이제 매뉴얼이 늘어나겠구나.

네가 나이를 먹을수록, 탑 안에서는 네가 발을 디딜 수 있는 장소가 많아졌다. 물론 나는 언제나 자유롭게 드나들 수 있는 곳들이었다. 그렇게 대단한 무언가가 있지는 않았다. 너의 교양을 위한 소소한 교재나 운동량을 늘리는 장난감 정도일까. 가끔은 먼지 쌓인 휴머노이드가 눈을 뜨기도 했다. 그들은 네게 춤을 가르치고, 노래를 가르치고, 이젠 고향이라고도 하기 힘든 망가진 행성의 대지를 돌고 돌았던 동화와 천일야화를 들려주고, 잡다한 쓰레기로 공예품을 만드는 법을 알려줬다. 특정 나이가 되어야 들어갈 수 있는 '방'들은 고립된 탑 안에서 접하기 힘든 큰 재미를 선사했지만 너는 충분히 오래 즐거워하지는 않았다. 새로운 친구와는 일방적인 가르침 이상의 소통은 불가능했다. 그들은 입력된 알고리즘 밖에 있는 질문을 받으면 동문서답을 반복했다. 그러면 너는 나에게 쪼르르 달려와 자기 안에 맺힌 말들을 우르르 쏟아냈다.

이쯤 되니 내 역할을 알 것 같았다. 나는 탑 안에서 너와 유일하게 감정 교류를 하는 존재였다. 너는 네가 새로운 '친구'를 만나 배우고 알게 된 것들을 모조리 내 앞에서 자랑하고 선보였다. 그럼 나는 칭찬의 말을 하고 손뼉을 친다. 어쩌면 네가 이대로 무사히 클 수 있을지 모르겠단 기대도 해버린다. 그러나 그런 희망을 품기가 무섭게 너는 죽어버린다. 들어가면 안 되는 방 안에서 죽고, 내가 너를 홀대했다는 이유로 죽고, 유치하기 짝이 없는 노래에 흥미를 붙이지 못해 부르는 둥 마는 둥 하다가 죽고, 춤을 추다가 삔 발목이 빨리 회복되지 않는다는 이유로 죽어버린다. 오늘의 너도 터무니없는 이유로 죽었다.

이번이 몇 번째더라? 나는 네 시신을 멍하니 바라본다. 날을 세는 건 진즉 그만두었지만 아마 족히 10년은 지났을 것이다. 나 같은 보잘것없는 인간도 300년은 거뜬히 살게 된 시대에서 10년은 긴 시간이 아니다. 아닌데도…. 외눈박이 휴머노이드는 자고 있던 아이의 목에 꽂은 바늘침을 빼고는 엔진을 윙윙대며 고개를 돌린다. 무슨 문제라도 있냐고 묻듯이. 나를 이해하지도 못할 상대에게는 한탄할 수도 없다. 무겁게 내려오는 눈꺼풀을 애써 뜨면서 휠체어 바퀴를 천천히 복도 쪽으로 움직인다.

네가 그런 식으로 깨지 못할 잠에 빠지면 나는 복도 한쪽에 뻥 뚫린 높디높은 창문 너머를 하염없이 응시했다. 행성 히엠스는 이름값을 했다. 언제 창문을 들여다봐도 눈발은 그칠 낌새조차 없었다. 나는 뿌옇게 흐린 허공 너머로 동쪽과 서쪽, 남쪽 탑을 상상했다. 그곳엔 누가, 어떤 정해진 삶을 되풀이하고 있을지 궁금했다. 바람이 강하게 휘몰아치며 웅웅 울렸다. 나는 한숨을 날숨처럼 내뱉는다.

다시, 탑의 이동 장치가 가동하는 소리가 들린다. 나선형 계단을 터벅터벅 딛는 발소리가 가깝다. 곧 무덤지기가 모습을 드러낼 것이다.

나는 그를 필요로 했지만, 그에게 정서적인 위로를 요구하지는 않았다. 그가 먼저 나에게 말을 거는 일도 없었다. 무덤지기는 나를 한 번 보더니, 네가 지내던 방 안으로 훌쩍 들어갔다. 그가 네 유품을 정리한다. 나한테 준 엉성한 색칠 그림, 이상하게 접은 종이 새, 네 체취가 묻은 이불, 휴머노이드가 너에게 선물한 목걸이… 차례차례 커다란 봉투 안에 쓸어 담았다. 나는 그를 만류하지 않는다. 탑과 행성에서 벌어지는 모든 일을 처리하는 게 그의 일이고, 내가 담당하는 건 살아 있는 아이니까. 그렇지만, 그렇지만.

사내가 봉투를 창밖으로 내던지는 순간, 나는 실로 오랜만에 먼저 입을 열었다.

"눈이 많이 오네요."

사내가 움찔하더니, 고요한 눈을 나에게 향했다. 나를 응시하는 눈은 흰자가 없이 새까맣기만 하여 속내를 읽기 어려웠다. 돌보던 네가 죽는 걸 목격한 양육자가 기껏 한다는 말치고는 어설퍼서 황당해하는 것일지도 몰랐다.

"여기 눈이요? 자연적인 기상 현상이 아니에요. 인공적으로 내리는 눈이죠."

"새삼스럽지도 않네요. 그들은… 영주들은… 뭐든지 할 수 있잖아요. 말 그대로 뭐든지요."

잠시 대화가 끊겼다. 내가 왜 말을 걸었는지 스스로도 알 수 없었다. 어차피 그는 대화를 이어가지 않을 것이다. 바람 소리와 어색한 숨소리, 삑삑거리며 일방적인 안내나 경고만 알리는 휴머노이드만 여기 남겠지. 예상대로 그는 아무 말 없이 다시 네 방으로 들어가 축 늘어진 너를 어깨에 둘러메고 돌아왔다. 그러고는 평소엔 거들떠 보지도 않던 엘리베이터에 타더니 검지를 열림 버튼 위에 얹은 채로 예상치 못한 제안을 했다.

"산책할 마음 없으신가요?"

"…네?"

"'무덤'을 보여줄게요."

나는 눈을 동그랗게 떴다.

"저는 밖에 오래 있지 못해요. 피부가 잘 건조해지거든요."

"금방 돌아와요."

고맙게도 그는 예의상 뱉은 거절을 무시해 주었다.

"'무덤'이 북쪽 탑과 가장 가깝거든요."

그리하여 나는 그의 트럭 조수석에 올랐다. 사내는 수고롭게도 나를 안아 올려 자리에 앉히고는 휠체어를 접어 차에 실었다. 그는 내 옷차림을 살피더니, 두르고 있던 목도리를 풀어 건넸다. 혹시 모르니, 하는 짤막한 말과 함께. 나는 사양하지 않았다.

방수포에 덮인 네 시신은 유품과 함께 짐칸으로 들어갔다. 시동이 걸린 차는 털털거리며 움직였다. 사내는 망설임 없이 액셀을 밟았다. 미끄럼 방지 체인이 걸린 바퀴는 눈을 열심히 밟으며 천천히 전진했다. 문득 이 행성 기준으로 센 오늘의 날짜와 계절이 궁금했다. 매달 하순에는 외출을 지양하라고 했으니, 초순인 걸까? 바깥 풍경이 바뀌지 않는 이곳의 시간은 아직도 적응하기 힘들었다. 나는 그가 이곳을 관리하고 있으니 어련히 안전한 날에 외출을 제안했으리라 여기기로 했다. 실은 어떻게 되든 상관없었다. 정말 앓아눕든, 그래서 내 수명이 깎여나가든, 이전만큼 큰일이라고 여겨지지 않았다. 나는 턱을 괴고 창가에 시선을 뒀다. 오랜만의 외출이니 머리가 복잡해질 줄 알았는데, 이상하리만치 아무 생각도 들지 않았다. 트럭이 움직일 때마다 의식이 솜사탕 떨어지듯 한 뭉텅이씩 떨어져 나가, 저 눈밭에 묻히는 기분이었다.

"도착했어요."

사내가 말했다. 후에 듣기론 똑같은 말을 다섯 번 정도 반복하고 나서야 내가 반응했다고 한다. 조수석 문을 연 사내는 내 얼굴을 보더니, 자기 눈가를 건드리는 시늉을 해 보였다. 무심코 그를 따라 하던 나는 조금 놀랐다. 볼이 축축했다. 새삼스러웠다. 네가 몇 번을 죽든 눈물 한 방울 흘리지 않았는데, 바깥 공기를 한번 마셨다고 없던 연민이 피어나기라도 한 건지. 손이 어렴풋한 허공을 매만졌다. 눈물을 어떻게 해야 할지 판단이 서지 않았다. 와중에 불쑥 튀어나온 이성이 나를 움직였다. 염분 때문에 피부가 쪼글쪼글해지면 밖에서 버티기 어려워질 거라는 생존 본능에 나는 사내의 목도리 끝자락으로 눈물을 닦았다. 까끌까끌한 털실이 얼굴 표면을 아프게 쓸었다. 사내는 내 이물질이 자기 옷에 묻어도 신경 쓰지 않는 눈치였다.

눈에 깊이 파묻힌 휠체어는 움직이기 힘들기에 걱정했는데, 도착한 곳은 눈이 반 뼘밖에 쌓이지 않은 땅이었다. 그는 화물칸에서 네 손때가 묻은 모든 물건을 실은 수레를 내린 후, 조심스럽게 끌었다. 올곧은 바큇자국이 죽 늘어졌다. 나는 축축해진 목도리를 뒤집어 둘렀다. 바람이 눈을 찔러 눈꺼풀을 몇 번 열었다 닫는 사이 일렁이는 공기를 눈치챘다. 오로라를 닮은 빛이 유동적으로 움직이는 돔 형태의 장막이었다. 장막의 돔은 깊은 구덩이 위에 얹어져 있었는데, 안쪽 저 밑에 무언가가 훤히 보였다. 나는 숨을 삼켰다.

"저게 대체 뭐죠?"

나는 멍청하게 물었다.

"용?"

스스로 생각해도 말이 안 됐지만, 장막 밑에서 꿈틀거리는 거대한 생물을 칭할 수 있는 단어로 내가 알고 있는 건 하나뿐이었다. 괴생명체. 뱀처럼 기다란 몸통에는 일정한 간격으로 파충류 같은 다리가 붙어 있고, 투명한 피부 아래 실처럼 얇은 핏줄이 엉켜 있었다. 듬성듬성 박힌 비늘은 모두 물방울 모양이었는데, 꼬리부터 척추까지 이어지는 건 은빛을 띠고 있었고 바깥다리로 이어지는 건 거울처럼 빛을 반사하며 반짝거렸다. 그것은 고개를 푹 숙이고 있었다. 볼록 솟은, 하얀 털로 뒤덮인 뒤통수가 꼭 백발 노인처럼 보여 소름이 쫙 끼쳤다. 범상치 않은 모습이지만, 아름답다고 하긴 어려웠다. 체온 때문인지, 녹은 눈과 섞인 진갈색 흙이 그것의 발아래서 질퍽였다. 족쇄에 묶인 그것은 계속 진갈색 대지를 발톱으로 마구 긁으며 장막에 몸을 부딪치고 있었다. 쿵. 쿵. 쿵. 충돌이 일어날 때마다 전기 스파크가 일었다.

"명칭은 없어요. 실패작이라서요. 원하는 대로 부르세요. 위험하니 너무 가까이 가진 말고요."

무덤지기는 목에 걸고 있는 펜던트의 버튼을 눌렀다. 장막이 걷히고 용이 날뛰었다. 하지만 족쇄에 묶인 몸을 뒤트는 것 이상의 저항은 하지 못했다. 머리털 사이에 가려졌던 용의 얼굴이 드러났다.

그걸 얼굴이라고 해도 될까? 눈도, 코도, 주둥이도 없었다. 원형 구멍을 중심으로 난해하게 갈라진 원색의 문양들만 자리했다. 꽃잎 같기도 했고, 착시를 일으키는 패턴 같기도 했다. 그리고 그 피부인지 근육인지 모를 조직은, 움직였다. 가장 안쪽의 삼각형과 사각형의 넓이가 커지며 가장자리로 천천히 밀려나고, 다시 모서리부터 새로운 문양이 안쪽으로 밀려 모이며 기이하게 꼼지락댔다. 나는 정신을 잃을 것만 같았다. 하지만 무덤지기는 익숙한 듯 태연하게 들고 온 짐을 구덩이 속으로 던졌다. 용의 고개가 바로 너를 향해 꺾였다. 나는 분명히 말할 수 있다. 용은 왜인지 망설이고 있었다. 낮게 그르릉거리는 침음이 주변 공기 밑을 파고들어 낮게 깔렸다. 그리고 믿을 수 없는 광경이 펼쳐졌다. 용이 마지못해 앞발로 시신을 쥐자, 네 몸이 천천히 쪼그라든 것이다. 보이는 건 용의 발가락 사이로 톡 튀어나온 네 창백한 발뿐이었지만, 곧 근육과 살과 수분이 몽땅 증발해 종이처럼 쪼그라들었다. 너의 살갗과 근육은 뼈에 말라붙더니, 그 앙상한 뼈대마저 눈 녹듯 사라져 버렸다.

"어떻게 저, 저런 게. 실패작일 수가 있어요?"

공포에 차서 헐떡거리자, 그가 내 어깨에 손을 올렸다. 네 시신을 던진 손의 촉감은 참 기묘했다.

"아름답지 않잖아요."

"그런 게 어떻게 이유가…."

무덤지기의 목소리는 꼭 민들레 같았다. 겨우내 핀 노란 꽃잎 같아 보이지만, 막상 손에 담으면 겨울의 온도와 다를 게 없는 목소리. 장막이 다시 천천히 용의 주변을 둘러쌌다. 내 반응이 신경 쓰였는지, 무덤지기가 펜던트를 셔츠 밑으로 밀어 넣었다.

"이유가 될 수 있죠. 이젠 완벽하지 않은 것에 가치를 찾기 어려운 세상이니까요. 기술 발전을 제한할 과학 윤리법도 폐지됐으니 무엇이든 원하는 만큼 창조해 낼 수 있어요. 마치… 신처럼. 저건 아름다운 걸 만드는 과정에서 출현한 부산물이고요."

"괴로워 보여요. 저… 용이요. 자기가 무슨 처지인지 아는 것 같아요."

"지성이 있으니 그럴 거예요."

"지성이 있는 걸 저렇게 둔다고요?"

"완벽하지 않으니까요. 지성은 이제 생명의 가치를 판가름할 때 우선적으로 고려되는 요소라 할 수 없어요."

"여, 영주들의 그 잘난 기준에 부합하지 않는 완벽하지도 않은 것에 족쇄를 채우고 살려두는 이유는 대체 뭐죠? 도대체…."

"저게 영양분을 취하는 방식이 여타 다른 종과 다르게 독특해서 실험 가치가 있고… 영주들이 원하는 역할에 적합하기도 해서요."

"역할이라뇨?"

"보편적인 미의 기준에 합당하는 생명체는 이제 식상할 정도로 많으니, 남은 건 이야기밖에 없잖아요? 저건 그 이야기를 위해 필요해요."

"무슨 말인지… 이해가 안 가요."

"아름다운 것을 더 아름답게 만들어 줄 수 있는 요소가 이제 '이야기'뿐이란 의미예요. 마음을 동하게 만드는 사연, 범인은 경험할 수 없는 서사! 말 그대로 마음으로만 느낄 수 있는 무형의 장식이죠."

마치 마법 주문처럼 그가 덧붙였다. 나는 할 말을 잃었다. 순간 머릿속에 스치는 것들이 있었다. 너였다.

"그래서 그 애도…."

내가 겨우 입을 떼자 그가 대답했다. 이제야 알았냐는 듯이.

"영주는 세상에서 '가장 아름다운' 여자애가 필요한 거예요."

용이 울부짖었다. 사람의 언어가 아니었기에 뜻을 알 수 없었다.

"이젠 영주에게 '평범한 사랑' 같은 건 먹히지 않아요."

ℴ

그 일이 있고 서른한 번째의 너를 안아 들었을 때, 나는 네게 이름을 지어주기로 했다.

'인사'. 나는 너를 인사라고 부르기 시작했다.

별다른 뜻은 없다고 말하고 싶지만, 그러면 거짓말이겠지. 내 고향 행성, 폰투스가 아닌 지구에 살았을 적에 썼던 모국어에 인사라는 단어가 있었다. 지금은 거의 잊어버렸지만, 만날 때나 헤어질 때 나누는 말을 아울러 부르는 통칭 같은 것으로 가물가물 기억한다. 내가 조심스럽게 너를 인사라고 부르자, 휴머노이드가 그 건조한 눈을 들어 우리를 응시했다. 매뉴얼에 호칭에 관해서는 명시돼 있지 않았지만, 소속 행성 언어가 아닌 언어를 사용하는 것 자체가 규칙 위반일 수도 있었다. 하지만 넌 폐기되지 않았고, 나는 조용히 안도했다. 인사. 내가 다시금 중얼거리자 너는 목구멍으로 숨소리를 내더니 포대기 안에서 뒤척거렸다. 나는 인사, 너를 조금 다르게 키우기 시작했다. 물론 매뉴얼은 어기지 않았다. 나는 정해진 지침과 순서대로 너를 대했고, 너는 다른 시른 명의 너와 신체적으로 정서적으로 전혀 다르지 않았다. 변화랍시고 내가 시도해 본 것은, 너를 수조가 있는 방으로 데려갔다는 점이다.

그곳은 탑 안에서 유일하게 나를 위해 마련된 공간이었다. 작동할 때마다 털털거리며 돌아가는 구식 필터나 밸브형 수도는 명목상 죄인인 나의 거취가 정해짐과 함께 급하게 개조한 티가 많이 났지만, 나는 만족했다. 바다에 비해 훨씬 작기는 해도 물이 가득 찬 수조 안에 몸을 담그고 있으면 탑에서 일어나는 모든 일로부터 잠시나마 분리될 수 있었다. 눈을 감고 망상할 수 있었다. 다시 자유롭게 헤엄칠 수 있던 이전을, 자유롭게.

네가 죽기 시작하면서부터 나는 전기에 감전된 것처럼 몸을 떨며 눈을 뜨게 되었다. 그러면 나는 기포를 일으키며 찰랑거리는 내 지느러미에 집중하려고 노력하다가 허리를 뒤로 꺾어 더 깊이 잠수했다. 수심이 낮은 탓에 몸은 금방 바닥에 닿았고, 그럼 나는 걷잡을 수 없이 외로워지기 시작했다. 그래서 나는 수조 안에서만큼은 생각하기를 그만두고 본능에 따라 인위적으로 형성된 물살에 몸을 맡기기만 했다.

나는, 그런 공간으로 너를 데려왔다. 서른한 번째의 네가 걸음마를 떼고 난 직후였다. 무슨 생각으로 그랬는지는 나도 몰랐다. 자기 연민, 동정심, 혹은 마지막 발버둥… 무엇이었든 중요하지 않았다. 나는 너를 수조 앞에 앉히고는 경사대를 타고 복층으로 올라갔다. 옷을 전부 벗고 수조 안으로 뛰어들었다. 첨벙, 하는 소리가 그날따라 요란하게 울렸다. 버릇처럼 엄지를 빨던 너는 곧 눈을 동그랗게 떴다. 그러곤 아장아장 걸어 수조로 다가왔다. 투명한 유리를 처음 접한 너는 콩,

하고 이마를 가볍게 박고는 울먹거렸지만, 너의 눈높이에 맞춰 내려온 맞은편의 나를 보자 입을 뻐끔거렸다. 내가 하늘하늘한 지느러미를 천천히, 넓게 펼치자 넌 입을 크게 벌렸다. 음파가 매질로 전달되진 않았지만, 너는 분명 함성을 지르고 있었다. 너는 고사리 같은 손으로 벽을 계속 퉁퉁, 두들겼다. 솔직히 이건 도전이었다. 네 표정을 보고도 나는 반신반의했다. 물속에서의 내 모습을 혹여 징그러워하면 어쩌지, 하는 걱정도 했다. 하지만 네 눈빛…. 머리에 솜털 같은 얇은 머리칼만 내려앉은 네가 나를 보고 어떤 눈빛을 지었는지, 그 순간을 보존해 그대로 남기지 않았다는 것이 나는 아직도 후회된다.

수조에서 나온 내가 너를 안고 돌아가자, 휴머노이드가 나를 빤히 노려봤다. 나는 너를 안은 팔에 힘을 넣었다. 휴머노이드가 등에서 꼬리를 꺼내 네 목덜미를 노리기라도 한다면 어떻게든 막을 심산이었다. 그러나 휴머노이드는 아무 짓도 하지 않았다. 바삭하게 마른 수건을 찾아 내게 내밀 뿐이었다. 이 정도 변수는 용납해 주겠다는 건가? 이름과 수조. 매뉴얼에는 없었지만 삶을 조금 더 '아름답게' 만들어 줄 수 있는 우연의 장치들. 아슬아슬한 줄타기에 성공할 때마다 형용할 수 없는 쾌감이 밀려들었다. 입매가 살짝 올라갔다.

너와 나는 그 후로 거의 매일, 여유가 생길 때마다 수영을 했다. 너는 나를 보며 수영하는 법을 익혔고, 이윽고 걷는 것만큼 자연스럽게 헤엄칠 수 있게 되었다. 너는 수중에서 오래 숨을 쉴 수 없었지만 네 몸을 휘감는 물의 유속을 읽을 줄 알았고 그것에 맞춰 다리를 움직이고 팔을 비틀 수 있었다. 다섯 살이 된 네가 세 번째 놀이 친구에게서 배운 춤을 응용해 수중에서 공중제비를 도는 모습을 보았을 땐 감탄이 절로 나왔다. 너는 허공에서 다리를 쭉 뻗는 것보다 물의 저항과 얄팍한 수압을 이겨내는 것에 더 큰 성취감을 느꼈다.

네가 수영에 애정을 붙일수록 우리의 공통분모는 커져갔다. 나는 넓어진 우리만의 여백 안에 점차, 하지만 거리낌 없이 애정을 쏟아붓기 시작했다. 함께 물속에서 다리를 움직이면 네 유전자가, 네 영혼의 모양이 내 것과 비슷해져 간다는 착각이 들었다. 내가 정말 너를 낳기라도 한 것처럼 말이다. 날이 갈수록 수조 안, 네가 차지하는 부피가 점차 커졌다. 네 팔다리가 길어지고 머리카락이 풍성하게 하늘거리고, 보조개가 더 깊게 팼다. 내가 옆에서 도와주지 않아도 이제 너는 마음껏 수영할 수 있었다.

"엄마, 엄마."

네가 두 팔을 수면 위에 흐트러뜨리고는 둥둥 뜬 상태로 말을 건다. 하지만 내 귀는 물에 잠겨 있어서 네 말소리를 듣지 못한다. 너는 기포와 파장을 이용해 대화하지 못하므로, 너는 몸을 세로로 곧게 세워 상체를 밖에 내놓는다. 하고 싶은 말이 있다는 신호다. 나는 얼른 위로 올라간다.

"오늘 탑 마이너스 3층에서."

너는 탑이 전부 몇 층인지 몰랐기에, 우리가 머무는 최상층을 기점으로 층수를 셌다.

"신샤랑 놀았거든. 신샤한테 오늘은 새로운 동작을 배웠어. 허리가 꺾일 뻔했는데…. 음. 오늘 신샤가 처음으로 말을 걸었다?"

"뭐?"

"내 자세를 잡아주다가 말고 물었어. '당… 신은… 행복…한가요?'라고."

"그래서 뭐라고 답했니?"

"당연히 행복하다고 했지! 그런데 신샤는 아무 대답도 안 했어. 내가 아무리 두들겨도 반응이 없더라. 뭐였을까?"

신샤는 자아 없는 휴머노이드다. 입력된 대로만 출력하는 기계라는 뜻이다. 그러니, 신샤가 출력한 질문은 영주의 질문일 수밖에 없다. 충분히 네게 말을 걸 수 있었으면서 지금까지 그 긴 세월을 침묵하다 이제야 너를 자극하기 시작한 영주가 수상했다. 나는 아무렇지 않은 척 어깨만 으쓱였다. 오류였나 봐. 대수롭지 않게 대꾸하자, 너도 심각하게 받아들이지 않는다. 그런가? 너는 까르르 웃으며 다시 잠수한다. 곧 잘 시간이지만, 나는 네가 조금 더 놀도록 놔둔다. 너는 넓게 펼쳐진 내 지느러미 같은 발을 향해 달려든다. 네가 좋아하는 꼬리잡기 놀이다. 나도 얼른 물속에 들어가 장단을 맞춰준다. 너는 나만큼 날래진 않지만 똑똑하다. 내 움직임을 보고 수를 읽어 앞을 막기도 하고, 다가올 것처럼 굴다가 능숙하게 방향을 돌린다. 장난을 치려던 나의 시도가 어설프게 무너지자 네가 웃는다. 소리는 없지만, 너의 코와 입에서 수없이 많은 공기 방울이 올라간다. 그러다 너는 내 어깨 너머를 보고 놀라 헉, 했다. 그러면서 코로 물을 먹었는지 너는 컥컥거리며 얼른 수면 위를 향했다. 나는 뒤를 돌아봤다. 거기에 무덤지기가 서 있었다.

그는 나를 보고 있었다. 너와 나의 놀이를 감시하는 중에 시선이 내게로 완전히 옮겨 간 건지, 아니면 처음부터 나만 응시하고 있었는지는 알 수 없었다. 분명한 건 나는 그의 등장이 반갑지 않았다. 사내는 네가 죽은 날에만 탑에 왔다. 네가 오늘 죽어야만 하나? 어째서? 매뉴얼이 수용할 수 없는 무언가가 있었나? 나는 수조 유리를 사이에 두고 한참이나 그와 눈싸움했다. 그의 시선은 꺼림직했다. 인사, 네가 물속의 나를 볼 때와는 다른 느낌이었다. 기시감이 들었지만, 나는 그 감각의 정체를 콕 짚어 설명하긴 어려웠다. 결국 나는 물에서 나와 복층으로 올라갔다. 몸을 잔뜩 웅크린 채 불안해하고 있는 너를 큼직한 수건으로 덮어줬다. 여기에 있으렴. 인사에게 속삭인 나는 몸에 수건을 대충 두르고 휠체어에 앉았다. 좌석이 물을 먹어 바퀴가 무거워졌지만 개의치 않았다. 나는 아래로 내려가 사내를 대면했다. 아까까지만 해도 내가 그를 내려다봤는데, 지금은 고개를 들어 그를 봐야 한다는 사실이 어색했다. 무덤지기는 눈을 깜빡이다가 고개를 한 번 내저었다. 그러고는 허리를 숙여 내 귓가에 대고 낮게 속삭였다. 앞으로 이야기할 모든 것들이 네게는 비밀이라는 듯이.

"무례했다면 미안해요. 급한 전달 사항이 있어요."

"당신이? 무엇을요? 신샤나 에레를 시킬 수 있지 않아요? 듣자 하니 휴머노이드한테 음성 출력 기능이 없는 것도 아니었잖아요."

"프로젝드 시작 일정을 앞당기기로 했대요."

무덤지기가 엄청난 사실을 밋밋하게 내뱉었다.

"…뭐라고요?"

"아이가 성인이 되어야 시작되지만, 영주도… 기다리기 지쳤나 봅니다. 이번 북쪽 탑 배양아를 굉장히 마음에 들어 하기도 했고요. 그래서… 보름 후에 행성 시스템을 전부 가동하겠대요. 매뉴얼이 업데이트됐을 거예요. 나중에 확인하세요."

말문이 막혔다. 기뻐해야 하나? 하지만 생각만큼 들뜨지 않았다.

"인사가 떠나고 나면…."

나는 겨우 입을 떼 중얼거렸다.

"저는 어떻게 되죠?"

"풀려나겠죠?"

사내가 답한다.

"의무를 다했으니, 당신은 감옥에서 벗어날 거예요."

'감옥에서 벗어난다'는 말이, 자유로워진다는 의미와 상통하는지 궁금해진다. 자유. 얼마 남지 않은 시간이 돌연 나를 옥죄는 것 같았다. 영주는 나를 폰투스의 바다로 돌려보내 줄까? 그 행성은 내가 알던 모습 그대로일까? 이미 다른 개발사업이 시작되었으면 어떻게 하지? 이미 다른 종족이 차지했다면… 나의 자리가 남아 있을까? 불확실한 미래가 오래전 사라진 좀벌레 떼를 다시금 불러 모았다. 그 벌레들은 애써 정성스레 쌓아놨던 나의 안정감을 갉아먹었다.

나를 고통스럽게 한 건 폰투스에 대한 향수가 아니었다. 내 숨구멍을 제대로 틀어막은 건, 적응된 순응이 미어지면서 드러난 너와의 기억이었다. 그랬다, 너는 언젠가 내 품을 떠나야 했다. 내 역할은 너를 끝까지 지켜보는 게 아니라 진정한 행복을 위한 징검다리를 놓아주는 것이었으니까. 행복. 하지만 너는 신사에게 지금도 충분히 행복하다고 했지. 나는 네게 되묻고 싶어졌다. 너는 지금 '얼마큼' 행복하니?

영주의 아름다운 반려가 되어 우주의 모든 것을 누리게 되면, 나와 함께했던 시간은 별 볼 일 없는 것이 되어버릴까? 동화의 마지막 구절, '그리고 그들은 영원히 행복하게 살았습니다'가 네 인생을 단단히 뒷받침해 줄 수 있을까?

영주의 사랑은 얼마나 지속될까?

너는 성인이 될 몸임에도 내가 침대 맡에서 가사 없는 자장가를 흥얼거리지 않으면 잠에 들지 못했다. 너는 침대에 같이 누워달라는 듯이 팔을 뻗었지만, 나는 가만히 네 이마만 쓸어줬다. 예전의 너는 내 품에 쏙 들어갔었는데, 지금의 너는 몸을 구기고 내 품에 파고들어야 했다. 너는 볼을 가만히 내게 기댔지만, 허리를 옆으로 틀진 않았다. 내가 엄하게 교육한 탓이다. 너는 누워 있는 모습도 아름다워야 하니까. 동화 속 공주님은 새우잠을 자지 않으니.

"그 사람은 누구야?"

너는 일부러 좀 더 깨어 있기 위해 말을 건다.

"무슨 얘기 했어? 엄마 어디로 가버리는 거 아니지?"

나는 안 가. 속으로 생각했다. 먼저 가버리는 건 언제나 너였지. 문득 하나의 충동이 두방망이질 쳤다.

너도 이 모든 걸 알아야 할 의무가 있지 않겠느냐는 주장이 가슴 한구석에서 메아리친다. 몇 번이고 다시 태어나고 몇 번이고 다시 죽었다고, 그 순환 아닌 순환이 결국 너를 위한 것이 아니라 오롯이 타인의 유희를 위한 것이었다고. 동화의 마지막 구절이 '그리고 영원히 행복하게 살았습니다'인 탓이다. 나는 그 문장을 믿을 수가 없다.

"인사."

그래서 결국은 입을 열고 만다.

"엄마가 네게 해줄 말이 있어."

나는 달콤한 목소리로 거짓말을 한다. 인사, 곧 못된 마법사들이 너를 잡으러 올 거야. 그러자 너는 겁에 질린다. 왜? 내가 뭐 잘못했어?

"아니, 넌 잘못한 게 하나도 없어. 인사, 그러니 네가 도망쳐야 해. 사실은 네게 줄곧 말하지 않은 비밀이 있어. 너는 사실 이 탑을 나갈 수 있단다."

"정말? 정말이야?"

"그래. 그러니까 엄마가 시키는 대로 해. 엄마가 너한테 몰래 마법을 걸었거든."

"엄마 마법 쓸 줄 알았어?"

"응. 말하지 않아서 미안해. 자, 인사. 여기서 나가려면 날아야 해."

"그치만 난 날 수 없잖아? 앗, 엄마 설마…."

"맞아. 엄마가 너한테 날개가 돋아나는 마법을 걸었어."

나는 힘없이 중얼거린다. 나에게 정말 그런 힘이 있다면 좋을 텐데, 생각하면서. 내가 너를 위해 할 수 있는 게 고작 이거라는 게. 아니, 이건 달아나는 법조차 모르는 너를 위한 게 아니었다. 이건 치밀한 자기만족이었다. 겉으로만 아름다워 보이는 비참한 운명의 탑에서, 한 번쯤 직접 나서는 너의 모습을 보고 싶다는 이기심이다.

"그런데 조건이 있어. 우선 너를 지켜보는 눈이 없어야 해."

나는 너에게 조금 더 소곤거린다. 반짝거리던 네 눈은 꾹 감긴다. 나는 네 머리칼을 몇 번 더 쓰다듬어 주다 천천히 잠에 든 척한다. 아니, 정말 까무룩 잠이 들었는지도 모르겠다. 얕은 의식 속 너의 인기척이 느껴진다. 얼마 지나자, 품이 허전하다. 나는 일어나려고 했지만 눈꺼풀은 감긴 채 꼼짝도 하지 않았다. 후회가 졸음의 형태로 내 의식을 뒤덮은 듯했다.

눈을 떴을 때, 너는 침대에 없었다. 인사, 나는 너를 불렀다. 그러나 답이 없었다. 일어나 방을 둘러보지만 충전 중인 휴머노이드만 몸체를 웅크리고 있었다. 인사, 나는 외쳤다. 휠체어에 힘겹게 옮겨 앉았다. 네가 열 살이 된 후에는 매일 아침 나를 도와줬기에 혼자서 하는, 그리고 혼자서 해왔던 이 소소한 행동이 갑자기 버겁게 느껴졌다. 인사! 나는 휠체어에 안착해 바퀴를 밀었다. 방 밖으로 나갔다. 그리고 내가 무슨 짓을 저질렀는지 절감했다.

네 작은 플랫슈즈는 창 앞에 가지런하게 놓여 있었다. 신발 앞코는 창밖을 향하고 있었다. 나는 떨리는 손으로 네 하얀 신발을 주우려다가 앞으로 고꾸라졌다. 동시에 눈물이 바닥으로 몇 방울 떨어졌다. 나는 기듯이 벽을 짚어 창가에 매달리고, 상반신을 창밖으로 내밀었다. 눈발이 나를 덮쳤으나, 나는 시린 눈으로 보고야 만다. 눈밭에 거꾸로 누워 있는 너를.

아무도 보지 않는 밤에, 네 등에 날개가 돋아날 거야. 그걸로 너는 연습을 하렴. 도망칠 수 있을 정도로 능숙해질 때까지. 전날 밤의 거짓말이 나를 숨 막히게 했다. 비명을 지르고 싶었으나 들어줄 사람은 없었다. 이게 너를 위해 내가 해줄 수 있는 최선이었다고 스스로를 타이르고 싶었으나, 혀가 굳어 움직이지 않았다.

갈 곳 잃은 손이 바닥만 더듬었다. 너와 함께 보낸 시간이 눈안개에 묻혀 순식간에 희미해졌다.

나는 네 신발을 꼭 붙들고 조용히 흐느꼈다. 원근법으로 그려진 공백의 침묵을 채우는 건, 몇 년 전 너를 삼킨 용의 울부짖음이었다. 장막에 몸을 부딪치는 소리와 함께. 쿵. 쿵. 쿵.

무덤지기 전용 계단이 열리는 소리가 났지만, 나는 돌아보지 않았다. 시선이 느껴졌다. 나를 일방적으로 보기만 할 뿐, 내가 결코 마주 볼 수 없는 시선이. 나는 입으로 느릿하게 호흡을 붙들며, 고개를 틀어 천장에 매달린 카메라를 보았다. 이 모든 것을 다 멀찍이서 지켜보고 있었을 영주에게, 결코 맞닿지 않을 시선을 반송하면서.

나의 이 발버둥마저, 당신에겐 흥미로운 이야깃거리일 뿐이겠지.

네가 죽었으니 배양기는 본분을 다하며 또다시 태아를 생성했다. 나는 허망한 심정으로 31이 32로 바뀐 것을 발견했다. 나는 이 슬픔이 히엠스에서 탈출하지 못한 나의 처지에서 오는 것인 줄 알았다. 하지만 새로이 태어난 너를 안아 들었을 때 스며든 심장박동은 이 비탄의 원인이 다른 곳에 있음을 여실히 알렸다. '인사'인 너는 죽었지만 나는 너와 똑같은 아기를 데리고 처음부터 다시 시작해야만 했다. 머리부터 발끝까지 너와 똑같지만 너는 아닌 아이. 그리 생각하자 포대기에 싸인 자그마한 얼굴을 보는 것이 힘겨워졌고, 앙앙거리며 우는 소리가 날 때마다 귀를 틀어막고 싶었다. 그러나 나는 기계적으로 너를 안고 달랬다. 몸은 너를 길들이는 것에 익숙해져 있었다.

너와의 추억으로 가득한 수조에 들어가는 것조차 괴로웠지만 수분이 부족하면 바싹 말라버리는 몸뚱아리 때문에 나는 매번 팔팔 끓는 마그마에 들어가는 감각으로 잠수하곤 했다. 무력감과 우울이 그 안에 방울방울 부풀어 내 안에 떨어지는 것 같았다. 하지만 나는 곧 형용할 수 없는 이 감정을 물에 녹일 수 없다는 사실을 깨달았다. 죽고 싶었다. 그 질식할 것 같은 우울 속에서도 살기 위해 움직이는 스스로가 우스웠다. 물속의 아지랑이는 자그마한 너부터 길쭉한 너까지, 자라난 순서에 상관없는 환영을 잘도 보여줬다. 그러면 이 수조 안이 끔찍할 정도로 싫다가도, 영원히 벗어나고 싶지 않았다. 하지만 서른두 번째의 너를 죽이지 않으려면 나는 정해진 일상의 시간표를 기계적으로 따라야 했다. 인사. 나는 생각한다. 서른두 번째의 너도 인사라고 불러야 할까? 100일 동안 그 고민만 했다. 이름은 영혼이 아니니, 이름을 똑같이 붙인다고 해서 네 영혼이 옮겨 담아질 리는 없다. 차라리 네게 영혼이 없기를 바라는 게 나을지도 몰랐다. 수백, 수천으로 찢겨 나간 네 영혼들이 이 행성을 떠나지 못하고 영영 떠돌 바에는….

퉁.

수조 벽을 두드리는 소리가 들렸다. 한껏 웅크린 허리를 펴니, 무덤지기였다. 나는 한쪽 눈만 뜨고는 그를 흘겼다. 그는 내 반응을 기다리지 않고, 경사대를 타고 복층으로 올라가, 다이빙대 끝에 섰다. 사내는 뛰어드는 대신 거기에 걸터앉았다. 나는 어쩔 수 없이 그에게로 헤엄쳐 갔다.

"끝났어요."

그의 선언에 나는 뜻을 이해하지 못한다. 사내는 제 두 손을 깍지 꼈다.

"더 이상 이 프로젝트 때문에 애쓰지 않아도 돼요. 당신은 석방이에요."

"네? 어떻게 그렇게 되죠? 저번 일로 더 큰 책임을… 지게 될 줄 알았는데요."

"더 좋은 걸 찾았거든요."

"더 좋은 것이요?"

왜인지 항상 담담하던 그의 목소리에서 즐거움이 느껴졌다. 사내가 양손을 자신의 목덜미로 가져갔다. 소름이 섬뜩하게 돋았다. 나는 나도 모르게 외쳤다.

"아냐, 이럴 순 없어. 하지 말아요."

하지만 그는 아랑곳없이 자신의 얼굴을 뜯었다. 살갗과 근섬유가 찢어지는 소리 끝에 털가죽이 벌어졌다. 곧이어 그가 두상 거죽을, 혹은 탈이었던 것을 벗겨 냈다. 그 밑에 사람의 얼굴이, 곧은 콧대를 가진 미인이 나타났다. 숨이 멎을 정도로 아름다운 얼굴이었다.

나는 그에게 어떠한 질문도, 의문도 던지지 않았다. 이곳이 당신을 위한 무대였다는 것을, 당신이 공주의 키스를 필요로 하는 왕자 역을 자처하고 있었단 사실을 구태여 내 입으로 말할 필요는 없었다.

"이건…. 이건 아니야. 아니라고 해줘요."

"반응이 생각보다 미적지근하네요. 아. 취향이 혹시 이쪽이었나요?"

그가 장난스럽게 새 머리 거죽을 흔들었다.

"당신은…."

"만날 만한 사람은 다 만나봤죠. 세기의 절세미인도 아름답고 똑똑한 자도. 하지만 종국엔 모두 질려버렸어요."

"듣고 싶지 않아요."

"나 스스로가 무섭기도 했어요. 이러다 아무 감정도 느끼지 못하면 어떻게 하지? 아, 혹시 지구에 있었던 그리스라는 나라의 신화를 알아요? 거기 제우스라는 절대신이 있는데, 자기 아내에게 만족하지 못하고 이런저런 미인을 계속 건드리고 다니죠. 저는 그의 심정을 알 것 같아요. 신들의 왕이었던 그의 입장에서 그건 바람이 아니었죠. 그는 자극이 필요했던 거예요. 영원에 가까운 시간을 살고, 비슷비슷한 미인을 만나면, 모든 게 거기서 거기처럼 느껴지거든요."

"그래서… 완벽한 짝을 위한 완벽한 시나리오가 당신에게 필요했다고 말하고 싶은 거예요?"

"하지만 당신도 괜찮은 것 같다는 생각이 들었어요."

"제가? 저 같은 게 당신의 눈에 찰 리 없잖아요."

"그 이상이죠. 당신은 '아름다운' 사람이 되었어요."

아름다운 사람.

배변처럼 엉겨붙은 수식어에 헛웃음이 터져 나왔다.

나는 너를 죽여서야 그에게 아름다운 존재로 명명될 수 있었다.

"…아기는요?"

"폐기할 거예요. 더는 쓸모없으니까. 최고의 유전자만 모았다고 해서 완성되었을 때의 모습을 기대하긴 했는데, 한 번

봤으니 이젠 됐어요."

내 얼굴 근육이 갈피를 잡지 못하고 씰룩였다. 지금까지 모든 매뉴얼에 충실히 따라온 내 삶의 문법에 따르면, 이 순간 어울리는 감정은 기쁨이어야 했다. 무덤지기, 영주를 순순히 따른다면 행복해질 수 있다. 더는 허리를 숙이지 않아도 된다. 이 운명을 기꺼이 받아들이고, 그의 동화 같은 구애에 눈물을 흘리며 내 모든 역경은 이 동화를 위해 존재했노라고 믿는다면 나는 그토록 바라던 푹신한 좌석에서 허리를 꼿꼿하고 우아하게 세우고 세상을 내려다볼 기회를 얻을 수 있을 것이다. 갈증이 일었고, 나는 내 오랜 방황이 곧 끝나리란 사실을 깨달았다.

나는 그에게 손을 내밀었다. 무덤지기 아닌 영주의 눈이 반짝였다. 물속에서 헤엄치고 있는 내 모습을 처음 보았을 때와 같았다. 꼭 박물관에서 희귀한 날개를 가진 새를 탐미하는 듯한 시선. 나를 동등한 존재로 보지 않는 시선.

사내가 미소 지었다. 내가 따라 웃자 그는 내 손을 잡았다.

나는 그를 물밑 깊은 곳으로 끌어 내렸다.

직접 입과 코를 막고 붙들고 있을 자신은 없어서, 나는 얼른 위로 기어 올라가 유속 기어를 올렸다. 빨리, 빨리, 더 빨리. 영주가 허우적거리지만 나는 그에게 시선을 주지 않으려고 노력했다. 나는 이를 악물며 기어 레버를 절실히 붙잡는다. 한참 뒤에야 레버를 도로 내렸다. 영주는 조용해진 수면에 둥둥 떠서 미동 하나 없었다. 밀려오는 암담함이 끔찍했으나 눈물이 나오진 않았다. 이건 영주의 아바타일 것이다. 영주가 죽었는데 비상벨이 울리거나 탑의 장치가 멈추는 등의 아무런 보안도 켜지지 않는 행성은 없다. 그러니 얼른 여길 벗어나야 했다. 어디로 가지? 다른 탑으로 가서 도움을 요청하는 게 가장 합리적인 선택지이긴 했다. 그러나 내 직감은 갈 곳이 정해져 있다고 외쳤다. 이성은 그것이 가장 위험한 선택지라고 경고했다. 하지만 나는 합리에 순응하지 않았다. 나는 하릴없이 떠 있는 무덤지기, 영주에게 물을 첨벙이며 다가가 그의 펜던트 목걸이를 잡아 뜯었다. 그가 어떤 표정으로 죽었는지 보지 않으려고 애쓰면서.

나는 옷을 걸쳐 입고 엘리베이터로 최하층으로 내려갔다. 아기 울음소리가 들렸다. 너는 조수석에서 서럽게 울고 있었다. 나는 얼른 차에 타 너를 꽉 끌어안는다. 휠체어를 화물칸에 접어 올릴 여유 따윈 없었다.

움직여, 이 빌어먹을 트럭! 기억을 더듬어 열쇠 구멍을 찾으며 나는 외쳤다. 움직이라고! 불현듯 운전대를 잡던 사내가 펜던트를 어딘가에 인식하는 모습이 떠올랐다. 분주히 펜던트를 들고 계기판부터 여러 디스플레이 여기저기에 가져다 대자 딩동, 소리가 나며 차의 전원이 켜졌다. 나는 주저 없이 경로를 설정했다.

용이 있는 곳으로.

차에서 내리자 눈보라가 이전보다 거세게 몰아쳤다. 하얀 눈안개가 시야를 가렸지만 채도 높은 장막만은 확인할 수 있었다. 쿵. 쿵. 쿵. 용도 여전히 거기 있었다. 깨지지 않는 장막을 계속 들이받으면서. 자기 몸을 옥죄는 족쇄를 떨쳐 내려는 듯 몸통을 배배 꼬면서. 나는 추위로 덜덜 떨리는 손가락을 억지로 움직여 펜던트 버튼을 눌렀다. 장막이 사라졌다. 용의 수많은 발을 잡고 있던 족쇄도 대부분 풀렸다. 다만 용의 몸통을 둥글게 감싼 여러 겹의 사슬은 풀리지 않았다. 복잡하게 얽힌 사슬을 따라 시선을 옮기니 각각의 말단이 사각형의 꼭짓점을 그리듯 다이아몬드 형태로 땅에 박혀 있었다. 아무리 펜던트를 눌러도 소용없었다. 나는 저걸 직접 부수기로 했다.

나는 화물칸에서 밧줄로 한데 묶여 있던 기다란 자루의 망치를 집어 들었다. 두 손이 망치에 묶인 나는 무릎으로 걸었다. 얇은 옷감과 땅을 짚은 맨손 사이로 한기가 파고들었다. 하지만 나는 끝까지 기어 장치 앞으로 갔다. 그러곤 망치를 들고, 사력을 다해 내리쳤다. 방법이 통했다. 나는 나머지 장치도 같은 방법으로 부쉈다. 물의 부력이 없는 공간에 취약한 다리는 마찰을 견디지 못해 까지고 상처가 났다. 몸이 끌린 자국마다 붉었다. 용은 나의 피로 그려진 붉은색 다이아몬드를 봤을까?

마지막 입방체가 부서지자, 용을 구속했던 사슬도 절걱거리며 풀렸다. 용은 갑작스럽게 찾아온 자유에 당황한 듯 주변을 두리번거리다, 길고 애달픈 울음을 뱉었다. 체력을 모두 소진한 나는 망치를 지지대 삼아 상체가 눈밭에 고꾸라지지 않도록 붙들었다. 용이 한 발자국씩 움직이며 다가올 때마다 땅이 울렸다. 수없이 많은 죽음의 위기를 겪어왔지만, 이번만큼 기분이 고요하고 무거운 적은 없었다. 어떤 긴장감도 비탄도 분노도 없었다. 그저 졸릴 뿐이었다. 이대로 눈을 감으면 모든 게 끝날 테지만 나는 마지막으로 빌어야 할 게 있었다.

"살려줘."

나는 있는 힘껏 소리치고 싶었지만, 내 목소리는 내가 듣기에도 너무 가냘파 허공에 빠르게 흩어졌다.

"저 애를 살려줘."

나는 용이 인간의 언어, 그것도 내 모국어를 이해하지 못한다는 걸 알면서도 똑같은 말을 되풀이했다. 인사를 살려줘. 상공에 전투 모함이 웅웅거리는 소음이 들리는 듯했으나, 내

근심이 만들어 낸 환청인지 구별할 수 없었다. 용이 천천히 내 쪽으로 고개를 숙였다. 환시를 일으키는 유기적인 그 안면을, 나는 처음과 달리 평화롭게 마주했다. 용의 머리카락이 길어지더니 촉수처럼 나를 향해 뻗어 내려왔다. 나는 가쁜 숨과 함께 고개를 들었다. 용의 발아래에 서른한 번째의 네가 증발하는 장면이 현실에 겹쳐 보였지만 더는 두렵지 않았다. 나는 용에게 깃들어 있는 수많은 너를 느낄 수 있었다. 이 무덤 속에 너무 오래 파묻혀 있던 너를.

인사, 이만치 살아오고 나서야 사랑하는 것을 사랑하는 법을 알게 되었어.

그러니 더는 죽듯이 살지 않을 거야. 살아가듯 죽을게.

왕관에 불붙이는 자

인간은 빛나는 것을 사랑한다.

세상엔 다양한 가치와 미적 기준이 있지만, 모두의 심장을 일시적으로나마 관통하는 아름다움은 분명 존재한다. 처음 그 보석을 봤을 때, 정확히는 보석이 반사하는 빛을 봤을 때 나는 그런 생각을 했다. 인간은 저런 것을 사랑하기 위해 창조됐다고. 사랑하지 않는다면 사랑하게 만들어야 한다고.

만약 다른 곳에서 그 보석을 보았더라면 그렇게까지 마음을 빼앗기지 않았을지도 모르겠다. 그 전시관은 오로지 그 거대한 보석을 위해 모든 것이 계산되어 있었다. 벽지 색, 조명의 개수와 각도, 보석을 둘러싼 돔 형태 전기장이 깜박이는 주기, 관람객의 신장을 고려해 정해진 관람대와 제한된 입실 인원, 무음만큼 고요하지만 살금살금 고막에 스미는 백색소음. 나는 그런 장소에서 다이아몬드를 대면한 것이다. 나는 선 채로 한동안 움직이지 못했다. 그리고 초대장을 받았음에, 이 자리에 설 수 있게 되었음에, 그리고 살아 있음에 감사하게 됐다.

간혹 보석의 아름다움을 과소평가하는 인간들을 만날 때도 있다. 고티어 영주를 비롯한 바보들인데, 그들은 제한적인 조건에서만 빛을 발하는 광물보다 고결한 이른바 '상위의' 아름다움을 추구하는 삶이 더 존엄하다고 떠들고 다녔다. 고티어와 그의 추종자들은 원하는 모든 것을 돈으로 살 수 있다는 것에 질린 나머지 세상에 없는 것을 캐내고자 했다. 그것이 완벽한 이야기 속 '사랑'이라고 그들은 주장했다.

고티어 영주는 애들이나 상상할 법한 동화 속 주인공이 되기를 바랐다. 고티어는 개인 소유 행성에 여러 채의 탑을 짓고 자기 입맛의 여자아이들을 가둬 배양하다가 적당한 성체가 되었을 즈음에 그들을 구해주는 척하며 사랑에 빠지는 시나리오를 구상했다. 그의 이야기가 완성된 적은 없었다. 나만큼이나 까다로운 그는 소녀의 성장이 조금이라도 매뉴얼에 어긋나면 가차 없이 폐기했다. 아무리 환경을 조정하고 유전자 조작을 해도 소녀들은 고티어의(그가 정해둔 시간표대로 자라면서 몸과 마음이 성장한) 이상형으로 자라지 못했다.

고티어 영주의 결말은 그가 창작하고자 한 동화처럼 흘러가지 않았다. 그는 자신의 소녀를 키우는 보모에게 반해버리고 만 것이다. 심지어 그 보모는 어류와 결합된 아종이자 패잔병이었다. 머리카락도 없고 눈꺼풀도 여러 개에다가 휠체어 없이는 지상에서 움직일 수도 없는 여자. 그 여자는 고티어 영주의 아바타에 오류를 낸 틈에 탈출하다 죽었을 테지만, 고티어는 집착을 버리지 못하고 자기가 키우던 괴물과 융합된 유기물 인형을 쫓다가 영주답지 못한 죽음을 맞이했다. 고티어 영주의 머리는 지금까지도 '부타의선언' 기지에 자랑스럽게 걸려 있다고 전해진다.

인간의 가장 큰 불행은 같은 인간을 '사랑하는' 일에 온갖 미사여구를 붙여 그 가치를 격상시키려는 본능이 있다는 것이다. 예측할 수 없다는 매력을 품고 있다고 하지만, 막상 뚜껑을 들어보면 한심하고 불쌍한 짓만 반복할 뿐인 인간을.

사랑은 예측이 가능해야 한다. 그리고 보석은 관리만 잘하면 기대를 결코 저버리지 않는 모습을 보여준다. 나는 보석이 제자리에서 빛나기 위한 세상을 설계해 주기만 하면 된다.

보석의 광채가 빛이 있는 곳에서만 의미 있는 것이라 말한다면, 나의 행성 모든 곳에 빛이 들게 하라.

빛을 볼 수 없는 인간이 있다면 눈먼 자들을 탄압하고 업신여기며, 눈의 부재를 비정상이라고 칭하라. 그러면 그들은 어떻게든 눈을 심을 것이다.

이상향을 꿈꾸는 자가 못 할 일은 없었다.

𝒫

내겐 이제 나만의 전시장이 있다. 배치도, 장식도, 수많은 보석도 전부 내가 계획하고 배치했다. 전문적인 지식을 쌓기까지 꽤 많은 자본과 시간을 투자했으나 사랑에 공을 들이려면 이 정도는 해야 하지 않겠는가? 나는 하루에도 몇 번이고 전시장에 들어간다. 때로는 다리 길이에 맞춰진 금색 의자에 다리를 꼬고 앉거나 침대만 한 소파에서 반쯤 기대 보석 감상을 즐긴다. 조명과 벽은 전시되는 보석의 종류에 따라 모습을 바꾼다. 보석은 그 자체로 아름다울 수 없다. 보석은 가공해야 하고, 관리해야 하며, 그 아름다움을 아는 자만이 사랑을 줘야 한다. 그래야 보석에 숨겨진 가치를 마음껏 볼 수 있다.

이 완벽한 공간에 들어올 수 있는 인간은 '나'들을 제외하고는 없다. '나'들도 각자의 취향이 있기에 서로의 전시실에 굳이 입장하려고 하지 않는다. '나'는 가끔 타인을 이곳에 초대하는데, 입장객의 기준은 둘 중 하나다. 나의 전적인 신뢰를 얻었거나, 보석의 재료로 판정되었거나.

나는 나 말고는 아무도 믿지 않는다. 그러니 내 전시장에 초대받았다는 건 한 번 들어오면 나갈 수 없을 거라는 의미에 가깝다.

생물의 분자구조를 바꿔 보석으로 '얼리는' 기술은 궁극의 이상향 실현을 위한 가장 완벽한 퍼즐 조각이었다. 산하 연구소의 광결 기술 개발 성공 소식을 들은 날의 흥분을 아직도 잊을 수가 없다.

기계장치로 설계된 광결 기술은 첫 시연부터 눈부셨다. 실험 성과 발표용 첫 제물은 적당히 예쁘장한 소년이었다. 소년은 기계의 아가리에 앉아 멀뚱히 방결유리 너머로 우리를 바라봤다. 얼굴만 반반하고 돌고래보다도 못한 지능을 가지도록 설계한 배양 인간은 곧 자신에게 무슨 일이 닥칠지 예측하지 못했고, 따라서 위기감도 느끼지 못했다. 보석 종류와 생김새를 지정해 주시면 시연하겠습니다. 나는 잠깐 고민했다. 앉은 채로 고개를 들어 위를 보게 해. 어둠 속에 갇힌 인간이 한 줄기 빛에 멍하니 홀린 느낌으로. 추상적인 요구를 들은 연구소장은 당황했지만 불가능하다고는 못 했다. 그러나 누군가가 소년이 얼 때까지 직접 자세를 잡아줄 수는 없는 노릇이었기에 우리는 소년이 그 자세를 취할 때까지 기다리기로 했다. 나는 참을성 있게, 미동 않고 소년을 관찰했다.

"지금."

내 인내는 헛되지 않았다. 명령에 맞춰 기계가 작동했다. 몇 초 되지 않는 그 찰나, 소년은 고개를 틀었는데 살짝 어긋난 그 각도가 오히려 자연스러운 매력을 더했다. 기계의 레이저가 소년의 외피를 덮으며 명멸하다가 사라졌다. 곧이어 활활 타오르는 푸른색 **불꽃**이 소년을 덮쳤다.

나는 넋을 잃었다. 탁탁거리는 불은 중력시時 기준 30분 정도 지속되다 사그라들었다. **푸른 불**이 휩쓴 소년은 달라진 점이 없어 보였지만, 살아 있는 작품이었다. 피부에 감도는 이질적인 광택이 소년이 다른 무언가가 되었음을 알렸다. 소장은 나의 감동을 방해하지 않으려 황급히 손짓했다. 신호를 받은 과학자들은 바로 광결실에서 소년을 들고 나왔다. 소년은 소형 리프트로 들어 올려야 할 정도로 무거워져 있었다. 소년은 커다란 벨벳 쿠션 위에 조심스레 얹어졌다. 나는 우선 윤곽부터 뜯어봤다. 생물체로 보이지 않는 이질적인 질감이었다. 나는 천천히 장갑을 벗어 소년의 입술을 엄지로 누르고 얼굴에서 뼈가 도드라진 부분을 손끝으로 굴려봤다. 더할 나위 없이 매끈한 촉감에 웃음이 절로 삐져나왔다.

“단면을 보여드리겠습니다. 어디를 가를까요?”

“목.”

내 미감이 혀를 빌려 대신 말했다.

“머리가 떨어지면 안 돼. 가르지는 말고 흠집도 최소한으로 보이지 않도록 해.”

“그러면 안을 정확하게 살펴보실 수 없는데….”

“내 말에 토를 다는 건가?”

“아니, 아닙니다. 기왕이면 실험의 성과를 확실하게 보여드리고 싶어….”

“이건 다 갈라선 안 돼. 시키는 대로 해.”

잠시 후, 딱딱한 과육이 쪼개지는 옅은 소리가 들리면서 소년의 목에 작은 부채꼴 모양으로 접혀 들어가는 상처가 생겼다. 기계반 반시던 자들이라 상처의 모양새는 촌스럽기 그지 없었지만 나는 너그러이 만족했다. 그 투박함에는 세상에 막 태어난 마법의 순박함, 길들이지 않은 야생이 깃들어 있었다. 물론 앞으로 만들어질 보석들마저 이런 식이면 곤란하지만, 차차 개선될 것이다. 나는 멀찍이 거리를 두고 보석 소년을 감상했다. 부감으로 봐도 만족스러웠다.

“광결 보조 기술도 개발해야겠군. 우선 단계를 나눠. 광결

전에 내가 원하는 자세로 고정할 수 있도록."

"알겠습니다."

"마치 숨 쉬는 것처럼 보이도록 피부를 커팅하는 도구도 필요하겠어. 곡면을 잘 살리는 날이 달린 걸로. 조금만 깎으면 붉은색 단면이 드러나니까, 피부 색에 맞춰 칠하는 기술도 개발해. 배양인만 얼리는 건 기술 낭비니, 다른 행성군의 성형 기술을 언제든 이용할 수 있게 판을 짜놔야겠어. 우주적인 보석 연마사도 고용하고. 커팅법을 직접 배우는 것도 나쁘지 않지."

내 뒤에서 안구 모양 드론이 작동했다. 톡 튀어나온 눈동자의 열여섯 면에서 은은한 빛이 방사되었다가 사라지면서 드론은 내 요구사항을 바로 일꾼들에게 전송했다. 구현할 수 없는 요구라고 주장하는 자는 없었다. 안 되면 되게 만들면 되는 일이었다.

내 안색을 살피던 연구소장은 기쁨을 감추지 못하고 나보다 먼저 입을 여는 실수를 저질렀다. 그, 그럼 드디어. 나는 그가 무슨 말을 할지 모르지 않았다. 이 망망대우宇의 고독한 실험실에서 그는 목숨이 끊어져도 백업된 모든 기억 데이터를 기반으로 끊임없이 복원되었다. 광결 기술을 완성시킨 연구소장은 애처로운 눈빛으로 나를 바라보고 있었다. 자유. 소장은 자유를 원했다. 죽을 수 있는 자유. 나는 내 기다란 손가락으로 그의 어깨를 감쌌다. 약속을 지킬 시간이었다.

"지금까지 고생 많았네."

나는 그가 원하는 것을 하사했다.

'나'는 그들을 광결했다. 보석으로 영구히 박제될 그들의 노고를 치하하기 위해 내 시간을 할애하면서까지 디자인에 공을 들였다. 연구소장을 중심으로 몸을 차츰 낮추며 전체적인 보석의 모양이 정규분포도처럼 보이도록 했다. 그들 각각의 두상은 내키는 대로 평평하게 갈았다. 나체의 연구원들이 한데 엉킨 모습은 융합된 것처럼 보이기도 했다. 나는 그들의 자세는 뜻대로 잡을 수 있었으나 표정만큼은 제어할 수 없었다. 감추지 못한 절망이 얼굴 근육을 뒤덮어 내가 주문한 '탄복하는 표정' 위로 배어 나왔다. 미묘하게 어색한 뻣뻣함이 생긴 것이다. 모든 것이 의도대로 흘러가지는 않았지만, 나쁘지 않았다. 시저 컷으로 다듬은 거대한 보석에 갇힌 그들은 각도에 따라 색다르게 보였다. 보석 표면을 훑는 빛이 그들의 얼굴이나 몸통의 일부를 가리기도 했고, 내 인영이 그들 위에 아지랑이처럼 내려앉기도 했다.

비록 지금은 다른 작품들에 밀려 창고 신세가 됐지만, 그들이 '나'에게 큰 영감을 줬다는 것만큼은 부정할 수 없는 사실이다. 우리의 유토피아 왕국 토대에 기여한 그들에게 난 언제나 고마운 마음을 가지고 있다. 연구진을 비롯한 수많은 신민의 기꺼운 희생 덕에 '나'의 유토피아는 아름다운 윤곽이 잡혔다. **판타콘**은 그 유토피아의 시험 버전이라고 할 수 있다. 판타콘의 완성이 코앞이다.

코앞이었는데.

전쟁 상황이 영주에게 불리하도록 돌아가기 시작했다. 평등 따위를 주장하는 '부타의선언'이 우주를 들쑤실 때 무시하지 말았어야 했거늘, 세상사에 관심을 두지 않은 그 짧은 세월 동안 그들을 따르는 세력이 부쩍 커져버렸다. 귀가 얇은 배신자와 이탈자들이 영주에게 반기를 들었다. 그들은 '더 나은 세상'을 만들어야 한다고 주장했다. 인간이 인간답게 살 수 있는 우주, 모두에게 기회가 돌아오는 우주, 극단으로는 영주 없는 우주가 '더 나은 세상'이라면서. 그들의 저항은 실패가 뻔해 보였다. 추상적이고 모호한 가치는 분해되어 찌꺼기만 남기 마련이다. 그들이 세상을 바꾸기 위해 열심히 내세우는 건 구체적인 목표와 구상이 아닌 평화·평등의 상징이 새겨진 깃발뿐이었다.

그렇게나 허술한 집단이 어이없는 변수 몇 번으로 야금야금 승기를 잡았다. 그들을 승리의 길로 이끈 건 다름 아닌 멍청한 몇몇 영주들이었다. 가지지 못한 것이라고는 자신 소유가 아닌 영토뿐이었던 그들은 새로움에 대한 갈망으로 자꾸만 무리수를 두었다. 한번 기회를 잡은 저항군은 무시무시한 속도로 세를 불려갔다. 그들 때문에 '나' 또한 피해를 입을 수밖에 없었다.

'나'는 '나'의 유토피아를 지킬 방안을 강구해야만 했다.

오늘도 나는 전시실에 앉아 사랑하는 작품을 바라보며 잡념을 가라앉히려고 애썼다. 최근 구조와 배치를 바꾼 작품들은 대부분이 젤라틴에 형광색을 섞어 굳힌 것 같은 피부를 가지고 있었다. 유토피아 프로젝트에 필요한 **광인류**를 배양해 급속 냉동한 것들이었다.

광인류는 곧 구인류를 밀어내고 그들이 인간으로서 살아온 자리를 전부 메꿀 것이다. 노동을 통해서만 삶의 가치를 겨우 증명할 수 있는 구인류와 다르게, 광인류는 말 그대로 숨을 쉬는 보석이다. 유기체로서의 보석. 판타콘이라는 천공의 성 아래, 신민들은 물렁이지 않는 단단한 보석 피부의 움직이는 조각상이 될 것이다. 그러면 우리의 유토피아는 한 단계 더 완벽해질 테지.

한 조각상에 눈이 갔다. 앉은 채로 몸을 웅크린 그것은 빛

나는 육체를 뽐내는 조각상 사이에서 홀로 유려한 몸매를 숨기고 있었다. 설핏 미소가 지어졌다.

"1호."

입을 열려던 찰나, 불청객이 들어왔다. 2호였다. 혼잣말을 하기 직전 2호가 들어와서 다행이라고 생각했다.

"1호, 회의실로, 당장."

명령 같은 어조에 불쾌해진 나는 눈썹을 까딱였다.

"말투가 거슬리는군. 우리는 동등한 '나'임을 잊었나?"

"그런 걸 따질 때가 아니야."

2호의 목소리에선, '우리'라면 드러내서는 안 될 두려움이 스며 있었다.

"6호가 죽었어."

𝒫

'나'는 총 여덟 명이었다.

영주 작위를 얻은 나는, 나의 세계를 견고하고 튼튼하게 수호하기 위해 '나'의 수를 늘리기로 했다. 타인을 믿는 통치는 분란이 수반될 수밖에 없다. 혼자서는 생각의 한계에 부딪히기 마련이다. 그렇기에 모체는 '나'의 '빛나는 것에 대한 욕망'을 토대로 클론을 만들어 8영주 통치 체제를 구상했고 결과는 성공적이었다.

모체가 자진해 목숨을 끊은 건 안타까운 일이었지만, 덕분에 우리는 공정한 관계로서 이상향을 건설해 나갈 수 있게 됐다. 여덟 명의 '나'는 각자의 행정 업무를 분담했고, 시간이 지날수록 오선지에 새로운 음표들이 새겨지듯 다양한 모습으로 성장했다. 세부적인 취향, 분위기, 개성이 나뉜 우리는 똑같은 얼굴을 공유했음에도 점차 독립되었다. 우리는 서로를 통해 우리가 무엇이 될 수 있었는지를 확인할 수 있었고, 이에 만족했다. 일생 하나를 전부 투자해야만 가꿀 수 있는 미적 취향의 다른 버전을 여덟 개나 간접 경험하는 건 흔치 않으니까.

공식적인 자리에서 우리는 각자의 이름을 사용했지만, 평소에는 숫자로 서로를 불렀다. 우리가 같은 모체에서 한날한시에 태어났음을 항상 상기하기 위함이었다. 우리를 싸잡아 여덟 쌍둥이라고 부르던 무례한 작자들은 첫째와 막내는 누구냐는 둥 존재하지도 않는 서열을 궁금해하기도 했으나, 우리의 답은 정해져 있었다.

우리의 눈높이는 언제나 같다. 흐트러짐 없는 수평을 유지하면서.

그런데 누군가 6호를 죽이면서, 수평이 무너져 버렸다.

회의실에 들어서니 각자의 취향대로 만든 **왕관**을 쓰고 권좌에 오른 '나'들은 유례없이 심각한 분위기를 풍기고 있었다. 소유 행성계의 모양을 본떠 수억 개의 작고 단정한 원석들을 모자이크 기법으로 수놓은 돔 형태의 천장도, 우리의 모습을 새긴 보석 조각상도 불안을 잠재우지 못한 모양이었다. '나'들은 내가 왔음에도 눈짓 한 번 주지 않았다. 의례는 생략됐다. 나는 크고 작은 다이아몬드가 일정한 간격으로 박힌 띠 위로 다양한 높이의 뾰족한 뿔들이 솟은 왕관을 쓰고 지정석에 착석했다. 청색 계열의 보석이 날개 모양으로 장식된 왕관만이 주인 머리에 얹어지지 못하고 탁자 위에 외롭게 놓여 있었다. 왕관에 팬 여덟 개의 둥근 구멍이 공허해 보였다.

팔면체 테이블에 앉자마자 설치된 기기가 홀로그램을 투사했다. 6호의 시신이었다. 나는 2호가 어울리지 않게 호들갑을 떤 이유를 그제야 헤아릴 수 있었다. 시신은 마치 산산조각이 난 화병 같았다. 날카롭게 박살 난, 뼈와 근육과 살이었어야 할 신체 조각의 단면은 보석처럼 반짝거렸다.

"**실험실**에서 죽었나?"

"아니, **입체 영상실**에서 죽었어. 출입 기록은 지워져 있었고."

"누군가가 실험실에서 6호를 죽이고 옮겼을 수도 있지. 사지가 박살 나서 규칙 없이 널브러진 걸 보면 억측은 아니야."

8호가 손을 들고 말했다. 발언권을 위해 손을 드는 규칙이 없어진 지는 몇십 년 지났지만, 8호는 말할 때마다 우아하게 손바닥을 펼치는 몸짓을 고수했다. 색색의 광물을 얇게 뽑아내 만든 공작새 꽁지깃 왕관은 8호의 뒤통수에 찬란한 광배를 만들었다.

"6호가 광결됐다는 건 놀랄 만한 일은 아니잖아? 1호의 전시실은 자신의 배양 육체로 만든 광결 작품으로 가득해. 최근 갑자기 바뀐 취향이라 생뚱맞다고 생각하긴 했지만, 존중은 할 수 있어. 그런데 이 안건으로 회의까지 열렸다는 건, 더 큰 문제가 생겼다는 말이겠네."

"기기가 다 망가졌어…. 누군가가 실험실의 메인 프로그램을 해킹해서 의식 재설정기를 비롯한 주요 코드를 전부 삭제해 버리고 이상한 알고리즘을 입력해 놨어. 불도 붙지 않아. 해결하려면 심장석으로 판타콘 전체를 재설정해야만 하는데, 6호의 심장석이 행방불명이네…."

4호가 나른하게 중얼거렸다. 언제나 자다 일어난 것 같은 표정인 4호는 숨소리가 목소리보다도 컸다. 장식이 없어 파도의 물결처럼 이리저리 꺾인 테가 돋보이는 크리스털 왕관은 4호의 숨결을 모아 얼린 것 같았다.

"부활시키면 되잖아?"

"으음, **복제관**이 작동하지 않아. 저장해 둔 임시 클론은 전부 사라졌어. 누가 몽땅 폐기해 버리지 않았나 싶어. 기록 열람도 안 되고…."

"복제관 수리하는 데에 문제가 있었나?"

"'우리'는 남이지만 동시에 '너'라고. 우리가 멍청하게 기기 하나 수리할 줄 몰라서 절절매기만 했다고 생각하는 건 아니겠지?"

2호가 팔짱을 끼며 핀잔했다. 가시처럼 사방을 찌르는 흑요석이 나를 노리는 것처럼 유광을 번득였다. 나는 무표정으로 눈썹만 까딱였다.

"상황이 어떤지 확실하게 알고 싶으니까 물은 거야, 성급하긴."

"저번에도 말했지만, 너는 자꾸 남을 내려다보려는 습성이 있어."

"아무도 그렇게 생각하지 않아. 너만 그렇게 말하지. 나보다는 너 자신의 성격적 결함을 돌아보는 게 어때?"

가공하지 않아 투박한 모양을 한 형형색색 원석으로 테를 장식한 왕관의 3호가 한숨을 쉬며 은잔에 든 술을 한 모금 마시곤 소리 나게 탁자에 내려놓았다. 열렬한 토의 중에 음료로 목을 적시는 건 3호가 유일했다.

"말다툼할 자리가 아니야. 이상향을 유지하는 시스템이 모조리 망가졌어. 더 나쁜 소식은 행성 에너지 공급이 끊기면서 비상 전력 저장소가 열렸다는 거다. 우리 영성星의 모든 에너지원이 맛이 갔다고. 닿자마자 파괴될 수준으로 농도가 높은 방사선 막이 쳐져서 영지에 출입하려던 모든 우주선이 피해를 입었어. 생존자는 없고, 살아 있다고 해도 자살 유도로 폐기하는 게 나을 정도로 오염 수준이 심각해. 최악으로는 네트워크가 작동하지 않아. 아예 작동이 안 된다고. 우린 나가지도 못하고, 갇혀버렸어. 내가 말해놓고도 믿기지 않네. 우리가 갇혔다고! 다른 누구도 아닌 우리가!"

나는 잠깐 뜸을 들였다. 3호의 설명은 아둔한 신민조차 이해할 수 있을 정도로 훌륭했으나, 실감이 나지 않았던 탓이었다.

"이 판타콘에서 그런 짓을 할 수 있는 긴…."

"우리 여덟이 모이는 시기를 아는 인물. 에너지 공급 라인을 꿰뚫고 있고, 감시망을 피해 쥐도 새도 모르게 인공위성을 띄울 수 있고, 원하는 때에 방사능 레이저로 판타콘을 고립시킬 수 있는 데다 '마법'에 손을 댈 수 있는 인간."

손깍지를 끼고 상황을 지켜만 보고 있던 7호가 무겁게 말했다. 7호의 관자놀이에 얹어진 은색 면류관의 연청색 잎맥

이 다양한 명도로 반짝거렸다. 그런 인간은.

"'나' 밖에 없지."

𝒫

"나는 6호가 잘 죽었다고 생각해."

8호가 말했다.

"초반엔 권력을 공고히 하기 위해 어쩔 수 없었겠지. 하지만 시즈 영주만큼의 영향력을 가지는 데 성공한 이후로는 솎아 낼 필요가 있었어. 6호의 실적을 생각해 봐. 몇 세기 동안 밑바닥을 벗어나지 못했고, 벗어나려고 하지도 않았잖아?"

"'나'는 실적으로 평가받아서는 안 돼."

"하지만 가까운 길을 마다하고 먼 길로 갈 필요는 없잖아? 6호는 아무짝에도 쓸모없었어. 전부터 생각했지만, 우리는 일곱이면 충분해. 홀수보단 짝수가 나을 수 있으니, 여섯도 괜찮겠네."

"처치하고 싶은 '나'가 더 있는 듯한 말투인데."

"짐작도 못 했단 것처럼 굴지 마, 1호. 단일체 인간도 자기 자신을 온전히 좋아하지 못해."

무분별하게 텔레파시를 사용하던 시절, 서로에게 해를 입힌다는 발상은 잠시 떠올린 것만으로도 불순하다고 취급됐다. 어느 순간부터 우리는 텔레파시를 용건을 빠르게 주고받는 연락 장치로만 쓰기 시작했고, 자연스레 별다른 합의 없이 의식 공유 기능을 차단했다. 아마 그때부터였을지도 모른다. 8호를 포함한 몇몇 '나'들이 서로를 '남'으로 인식하게 된 것은.

그렇게 오늘, 긴급 상황을 맞은 우리는 실로 오랜만에 의식 공유를 완전히 허용하기로 했다. 하지만 생체와 연결된 오류가 발생했다. 머릿속을 휘젓는 불규칙한 주파수에 일곱 명 모두 예기치 못한 짧은 발작을 겪었다. 4호와 5호는 기절까지 했다. 누군지 몰라도, 정말 철저하게 우리를 족치기로 결심했나 보군. 3호가 들으란 듯이 중얼거렸다. '나'가 여럿이라는 사실에 진심으로 불만을 가진 모양이야.

나는 텔레파시 대신 쓰기로 한 무전기를 슬슬 매만졌다. 이런 기기를 차고 있으니 영주가 되기 전으로 돌아간 기분이었다. 일곱 명 모두 흩어져 있는 동안 음성 입출력기를 켜두기로 했으나 8호는 벌써 약속을 어기고 있었다.

"6호를 죽인 게 너라는 고백인가, 8호?"

"그럴 리가. 범인이 너라면 네 편이 되어줄 수 있다는 뜻으로 한 얘기였어."

"'나'는 언제나 '나'의 편이어야 하는데, 새삼스러운 말을 하는군."

8호가 가만히 미소 지었다.

"'나'는 '나'지만, 우리는 이제 '남'이라고 해도 무방하긴 해."

"위험한 발언인데? 못 들은 걸로 할게."

"1호, 우리끼리는 솔직해지자. 우리가 같은 모체에서 복제된 건 맞아. 그렇지만 우리는 우주 영주 시대가 본격적으로 시작되면서 각기 다른 이름으로 다른 경험을 하며 살아왔어. 우리의 모습은 여덟 명의 '나'보다는 별칭인 '여덟 쌍둥이'에 더 가까워졌지. 인정할 건 인정해야 해."

나는 동의도 부정도 않고 반투명한 엘리베이터 바깥을 응시했다. 8호는 내가 자신의 의견을 곱씹는 중이라 생각했는지, 가타부타 말하지 않고 나긋나긋한 손길로 쓰다듬듯 안고 있는 애완새의 깃털을 하나씩 뽑았다.

애완새는 깃털이 뽑힐 때마다 비명을 질렀으나 8호는 아랑곳하지 않았다. 8호는 깃털이 화려한 조류에 관심이 많았고 새로운 품종을 끝없이 개발하는 데 시간을 쏟곤 했다. 애완보석새를 만드는 건 어렵지 않다. 다만 그 기술이 새의 안위까지는 보장해 주지 못했다. 새는 알에서 깨어난 순간부터 고통에 잠 못 이루는 삶을 연명해야만 했다. 딱딱한 깃털은 좁은 모공을 억지로 비집고 나는 것에 그치지 않았다. 보석깃의 무게를 유지하기 위해 식물의 뿌리처럼 살을 파고든 깃촉은 진피 신경을 끝임없이 건드렸고, 보석새는 움직일 때마다 간지러움 섞인 고통에 몸부림칠 수밖에 없었다. 8호는 그 비명을 좋아했다. 그냥 얻어지는 아름다움은 없다는 교훈을 매 순간 되새길 수 있다면서.

"너는 어떤 '나'가 불필요하다고 생각하지?"

8호가 기다렸다는 듯 대답했다.

"5호랑 7호. 둘을 다 없애면 다시 홀수가 되긴 하겠지만."

"왜?"

"모르는 척은 마. 둘이 지금 연인에 준하는 사이가 되었다는 건 너도 알잖아?"

8호가 역겹다는 듯 미간을 찡그렸다.

"규칙 위반이야."

"우리끼리 연애하면 안 된다는 법을 따로 명시해 두진 않았어."

"하지만 우리의 근간을 통째로 흔드는 행위잖아? 인간을 사랑하다니!"

"우린 '나'니까, 어떻게 보면 자기애라는 당연한 현상이 벌어진 걸지도 몰라. 서로가 마음에 드는 것도 이상한 일은 아니지. 우린 우리의 사랑을 받기에 충분할 정도로 매력적이야. 영겁을 함께 보내면서 불현듯 서로가 운명처럼 느껴질 법도 하지 않겠어? 어쩌다 그런 식으로 동하게 되었는지는 나도 의문이지만."

"1호 너는 둘을 변호하겠다, 이거야?"

"변호까지는 아니고, 상황을 지켜봐야지."

"결과는 뻔하잖아! 둘 사이가 틀어지면 통치 체제에도 균열이 생겨. 불화의 싹은 미리 잘라버리는 게 좋아."

스치는 층마다 시신들이 가득했다. '나'들은 사태를 해결하기 위해 공범의 가능성을 소거하고자 가신과 직원을 포함한 모든 신민을 죽이기로 결정했다. 우리를 위해 일할 인간이야 언제든 다시 구하면 된다. 인력은 언제나 차고 넘치니까. 나는 '나'들의 결정에 반대표를 던지려다 말았다. 이 판단으로 인해 '부타의선언'과 치러지는 전쟁의 양상이 달라질 수 있겠다는 껄끄러움이 들었지만 '나'는 '나'를 잘 알았다. 훗날 이 결정이 충분히 현명하지 않았다는 게 밝혀져도, 새로운 문제를 '나'는 어떻게든 해결하리라. '나'는 나의 유토피아를 지키기 위해 최선을 다하는 개체니까. 그랬기에 나는 '나'들의 의견을 막아서지 않았다.

"시체 썩는 냄새가 안 나게 하는 연구도 필요했어."

8호가 콧잔등을 찡그렸다. 범인을 색출하면 다른 행성계에서 유토피아를 다시 시작하는 게 낫겠다. 여기라고 하면 앞으로 이 냄새가 연상될 거 같아. 정 떨어져서 조금도 오래 있고 싶지 않네.

미개발 태양계는 이전처럼 널려 있지 않다. 나는 고대의 지구처럼 자원의 한계치를 가늠해야 하는 시대가 왔다는 얘기로 8호의 부족한 현실감을 지적하려다가 그만뒀다. 말해봤자 귓등으로 흘려들을 게 뻔했다.

엘리베이터가 최상층에 다다랐다. 도착했다는 맑은 알림음이 울리자마자 8호는 쓰다듬던 새의 목을 꺾어 죽였다. 강제적으로 울음을 그친 새의 몸뚱이가 바닥에 수북이 쌓인 보석깃 더미 위에 퍽, 하고 던져졌다. 8호는 죽음의 잔여물이 남아 있기라도 한 것처럼 손을 털더니 이쪽이야, 하고 앞장섰다. 나는 한순간에 고깃덩어리 신세가 된 새의 사체를 보다가 말없이 엘리베이터에서 내렸다.

오랫동안 자거나 먹지 않아도 괜찮은 우리는 회의실에 앉아 서로를 견제하며 영원을 보낼 수도 있었다. 하지만 우리는 가만히 있어도 기울어진 균형이 다시 맞춰질 것이라는 하찮은 희망을 신봉하는 낙관주의자가 아니었다. 오차 없는 평형을 유지하던 저울추가 흔들렸다. 깨진 수평은 다시 조정해야 한다. 하지만 저울을 고치는 정도로 해결되지 않으리라는 것에 모두가 암묵적으로 동의했다. '나' 중에 '나'를 죽인 살인자가 있다. 인지 오류가 생긴 '나'를 솎아 내는 것으로 끝날 일이 아니라, 흠집이 생긴 유토피아를 없애고 깔끔하게 다시 건설할 필요가 있었다. 금 간 광물을 어떻게든 원래 상태로 되돌리기 위해 가공하고 또 가공하다 보면 점점 크기가 작아지면서 원래의 모습을 잃어버린다. 그럴 바에야 아예 없애고 새로 만드는 것이 낫다. 이를 위해 우리는 모두의 **심장석**을 회수해야 했다.

우리는 '여덟이 하나'라는 약속을 증명하기 위해 각자의 목숨과도 같은 심장석을 서로에게 맡기기로 했다. 누가 누구의 심장을 맡고 있는지는 기밀이라 혼잣말로라도 발설은 엄격히 금지됐다. 누구도 믿지 않는 우리가 '나' 사이의 결속을 강화하기 위해서 맺은 합의였다. 하지만 일이 이렇게 되고 보니, 우리의 약속은 믿음이 아닌 의심에서 비롯되었을지 모르겠단 생각이 문득 스쳤다.

우리는 조를 짜 각자의 심장석을 회수하고 다시 모이기로 했다. 나와 8호, 5호와 7호, 3호와 4호가 함께 다니기로 했다. 2호는 고고한 영주의 신분인 우리가 파벌을 나누는 데 혈안이 된 추종자들처럼 우르르 몰려다닐 수는 없다며, 단독 행동을 선언하고는 훌쩍 자리를 떴다. 우리의 꼴이 우습기 짝이 없다는 건 맞지만 깨져버린 신뢰엔 감시가 필요하다 알려줬음에도 2호는 꿈쩍도 하지 않았다. 3호가 무슨 일이 벌어지면 가장 먼저 의심의 대상이 될 수밖에 없다는 경고도 했으나 2호는 쯧, 소리만 내고는 뒤도 돌아보지 않았다.

"내가 여기 있으니 빛도 여기 있으라."

8호가 자신의 **인장***을 발음했다.

그러자 수백 갈래의 레이저가 격자 형태로 나타났다. 붉은 빛으로 8호를 꽁꽁 감싸던 레이저의 색은 이내 푸른빛으로 변했다. 창밖의 우주를 고스란히 비추던 투명 천장에 색이 입혀지고 소리가 한곳에 밀집되며 8호의 목소리가 메아리쳤다. 메아리가 회랑을 휘감자 전시실 입구가 나타났다.

"빛이 고인 자리가 내 눈동자이니."

전시실이 눈앞에 펼쳐졌다. 보석 날개를 화려하게 펼친 수백 마리의 새와 새 유전자가 섞인 인간들이 8호가 이상적이라 판단한 조화를 그리며 전시실을 장식하고 있었다. 8호의 모든 작품에는 공작새의 것을 닮은 눈알 문양 깃털이 각기 다른 색과 형태로 화려하게 달려 있었다. 한 치의 미동도 없는 그들은 모두 동공이 작은 눈동자를 가지고 있어 마치 우

* 옛날에는 유행처럼 취급되던 인장은 현재 권위를 표현하는 주요한 관례가 됐다. 음성이 아닌 다른 생체 보안이야 얼마든 추가할 수 있으나, 우리의 영역을 감히 침범할 신민이 없어지면서 우리는 조금 느려도 품격 있는 방식으로 이 장소를 꾸리게 됐다.

리의 움직임을 좇는 듯한 착각을 불러일으켰다.

"가슴 아프네. 거의 다 모았는데."

8호가 한 토막의 음을 내뱉었다. 음은 점차 높아졌고, 메아리에 음계가 쌓일 때마다 작품이 쪼르르 무너져내렸다. 마지막 높은 음이 오래도록 전시실을 울리자, 가장 단단한 보석이 퍽, 하고 불꽃놀이를 선보이듯 터졌다. 파편의 일부가 8호와 내 피부에 날아와 박혔지만, 큰 불편은 없었기에 우리는 굳이 피하지 않았다.

모든 인형이 산산이 부서지는 와중 딱 하나 멀쩡한 인형이 있었다. 머리카락 대신 정수리에 난 보석깃이 관자놀이와 뺨까지 이어진 얼굴에 겨드랑이부터 팔까지 깃털이 돋은 아종 인간이었다. 8호가 고개를 숙였다. 정말 사랑이라도 하는 것처럼 조심스레 인형의 눈두덩이에 입맞췄다. 8호의 입술이 떨어진 눈에서 반짝이는 눈물이 흘러나왔다. 그리고 인형의 눈알이 톡, 튀어나와 8호의 손에 안착했다.

"심장석을 전시실에 숨겨놓다니, 너무 빤한 것 아닌가?"

"하지만 그만큼 안전한 곳도 없지. 나 또한 심장석을 지닌 인형을 '기억'하지 못했는걸. 심장석을 찾는 방법만 생체 데이터로 머릿속에 남겨두었다고."

"누구의 심장석이지?"

"몰라. 그 기억도 삭제했어. 그러지 말걸 그랬네."

8호가 심장석을 들어 조명의 빛을 머금게 했다. 녹색과 청색이 어우러진 구체는 반짝이는 금빛 눈물로 코팅되어 말로 형용할 수 없는 탐미에 젖게 했다. 멍하게 풀린 8호의 눈에서 굵은 알의 눈물이 툭, 떨어졌다. 아까 그 인형처럼. 아름다워라. 8호가 속삭였다.

"심장석이 누구의 것이든 부수지 못하게, '나'의 온갖 미감을 쏟아부은 보석에 데이터를 심자는 아이디어를 누가 냈는지 기억은 안 나지만, 참 똑똑한 발상이었어…."

"지체할 시간 없어. 나머지 '나'들보다 늦게 돌아가면 의심받을 거야. 가장 늦는 팀이 추궁당할 게 분명해."

"그래, 그래, 알았어. 그러는 너는 전시실이 아닌 다른 곳에 숨겨뒀나 본데, 어디인지 정말…."

그때 무전기의 잡음이 8호의 말을 끊었다.

기, 기다려, 네가 어떻게….

'우리'답게 대화를 나누자. 그러지 말고 진정, 진정 좀….

5호와 7호의 목소리였다. 세월 속에서 달라진 목소리의 고저는 짤막한 대화 속에서도 누구의 것인지 바로 구분해 낼 수 있을 정도로 달랐다. 이윽고 비명이 들렸다. 부딪히는 소리와 으득, 부러지는 소리가 연이어 들렸다. 8호와 나는 마주 봤다.

정원! 판타콘 3층 정원으로 가. 지금 거기에 가장 가까이 있는 '나'는 누구지?

2호가 다급하게 외쳤다. 목소리가 닮았기에 언뜻 들으면 내가 외치는 것 같기도 했다.

누구라도 좋으니 빨리!

'백신기'가 오작동이라도 했나? 그럼 큰일인데, 집합 장소를 바꾸자는 얘기인가?

3호의 고저 없는 질문에 2호가 참지 못하고 버럭 화를 냈다.

장난해? 융통성 있게 굴 순 없어? 방금 다 들었잖아, '나'가 또 죽었을 수도 있다고!

𝒫

나는 5호와 7호의 밀회를 목격한 적이 있다.

"다른 관객이 있었군."

텔레파시로 전해지는 메시지에, 나는 내가 정원의 경비병을 연기하고 있다는 사실을 망각하고는 주변을 두리번거릴 뻔했다. 나는 금속 투구 아래에서 시선만을 이리저리 움직였다. 정원의 호사스러운 꽃을 전부 거울처럼 반사해 마치 잘 그려진 수채화를 입은 것 같은 투구였다. 키득거리는 웃음소리가 머릿속에 데굴데굴 굴러 들어왔다.

"바로 앞이야."

바로 앞엔, 나와 똑같이 갑옷 껍질을 뒤집어쓴 경비병이 있었다.

"대우주의 영주가 갑옷을 입고 다른 영주의 경비병을 자처하다니, **비스무트**의 위상도 많이 죽었군."

"남 말할 처지는 아니지, **이아몬** 영주. 그러는 너도 어지간히 '나'에 관한 소문이 궁금했던 모양이야."

나는 안도했다. 내가 일부러 골리듯 공식 명칭으로 그를 부르자, 3호도 똑같이 맞받아치며 웃었다.

"소문. 그래, 소문은 언제나 믿을 수 없지. 특히 '나'와 관련된 건 직접 확인해야 하는 법이야. 기계를 이용한 감시나 도청은 추적망에 잘 걸려. 위장 같은 원초적인 방법이 클래식인 건 그 효과가 입증되었기 때문이지. 아무도 영주가 직접 움직일 거라고는 상상조차 하지 못할 테니까."

"5호랑 7호는 그 간단한 사항을 잊은 것 같고…."

"최근 둘의 행동 양태가 이해가 안 돼. 인간의 사랑과 욕망에 대한 다른 행성의 논문을 수입해 읽었는데, 사랑을 하는 인간은 사고가 상대와의 만남과 접촉에 집중되기 때문에 뇌가 '사랑'과 먼 정보는 쉽게 잊어버린다더군."

"'나'가 아니게 되어버린 건가."

"'나'가 아니게 되어버린 거지."

우리가 근처에서 텔레파시를 주고받고 있단 사실을 까맣게 모르는 5호와 7호는 활짝 개화한 보석꽃에 둘러싸인 벤치 위에 반쯤 누워 있다시피 하며 서로의 몸을 겹치고 깊은 입맞춤을 나누고 있었다. 입술을 붙였다 떨어뜨리는 행위는 셋을 셀 동안이면 감각을 인지하기 충분할 텐데, 그들은 입을 벌리고 얼굴 각도를 이리저리 바꿔가며 떨어질 줄을 몰랐다. 밀착한 그들의 몸에서 뿜어져 나오는 열기가 여기까지 번지는 것 같았다. 질척하게 부딪히는 소리가 옷의 마찰음 위에서 기이한 리듬을 탔다. 신기했다. 같은 모체에서 갈라져 나온

'나'가 아닌 것 같았다. 나는 투구의 틈새 사이로 그들이 새로운 아종 인간이라도 된다는 듯 관찰했다. 3호 또한 펼쳐진 광경에 집중하느라 잠깐 말을 삼갔다.

"저 둘, 신민들과 다를 바 없는 짓을 거리낌 없이 하게 되었는데?"

"그 대상이 '나'라는 점에서 비위생적이거나 불결하다는 표현은 적절치 않을지도 몰라."

"비위생적이거나 불결하다고 말하진 않았어. 네가 그렇게 생각했나 본데? 주어를 명확하게 하라고."

"음, 사실 거부감이 느껴지기는 해. 하지만 회의를 열기에는 애매한 건이라 직접 보고 결정하기로 했지. 하지만 아직도 잘 모르겠네. 일개 신민에게 저딴 짓을 해대면 바로 금지하는 안건을 냈을 텐데 말이야."

"신민에게서 분비되는 침이나 땀도 엄밀히 따지면 우리의 것과 성분이 똑같아."

"우린 그들과 다르지, 1호."

텔레파시가 엄격한 어조로 가라앉았다. 3호의 특기였다. 친근하게 가벼운 목소리로 말하다가도 필요에 따라 감춰둔 권위를 꺼내 선을 넘은 상대를 매섭게 찌르는 화법.

"우린 그들의 **신**이야. 영주는 신이나 마찬가지라고. 신놀음이라 조롱받던 때는 한참 전에 지났어. 우리는 진정한 의미의 신이 되었어. 세상은 우리의 의지가 고하는 방향을 따라 흘러. 우주의 조종간은 우리가 쥐었고, 영주가 아닌 인간은 부속품일 뿐이야. 신민은 우리처럼 사고하지도 행동하지도 못해. 언제든 대체할 수 있는 살덩어리와 우리가 어떻게 같을 수 있지? 생각만으로도 뇌가 더러워지는 느낌이군."

"그러니 신과 인간은 뒤섞여서는 안 된다?"

"생각만 해도 토할 것 같아. 그것들은 우리가 고안한 새시대의 광인류조차도 아니잖아. 아름답지 않아. 광인류가 상대라면 봐줄 여지라도 있겠지. 하지만 평범한 인간과 우리가 관계한다? 용납할 수 없어. 있어서는 안 되는 일이야."

있어서는 안 되는 일. 나는 뜸을 들이다가 대답했다.

"나는 '우리의 시대'라는 표현을 선호하지 않아. 시대는 언젠가 저물기 마련이니까."

"그런 회의적인 상식은 깨부수라고 있는 거다, 1호. '나'는 겁 없이 상식을 깨부숴 왔기에 종래에 왕관을 얻었지."

"여덟 개의 왕관들을."

"그래, 왕관이 지금 여덟 개나 되지. 영지 밖에서는 어느 누가 어떤 다른 왕관을 썼을지 또 모를 일이고. 그 존재 의의에 비해서 수가 너무 많긴 해."

저편에서 얕은 신음이 들렸다. 하지만 경비병 중 누구도 감히 그들을 돌아보지 못했다. 구경거리를 자처하면서도 구경거리로 만들 수 없는 '나'들을. 3호의 철갑이 들고 있던 창을 고쳐 쥐었다.

"너무 많아."

𝒫

5호와 7호의 주검은 머리만 반짝였다.

대신 서로의 몸이 바뀌어 있었다. 그 말인즉 범인이 둘의 머리를 깔끔하게 잘라 낸 후 5호의 두상을 7호의 몸에, 7호의 두상을 5호의 몸에 붙여 광결했다는 뜻이다. 흉부에는 동그랗게 구멍이 뚫려 있었는데, 우리는 둘의 심장석이 서로의 몸 안에 심겨 있었음을 직감했다.

"내 추측인데, 아마 둘의 심장석은 서로의 것이었을 거야."

나는 죽은 둘의 몸을 가볍게 살피고는 운을 뗐다. 혹시 몰라 만져본 육신은 여전히 부드러웠다. 경직이 시작돼 근육이 굳어갔지만, 광물의 촉감이 기본값인 나에겐 충분히 물렁거렸다.

"어떻게 알게 되었든, 그게 연애가 시작된 계기였겠지."

"상스러워라."

8호가 거리낌 없는 경멸을 드러냈다. 충격을 받은 건 2호와 4호뿐인 듯했다. 그 충격을 2호는 분노로, 4호는 공포로 표출했다는 차이가 있었지만. 2호는 욕설을 읊조리더니 연못 옆 사과나무를 걷어찼다. 물리에너지를 때에 맞춰 변형시키는 발목 구두가 2호의 의도를 해석하고는 발길질의 힘을 증폭시켰다. 나무의 두꺼운 기둥이 쩌저적, 신음하더니 쿵, 꺾였다. 사과나무가 연못에 빠지면서 물이 튀었다. 보석 파편이 박혔을 땐 담담하던 8호가 물 몇 방울에는 바로 짜증을 냈다. 품위를 지켜! 2호는 얼굴을 잔뜩 찡그린 채 8호를 노려보다가, 이번엔 보란 듯 벤치를 걷어찼다. 5호와 7호가 나체로 밀회를 즐겼던 벤치였다.

"심장석을 몸에 심다니… 왜 이런 발상을 했는지 의문이군. 온갖 암살에서 무사할 거란 보장이 없는데 말이지. 심장석을 품은 신체가 사망할 때마다 클론에 옮겨 심는 번거로움도 있고, 클론 저장소에 감시라도 붙이면 들키기도 쉽잖아."

3호는 팔짱을 끼고 건조한 표정으로 시신을 바라보더니 상황을 논평했다. 둘의 죽음을 예측하기라도 한 것 같은 그는 어딘가 태연해 보이기까지 했다.

"영지 밖 고대 희극에는 이런 설화가 있대…. 심장이 사랑의 근원이라는 비과학적인 믿음으로, 심장이나 심장에 준하는 상징을 나누는 것이 영원한 사랑의 맹세라는 거야…."

주저앉고 두 손으로 얼굴을 가리고 있던 4호가 힘없이 속살거렸다. 울먹거리던 목소리와 다르게 천천히 떨어지는, 보석 손톱이 박힌 열 손가락엔 눈물이 묻어 있지 않았다.

"**아파타**와 **루비**는 정말 서로를 사랑했나 봐…."

"하하하!"

4호가 말을 끝맺기도 전에 3호가 발작적인 웃음을 터뜨렸다. 살아 있는 '나'의 이목이 전부 3호에게 쏠렸다. 우리 중 누구도 그렇게 크게 웃은 적이 근래, 적어도 태양시 기준 50년 동안은 없었다. 유쾌하게 웃을 일이 없기도 했고 감정을 드러내고 갈무리하는 과정에서 발생하는 에너지가 아깝다는 이유도 있었다. 그런데 3호는 지금 거리낌 없이 웃었다. 바이올린을 여러 대 삼킨 것 같은 웃음이었다. 2호가 중간에 닥치라고 했으나 3호는 무시했다.

"다들 이 상황을 평소에 하던 게임처럼 느끼나 본데, 전부 정신 차려. '나'가 죽었어. 거기다 이 둘의 심장석도 범인이 가져갔어. 범인의 노림수가 이제 자명해졌다고!"

"잘 말했어, 2호. 지금 네가 가장 의심스러운 거 알지? 어떻게 5호의 비명이 들리자마자 3층 정원에 가라고 외칠 수 있었던 거지? 둘이 여기 있는 걸 어떻게 확신한 거야?"

"우리, 서, 서로에 대한 의심을 조금만 거두면 안 될까? 배후에 '나'가 아닌 누군가가 있을지도 모르잖아? 음, 사실 5호랑 7호가 짜고 죽은 척을 했다든가…."

"우리를 속이기 위해 '복제관을 망가뜨리기 전 복제한 클론으로 심장석을 옮긴 뒤, 이전 몸은 살해당한 척 두었다'는 말이야?"

"으, 응…."

"재밌는 추론이네. 하긴 '나'를 속이려면 평범한 방식을 쓰면 안 됐을 거야."

내가 신중하게 숙고하고 답하자 4호는 아차 싶었는지 손사래를 쳤다.

"그, 그렇지만 역시, 우리 중 누군가가 범인일 가능성이 훨씬 크긴 하지…."

"하지만 네 말마따나, 숨겨둔 도구나 조력자가 있다는 점은 배제해선 안 돼. 사이보그나 기기를 망가뜨리기 전 빼돌린 **클론** 같은 것들 말이야."

포장된 돌담 위에는 사과나무가 쓰러지며 함께 쏟아진 보석처럼 반짝이는 사과들이 굴러다녔다. 3호가 사과 하나를 집어다가 연못 물에 씻지도 않고 한 입 베어 먹으며 무신경하게 읊조렸다. 8호가 진저리 내는 눈으로 그를 흘겼다.

"하지만 우리는 회의실에 모인 직후 판타콘 모든 층에 몰살 경보를 내렸어. 우리를 제외한 모든 존재가 무사하지 못했을 거야. **면역 코드**가 내제된 건 우리밖에 없다고."

"역시 클론일까…? 그렇지만 면역 코드는 **복제**가 완료되고 테스트를 거친 후에야 삽입되는데…."

"아직 아무것도 단정 지어서는 안 돼. 명확한 단서만 좇아야지. 그러니까 2호, 말해. 어떻게 둘의 위치를 확신했지? 심지어 둘은 서로의 심장석을 갖고 있었으니, 우리가 심장석을 찾느라 흩어져 있을 때 마음만 먹으면 어디로든 떠날 수 있었을 거야. 그런데도 너는 지체 없이 이곳을 짚었지. 뭔가를 알고 있지 않다면 불가능한 행동이었어. 거기다가 너는 혼자였고! 알리바이가 없지! 그것만으로도 혐의는 충분해. 어디 한번 변명해 봐."

"하지 않는다면?"

"미안하지만 제거돼야겠지?"

"어이없는 말이야. '나'가 '나'의 생사를 결정할 권리가 언제부터 있었지?"

"없었지. 하지만 지금은 할 수 있는 한 많은 '나'의 안위를 보존해야 해. 그러기 위해서는 소거법을 택할 수밖에 없어."

모두가 침묵했다. 2호는 아까처럼 4호가 자기편에 서주길 바라는 눈치였지만, 4호는 우물쭈물하면서도 3호의 논리에 반박하지 못했다. 숨결을 내뱉는 2호의 입술이 떨렸다. 나는 그 모습에서 두려움을 감지했다.

"5호와 7호를 주시하긴 했다. 근래 둘의 행보가 굉장히 수상쩍었거든. 계속 감시해 왔기에 행동 패턴을 기억하게 된 것뿐이야. 그러다 3호가 판타콘 정원에 개인 **텔레포트**를 신고 없이 설치했다는 정보를 습득했어. 텔레포트 활성화 주기가 유독 잦아서 바로 이곳을 떠올렸고."

"거짓말을 하는군."

내가 바로 반박했다.

"두 가지 모순이 있어. 첫째, 네가 공기라도 되지 않는 이상 행동 패턴의 평균을 낼 만큼 둘을 오래 감시하는 건 불가능해. '나'는 개인 공간에 민감하지. 역사상 우리를 미행하려다 성공한 영주는 단 한 명밖에 없었어. 아무리 공을 들였어도 감시 카메라나 도청기, 생체 신호 측정기를 사용했다면 들켰을 거란 말이야. 둘째, '나'의 텔레포트 사용은 금지됐어."

"텔레포트 오류가 나면 여러모로 복잡해지니까…."

4호가 고개를 끄덕였다.

"신체 부위가 누락되는 건 큰일이 아니지만… 수신과 발신의 조화가 깨져서 전송이 중복되면 살아 있는 클론이 둘 생겨버리니, 누가 생존권을 가졌는지 서로 싸우기 시작할 거야. 다 같이 번거롭고 힘든 공방에 시달리게 된다니, 으…. 일은 언제나 산더미처럼 쌓였는데…."

"하지만 2호가 자기변호를 한답시고 허접한 거짓말을 할 것 같지는 않은데? 판타콘 내에서는 텔레포트 조립 자체가 금지되었으니 전용 기업을 소유한 다른 영주에게 부탁해 부품이나 완제품 수입 신청 기록을 샅샅이 뒤져서 2호의 주장을 검토하는 방법도 있긴 하다만."

"연락망은 이미 차단됐지."

"나는 네가 **아파타**와 **루비**를 감시하다가 들켰을 거라고 100퍼센트 확신해, 2호."

나는 서로의 코가 닿을 만큼 2호에게 얼굴을 바짝 붙였다. 조심해, 하고 4호가 겁에 질려 웅얼거렸다.

"이미 금지돼서 언급할 필요도 없는 텔레포트 사용을 입에 올렸다는 건 네가 둘에게 텔레포트를 제공했거나, 설치를 도운 장본인이기 때문일 거야. 급하게 변명하려는 인간은 자신이 알고 있는 사실과 연관된 정보를 방어수단으로 활용해 짜깁기하는 경향이 강해지기 마련이니까."

"내가 그들을 도울 이유가 뭐가 있지?"

"선의로 도운 게 아니라, 거래를 했을 수도 있겠지."

어느새 사과를 반절이나 씹어 삼킨 3호가 내 추궁에 힘을 실어줬다. 그러고는 썹, 하고 입맛을 다시더니 툭 한마디 내뱉었다.

"55.7백분면의 44.151.990."

특정한 위치 좌표였다. 그걸 들은 2호의 표정이 즉시 심상찮아졌다. 3호는 여유롭게 설명을 시작했다.

"일단 미리 사과할게. 미안해. '신뢰' 규칙을 어겼어. 각자의 행정 실태와 투자 실적은 회의 때 공유받는 게 맞지만 근래 자꾸 촉이 왔단 말이지, 안 좋은 쪽으로. 그래서 바깥을 좀 들쑤시고 다녔어. '나'를 정석대로 추적하는 건 불가능에 가깝지만 역추적은 비교적 쉬우니까. 그런데 웬걸, 꼬리가 길어 보이는 후보군의 기록을 무작위로 뽑아 살펴보니 인간 블랙홀용 행성을 누군가가 사들인 흔적이 있는 거야! 그게 과연 누굴까?"

"광인류 안정성 실험이 한창인 지금 **폐기장** 하나 추가하는 게 어떻게 수상한 일이 되지?"

"발뺌하려면 너무 늦었어, 2호. 동요하지 않은 척이라도 했으면 모를까. 그 폐기장, 우리 영지 행성으로 등록되어 있지 않았고 심지어 우리네 행성계에서 굉장히 멀리 떨어져 있었어. 선물용 행성이라 치면 먼저 우리 명의로 구매한 다음 양도를 하는 게 통상적인 방법이지. 왜냐하면 숨길 필요가 없잖아? 만약 내가 확인하지 않았더라면, 2호 너는 의심스러울 부분을 모두 변경한 장부를 회의 때 제출했을 거야."

"인정하지. 하지만 그 행성은 이 상황과 아무런 관련이 없어."

"과연 그럴까? 2호, 너는 지금부터 우리 모두에게 업체를 고용하면서까지 '핏국물탕'을 깨끗하게 치운 이유와 청소 후 설치한 대량의 **대형 입체 프린터**의 용도에 대해 해명해야 할 거야. 폐기장을 폐기장으로 이용하려 했다고 방금 말했지?

왜 행성을 싹 청소한 거야?"

2호의 입술이 딱딱하게 굳었다. 나는 3호를 노려봤다.

"그 입체 프린터의 정보 수신 위치가 딱 판타콘 방향이더라고. 무얼 인쇄하려는 걸까? 이건 내가 저지른 짓보다 더 심각한 규칙 위반일 것 같단 감이 오는데?"

"3호, 이렇게 중요한 정보를 왜 진즉 얘기하지 않았지?"

내가 눈썹을 까딱이자 3호가 실실 웃었다. 살이 다 파먹힌 사과의 기둥에는 씨앗이 없었다.

"빙글빙글 바쁘게 돌아가는 판타콘과 너희를 좀 더 지켜보다가, 제일 재밌을 순간에 써먹으려고 했지."

"'나'가 아닌 3호 '너'의 개인적 욕구를 위해 이 정보를 써먹으려고 했다?"

"이런 일이 생길 것 같단 느낌이 들었거든."

3호는 내 말을 가볍게 넘기고 2호를 붙들었다. 도망칠 생각은 말라는 것처럼. 4호의 눈물 없는 눈이 그렁그렁해졌다.

"2호…."

"자, 변명해 보시지. 참고로 거기에도 텔레포트가 설치돼 있었어. 미사용이었지만, 이동 경로에 5호와 7호의 사유지가 등록된 것도 확인했고. 너희 셋이 뭔가 꾸미고 있었지? 그러다가 일이 틀어져서 네가 이 사달을 벌였을 거야. 내가 틀렸어?"

으득, 하는 소리가 들렸다. 2호의 입술 안쪽에 피가 고이더니 흘렀다. 이 상황을 통제하지 못한다는 것에 대한 울분이 붉은색 피로 대신 흘러내렸다. 우리는 2호를 기다려 줬다. 어찌 되었든 2호도 '나'니까, 기본적인 권리는 존중받아야 했다. 누구도 자기편이 아니라는 사실을 받아들인 2호는 잘 정돈된 머리칼을 쥐어뜯을 것처럼 쓸어 넘기더니, 오래도록 눈을 감았다가, 떴다.

"5호와 7호는 **불**을 원했다."

우리는 약속이라도 한 것처럼 동시에 숨을 삼켰다.

"우리는 이미 '불'을 얻었는데? 웬 뚱딴지같은 말이지?"

"그들은 그들만의 유토피아를 원했어. '나'의 신화가 아니라 '그들'의 신화를 쓰고 싶어 한 거다. 그래서 '불'을 훔치려고 했어. 협력을 먼저 제안한 건 그들이었다. 아무래도 둘이서는 불을 훔치기 어렵겠다고 판단한 거겠지. 공교롭게도 그들은 내가 무얼 바라는지 알았다. 그래서 나는 이익을 위해 동맹을 맺는 것에 동의했어."

"비효율적인데? 5호와 7호가 독단적으로 굴고 있다는 건 모두가 조금씩이나마 눈치채고 있었어. 만약 둘만의 독립적인 공간을 원했다면, '불'의 소유권을 어떻게 나누면 좋을지 진중하게 대화를 나누는 게 훔치는 것보다 훨씬 효율적이었을 거야."

"그 둘은 **불**을 **인간**과 공유하고 싶어 했다."

짧은 정적이 우리를 감싸고 지나갔다. 2호는 이런 반응을 예상했다는 듯 태연히 부가 설명했다.

"가증스럽지? 알아. 나 또한 지금까지도 그들을 이해하고 싶지 않으니까. 그들은 유토피아에 광인류가 아닌, 구인류 신민이 있기를 바랐다. 불이란 기술을 나눠주고 그들이 기술을 어떻게 확장시킬지 지켜보고 싶다는 게 이유였지."

"허!"

"그들은 필요에 따라 '나'를 전부 없앨 각오도 하고 있었다."

"걔네 뭐에 감염이라도 된 건가? 한낱 인간들을 우선하게 되었다고? 아아, 싫어. 이 일이 마무리되면 바로 소독하러 갈 거야. 더러워, 싫어, 우웩."

8호가 토할 것처럼 입을 틀어막고는 오만상을 찌푸렸다. 우리는 침묵으로 그 말에 동조했다.

"그래서 2호 너는 '나'를 전부 죽이자는 데 동의한 거야? 그게 중요해."

"아니. 나는 내가 원하는 바를 이루기만 한다면 그들을 배신하고 바로 상황을 보고하려 했어."

"6호는 그 과정에 말려들어서 죽은 거고?"

"아니, 모든 증거나 정황이 나를 가리키고 있긴 하지만 나는 맹세코 누구도 죽이지 않았어. 믿어줘."

"네가 그들에게 내건 조건은 뭐였지, 2호?"

2호는 치켜뜬 눈으로 고개를 비스듬하게 꺾어 나를 봤다. 노려본다고 하기엔 평소처럼 강렬한 눈빛은 아니었다. 포기를 했으나 반항기가 섞인 의미 모를 감정이 담겨 있었다.

"1호를… '나' 중에서 가장 먼저, 내가 직접 죽일 수 있게 해달라는 것. 정확히는…."

"더 들을 것도 없네. 이것 봐! '나'의 개체수 재정립의 필요성을 느낀 건 나만이 아니었다니까!"

8호가 들떠서는 2호의 말이 끝나기도 전에 함성처럼 외쳤다.

"내 말을 끝까지 들어!"

2호는 조급하게 소리쳤으나, 8호는 들은 체도 하지 않았다.

"이로써 모두가 8인 통치 체제에 불만을 갖고 있었다는 게 확정됐네. 애초에 '나'가 '나'를 적대할 수 있다는 사실을 외면하지 말았어야 했는데!"

"빌어먹을, 8호, **에메릴!** 입 좀 닥치고 있어! 내 말 안 끝났다고!"

"네가 '나'들을 죽였다는 게 분명해졌는데 뭘 더 들어야 하지?"

"에메릴, 그러지 말고…."

2호의 반감을 접하고 충격받은 '나'는 없었다. 아주 오래 전부터, 어쩌면 '나'가 여덟 명으로 분리되었을 때부터 2호의 증오는 시작됐다. 여덟 가운데 충돌을 가장 자주 일으킨 것도 2호였다. 그것도 이 거부감에서 비롯됐을 터다. 하지만 이를 알고 있었음에도, 이 상황에선 어떻게 **자연스럽게** 대응해야 할지 망설여져 나는 평소와 다르게 잠깐 머뭇대는 모습을 보이고 말았다.

"아, 그래도 1,000년은 유지할 수 있을 거라고 여겼는데, 예상보다도 훨씬 빠르게…."

관망하듯 우리의 말다툼을 지켜보던 3호가 작게 기침했다. 사레가 들린 것 치고는 요란한 기침이 두어 번 더 이어졌다. 3호가 일굴을 진뜩 찌푸리며 컥컥거리는 소리를 냈다.

입씨름하던 셋의 시선이 3호에게 돌아갔다. 3호가 목을 두 손으로 움켜쥐었다. 어떻게 할 새도 없이, 3호의 목에서 날카로운 가시가 튀어나왔다. 붉은 피를 머금은 뾰족한 가시도 덩달아 붉었다. 이윽고 3호의 목과 쇄골, 흉부와 늑골에서 보석 가시가 우두두, 솟아 나왔다. 고슴도치처럼 변한 3호의 몸이 고꾸라졌다.

𝒫

"우리는 왜 이 몸으로 남아 있으려 하는 걸까?"

6호가 살해되기 태양시 기준 3달 전, 4호가 내게 물었다.

"광인류 프로젝트 완성이 코앞인데 정작 내가 제안한 육체 교환은 자꾸 기각되고 있어. 클론의 유전자 지도에 새로운 코드를 입력하기만 하면 되는 간단한 일인데도."

4호의 전시실은 '나'의 것들 중 유일하게 아무 보안 없이 개방된 장소였다. 기둥처럼 바닥과 천장을 잇는 4호의 길쭉한 의자 외에 그 공간을 장식하는 건 없었다. 울퉁불퉁해 보이지만 나름의 규칙을 가지고 손질된 크리스털 벽이 위아래 사방을 뒤덮고 있었다.

눈이 내리지 않는 겨울의 단면 같기도 한 4호의 쉼터는, 얼핏 가장 시시해 보였으나 그만큼 쉬이 비인간적인 공포를 느끼게 했다. 4호는 내킬 때만 색 있는 빛이 크리스털 벽에서 나오게 했는데, 그러지 않을 때 거기서 볼 수 있는 건 수십만의 면에 투사되는 수십만의 입장객이었다. 과감하게 안으로 들어섰다가 출입구를 찾지 못하고 말 그대로 미쳐버린 가신들이 허다했다. 회의에 세 차례나 올라간 육체 교환 안건이 좌절되자 4호는 자신의 전시실에 스스로를 가두고 꼼짝하지 않았다. 다른 '나'들은 의기소침해하는 4호를 괜히 건드릴 필요 없다며 무시했지만, 나는 혼자 4호를 위로하러 찾아가곤 했다.

"연속성을 유지하기 힘들다는 부작용이 있으니까 그렇지. 여러 선례도 있어. 요키후 영주가 태양 거인 클론으로 의식을 옮겼지. 빙루 영주는 갑주종으로 육신을 변경했어. 그러다 어떻게 되었는지 너도 알잖아?"

"요키후는 시간 상대성의 괴리에 적응하지 못했고, 빙루는 생각하는 방식도 금속 덩어리처럼 변해버렸지."

"그래."

"하지만 발전을 위한 실패는 불가피해. 우리는 인간을 원하는 대로 다른 종과 뒤섞을 수 있어. 새삼스러운 일도 아니지. 우리는 우리의 **이상향**이 될 광인류 유전자 청사진을 창조했어. 광인류는 누구보다 훌륭한 신민, 신하, 전사가 되어주겠지. 하지만 반대로 말하면, 꿈꿔왔던 존재이기에 광인류의 신체적 조건은 우리보다 훨씬 뛰어날 거야. 우리가 그들보다 열등해도 괜찮은 걸까? 괜찮지 않을 거야."

"이 우주는 이미 아종 인간으로 바글거려. 4호, 객관적으로 따지면 그들의 원시적인 생존능력은 뛰어나긴 해. 하지만 우리보다 나은 신체를 가진 개체는 이미 널리고 널렸어."

나는 아이 달래듯, 우리 중 가장 매력적인 말투라 인정받는 8호의 어조를 따라 해봤다. 실제로 아이를 달래본 적은 한 번도 없지만 말이다.

"어차피 광인류는 우리가 있는 이 판타콘에 도달하지 못해. 판타콘에 발을 들일 엄두도 내지 못하도록 우리는 그들의 무의식을 엄격하게 세뇌할 테고, 우리는 대리인을 통해서만 만날 수 있는 신성하디 신성한 존재로서 실재할 거야. 3호의 입버릇 기억나지? 찬양의 조건은 대상이 무엇이냐에 있지 않아, 어떤 위치에 있느냐지."

"하지만 걱정돼. 그리고 다른 '나'들은 이게 내가 우리 중 가장 심약해서 하는 잡생각이라고 했어. 고칠 수 없는 걸까? 다음에 들어갈 클론은 아예 두려움이 기능하지 않게 만들어 버릴까?"

"나는 네 근심이 가장 '나'다운 속성이라 생각하는걸."

"놀리는 거야?"

"그럴 리가! 나는 네가 우리 중 가장 '나'를 사랑한다는 걸 알아."

나는 성공한 이기주의자인 우리 중에서도 4호의 자기애가 남다르게 강하다는 말을 유순하게 돌려 표현했다.

"그래서 '나'를 이루는 것들이 망가지거나 사라질까 봐 예민하게 반응할 수밖에 없는 거야."

"그렇지만 나는… 다른 '나'에 비해 너무 소심해. 요새는 내가 내리는 결정이 '나'에게 이득이 될지 아닌지조차 혼자 가늠하지 못할 정도야. 실적도 뚝뚝 떨어지고 있어."

"6호보다는 아니야."

긴장으로 굳은 4호의 어깨 힘이 조금 빠졌다.

"조금 위안이 되네."

"4호, 너는 없어서는 안 될 '나'야. 네 인장을 떠올려. '두려워하라'."

나는 걸터앉았던 4호의 왕좌 팔걸이에서 일어났다. 나를 따라 움직이는 4호의 눈동자들, 하나의 흰자에 세 가지의 홍채로 데구르르 굴러가는 삼색 눈동자에 나는 떠오르는 미소를 감추지 않고 4호의 머리를 쓸어줬다. 자기 몸에 손대는 것에 질색하던 '나'들과 다르게, 4호는 신체 접촉을 선호하는 몇 안 되는 '나'였다.

"두려워하라, 진실이 허상이라는 것을. 두려워 말라, 허상이 진실이 될 수 있음을…."

"우리는 많은 **허상**을 진실로 만들어 왔어."

나는 쓰다듬던 손을 내리고 4호에게 내밀었다. 최근 위장 피부로 가려야만 했던 손이었다.

"우린 그 허상들의 신이야, 4호. 앞으로 더 많은 허상들이 진실이 되어 우리 발밑에 깔리겠지. 누구보다 그 인장을 가진 네가 가장 잘 알고 있다 확신해. 그래서 너와 논의하고 싶은 게 있어."

𝒫

"나는 '나'가 넷이어도 괜찮아. 아, 곧 셋이 되겠네. 2호는 제거될 테니까. 홀수는 역시 싫은데."

8호가 회의실 권좌에 강제로 앉힌 2호를 보면서 빈정거렸다. 8호는 3호가 눈앞에서 죽었음에도 아무 일도 일어나지 않은 것처럼 굴었다. 이미 '나'가 여럿 죽은 마당에 하나 더 죽은 건 대단한 일도 아니라는 듯이. 2호의 양손은 팔걸이에 보석으로 꿰뚫려 고정되어 있었다. 일부러 지혈되지 않도록 보석을 뽑았다가 다시 박아 넣은 탓에 2호의 피가 발치로 흘러 붉은 웅덩이의 크기를 점점 넓혔다. 2호가 고통을 짓씹으며 우리의 결정을 물고 늘어졌다.

"너희 셋은… 서로가… 무결하다고 믿는 건가? 3호의 죽음은 어떻게 설명할 거지?"

"네가 죽였겠지."

"어떻게? 나는 너희에게 붙들려 아무것도 하지 못했는데."

"3층 정원은 5호 관할이었으니, 그와 한패인 너는 3호가 먹었던 사과에 뭔가 있었음을 파악하고 있지 않았겠어?"

"'불'은 그런 식으로 붙지 않는다는 걸 알 텐데도 그런 말을 하는군."

"시간을 어떻게든 끌려고 발악하네. 너는 지금 우리가 증거와 사실을 일일이 대조하길 바라는 거잖아. 어차피 그래봤자 범인은 너일 텐데, 쓸데없는 짓이야."

"스트레스성 편향적 사고가 심해졌군. 네가 '나'라는 게 부끄러울 지경이야, 에메릴."

"나오는 대로 지껄이는 걸 누가 못 해?"

얼른 2호를 처리하고 싶어 안달이 난 8호의 언행이 거칠어졌다. 하지만 나는 알고 있었다. 8호는 2호를 즉결처분해도 만족하지 않을 것이다. 홀수라는 이유로 4호나 나를 제거하고 싶어 할 거고, 판타콘이 복구될 기미가 보이면 단 하나뿐인 '나'로 존재하기를 욕심내게 되리라.

"4호, 8호. 잠시만 자리를 비켜줄 수 있겠니?"

실로 오랜만에 목덜미에 땀이 잡혔다. 이 정도로 강도가 센 육체노동을 자처한 게 얼마 만인지. 수동으로 조작할 수 있는(신뢰할 수 있는) 기계가 없었기에, 나와 4호는 '나'들을 전부 회의실로 옮기기 위해 근력을 쓰는 수고를 들여야 했다. 필요 이상의 활동으로 배출되는 땀의 끈적한 느낌은 불쾌하기 짝이 없었다.

우리는 신이다. 하지만 판타콘이라는 유토피아를 벗어나는 순간 신민들과 같아지리라는 진실이, 우리가 처음부터 인간이라는 굴레에서 벗어난 적 없다는 사실을 들춰내며 우리를 불쾌하게 만들었다. 왕관과 보석과 옷을 벗고서 신민들 사이에 섞여든다면, 아무도 우리를 영주로 식별하지 못하겠지.

"왜 그래? 바로 죽이자."

"이미 죽어버린 다른 '나'들한테는 제대로 된 작별을 할 겨를이 없었어. 2호에게만은 영구적인 죽음을 맞기 전 인사나 해둘까 해. 미운 정도 정이잖아?"

"8호, 나… 아직, 내가 보관하고 있는 심장석을 회수하지 못했어…. 2호가 회수하자마자 **아파타**랑 **루비**가 죽어버려서…. 범인이 2호일지는 몰라도 아무래도 불안해…. 지금 가져오고 싶어. 같이… 갈래?"

4호의 말에 8호는 나의 심장석 또한 회수하지 않았다는 사실을 상기했는지, 일순 눈빛이 매서워졌다. 8호는 잠깐 고민하는 듯 보였지만, 곧 4호에게 손짓했다. 가자는 신호였다. 4호는 8호의 뒤를 좇다 나를 슬쩍 돌아보고는, 고개를 끄덕였다. 곧 회의실 문이 굳게 닫히며 둘의 모습을 차단했다.

"바로 죽이지 않아줘서 참 고맙군."

2호가 내가 베푼 자비를 비꼬았다.

"다시 말하자면, 나는 '나'를 죽이지 않았어."

"'나'를 설득해 보려고? 그토록 '나'를 미워했잖아. 굴욕적이지도 않나?"

"너도 내가 죽는 게 아쉬워서 시간을 벌어준 거 아닌가?"

"네가 죽는다고 해서 내가 아쉬울 게 뭐가 있지?"

"우리가 유독 서로를 혐오하는 이유가 뭔지 알잖아?"

내가 묵묵부답으로 내려다보기만 하자, 2호가 미간을 구기면서도 입술을 뒤틀며 웃었다. 자기 입으로는 꼭 하고 싶지 않았던 말을, 그는 결국 해야만 했다.

"너랑 나는 서로 너무 닮았어."

"'나'들은 닮은 부분이 있을 수밖에 없어. 생뚱맞은 말을 하는군."

"그중에서도 너와 나는 유별나게 닮았잖아. 각기 다른 숫자가 이름으로 붙고 다른 선시실을 가지고 이상향 건설이라는 목표 아래 각기 다른 욕망을 가졌지만, 우리 둘은 언제나 같은 것을 택하고 지켜보고 가지길 원했어. 그랬기에 너와 나는 서로를 거부할 수밖에 없었던 거야. 동족 혐오인 거지."

"그게 진짜 이유일까? 서로의 공통분모가 많으면 오히려 합심하기 더 쉽잖아?"

"**이아몬.** 우리는 지금 '나'라는 통일체로서 기능하지 않아.

그렇게 된 지 꽤 오랜 시간이 지났지"

그는 순순히 내가 원하는 답을 내줬다.

"우리는 더는 '나'가 아니야. **나**라는 모체에서 갈려져 나온 **남**이지. **이아몬**, 나는 정말 범인이 아니야. 고백하지. 아까는 감정이 격해져서 거친 표현을 썼지만, 내가 그 징그러운 잉꼬들과 비밀 협정을 맺으면서까지 하고 싶었던 건…,"

"알고 있어."

"뭐?"

"네가 무얼 하려고 했는지 알고 있다고. **아파타**와 **루비**가 너를 이해할 거라 여겼기 때문에 손을 잡은 거지? 둘이 '서로'를 사랑하니까, 네가 '너와 가장 닮은 나'에 집착하는 이유를 헤아려 줄 거라 믿었을 거야. 네 변수는, 그 둘은 하나로 융합되고 싶지 않아 했다는 점이었겠지. 그들은 눈에 보이고 만질 수 있는 서로라서 감정이 생긴 거니까."

나는 차고 있던 무전기를 벗으며 무심하게 말했다. 손아귀에 조금 힘을 주니 으득, 하고 쉽게 부서졌다. 고저 없이 담담한 내 설명을 듣는 2호의 얼굴이 굳었다. 알고 있으면서도 내가 이 꼴이 되도록 내버려 둔 거였어? 라는 혼란부터 계획을 진즉 간파당했다는 분노까지, 다양한 낯빛이 2호 안에 어렸다.

"나는 5호와 7호가 그랬던 것처럼 너를 사랑하지 않아."

"그래, 알아. 너는 강화를 하고 싶었던 거겠지. 별개의 존재로 있을 때는 서로에게 경계심을 느끼지만, 반대로 한 몸이 된다면 더 나은 '나'가 될 수도 있어. 뇌 두 개, 정확히는 **쌍생인지체**로서 함께 존재하는 거지. 그러면 8호처럼 편향된 사고에 빠지는 걸 막을 수도 있고, 혼자서도 건설적인 토론을 할 수 있겠지. '나'가 다시 합쳐지면 정말 어마어마한 상승효과를 낳을 수 있을 거야. 육신도 하나니 '나'라는 유대도 견고해질 수 있겠지."

"거기까지 파악했으면서 왜 내가 범인으로 몰리도록 내버려뒀지?"

살벌한 표정과는 다르게 2호의 목소리는 냉담하리만치 차분했다.

"아까부터 너는 상황이 이렇게 흘러가리라는 걸 아는 눈빛이었어. 내가 이 꼴이 되리라는 것도."

"너처럼 나도 사정이 복잡해."

"말해줄 의향이 없으시다?"

나는 말없이 입을 평소보다 크게 쩍, 벌렸다. 검지를 그 안에 밀어 넣고는, 입천장을 통해 두개골 속에 숨겨둔 심장석을 꺼냈다. 질척한 침이 섞인 심장석은 꽃잎과도 같은 작은 날개들이 구처럼 둥근 모양으로 겹겹이 접힌 형태였다. 유기물 같은 섬세한 조각은 빛을 받으니 파르르 떠는 것 같아 보이기도 했다.

"'나'의 통합은, 사실 4호와 먼저 얘기된 바 있어."

"허? 다른 '나'도 아닌 4호? 그 겁쟁이랑?"

"우리는 작금의 상황을 바라보는 시각이 같았지. 영주가 아닌, 신이 되지 못한 인간들과 하는 이 전쟁이… 어떻게 끝나게 될지에 대한 시각 말이야."

"무슨 헛소리야?"

"봐! 너는 이해를 못 해. 이래서 나는 너에게 흡수되지 않기 위해 서두를 수밖에 없었다. 너는 '나'가, 영주들이 언제나처럼 승리할 거라 믿고 있지. 우리는 영주니까. 신이 되었으니까. 하지만 2호, 신은 인간이 사랑하기로 선택한 창작의 부산물이야. 인간이 우주에 진출하면서 그 사실은 묻혀버렸어. 누구도 그 사실을 기억하지 않고 있지."

"아무튼 너도 나처럼 4호와 동맹을 맺었다, 이거지? **에메릴**이 가만히 있을까? 나보다도 고집불통인 **에메릴**이 네 그 이상한 논리를 받아들일 거 같아?"

"수용하지 않겠지. 그래서 그에 대한 계획도 이미 짜놨어."

"어떻게 할 건데?"

그때 회의실 문이 열렸다. 뛰어든 건, 4호였다. 피를 흠뻑 뒤집어쓴 4호는 내게 달려왔다. 왼손에는 빨갛게 물든 판타콘 홀의 장식 보석 검을 들고 있는 채였다. 2호가 어떤 표정으로 우리를 보고 있을지는 뻔했다. 4호는 숨을 찬찬히 고르며 오른손을 내밀었다. 4호가 쥐고 있는 것은 8호에게서 빼앗은 심장석과 자신의 심장석이었다. 나는 조심스레 두 심장석을 받았다.

"조금 후에 다시 만나게 되는 거지, 그렇지?"

"물론."

4호는 내게서 눈을 떼지 않고 고개를 끄덕이고는, 나를 한 번 세게 안았다가 놓았다. 4호는 8호를 찔러 죽였던 무기로 스스로를 겨눴다. 접혀 들어간 눈매에서 4호의 진심 어린 행복이 배어 나왔다. 조금 있다가 만나. 날카로운 끝이 4호의 가슴을 꿰뚫었다.

"조만간 영구적으로 죽을까 해."

6호가 자신이 숨겨둔 심장석을 건네며 이야기했기에 나는 그 말을 농담으로 치부할 수 없었다. 심장석은 의중을 떠보려고 미끼처럼 걸 수 있는 물건이 결코 아니었다.

"못 죽어. 너는 '나'이기 이전에 같은 영지를 소유한 8영주니까."

"예의 삼아 말려준 건 고마운데, 안건으로 올리면 반대표가 하나도 없을 거야. 다들 슬슬 눈치 싸움을 시작하고 있다는 거, 체감하고 있잖아?"

나는 6호가 준 심장석을 바로 받지 않았다. 나는 6호의 의중을 완벽히 파악하기 위해 추궁했다.

"왜 죽으려는 거지?"

"우린 유토피아를 완성하지 못할 거야."

불경하기 짝이 없는 소리였으나 나는 6호를 바로 때리진 않았다.

"전쟁이 길어지고 있는 건 사실이야. 영주들끼리도 제대로 된 협력이 이루어지지 않는 실정이긴 하지. 동맹을 맺어도 단기적인 이익에 혹해 쉽게 배신하지 않나, '부타'에게 감화되지 않나… 오래 산 만큼 지혜로운 건 아니라는 게 참 유감스럽지. 하지만 이 시기는 금방 지나갈 거다. 광인류 프로젝트가 완성되면 '부타'들을 전부 말살할 수 있어."

"광인류가 우리를 승리로 이끌어 준다고 치자. 그다음은?"

영상관을 가득 채우던 홀로그램이 꺼지자, 우리의 존재감이 바늘구멍보다 작게 졸아드는 듯했다. 텅 빈 천체 영상관에는 별 한 점 없는 암흑뿐이었다. 우리는 계단 위에 서 있었다. 계단에는 천체 관람에 거슬리지 않도록 주변 배경에 맞게 색이 변하는 기술이 적용되어 있었기에 우리는 허공에 떠 있는 것처럼 보였다.

"**이아몬**, '부타의선언'은 우리의 절대적인 적이 아니야. 우리의 적은, 우리에게 살아 있다는 감각을 선사해 준 이 **우주**지! 우리가 태어나고 존재하게 해준 이 우주! 살아 있는 한, 우리는 우리가 사랑하는 것을 지키기 위해 싸워야만 해. 우리가 사랑하는 것이 누군가에겐 아무것도 아니거나, 자기들이 사랑하는 것을 해치는 장애물에 불과할 테니까. 우리는 영주고, 우리의 목표는 사랑하는 빛을 위한 유토피아의 완성 및 존속이지. 우리가 살아 있는 한 유토피아 프로젝트도 영원히 지속될 거야! 그게 우리의 믿음이었어."

"거기까지만 해, **파라**."

"그 믿음을 위해 우리는, '나'는 영원에 가까운 생을 얻었지. 유토피아를 실현하겠다는 꿈 하나로. 하지만 최근에… 그러니까 이건 요 몇십 년간 계속 해오던 생각인데… 우주는 영원을 싫어하는 거 같아, **이아몬**. 그래서 무언가 오랜 기간 변화를 거역한다면, 이를 대비하기 위해 감정을 하나 마련해 둔 거지. 우주가 애써 막으려고 했던 영원을 무언가가 거스르려고 하면, 제풀에 지쳐 영원을 포기하도록."

"파라이바."

"나는 권태로워. 그리고 이 권태가 영영 해소될 것 같지 않아."

권태. 그가 권태란 단어를 입에 올렸다.

"설령 이번 생의 기억을 삭제한다고 해도 다음 클론인 나도 똑같은 생각을 하게 될 거라 자신 있게 말할 수 있어."

"어리석은 생각을 다 하는군."

"내가 죽을 수 있게 힘 좀 써줘, 1호. 부탁이라고 해야 할까? 그래, 거래를 하자! 내가 죽게 해주면, 나는 죽기 전까지 네 계획을 도울게."

"나는…."

"네 오른팔을 더는 내게 숨기지 않아도 돼."

6호가 허탈하게 웃으며 이마를 문질렀다. 손익계산을 위한 밀고 당기기 같은 건 넌더리가 나니까 이제 하지 말자는 듯이.

"네가 무슨 짓을 했는지 전해 들었어, **크리스털**한테."

"4호가… 누설했나?"

"아니. 그냥 떠봤는데 걸려든 거야. '나'들을 나와는 상관없다는 것처럼 한가로이 방관하다 보면, '나'였다면 볼 수 없었던 것들이 조금씩 눈에 들어오더라고. '나' 사이의 관계가 어떻게 변해가고 있는지까지도. 이식 성공 축하해. 아직 광인류 배양은 시험 단계에 머물러 있는 단계이니 부작용이 걱정되긴 하다만. '불', 보여줄 수 있어?"

"…."

나는 한참 6호를 봤다. 6호는 느긋하게 짝다리를 짚은 채로 몸의 무게중심을 바꿀 뿐이었다. 나는 결국 장갑을 벗었다. 짧게 혀를 차고는 피부의 껍질을 죽 벗겨 내자, 감춰놨던 새로운 피부가 드러났다. 면면이 다른 파장의 빛을 반사하는 반투명한 피부 아래, 새로운 진화 형태로 결합된 뼈와 근육의 움직임이 면밀하게 보였다.

와, 6호가 감탄사를 뱉었다. 멋지긴 멋지네. 나는 대답 대신 손을 뒤집어 손바닥을 위로 향했다. 손바닥 중앙에는 크고 작은 보석 조각들이 알알이 박혀 있었다. 튀어나온 보석 위로 핏줄이 덩굴처럼 덕지덕지 붙어 있었기 때문에 그리 아름다운 모습은 아니었다. 나는 주먹을 쥐고 팔이 부들부들 떨릴 때까지 힘을 넣었다.

그러자 손에 '불'이 붙었다. 푸른색 불이 내 손을 휘감으며 춤을 췄다. 6호가 장난감을 발견한 아이처럼 짓궂게 웃더니, 온기를 쬐려는 것처럼 손끝을 불 안에 살짝 넣었다 뺐다. 6호의 긴 손톱이 단단한 보석으로 얼어붙었다.

"대단해… 마법이라고 해도 모두가 믿겠는데? 광인류의 기관이 너처럼 '불'을 생성하고 유지하는 방향으로 진화하게 된다면…. 우리는 우리가 만든 것에 굴복하게 될지도 모르겠어! 세상에, 그런 미래도 상당히 재밌을 것 같아. 좀 더 살아볼까 고민할 뻔했네."

"그럴 수는 없을 거라고 단언하지."

"딱 잘라 말하네?"

광결된 자기 손톱을 바라보는 6호의 눈빛은 흥미로 가득 차 있었다.

6호도 무엇이든 낱낱이 파고들어야 직성이 풀리는 '나'였던지라 나름의 가설을 늘어놓기 시작했다. 듣기엔 장황했지만 6호의 분석은 결국 정확했다. '불'이라는 기술을 몸에 담아 쓰는 데 치명적인 부작용이 있다는 것. 최하위 실적이라는 꼬리표가 붙어 있었지만, 6호는 예나 지금이나 누구보다도 예리했다. 나는 손에 붙은 '불'을 끄고 6호에게 손바닥을 보여주는 것으로 답을 대신했다.

팔을 뒤덮고 있던 광물이 으드득거리며 어깨까지 번졌다. 고통스러운 신음이 절로 새어 나왔다. 오른팔이 더는 움직이지 않았다. '불'을 사용할수록 변이 속도는 빨라졌다. 신체의 훼손을 초월한 우리에게 몸이 망가지는 것은 큰일이 아니다. 이 부작용이 뭐가 문제냐는 식으로 바라보는 6호에게 나는 설명했다.

"광인류의 유전자 코드는 기존의 클론 코드를 훼손하거든."

"아아, 그건 생각지 못했네. 기억이 초기화되는 것만큼 기분 나쁜 것도 없지. 그나저나 클론과 '나'의 연속성을 유지하지 못하는 사실을 알면 4호도 고집을 꺾을 텐데, 귀띔이라도 해주는 건 어때?"

"클론 유전자 코드를 전부 바꿔서 새 몸으로 태어나는 것과 이식은 다르지."

"뭐, 그래…. 어차피 난 곧 죽을 테니, 거기에 대해선 더 말을 얹진 않을게. 다만… 궁금한 게 하나 있어. 안전이 검증되지 않았는데 왜 광인류의 팔을 잘라 이식한 거야? '나'답지 않은데?"

6호의 질문은 순수했다. 하지만 나에게 그 순수함은 책망처럼 느껴졌다. 여유롭게 미소를 지으려고 했으나, 의지와 다르게 눈꼬리는 움직이지 않았다. 내 대답이 늦어진 덕에 6호는 내 마음속에 깃들어 똬리를 틀어버린 감정의 정체를 눈치채고 공감의 탄식을 내뱉었다. 그도 경험한 적이 있다는 것처럼. 긴 세월을 살아내는 동안, 내 안에서 예고 없이 튀어나왔으나 이성으로 억누르던 그것의 정체는 언제나 '나'들을 괴롭게 한 것이었다.

호기심. 그랬다. 나는 열어서는 안 되는 상자를 열어버렸다. 금기라는 규율이 존재하는 이유를 잠깐 외면하고, 이 충동이 나에게 유리하게 작용하리라는 생각의 오류를 범하면서.

"'나'도 결국 인간이었구나. 완전한 **신**이 되고 싶었던."

어쩐지 기뻐 보이는 6호에게, 나는 화를 내지도 못했다.

"아, 괜한 말을 했네. 이 얘긴 됐어. 넘어가자. 뭐가 됐든 너의 사생활을 존중하는 의미에서 4호에겐 오늘 내가 알아낸 것에 대해서 입도 벙긋하지 않을게."

6호가 악수하듯 내 손을 꽉 붙들었다. 죽게만 해준다면, 정말 뭐든 도와줄 테니까.

"네 계획이 뭐야?"

P

"그러니까… 네가… 1호가 아니라 6호였다고? 그럼 그 시신은…."

"광결한 클론 하나를 시체처럼 가장한 거지. 다른 때였으면 다들 쉽게 알아보고 대수롭지 않게 여겼을 테지만, 위급상황에서는 모든 게 퍼즐처럼 딱딱 들어맞는 것처럼 느껴지는 법이니까. 내가 정말 죽었다고 모두를 속이는 게 제일 어려울 거라 생각했는데, 훨씬 쉽게 성공해 다행이야."

나는 크리스털을 그의 권좌에 앉혔다. 크리스털의 고개가 힘없이 옆으로 넘어갔다. 크리스털은 이아몬이 빼돌린 복제 코드를 통해 이아몬과 쌍생 인지체로 부활할 거라고 철석같이 믿어줬지만, 안타깝게도 이아몬은 그 약속을 지킬 의향이 없었다. 나는 왕관에 눌린 크리스털의 머리카락을 최대한 예쁘게 다듬어 주었다. 마지막 모습이 조금이라도 더 단정하도록. 비록 아무도 우리를 볼 수 없게 되겠지만 말이다. **디온**이 혼란스러움을 견디지 못하고 외마디 비명을 질렀다. 나는 미안하다는 미소를 지었지만, 그는 좋게 넘어갈 생각이 추호도 없어 보였다.

"네가 1호 행세를 하는 틈에, 1호가 나머지 '나'를 모조리 죽였다는 거야?"

"아파타랑 루비를 죽인 건 이아몬. 비스무트는 내가 죽였어. 우리는 웬만한 독에는 면역이 되어 있어서, 섭취물로 살해하려니 머리가 정말 아프더라고. 새로운 독극물을 제조하기 위해 독성학 연구용 가상 두뇌를 열댓 개나 돌려야 했는데, 비자금을 거기에 다 썼지."

"4호가 다시 만나자고 말한 건…."

"쌍생 인지체로 '나'와의 융합을 원한 건 너뿐이 아니야. 1호는… 약속을 지키려고 했지만, 이제 오니 그 약속이라는 게 무용해져서 말이야."

디온이 꺼져가는 목소리로 집요하게 물었다. 슬슬 온점을 찍고 싶었지만, 나는 성실하게 답했다. 어쨌든 디온도 '나'니까 알 자격이 있다.

"너와 1호에 비하면… 5호와 7호는… 미친 것도 아니었군."

"한 가지 아쉬움이 있다면 처음 회의실에 모였을 때 '나'의 대부분이 술을 마시지 않아서 일의 진행이 계획보다 지연되었다는 거야. 다들 직접 겪지도 않은 황금 영약의 트라우마를 아직도 이겨내지 못했는지…. 그럴 만도 해. 그때 '부타'들이 여러모로 인상 깊은 짓을 벌이긴 했지. 그런 대단한 일을 자기와 관계없는 인간들을 위해 벌였다는 게 아직도 이해는 안 가지만. 영리 조직이었다면 벌써 영주가 되고도 남았을 텐데…. 대가를 돌려받지 않아도 된다는 가식을 진심으로 여기며 남을 위하는 삶이란 건 도대체 어떤 걸까, 디온."

이 판타콘에선 그 질문의 답을 들을 수 없다는 걸 알았지만, 나는 혼잣말처럼 의문을 흘려보았다.

"그나저나, 아파타랑 루비가 죽기 전에 이아몬을 알아보았을지 살짝 궁금해지기도 하네."

"무슨… 뜻…이지? 1호는 지금… 어디에…."

"대미를 장식할 곳에."

나는 버릇처럼 뒤 목을 쓸고는 이아몬의 왕관을 벗고 탁자에 방치되어 있던 내 날개 모양 왕관을 썼다. 관자놀이를 덮는 익숙한 느낌이 편안했다. 때마침 회의실 사방으로 빛이 파도처럼 밀려왔다가 사라졌다. 판타콘의 재가동 신호였다. 디온은 주변을 둘러보며 맥없이 중얼거렸다.

"판타콘이…."

"아무리 '나'가 세 명이어도 판타콘의 에너지 제어 루트를 완전히 다운시킬 수는 없어. 전시 대비 훈련 모드를 실행시켰지. 판타콘의 메인 프로그램은 진짜 엉망으로 꼬아서 망가뜨린 게 맞지만."

"너희도 '불'을… 훔치고 싶었던… 건가? 독점하려고?"

"아냐. 이아몬은 그럴 마음이 추호도 없었어. 상상한 것 이상으로 이아몬은 여덟으로 존재하는 '나'에게 애정을 갖고 있더라고. 크리스털도 그랬고. 어쩌면 나도 그런 것 같아. 너희랑 남남이 되는 건 역시 별로라는 생각이 들더라. 그래서 나는 이걸 바랐지…."

나는 뒷짐을 지고 디온에게 다가가 허리를 살짝 숙여 귀엣말했다. 디온의 눈이 멍해졌다. 그러나 곧 킥킥거리더니 이내 숨넘어갈 것처럼 웃어댔다. 입이 찢어질 것처럼 웃던 디온의 웃음소리가 기괴한 박자로 끊겼다가 되풀이됐다. 오열하는 것 같기도 했고, 비명을 지르는 것 같기도 했다.

웃음소리는 곧 끊겼다. 디온의 넋이 그가 밟고 있는 피웅덩이 속으로 모조리 빠져나갔다. 눈 뜬 채로 죽은 디온은 조금 외로워 보였다. 나는 디온의 눈을 감겨주려다가, 왕관만 고쳐 씌웠다. 우리가 어떻게 될지, 죽은 몸으로라도 지켜봐줘. 나는 이아몬의 왕관을 들고 걸음을 옮겼다.

이아몬이 견딜 수 없었던 건, 유토피아가 불순한 다른 빛으로 물들 수 있겠다는 생각이었다.

이아몬도 '부타의선언'이 우주 전쟁의 판세를 뒤집을 수 있음을 인정했다. 그 때문에 유토피아의 건설이 지연되겠지만, 그건 참을 수 있었다. 문제는 우리의 아름다움에 대한 열망이, 무지하기 짝이 없는 신민들과의 합의점을 거쳐 망가질 수 있다는 점이었다. 우리가 그들이 이해하지 못하듯, 그들은 우리의 가치를 결코 이해하지 못할 것이다. 그들은 판타콘을 사치와 허영의 결정체로만 해석하고 광결 기술을 하찮은 곳에 써먹을 것은 자명했다. (5호와 7호가 그런 인간들을 믿기로 결정했다는 사실이 아직도 믿기지 않을 따름이다.)

푸른색 불은 우리의 영광을 위해서만 존재해야 했다. 우리네 유토피아의 벽돌로만. 아름답지 않은 것을 아름다운 보석으로 만드는 기술이 다른 영역에 활용되는 순간, 기술이 품은 가치는 금방 희석돼 버릴 것이다. 우리의 불이 하찮은 신민

문명을 위한 일들에 남용된다면, '부타의선언'이 사라지고 상황이 안정된다고 해도 우리의 유토피아는 다시는 예전처럼 완전무결한 광채를 품지 못하리라.

그랬기에 이아몬은 우리의 유토피아를 얼려야 한단 결론에 도달했다.

행성이 보석 그 자체가 된다면 얼어붙은 우리의 유토피아를 누구도 건드리지 못할 것이다.

이아몬은 지금 이 상태로 판타콘을 광결하고 전쟁이 끝날 때까지 기다리고자 했다. 이아몬의 계획은 종전 전까지 광결해동 기술을 개발한 다음, 전쟁의 더러움을 접하지 않은 판타콘을 해동시키는 것. 중요한 건 시기였다. 기술이 분석되어 신민들의 손아귀에 넘어가기 전 사수하고, 반격해야 했다. 유토피아를 광결하기 전 '나'들의 모든 기억 데이터를 다른 곳으로 전송하면 이아몬은 그곳에서 새로운 육체로 부활할 수 있다. 이아몬은 우리의 이상을 지키기 위해 언제 끝날지 모를 길고 어려운 싸움을 각오했다. 거래의 대가로 죽음만을 바라는 '나'는 최적의 조력자일 수밖에 없었다.

하지만 이아몬이 놓친 사실이 하나 있다.

"끝, 드디어 끝났어."

나는 판타콘 맨 위층에 있는 광결실에 들어가며 말했다.

"이제 최종장만 남았네."

조각상처럼 광결기 제어판을 물끄러미 보고 있던 이아몬은 나를 돌아보지도 않았다. 대신 그는 바로 제어판을 두들기며, 광결기를 작동시켰다. 판타콘 내부와 외부에 저장된 에너지는 판타콘을 광결하고, 거대한 영성 보석이 우주의 먼지나 물질에 오염되지 않도록 정화장場을 계속 켜둘 것이다. 정화장은 이아몬이 다시 권세를 잡을 미래의 그때까지 버텨줄 것이다. '부타의선언'이 분쇄된다는 가정하의 미래겠지만.

"심장석은…."

"말한 대로 '보석함'에 넣어 판타콘 밖으로 방출시켰어. 네가 부활할 곳에 도착하도록 설정해 놨지. 감시 화면으로 확인 안 했어?"

"그래…."

굳이 여덟 개의 심장석을 회수해야 한다 주장한 건 이아몬이었다. 육신을 잃어도, '나'는 여덟이서 하나였다. 이아몬에겐, 여전히.

판타콘에 붙은 푸른 불은 닿는 모든 것을 광결하며 삽시간에 내부까지 들이닥칠 것이다. 이아몬은 더는 버티기 어렵다는 듯 제어판 위에 엎어졌다. 몇 번 쓰지도 않았는데. 이아몬이 침울하게 중얼거렸다. 변이가 이아몬의 턱 밑을 덮어 얼굴까지 집어삼키려고 하고 있었다. 호기심의 대가는 처절했다. 나는 잠깐, 신이 호기심을 가졌다가 파멸한 이야기를 접한 적이 있는지 기억을 더듬어 봤다. 물론 나는 이아몬이 파멸하도록 내버려두지 않을 테지만, 단순한 호기심이었다. 이 정도 호기심은 건드려도 탈이 나지 않는다.

이아몬은 입을 열지 않았다. 곧 알아서 목숨을 끊을 나와 함께 추억을 반추할 필요성을 느끼지 못한 듯했다.

"우리는 이게 있어야 할 것 같아."

나는 조심스럽게 이아몬에게 다가가, 그의 이마 위에 첨탑 모양 왕관을 씌워줬다.

"솔직하게, 전시실에서 네가 작품들이랑 섞여 숨어 있었을 때, 네가 어딨는지 알면서도 보통 신민이랑 너랑 구별이 안 되더라고."

이아몬은 대꾸하지 않았다. 변이가 그의 뇌까지 잠식했거나, 답할 가치를 못 느끼는 거겠지. 나는 살짝 웃고는 광결실을 개방 모드로 바꿨다. 창이 투명해지면서 판타콘 밖의 우주가 유리에 맺혔다. 판타콘을 얼리는 불빛이 눈부셨다. 나는 왕관을 벗었다. 그리고는 품 안에 넣어둔 심장석을 차례대로,

하나씩 왕관에 끼워 넣었다. 일정한 간격에 따라 구멍이 뚫렸던 왕관에 아름다운 여덟 개의 보석이 박혔다.

나는 심장석을 방출하지 않았다. 방출한 '보석함'은 빈 껍데기였다.

죽고자 하는 내 결심은 변하지 않았다. 나는 여전히 죽고 싶었다. 내가 생을 혼자 마감하려고 한 이유는, 힘이 없었기 때문이다. 내가 사랑하는 모든 것을 내가 원하는 순간 나와 함께 죽게 할 힘이, 나에게는 없었다. 하지만 이아몬의 계획에는 내 욕심을 충족시킬 힘이 있었다. 나는 나의 유토피아가 보석으로 얼어붙은 채 영영 해동되지 않기를 바란다. 이아몬이 전송한 데이터도 미리 삭제해 뒀다.

우리는 보석으로 존재하게 되리라. 우리의 죽음에 부패와 몰락은 끼어들 자리가 없다. 우린 죽음 그 자체로 얼어붙을 테니.

나는 화려하게 변한 나의 왕관을 다시 썼다. 불이 마침내 나를 뒤덮기 전, '나'만을 위해 고안한 인장을 읊었다.

"왕관을 위해 불붙이는 자, 빛을 얻으리라."

그러나 왕관에 불붙이는 자, 빛이 되리라.

쥬벵 씨의 완벽하지 못한 하루

쥬벵 씨가 눈을 뜬다.

시계를 보지 않아도, 쥬벵 씨는 자신이 정확히 오전 6시에 일어났다는 것을 알았다. 쥬벵 씨는 제때 맞춰진 자신의 생체 시계가 자랑스럽다. 소소한 자부심은 하루의 좋은 동력이 되어주는 법이다. 부드러운 몸짓으로 침대에서 다리를 뺀 쥬벵 씨는 폭신한 슬리퍼에 발을 넣고 척추를 곧게 세웠다. 슬리퍼는 뒤꿈치를 잡아주지 못하여도, 뼈의 역할을 하는 다양한 종류의 금속과 수축성 좋은 대체 근육으로 이뤄진 발이 질질 끌릴 때 생길 꼴사나운 소리가 나지 않도록 신체 균형을 바로잡아 준다. 완벽한 아침이었다. 그가 느른한 기지개를 쭉 펴고, 절묘한 각도로 내려간 블라인드 틈으로 들어오는, 창에 부착된 비타민D 조명의 빛을 만끽했다. 전신의 세포가 살아나는 느낌이 짜릿했다. 쥬벵 씨의 몸에서 생체활성이 일어나는 부위는 거의 남아 있지 않다. 그래도, 기분이라는 건 중요했다.

비타민D 조명은 침실의 나머지 가구들을 합친 것보다도 훨씬 비쌌으나, 쥬벵 씨는 이 투자를 조금도 후회하지 않았다. 태어날 때부터 햇빛을 듬뿍 받고 자란 쥬벵 씨는, 이 행성의 하늘을 시시때때로 뒤덮는 형광 녹빛에 결코 익숙해질 수 없었다. 눈을 아프게 하는 싸구려 네온 하늘로 아침을 시작했다가는 우울증에 걸려버리고 말 것이다. 쥬벵 씨는 쾌적한 인공 광원이 하늘을 밝히는 행성으로 가고 싶었다. 하루빨리 스눈 영주가 다스리는 간경*의 중심성星으로 다시금 이주해야만 했다. 그러기 위해서는 앞으로도 지금처럼 부지런한 생활을 영위할 필요가 있었다. 예나 지금이나, 쥬벵 씨는 성실의 아이콘이었다. 철이 들기도 전부터 성공을 준비해 온 쥬벵 씨는 한시도 게으름을 피운 적이 없었다. 준비가 되지 않았던 건 이 세상이었다. 쥬벵 씨에게 어울리는 성공의 형태를 고안해 내는 데 세상이 35년이나 소비했다는 점이 쥬벵 씨의 인생 계획을 방해하는 유일한 장애물이었다.

* 베트파린 조약을 통해 인정된 영주 소유의 우주 공간(『황금 천국의 증언』).

쥬벵 씨는 우물 안 개구리 같은 이곳의 주민과 어울리는 사람이 아니었다. 우주가 얼마나 넓은지 아는 사람이었고 어떻게 해야 스스로의 세계를 확장할 수 있을지 열심히 연구한 사람이었다. 그렇지 않고서야 유즈인의 피가 흐르는 몸으로 어떻게 스눈 영주의 눈에 들어 직속으로 일할 수 있겠는가? 오늘도 쥬벵 씨는 이런저런 생각으로 가득 찬 명상을 하면서 이 자리에 오기까지 어떤 노력을 했는지, 앞으로 어떻게 해야 할지를 되새기고 또 되새겼다.

오늘도 어제처럼 할 일이 많았다. 조급해지지 않기 위해 마음을 다잡던 쥬벵 씨는 검지 두 번째 마디로 우아하게 인중의 콧수염을 싹, 쓸었다. 꺼끌꺼끌하고 익숙한 그 촉감을 느끼면 마음을 다잡기 쉬웠다. 그런데 오늘은 그 버릇이 쥬벵 씨를 배신했다. 수염 밑에 난 볼록한 무언가가 손가락에 스치면서 쥬벵 씨가 미미한 통증을 느껴버린 것이다. 설마. 쥬벵 씨는 언제 어디서나 누가 보고 있든 아무도 보지 않든 잃지 않으려고 노력하던 품위를 단숨에 날려버리고 헐레벌떡 화장대 앞으로 달려갔다. 피부 관리 계획은 아침 식사와 세수를 끝마친 후에 진행하도록 잡아놨지만, 쥬벵 씨는 검지가 스친 후 계속 입가를 간지럽히는 이 거슬리는 통증을 그냥 무시할 수가 없었다. 왠지 모르겠지만, 불길했다. 정말로 불길했다.

쥬벵 씨는 거울을 마주하기 직전, 눈을 질끈 감았다. 내 착각일 수도 있어…. 그래, 어제 유독 피곤하기는 했지. 업무가 밀리고 와야 할 연락이 안 와서 애가 타긴 했지. 그놈의 부랑자들 때문에 요새 신경이 쇠약해지기도 했고. 그래도 얼마나 공을 들여왔는데. 이렇게 허무하게 나의 노력이 쓸모없어질 수는 없어. 착각일 거야. 그럼, 그래야지! 눈을 감은 채 스스로를 최대한 부드럽게 달랜 쥬벵 씨는, 거울을 향해 실눈을 떴다. 하지만 쥬벵 씨는 이미 알고 있었다. 불길한 예감은 언제나 적중한다는 것을. 이럴 수가. 쥬벵 씨는 절망에 빠졌다. 충격에 몸이 쓰러지지 않도록 손으로 화장대를 짚어야만 했다. 그리 세게 누르지도 않았는데, 화장대가 힘을 준 방향으로 기울어지더니 그대로 무너져 버렸다. 오직 볼과 턱의 피부를 위해서 구비한 화장품들이 바닥에 와르르 쏟아졌다. 쨍그랑, 하는 소리가 현실을 자각시켰다.

뾰루지 하나가 가져온 거대한 재앙에 쥬벵 씨의 어깨가 파르르 떨렸다. 얼굴! 두상 전환 시술을 받고 싶다는 욕망을 억지로 틀어막고 있던 이성의 마개가 부글거리는 분노의 압력을 이기지 못하고 뽑히는 건 순식간이었다. 쥬벵 씨는 소리를 질렀다. 그러고는 자신에게 유일하게 남아 있다고 할 수 있는, 인간으로서의 마지막 흔적을 양손 가득 붙들고 뜯어내려는 것처럼 주물럭거렸다.

전 우주를 떠들썩하게 만든 '영주 대규모 실종 사건'도 이제는 괴담 프로그램 소재로 너무 많이 사용돼 지나간 가십이 됐다. 신민들에게 남은 것은 영주들이 내린 성형 금지령이었다. 살아남은 영주들은 언제든 이 '재앙'을 다시 일으키기 위해 이곳저곳 들쑤시고 다닐 쥐새끼들을 본격적으로 색출하기 시작했다. '부타의선언'이라는 공식 명칭이 붙긴 했지만, 그런 거창한 이름으로 불러주기엔 이름이 아까울 정도로 그들은 너무도 괘씸하고 악랄한 범죄 집단이었다. 영주들은 지금까지 신민을 진공 속에서 부유하는 머리카락보다도 하찮게 취급해 왔다. 그렇게 그들이 무엇을 하든, 어떤 범죄에 손을 더럽히든 신경을 쓰지 않았다. 하지만 그 '재앙'이 일어난 후, 영주는 어떠한 경위로든 얼굴을 바꾸는 행위만큼은 철저하게 단속하기 시작했다. 쥬벵 씨는 단속의 원인인 그 쥐새끼들이 너무나도 증오스러웠다. 그런 질 낮은 쓰레기들 때문에 자신이 피해를 입는다는 것을 쥬벵 씨는 견딜 수 없었다.

물론, 쥬벵 씨에게 남은 방법이 하나도 없는 건 아니었다. 스눈 영주를 포함한 일부 영주들은 자신에게 영원한 충성을 맹세하고 이를 입증한 기사騎士에게 '성형권'을 부여했다. 다시 말해 쥬벵 씨가 성형의 특권을 받기 위해서는, 스눈 영주에게서 기사 작위를 받아야만 했다. "이렇게 울고만 있으면."

쥬벵 씨는 훌쩍거리면서도 스스로를 타일렀다. "기사에서 한 걸음 멀어지는 거야, 쥬벵. 스트레스 총량을 늘리면서 좌절만 하고 있을래? 아니면 어떻게든 일어나 바라는 미래에 한시라도 빨리 가까워질래? 지금 할 수 있는 일을 해야지!" 쥬벵 씨는 납작 엎드려 오열하고 싶다는 충동을 겨우 이겨내고 난장판인 바닥의 화장품들 사이에서 뾰루지용 연고를 집어 뚜껑을 열었다.

그런데, 이럴 수가. 튜브에 들어 있던 연고가 납작 말라붙어 있었다! 쥬벵 씨는 어떻게든 뿌연 회색 크림을 짜내려고 했지만, 연고는 뾰루지의 고점을 살짝 덮을 만큼만 나왔다. 쥬벵 씨는 충격적인 사실을 맞닥뜨려야만 했다.

뾰루지는, 곪아버릴 것이다.

그리고 꼴 보기 싫은 흉을 남길 것이다! 여기엔 피부 관리 전문의도 없는데!

쥬벵 씨의 관자놀이가 지끈거렸다. 폭죽이 터지듯 시야가 뒤틀렸다가 굽어졌다가 변색됐다. 입술이 저절로 일자로 말린 쥬벵 씨는 눈을 꾹 감았다. 쥬벵 씨는 숫자를 세며 숨을 들이마셨다 내쉬기를 열 번 반복했다. 그러고는, 언제나 가슴 안쪽에 상비하고 있는 약통을 열어 손바닥 위에 알약을 쏟아냈다. 알록달록한 각양각색의 알약들이 한데 뒤섞여 있었지만, 쥬벵 씨는 당장 무엇을 몇 알 입안에 털어 넣어야 하는지 알았다. 빨간색 알약 세 개와 초록색 알약 한 개가 쥬벵 씨의 식도를 타고 내려갔다. 시야가 다시금 안정됐다.

몸의 대부분이 기계화되긴 했지만, 아직까지 쥬벵 씨를 쥬벵 씨로서 움직이게 해주는 건, 강철 두개골 안에 든 말랑말랑한 뇌였다. 이 뇌는 사이보그가 된 쥬벵 씨의 신체를 받아들이는 듯하면서도 심신이 불안정해지면 여러 감각기관을 꼬집으면서 비명을 질렀다. 쥬벵 씨가 개조된 위장으로 넣는 알약은 대체 위액에 닿자마자 화학 성분을 분해해 쥬벵 씨의 불안정한 뇌가 회복되도록 도움을 주는 역할을 했다.

쥬벵 씨는 스눈 영주를 생각했다. 스눈 영주 담당의가 처방해 준 이 행복증진제가 없었더라면, 쥬벵 씨는 이 순례의 고난을 혼자 이겨나가기 어려웠을 것이다. 쥬벵 씨는 약통이 성물聖物이라도 되는 것처럼, 심장에 성스러움을 새긴 듯이 가슴 위에 꾹 눌렀다. 스눈 님을 위해 하는 일이라면, 어떤 시련이 닥쳐도 종국에는 다 괜찮아질 거라는 확신이 넘실거렸다. 쥬벵 씨는 마음을 굳게 먹었다. 흐르다 만 눈물과 콧물을 삼키며 화장품을 정리했다. 쥬벵 씨는 곧 화장품 용기 중 유리로 만든 제품은 없기에 아무것도 깨지지 않았다는 것을 깨달았으나 대수롭지 않게 넘겼다. 뭐, 잘못 들은 거겠지.

행복증진제의 부작용 중 하나인 소소한 환청은 이제 익숙했다.

J

오늘 작업해야 할 분량은 40장이 훌쩍 넘었다.

침실 바로 위층에 자리한 작업실에 들어선 쥬벵 씨는 경건한 마음으로 작업용 정장을 꺼내 입고, 하얗디하얀 와이셔츠에 앞치마를 두르고 토시를 꼈다. 튄 잉크가 정장에 묻지 않도록 하기 위함이었다. 부러 넘어지는 것처럼 풀썩, 체중을 실으며 앉은 의자는 끽끽거리는 소리 하나 없이 든든하게 쥬벵 씨의 전신을 받쳐줬다. 아침부터 쥬벵 씨를 맞이한 불행이 여기까지 따라붙어서 의자가 부러지거나 거슬리는 소리를 내지는 않을지 내심 걱정했던 쥬벵 씨는 안도의 한숨을 쉬었다. 쥬벵 씨는 홀가분해진 기분으로 자신의 애착 의자에 몸을 얹은 채 제자리에서 한 바퀴 빙글, 돌았다.

작업실 상태는 항상 같았다. 딱딱하고 고급스러운 양장의 느낌을 주기 위해 이것저것 실험해 본 지난날의 흔적이, 다채로우나 부산하지는 않게 작업실을 장식하고 있었다. 자신만의 안식처가 동일한 상태를 유지하고 있는 것을 만족스럽게 확인한 쥬벵 씨는 늑골과 작업대의 거리가 정확히 반 뼘이 되도록 자세를 잡았다. 가슴이 부풀 정도로 크게 숨을 들이쉬었다 내뱉은 쥬벵 씨는, 첫 번째 서랍을 열었다. 서랍 바닥에 깔아놓은 벨벳 쿠션 정중앙에 직사각형 상자 하나가 놓여 있었다.

"일해야 할 시간이야, 줄리." 쥬벵 씨가 달콤하게 속살거리면서 상자를 작업대 위에 올렸다.

쥬벵 씨는 왼손을 조심스럽게 움직였다. 그는 튀어나온 오른 손목의 뼈를 살짝 잡고 오목하게 만져지는 버튼을 누른 다음 반시계 방향으로 돌렸다. 달칵거리는 울림과 함께 손과 팔이 흔적도 없이 분리됐다. 쥬벵 씨는 상자 안에서 휴식을 취하고 있던, 기계 손 '줄리'를 장착하고 팔 끝의 뭉툭한 단면에서 다섯 갈래의 손가락을 향해 신경 신호를 연결했다. 반대쪽 팔에도 마찬가지의 교체가 이어졌다. 줄리와 하나가 된 쥬벵 씨는 눈을 감고 촉각에 집중했다. 쥬벵 씨는 천천히 손가락을 쥐었다 펴면서 여러 가지를 확인했다. 손톱을 손바닥에 지그시 누르고, 엄지를 다른 네 손가락에 비비고, 양 손가락을 편 채로 깍지를 껴 한 번씩 위로 쓸어 올리듯 빼는 등, 인공 피부를 타고 느껴지는 촉감이 어제와 같은지를 확인했다. 곧 펜을 잡고 글씨를 쓰게 될 양손이다. 촉각 센서의 민감도가 어제와 미세하게 달라도 문제가 생길 수 있었다. 필사는 고도로 섬세한 작업이다. 펜촉을 얼마나 기울이고 펜을 얼마나 적절한 힘을 들여 쥐는지가 종이 위에 얹어지는 글씨의 모양과 획의 굵기를 판가름했다. 균형 잡힌 글씨를 쓰기 위해서는 집중력과 더불어 손의 활용도가 굉장히 중요했다.

글을 '쓴다'. 쥬벵 씨의 몸이 전율로 떨렸다.

이 얼마나 고상한 행위인가. 쥬벵 씨는 이 일을 자기 자신만큼 사랑했다. 아니다. 그런 말로는 부족하다. '쥬벵 씨는 이 일을 하기 위해 태어났다.' 그래, 그렇다. 그것이야말로 정말이지 완벽한 설정이다.

쥬벵 씨는 자신을 위해 존재하는 '필사'란 행위를 자신만큼이나, 어쩌면 자기 자신보다도 사랑했다!

글을 쓴다는 행위도, 쓰기 위해 필요한 재료도 쥬벵 씨에게는 목숨보다 소중했다. 죽기 직전까지 펜촉에 잉크를 찍어 종이에 누를 수 있다면 무엇이든 할 수 있을 것 같았다. 글자를 쓰기 위해서는 명확한 의도를 가지고 한 획 한 획을 합쳐야 한다는 것이, 그 획을 긋기 위해서는 잉크를 머금은 펜촉으로 종이 위를 사각거리며 미끄러뜨리듯 긁어야 한다는 것이, 점 하나라도 잘못 찍으면 본래의 의미를 담지 못하는 비문이 되어버린다는 것이 필사의 거부할 수 없는 매력이었다.

쥬벵 씨는 종이책을 접한 첫 경험을 똑똑히 기억했다. 그날의 환희를 생생하게 전달하기 위해서는, 우선 쥬벵 씨가 평범한 사람들과 비교도 되지 않게 글을 굉장히 많이, 많이, 많이 읽었다는 사실을 강조할 필요가 있겠다.

쥬벵 씨의 부모는, 쥬벵 씨를 누구보다도 뛰어난 위인으로 키우려고 애썼다. 그렇기에 그들은 아기 쥬벵 씨의 잇몸에 앞니가 나기도 전에 글자를 익히게 했고, 그 글자가 서술하는 내용을 모조리 익히게 했다. 그들은 쥬벵 씨에게 이해와 암기를 강요하지는 않았다. 그들은 그저 쥬벵 씨가 글을 읽고, 읽고, 또 읽기를 바랐다.

쥬벵 씨의 부모는 아들이 그의 아버지를 쏙 빼닮은 것을 보고 육아의 주도권을 아버지 측에 넘기기로 합의를 보았다. 쥬벵 씨의 아버지는, 쥬벵 씨가 글자로 세상을 해석하기를 원했다. 글자는 보고 느낀 모든 것을 서술하는 도구이기 때문이다. 글은 인류를 스친 시간에 구체적인 형태를 부여한다. 그렇기에 진정 의미 있는 삶을 살려면, 글에 사고를 지배당하는 게 아니라 원하는 사고를 하기 위해 글을 지배할 줄 알아야 한다는 것이 그의 지론이었다. 쥬벵 씨는 아버지의 의지에 따라 역사와 과학의 단어를 익혔다. 어떻게 지구라는 자그마한 행성에서 영주들이 생겨났는지, 그들이 어떻게 자본을 늘리고 권력의 흥망을 겪었는지, 인구과잉과 환경오염 때문에 몰락만을 앞두고 있던 인류를 영주들이 어떻게 구원했는지 등등…. 보고 읽지 않아도 입으로 주절주절 주석까지 붙여가며 설명할 수 있게 될 정도로 쥬벵 씨는 수없이 많은 책을 읽었다. 쥬벵 씨는 글을 시각으로 인지하는 데에 그치지 않았다. 그는 성인이 된 후에도 매일 부모와 같이 살면서(절대 취직하지 못해 얹혀산 게 아니었다. 절대! 위대한 사람이 될 쥬벵 씨는 하찮은 직업을 가지는 것을 결코 견디지 못했다. 때를 기다려야 했다. 쥬벵 씨에게 걸맞은 일이 찾아오기를, 쥬벵 씨는 기다린 것이다) 식사 시간마다 열띤 토론을 나눴다. 쥬벵 씨와 그의 부모는 몰락한 영주들의 실수를 비판하는 한편, 권위를 유지하고 있는 영주들의 미래 가능성을 가늠했다.

쥬벵 씨는 그렇게 수많은 학자와 지식인이 남긴 **모든** 비평과 역사를 뇌에 입력할 수 있었다. '모든'이라는 단어에는 검열이 이루어진 문서만 포함되었으나, 영주들에게 허가받지 못한 글을 읽을 이유는 없었다. 글이 출판의 기준에 어긋난다는 건 글쓴이가 패배자라는 걸 의미했다. 그런 글은 주로 '영주'라는 지위를 가졌다는 이유만으로 수많은 특혜를 누리는 우주의 법칙이 불합리하다는 주장만을 일방적으로 펼쳤는데, 성공을 위한 노력조차 하지 않고 입만 나불대는 사회 부적응자들의 푸념에 호기심을 가질 여유 따위는 쥬벵 씨에겐 없었다.

쥬벵 씨는 자신의 가족이 일궈온 업적들을 존경했고 그들을 본받겠다는 마음가짐을 매일같이 다듬곤 했다.

쥬벵 씨의 모계는 대대로 이어져 내려온 군인 집안이었다. 쥬벵 씨의 고조할머니는 전쟁에서 큰 업적을 세운 지휘관이었고, 그의 손녀가 바로 쥬벵 씨를 낳은 것이다. 쥬벵 씨의 어머니는 영주의 수가 반이나 줄었던 '황금약 사건' 직후 터진 영주들의 제2차 세력 전쟁에서 누구도 따라올 수 없는 업적을 세운 장군이었다. 스눈 영주를 최상위 서열로 올리는 데에 큰 기여를 한 어머니의 전사상은 언제나 쥬벵 씨의 저택 마당을 떡하니 장식하고 있었다.

쥬벵 씨의 아버지 또한 스눈 영주 소속의 참모로, 은퇴하고 난 지금까지도 수많은 부하들의 존경을 받았다. 하지만 그는 자신의 아내와 설전이라도 하게 되면 절절매곤 했는데, 이는 아내의 기세에 눌렸다기보다 그가 원치 않게 품게 된 열등한 기질에 부끄러움을 느꼈기 때문이었다.

쥬벵 씨 아버지의 핏줄엔, 운 나쁘게도 유즈인의 피가 흐르고 있었다. 자세히 설명하자면, 유즈인은 머나먼 옛날 우주의 모든 분란을 초래한 선착민의 현대 후손이었다. 하지만 온갖 다양한 생김새의 우주인이 존재하는 지금, 조용히만 있으면 인종 따위는 아무도 알아채지 못할 요소다. 그러나 그토록 명석했던 쥬벵 씨의 아버지는 침묵이야말로 미덕이라는 사실만은 끝끝내 눈치채지 못했다. 유전자 속 치부를 부정하려는 갖은 노력이야말로 그에게 '유즈인'이라는 데에서 오는 열등감을 더 깊이 각인시켰다.

그는 쥬벵 씨에게 "우리는 어리석은 우리 조상과 같지 않다는 것을 항상 새겨라"라는 말로 운을 떼곤 했다. "우리에겐 네 어머니와 다르게 조상이 없다고 생각해라. 우리는 네 어머니의 뿌리에 의지해 살아가고 있다. 그걸 자랑스럽게 여겨야 한다." 아버지는 쥬벵 씨가 태어난 직후에 전신을 사이보그로 교체하는 시술을 끝마쳤다. 쥬벵 씨는 그런 아버지가 부러워 견딜 수 없었다. 유즈인으로서의 흔적이 조금도 남지 않은 아버지는 마침내 어머니와 진정으로 어울리는 인간으로 거듭나게 되었다. 쥬벵 씨도 하루빨리 유즈의 피를 몸에서 전부 빼내고 싶었다. 그러기 위해서는 기사 작위를 받아야 했다.

기사는 영주에게 '한 사람'으로 인정받는다는 신임의 증표였다. 영주는 자신의 기사를 우주에 널린 수많은 인간 중 하나가 아닌 특별한 한 사람으로 '알아본다'. 이름을 불러주고 행동을 눈여겨보며 하는 일을 지지해 준다. 영주는 '기사'가 자신을 배신할 거라고는 생각도 않는다. 배신한다면 죽음보다도 더한 대가를 치르게 되나, 스눈 영주 치하에서 그런 일은 한 번도 벌어지지 않았다.

쥬벵 씨가 평생 스눈 영주의 권좌를 살핀 부모님을 따라 스눈 영주에게 충성을 맹세한 건 자연스러운 수순이었다. 아니, 그에게는 맹세하지 않는다는 선택지조차 없었다. 날 때부터 정해져 있던 순리를 거역한다는 건 쥬벵 씨로서는 상상도 할 수 없었다.

그러나 모태 신앙과도 가까운 개념이었던 스눈 영주에 대한 충성은, 쥬벵 씨가 스눈 영주에게 커다란 계시를 받으며 영혼 깊은 곳에서 우러나오는 자발적인 숭배로 바뀌게 됐다.

스눈 영주가 쥬벵 씨를 도서관에 초대했던 그 순간부터 운명의 수레바퀴가 의미 있는 회전을 시작했다. 영주의 초대장을 살펴본 쥬벵 씨는 초대장에 접속 링크 대신 실제 주소가 적혀 있는 것을 보고 의아해할 수밖에 없었다. 애초에 '도서관'이라는 단어조차 쥬벵 씨에게 굉장히 생소했다. 문서가 가득 저장된 공간이라. 어떻게 문서가 고정적인 장소에 고여 있을 수 있는 건지, 그는 가늠조차 하지 못했다. 단말기 하나만 있으면 허가된 문서에 한해 쥬벵 씨가 접근하지 못할 글은 없었다. 한 주제로 묶인 글을 읽고 싶다면 문서가 등록된 기관에서 내려받기만 하면 끝이었다. 문자는 유동적이다. 압축된 데이터는 필요에 따라 끝없이 복제되거나 서버 속에 가라앉았다. 주거 공간도 부족한 요즘 시대에, 데이터를 보관한다고 현실의 공간을 할애한다는 것 자체가 기묘했다. 쥬벵 씨는 권태에 빠진 권력자들이 으레 그러하듯, 스눈 영주 또한 무료함을 해소하려고 터무니없는 신선함을 추구하는 슬럼프를 겪고 있다고 생각했다. '여덟 쌍둥이' 영주도 그 굴레에서 벗어나지 못하고 듣도 보도 못한 방식의 죽음, '자살'을 택하지 않았는가. 영주가 자살이라니. 세상에는 가짜라고 해도 믿을 법한 사실이 종종 일어나곤 했다.

하지만 스눈 영주의 비행선을 타고 도착한 도서관에 발을 들이자마자, 쥬벵 씨는 스눈 영주가 슬럼프를 겪고 있다고 감히 진단한 스스로의 주제넘음을 자책했다. 좁은 것은 쥬벵 씨의 식견이었다!

스눈의 '도서관' 안에 가득한 '책'은 아름다웠다. 쥬벵 씨는 살면서 이런 아름다움을 접한 적이 없었다. 스눈 영주는 초청객에게 책을 직접 만질 수 있는 특권을 주면서, 자신이 책이라는 존재를 어떻게 발견했는지에 관해 점잖은 연설을 늘어놓았다. 영주는 정직하게도, 자신이 책이라는 것을 발명했다고는 얘기하지 않았다.

스눈 영주는 단일한 유전자 패턴으로만 평생을 살아가던 구인류를 변태적으로 탐구하는 괴짜들에게서 유물을 얻어낸 모험담을 들려줬다. 쥬벵 씨는 그 이야기를 들으며 구인류가 어떻게 정보를 주고받았는지 배울 수 있었다.

“인지 차원이 하나뿐인 시대에서 책이란 정보 전달의 주요 방편 중 하나였답니다.”

스눈 영주는 군림자임에도 자신의 손님에게 존칭을 사용했다. 그 화법이 스눈 영주를 한층 더 기품 있게 만들었다.

“문서의 구체적인 내용이 정해지면 식물 섬유로 짜낸 ‘종이’ 위에 인쇄라는 것을 합니다. 문장에 오탈자가 있거나 내용이 잘못됐어도, 한번 찍어 낸 문장은 수정할 수 없었어요. 시장 가치만 따지면 비합리적인 매체죠. 발전이 없으니 한번 인쇄된 글은 그때부터 도태되는 길만 남는 거예요. 하지만 저는 구인류가 왜 이 책을 오래도록 사용했는지 알 것 같습니다. ‘입력된 순간부터 수정할 수 없어지는’ 글자에는 힘이 있어요. 부동성이 가지는 힘이죠. 그들은 글을 입력하는 행위를 ‘입력하다’나 ‘두드리다’가 아닌, ‘쓰다’라고 표현했습니다.”

쓰다. 쥬벵 씨는 그 말을 소리 없이 혀 위에 굴려봤다.

쓰다. 쥬벵 씨는 있는지도 몰랐던, 자신이 살아온 삶의 의미를 비로소 찾았음을 통감했다. 팔이 벌벌 떨렸다. 눈시울이 아려 왔다. 눈꺼풀에 가우시안 블러가 덮인 것 같았다. 서가마다 걸린 수많은 시계가 똑딱거리는 거대한 도서관의 풍경이 흐려지고, 스눈 영주의 연설이 활자가 되어 새겨졌다. 그렇게 쥬벵 씨는 울면서 들었고 들으면서 울었다. 그건 계시였다. "아라오티 쥬벵." 쥬벵 씨는 계시에 깊게 감화된 나머지 영주가 자신의 이름을, 아직 기사가 아닌 자신의 이름을 성까지 붙여 불렀다는 것을 미처 눈치채지 못했다. 그 부름마저도 계시의 일부로 쓰이는 것을 가만히 목격할 뿐이었다.

'진리는 곧 영원한 기록으로 남는다.' 스눈 영주는 그 기조를 바탕으로 도서관이라는 신전을 세우고 싶어했다. 신전은 육체가 존재하는 물리적 공간에서도 만지고 펼치고 읽을 수 있는 '책'으로 그득그득 채워질 것이다.

영주는 그 신전이 자신을 위한 공간이라고 얘기하지는 않았다. 스눈 영주는, 대부분의 영주들과 다르게 자신을 신이라고 칭하지 않았다. 겸손이라는 특성을 자신의 아이덴티티로 삼으려 한다기보다 진심으로 자신보다 상위의 존재가 있다고 믿는 것 같았다. 스눈 영주는 가장 가까운 측근, 심지어 쥬벵 씨의 부모에게도 자신이 신이라 여기는 존재에 대해 알려주지 않았다. 쥬벵 씨의 부모는 그 사실을 평생 당신들의 결점으로 여겼다. 영주가 속마음을 충분히 터놓지 않았다는 것은 그들에게 그 자체로 불명예를 의미했다. 그런데 그랬던 스눈 영주가 쥬벵 씨를 초대했다! 스눈 영주가 신을 공유하기로 택한 사람의 목록에 쥬벵 씨가 들어가 있었다! 아직 심장을 수소 동력으로 교체하지 않은 시절이었기에, 쥬벵 씨는 빠르게 쿵쾅거리는 가슴의 고동을 느낄 수 있었다.

쥬벵 씨는 스눈 영주가 샘플로 준 책 첫 장의 글귀를 모조리 외웠다. 우주 표준어가 아닌 듣도 보도 못한 요상한 문자였기에 의미 같은 건 알 수 없었으나 쥬벵 씨는 카메라로 사진을 찍듯 이를 암기했다. 그러고는 귀가한 직후, 책상에 앉아 기억나는 대로 받아썼다. 스눈 영주가 기념품으로 만년필이란 물건을 선물한 이유는 명확했다. 이건 스눈 영주의 시험이었다. 쥬벵 씨에게 신전의 건설 과정을 함께할 자격이 있는지에 대한!

종이는 조금만 힘을 잘못 줘도 구겨지거나 찢어질 정도로 섬세했기에 구하기가 쉽지 않았다. 고민하던 쥬벵 씨는 종이 대신 고급 옷감을 몇 단 구해다 직사각형으로 정확하게 자른 다음, 그 위에 한 사 한 사 수놓듯 글의 형상을 새겼다. 하지만 글을 '쓴다'는 건 생각보다 세심한 조정이 필요한 행위였다. 어떤 옷감은 잉크를 너무 많이 먹어 획이 마구 번졌고, 어떤 옷감은 너무 미끄러워 펜촉이 잉크를 뱉지 못했다. 몇 번의 시도 끝에 쥬벵 씨는 신경질을 내며 재단사에게 구할 수 있는 모든 옷감을 가져오라 윽박지르고야 말았다.

수많은 옷감을 쓰레기로 만든 끝에야 마침내, 쥬벵 씨는

'쓰기'에 딱 맞는 천을 찾을 수 있었다. 기쁨에 각성 상태가 된 쥬벵 씨는 잠도 자지 않고 머릿속 글을 천 위에 썼다. 그건 이미지를 재구축하는 행위에 지나지 않았지만, 쥬벵 씨는 자신이 '쓰고 있다'고 믿었다.

날을 꼬박 새서야 쥬벵 씨는 스눈 영주에게 보여줄 만한 필사본을 완성했다. 잉크가 거의 떨어진 탓에 마지막 문장이 선명하지 않은 게 아쉬웠지만, 완성품은 스스로가 봐도 걸작이었다.

쥬벵 씨는 천을 돌돌 말아 고이고이 포장하고는, 스눈 영주에게 설레는 마음으로 보냈다.

얼마의 시간이 지나고, 스눈 영주가 비밀스럽게 쥬벵 씨를 불렀다. 스눈 영주는 쥬벵 씨를 앞에 두고 '신성화 프로젝트'를 조목조목 설명하기 시작했다. 쥬벵 씨는 스눈 영주의 의도를 즉각 깨닫고는, 감히 영주가 제안하기도 전에 바닥에 납작 엎드려 그 프로젝트에 자신도 끼워달라고 애원했다. 품위 따위 찾아볼 수 없는 언동이었으나 스눈 영주는 불쾌해하기는 커녕 만족스러운 웃음소리를 흘렸다. "오, 아라오티. 그대의 아버지와 어머니가 저에게 기여한 부분과 그대의 재능을 고려해 보았을 때, 그대만큼 여기에 적합한 인물은 없다고 생각해요."

쥬벵 씨는 따사로운 그 말을 듣고 울어버렸다. 스눈 영주는 자애롭게도, 그의 검지를 손수 들어 신민의 이물질에 불과할 뿐인 눈물을 닦아줬다. 털도, 가죽도 아닌 질감이 쥬벵 씨의 눈가를 스쳤다. 쥬벵 씨는 스눈 영주의 따듯한 마음씨에 감격했다. 스눈 영주는 세련된 몸짓으로 벗은, 그의 눈물이 묻은 장갑을 탁자에 올려두면서, 눈으로 웃었다. 그 장갑은 쥬벵 씨가 보낸 옷감으로 만든 것이었다. "이건 그대만이 할 수 있는 일이라는 것을 그대의 선물을 보고 바로 알았어요."

스눈 영주는 신성화 프로젝트가 철저하게 비밀로 지켜지기를 바랐다. 자격이 없는 사람들이 알게 되면, 신성도가 떨어질지도 모른다는 것이 이유였다.

"신전이 완성되면, 저의 신께서는 우주를 갉아먹고 있는 극악무도한 쥐 떼를 몰아내 주실 겁니다."

스눈 영주가 약속했다.

"책장이라는 제단에 올릴 저의 신을 위한 제물을 이제부터 당신의 손으로 쓰는 거예요."

그렇게 쥬벵 씨는 센트럴 시티를 떠나 간경의 변두리인 경계성에 가게 되었다. 쥬벵 씨의 태생 때문에 그가 '기사'가 되었다는 일이 사람들의 입에 오르내리기 시작하면 신성화 프로젝트가 수면 위로 떠오를 위험이 있었다. 그래서 스눈 영주는 신성화 프로젝트가 완성되는 즉시 거행할 '쥬벵 씨 기사 임명식'을 기약하며, 대외적으로는 유배령을 내렸다.

과연 쥬벵 씨의 부모님은 자신들의 아들을 부끄러워하며 간단한 안부 연락조차 하지 않게 되었고, 쥬벵 씨의 박식함을 존경하며 따르던 이들은 언제 그랬냐는 듯 쥬벵 씨를 적극적으로 헐뜯었다. 쥬벵 씨가 고독해지는 건 한순간이었다.

그래도 괜찮았다. 주기적으로 도착하는 소포에 담긴 종이 뭉치, 잉크 꾸러미, 수많은 사슬 암호로 엮여 비밀 계정에 안착된 작업용 텍스트는 쥬벵 씨가 무얼 하기 위해 태어났는지 시시각각 일깨워 줬다. 이 또한 지나가리라. 가장 고귀한 영광은 고난을 동반하나니. 가장 무겁고 커다란 돌덩이를 산의 정상에 올릴 때, 귀가 멀어버릴 정도로 우렁찬 박수갈채가 우주의 모든 대기층 행성에 울릴 것이다. 그렇게 쥬벵 씨는 스스로를 격려했다.

비록 쥬벵 씨 스스로도, '무엇'을 필사하고 있는지는 모르지만 말이다.

쥬벵 씨는 자신이 군더더기 없이 완벽한 비율의 글씨체로 베끼는 글귀를 모두 읽을 수 없었다. 그렇다. 필사해야 하는 문자의 종류는 다양했다. 쥬벵 씨는 글자의 모양과 띄어쓰기의 패턴을 통해 필사의 대상이 된 책들이 각기 다른 언어로 쓰였다는 걸 눈치챌 수 있었다. 가끔 쥬벵 씨는 궁금했다. 이 책들은 전부 같은 내용일까? 이어지는 내용일까? 이야기일까? 과학서나 역사서일까? 스눈 영주는 왜 아무도 해석할 수 없을 글더미를 신전에 보관하려는 것일까? 누구의 언어일까? 언제 쓰였을까? 언어는 소통 대상이 있어야만 가치가 있지 않나? 쥬벵 씨의 추측은 끝없이 이어졌다. 하지만 다 무슨 소용이겠는가. 이 문장들의 의미는 오로지 스눈 영주만이 알 것이고, 쥬벵 씨가 할 수 있는 최선의 일은 스눈 영주의 드높은 의지가 하루빨리 구현될 수 있도록 착실하게, 매끄러운 그만의 필기 실력을 뽐내는 것밖엔 없었다.

그러나 쥬벵 씨의 열정과는 별개로, 일은 마냥 순탄하게 진행되지만은 않았다.

삶 속에서 누릴 수 있는 것들이 점차 줄어든다는 현실이 쥬벵 씨에게 가장 큰 타격을 입혔다. 원하는 것을 언제든 얻을 수 있는 환경에서 자란 쥬벵 씨였기에, 어쩔 수 없이 겪게 되는 궁핍한 순간들이 종종 당혹스러웠다. 먹고 싶은 음식을 바로 주문하지 못해 위장을 만족시키지 못하거나, 유행 패션을 따라가지 못해 개성이 움츠러든다는 느낌을 받을 때마다 쥬벵 씨는 작업대나 침대 위에 엎어져 눈물을 찔끔찔끔 흘렸다. 욕망을 곧바로 충족하지 못해 느끼는 결핍은 쥬벵 씨의 반짝거리는 자아를 외롭고 괴롭게 했다. 꼭 자신이 저 밖에 있는 부랑자들과 동급이 된 것만 같았다.

떠돌이, 부랑자, 거지 들.

뭐라고 불러도 상관없을 그들을 쥬벵 씨는 극도로 혐오했다. 부랑자들은 쥬벵 씨의 하루를 자꾸만 엉망으로 만들었고, 쥬벵 씨는 그들을 보기만 해도 몸이 뒤틀리고 속이 울렁거렸다.

J

부랑자에 대한 불평불만을 열거하기 전, 이 부분은 확실히 짚고 넘어가야 한다고 쥬벵 씨는 스스로에게 거듭 강조한다. 쥬벵 씨는 수많은 인종이 뒤섞여 사는 이 행성의, 순수하지 못한 혈통을 존중할 줄 아는 **상식을 가진 사람**이라는 걸 말이다. 쥬벵 씨 또한 마냥 깨끗한 핏줄이 아니니, 유즈인을 덮어놓고 욕하진 못하는 처지이긴 했다. 하지만 몰지각한 유즈인들은 꼭 참아줘도 선을 넘어댔다!

창밖에서 나도는 유즈인들은 정신적으로나 육체적으로나 태생을 극복하려는 시도조차 하지 않았다. 자신의 피가 더럽다는 인식조차 없는 듯 보였다. 폭력적이고 자아가 비대한 야만인. 그들은 혼혈과는 다르게 격한 언행으로 주변 이웃을 불편하게 했다. 집세를 내지 못해 거리에서 생활하고 동정심에 기대 빌어먹거나 소매치기를 하며 끼니를 연명하는 주제에, 그들은 수치를 모르고 의미 모를 말을 고래고래 질러대며 거리를 시끄럽게 했다.

가끔 어떤 작자는 부끄러운 줄도 모르고 '부타의선언' 깃발을 거리에 몰래 설치해 펄럭펄럭 나부끼게 하기도 했다.

원래 같았으면 그 자리에서 바로 목이 잘려야 마땅하지만, 치안이 좋지 못한 이곳에서 경찰들은 술래잡기라도 하듯 무법자들의 뒤를 설렁설렁 쫓기만 했다. 몇몇 시민들은 부랑자들의 어깨를 두들겨 주거나 말이 잘 통하지도 않으면서 저들끼리의 농담을 주고받았다. 그런 소소한 행동들이 그 난장에 상상 이상의 힘을 실어줬다.

모든 건 '부타의선언'과의 휴전 중 맺어진 협정이 원인이다. 협정 때문에 영주는 저늘을 발살하지 못했다. 쥬벵 씨는 몇몇 영주의 자비로움으로 인해 자신의 창밖으로 보이는 거리가 깨끗해지지 못한 것이 그저 통탄스러울 따름이었다.

우주를 지배하는 영주들이 불안정한 시기를 겪고 있다면 아랫사람이 충성으로 단합해 난세를 헤쳐 가야 하거늘, 우매한 대중은 눈앞의 격동을 세기의 변화로 착각하며 변하는 풍경에 저항하지 않고 적응하고 있었다.

하지만 쥬벵 씨는 쥬벵 씨의 우주가 소멸하는 그날까지 스눈 영주의 꿋꿋한 충신으로 남을 것이다. 그들이 쥬벵 씨를 포섭하기 위해 그에게 어떤 고문을 가한다고 해도, 쥬벵 씨는 넘어가지 않으리라 다짐했다. 쥬벵 씨는 그들을 절대, 절대, 절대 용서하지 않을 것이다.

쥬벵 씨가 가장 애지중지하는 물건을 훔친 간악한 도둑들을 용서할 수 있을 리가!

그 치욕스러운 사건만 생각하면, 쥬벵 씨는 밤에 잠을 이룰 수가 없었다.

근처 텔레포트 정거장을 이용했다면 예방할 수 있는 참사이긴 했다. 그러나 쥬벵 씨는 죽어도 이 행성의 텔레포트를 이용하고 싶지 않았다. 부랑자들이 그 텔레포트를 불법으로라도 사용하지 않으리라는 보장은 없었고, 쥬벵 씨는 그들의 원자가 자신의 몸이나 옷에 1돌턴*만큼이라도 섞이는 건 사양하고 싶었다. 그렇다면 이 도시의 칙칙한 무채색 패션에 맞춰 입으며 개성과 함께 정체도 같이 숨겨야 했는데, 그건 또 싫었다. 쥬벵 씨는 아무도 보지 않는다고 해도, 언제나 센트

* Da. 원자 질량 단위를 의미한다.

럴 시티에서 입었던 번쩍거리는 채도 높은 색의 옷차림을 고수하고 싶었다. 조금이라도 화려하지 않은 옷을 입는다면, 이 갑갑한 저개발 도시가 자신을 집어삼킬 것 같았다. 그렇게 되면 쥬벵 씨의 여린 가슴이 견딜 수 없을 것이다.

무엇보다 쥬벵 씨는 바보 같은 시민들에게 소리 없이 항의하고 싶었다. 품격 높은 신사로서 하는 이 간접적인 항의는 시간이 지날수록 효과 좋은 진통제처럼 기능할 것이다. 그들이 무엇을 적대하고 있었는지를 쥬벵 씨의 센트럴 시티 옷을 보면 바로 깨닫게 되리라. 자신들의 한심한 짓을 반성하면서 쥬벵 씨처럼 되기를 갈망하게 될 수도 있겠다. 쥬벵 씨는 자신을 선망하고 질투하는 시민들을 상상하며 어깨를 으스댔다. 하지만 상황은 쥬벵 씨가 원하는 대로 돌아가지 않았다.

그 발들. 쥬벵 씨는 이제 유즈인 부랑자라고 하면 가장 먼저 그들의 발이 떠올랐다. 거직데기를 기워 만든 망토 밑으로 쑥 튀어나온, 녹색 네온빛을 받아 녹색으로 보이는 맨발.

예의 없고 조그만 부랑자 아이들은, 쥬벵 씨를 발견하자 저들끼리 킥킥거리더니 골목으로 사라졌다. 그때까지만 해도 쥬벵 씨는 위험을 감지하지 못했다. 쥬벵 씨는 처음 보는 가게의 간판이 눈앞에 나타난 뒤에야 이상한 낌새를 느꼈다. 생각이 곁길로 빠지는 바람에 발도 생각을 따라 모험하기로 한 걸까? 길을 잃고 이리저리 헤매던 쥬벵 씨는 골목마다 더러운 아이들이 장난기 가득한 표정으로 자리를 잡고 있다는 걸 눈치채고서야 자신이 함정에 빠졌다는 것을 깨달았다. 아이들은 부랑자를 회피하고 싶어 하는 쥬벵 씨의 무의식을 이용해, 쥬벵 씨를 은근히 특정 장소로 몰고 있었던 것이다!

발칙한 것들. 쥬벵 씨는 짓씹으면서 바로 자리를 뜨려고 했으나, 아이들이 짜놓은 함정에 제대로 걸려든 뒤였다. 쥬벵 씨는 그답지 않게 아이들을 밀치면서 길을 터보고, 가로등 빛이 가장 밝아 보이는 길로 뛰어들기도 했지만, 소용없었다. 정신을 차리니 퇴로는 막혀 있었다. 다양한 크기의 버섯처럼 머리가 솟아 있는 아이들이 쥬벵 씨를 빙 둘러싸고 있었다.

부랑자 아이들은 깔깔거리며 쥬벵 씨의 멋진 자켓 꽁무니를 쑥 잡아당겼다. 균형을 잃은 쥬벵 씨가 엉덩방아를 찧었다. "악!" 쥬벵 씨가 비명을 내질렀지만 아이들은 사악하게 웃어대기만 했다. 쥬벵 씨는 사선으로 한 번 더 밀쳐졌다. 곧이어 자그만 손이 쥬벵 씨의 자켓 밑을 더듬었다. 쥬벵 씨가 밀쳐 낼 틈도 없이, 손이 도망치듯 쑥 빠졌다. 작은 신음을 흘린 쥬벵 씨는, 부랑자 아이가 무엇을 가져갔는지 깨닫자마자 뒷목이 당겨 왔다.

펜! 스눈 영주의 선물이었던 그 만년필! 가장 아끼는 색의 잉크로 채워놨으나 감히 단 한 번도 써볼 수 없었던 그 펜이,

저 작은 야만인의 손에 들려 있었다. 품에 늘 지니고 다니던 연습용 메모장과 함께였다. 실수 없이 단번에 완벽한 글자를 쓰기 위해 틈틈이 연습해 온, 뜻 모를 문장들이 적힌, 소중한 메모장이었다. 역시 이 아이들은 악마다. 머리에 든 건 없지만, 사람을 괴롭게 하는 법만큼은 누구한테 배우지 않았어도 도가 트인 악한들!

쥬벵 씨는 일어나려고 두 손을 엉거주춤 바닥에 짚었지만, 반대편에 있던 악독한 꼬마 악마가 엉덩이를 뻥 걷어차는 바람에 우스꽝스럽게 기다가 엎어진 꼴이 돼버렸다. 아이들은 깔깔거리면서 쥬벵 씨를 더 좁게 에워쌌다. 그리고 쥬벵 씨가 정신을 차리지 못하는 틈을 타 손에 손을 맞잡고는 빙빙 돌았다. 변성기가 오지 않아 걸쭉해지지 못한 가벼운 웃음소리가 명랑하게 거리 위를 통통, 튀었다.

아마 그때부터였을 것이다. 아이들이 신명나게 쥬벵 씨를 괴롭히기 시작한 건.

한번 당해주니 쥬벵 씨를 아주 만만한 인간이라고 판단한 모양이었다. 커튼 사이로 밖을 힐긋 내다보면, 부랑자 아이가 꼭 한두 명씩은 서성거리고 있었다. 쥬벵 씨를 감시하는 게 분명했다. 아이들의 배후에 불온한 집단이 있다고는 100퍼센트 확신할 수 없었지만, 저들에게 선한 의도가 있을 리는 만무했다. 덜미를 잡기 위해 덫을 놓기도 했지만, 무슨 속임수를 쓴 건지 쥬벵 씨를 감시하는 아이들은 덫에 놓인 미끼용 음식만 쏙쏙 잘도 빼 갔다.

마지못해 쥬벵 씨는 경찰에게 신변 보호를 요청하기까지 했다. 하지만 그들은 시큰둥하게 반응했다. "아이들이 당신을 따라다닌다고요? 증거가 있나요?" 경찰은 물증을 요구했다. 하지만 쥬벵 씨는 엉덩방아를 찧었을 때 생긴 시퍼런 멍도, 도둑맞은 만년필도 보여줄 수 없었다. 이미 없어진 물건에 대한 물증을 요구하다니. 말이 되지 않는다는 걸 경찰도 모르지 않으리라. 그러니까 그들은, 그냥 쥬벵 씨를 도와주기 싫은 거였다.

시근거리며 경찰서를 박차고 나가기 직전, 쥬벵 씨는 똑똑히 들었다. 경찰 하나가 뒤에다 대고 한 '젠체하는 고철덩어리'라는 말을. 그건 분명 질투였다! 비록 이웃들은 쥬벵 씨가 유배령을 받아 여기 온 걸로만 알고 있고 '신성화 프로젝트'라는 숭고한 계획을 들어보지도 못했겠지만, 쥬벵 씨에게서 뿜어져 나오는 고결한 오라를 느껴버린 거다. 그네들보다 훨씬, 훨씬 우월한 쥬벵 씨의 천부적인 천재성을 말이다. 오오, 직업윤리마저 저버리게 하는 인간의 열등감이란 얼마나 무서운 것인가. 비범한 쥬벵 씨를 본받아 자신의 열등한 기질을 개선하기는커녕, 적대하기로 결정한 무지한 인간들 같으니라고. 쥬벵 씨는 그들에게 도움을 구걸하고 싶지 않았다. 그래서 쥬벵 씨는 어깨를 쭉 펴고 아까보다 훨씬 당당해진 걸음걸이로 경찰서를 나왔다.

결국 쥬벵 씨는 아이들을 잡지 못했다. 천문학, 물리학, 정치학, 군사론, 순수예술론에 통달한 쥬벵 씨였건만, 사흘에 한 번 물수건으로 씻기는 하는지 의심스러운 아이들의 그림자조차도 밟을 수 없었다. 아이들은 쥬벵 씨의 애처로운 시도들을 하나의 게임으로 여기기 시작한 것 같았다. 어느 날은 비싼 값을 주고 산 자동 구속기를 벽에 설치하고 창밖을 호시탐탐 살폈다. 신성한 작업 일정을 뒤로 미룰 정도로, 이날은 반드시 결판을 내겠다고 마음 먹은 쥬벵 씨였다.

오거라, 꼬마 악마들아! 쥬벵 씨는 구속기가 아이들을 잡아 전기 고문을 퍼붓는 순간을 놓치지 않기 위해, 창문에 바짝 붙어 한시도 눈을 떼지 않았다. 물론 커튼을 닫아서 무관심을 위장하는 것도 잊지 않았다. 얼마 안 있어 꼬마 악마가 하나 나타났다. 구속기가 곧 꼬마 악마를 잡아 제 앞에 대령할 거라는 기대가 쥬벵 씨 안에 부풀었다. 저 애를 처참하게 고문해서 다른 녀석들에게 본보기로 보여줘야지!

하지만 세상은 왜인지 쥬벵 씨 뜻대로 흘러가지 않았다. 벽을 더듬던 아이가 구속기에 감전되기는커녕 여유롭게 무언가를 꼼지락대더니, 손쉽게 담을 넘은 것이다. 쥬벵 씨는 믿을 수가 없어 커튼을 꽉 걷고, 창문을 벌컥 열었다. 도대체 어떻게 한 거지? 어떻게? 구속기가 왜 작동하지 않았지? 쥬벵 씨가 절망에 빠지거나 말거나, 아이는 담에 걸터앉은 채로 해맑게 손을 흔들었다. 손에는 쥬벵 씨에게 훔친 만년필이 들려 있었다. 그러고는 조금만 가까이 가도 썩은 냄새를 풍길 작은 입을 열어 외쳐댔다.

오라하, 오라하!

J

가끔 보이는 비행선에 구조를 요청할 수는 없다. 비행선은 밑바닥을 열어 찰흙처럼 한데 뭉쳐진 시신들을 또 다른 시신들의 산 위에 쏟고 사라질 뿐이다. 나는 여기에 왜 왔었지? 분명 목표가 있었는데, 죽은 사람들 틈바구니에 있자니 이성적인 사고를 하기가 점차 어려워진다. 나는 아직 살아 있지만, 이 핏국물탕의 건더기 신세를 벗어나지 못할 거란 생각이 자꾸 든다. 종종 마주치는 인간들은 나를 무심하게 지나친다. 낫과 도끼로 시신을 동강 내고 심장과 간을 꺼내면서. 매일같이 헤드셋을 끼고, 남편이 녹음해 준 목소리에 집중하려고 애

쓴다. 그러지 않으면 어느 순간 저 핏국물에 코를 박고 익사하고 싶단 충동을 참지 못할 것 같다….

하지만 쥬벵 씨의 임시 보금자리는 무사할 것이다. 담에 철조망을 둘러놨으니까. 기계를 좀 다룰 줄 안다고 해도, 철조망은 어떻게 하지 못할 것이다. 가시에 몸이 베이고 찢기지 않는 이상은 말이다. 쥬벵 씨는 가능하다면 아라오티 대저택의 보안 시스템을 이곳으로 통째로 옮기고 싶었지만, 찬찬히 생각해 보니 그런 수고까지 들일 필요는 없을 것이라는 결론이 나왔다. 쥬벵 씨는 부랑자들을 잡는 데 거액을 들이고 싶지 않았다.

사실, 그만한 돈이 없었다.

그들은 가져간다. 그렇게 많이 빼앗아 놓고는, 만족할 줄을 모른다. 재산을 빼앗고, 빼앗을 돈이 없으면 우리의 시간을 빼앗는다. 노동자로서의 가치까지 탈탈 털어 쓰고 나서는, 우리의 사지를 잘라 간다. 값이 나갈 만한 외형이 아니면 장기를 빼 간다. 건강한 장기가 없으면, 피를 뽑아 간다. 우리는 조각난다. 우리의 조상이 외지구인이었다는 이유 하나만으로. 유즈인은 조상 때문에 미움받는다. 하지만 외지구인의 뿌리도, 먼 옛날까지 거슬러 올라가면 지구에 있다. 그러니까…

그들과 우리는 남이 아니었다. 가족의 가족의 가족. 우리도 그들과 같은 피가 흐르고 있었다. 우리에겐 같은 색의 피가 흐르고 있었다. 하지만 그들에게 그건 중요하지 않다. 그들에겐 미워하고 핍박할 대상이 필요하다. 공동의 적이 있어야 인간들을 예상 범위 안에서 통제할 수 있으므로. 그들이 단합을 위해 지불한 건 우리의 목숨값이다.

돈. 아라오티 쥬벵이 돈 문제에 시달리는 날이 오리라고 그 누가 예상했을까. 쌈짓돈이나 비상금이라는 개념 자체를 몰랐던 쥬벵 씨는, 이런 가련한 처지가 되어서야 돈을 조금 모아둘걸, 따위의 발상에 도달할 수 있었다. 스눈 영주가 주기적으로 보내오던 생활비도 다 떨어져 갔다…. 당장 밥을 먹을 돈도 없단 메시지를 보냈지만, 왜인지 영주는 답을 하지 않았다. 무슨 일이 있으신 걸까?

혹은 나를 잊어버리신 건…. 아냐, 아냐. 의심해서는 안 된다. 기사가 될 몸으로 어떻게 감히 영주님을 의심할 수 있을까! 물론 일반 신민도 영주를 의심해서는 안 되지만, 속세적인 욕심으로 긍엄해야 할 필사를 더럽혀서는 안 된다. 쥬벵 씨는 상념을 떨치기 위해 어깨와 등을 구부려 종이에 얼굴을 바짝 댔다. 필사해야 할 화면 속의 글들은 이미 쥬벵 씨의 대뇌에 도장처럼 찍혀 있었다.

'나를 줄게, 너를 다오.' 언제부턴가 이게 우리의 인사가 되었다. 어원은 나의 지금을 줄 테니 너의 지금을 달라는 말이었다는데, 안부 인사가 되기엔 너무 길었던 모양이다. 미래를 바라기에 부족할 정도로 위태로운 우리가 바랄 수 있는 건 지금이자 현재이기 때문에 생긴 인사일까? 각양각색의 특징을 가지며 진화한 몸이라 이제는 서로가 유즈인이라는 걸 한눈에 알아보기 힘들다. 입에서 입으로 전해지는 문화와 말… 이야기만이 우리를 우리로 증명해 줄 뿐. 그래서 우리는 인사를 하며 서로의 현재를 나눈다. 언제 죽을지 모르는 순간을 나누며, 잠깐이나마 우리가 서로의 세계에 존재했음을 확인한다. 그게 우리가 할 수 있는….

그런데 이상했다. 전에는 그러지 않았는데, 어느 날부터 글자들이 갑자기 공감각적인 부피로 훅 부어오를 때가 있었다. 다른 곳도 아닌, 작디작은 쥬벵 씨의 머리 안에 든 글자들이 풍선처럼 부풀어, 터지지 않는 표면으로 서로의 획을 마구 부볐다. 오늘따라 행복증진제의 부작용이 심한 것 같았다.

집중해, 집중해. 쥬벵 씨는 스스로를 다그쳤다. 하지만 글자들의 보이지 않는 마찰은 쥬벵 씨가 남몰래 품고 있던 불결한 의문의 증폭 스위치를 눌렀다. 허름한 네온 사인 간판이 깜빡거리며 켜지듯, 머릿속은 단숨에 할렘가가 됐다. 스눈 영주의 제물이 될 책은 과연 무슨 내용일까? 왜 나를 숨겨가면서까지 작업을 하려고 한 걸까? 아무도 쓰지 않는 고대의 문자라고는 하셨지만, 사실 아직 쓰는 사람이 있다면? 예를 들어 이게 유즈어의 문자라면? 오라하, 오라하. 내가 썼던 문장 중 오하라, 하고 발음될 문장이 있을까? 아이들을 번역기로 이용할 수도 있을… 아니야, 신성한 글을 악마의 자식들한테 맡기려고 하다니, 멍청한지고, 쥬벵! 하지만, 그렇지만, 이 아라오티 쥬벵도 알 자격이 있지 않나? 이토록 헌신하는데, 신에게 바칠 이야기가 무엇인지는 알고 싶다. 아아, 스눈 영주님. 이 고난이 제겐 너무 거대합니다….

그러자 쥬벵 씨의 고뇌에 화답하듯, 기품 없는 목소리의 환청이 들렸다. 오라하! 하면서 까르르대는 아이들의 웃음소리가, 조금만 기분이 가라앉기라도 하면 쇠약해져 제 노릇을 못 하는 쥬벵 씨의 유기질 뇌 빈 공간에 숨어 있다가 고막 안을 쟁쟁하게 울려댔다. 오라하!

"닥쳐! 너희에게 도움받을 일은 절대 없어!"

쥬벵 씨는 그 무뢰한들이 여기 없다는 걸 알면서도 고함을 쳤다.

빽빽빽빽. 줄리가 주인의 분노에 공명하듯 갑작스레 이상 신호를 보내더니 갑자기 펜을 으스러뜨릴 것처럼 꽉 쥐었다.

와작, 소리와 함께 펜이 부러졌다. 무슨 일이 벌어질지 바로 직감했던 쥬벵 씨가 악, 하고 소리치는 동시에 펜에서 사방으로 터져 나온 잉크가 쥬벵 씨의 팔토시와 와이셔츠에 튀는 것도 모자라 눈까지 공격했다. 겨우 한 방울이었건만, 의안과 함께 설치된 면역 체계가 과잉 반응을 하기 시작했다. 오로지 정확성 높은 작업을 위해 멀쩡히 기능하던 눈동자를 적출하고 바꿔 끼운 의안은 반나절 넘게 종이와 화면을 바라봐도 끄덕없는 선명한 시력을 유지했지만, 고작 잉크 한 방울은 버티지 못했다. 안구의 통증은 없었으나 쥬벵 씨는 두통에 몸부림쳤다. 숙취가 심했을 때와 비슷하면서도 다른 감각이었다. 시야 사방에 수많은 점들이 찍혔고 점들을 중심으로 눈앞이 일그러지며 여러 파동이 일렁댔다. 쥬벵 씨는 어찌할 바를 몰라 하며 눈가만 세로로 쓸어내리기를 반복했다. 스눈 영주시여, 스눈의 이름 모를 신이시여, 제발 나를 보살피소서.

하지만 수 광년 넘게 떨어진 곳에 있는 스눈 영주는 쥬벵 씨를 보살펴 주지 못했다. 작업실의 모습이 수없이 바뀌었다. 마치 안경의 도수를 맞추면서 여러 가지 두께의 렌즈가 여유 없이 끼워졌다 빠지는 듯한, 노이즈가 가득한 차원을 가로막는 벽지가 뜯겼다 도로 붙으면서 시각을 농락하는 듯한 느낌이었다. 고장 난 화면처럼 눈동자를 덮은 노이즈 속 작업실은 폐허가 따로 없었다.

쥬벵 씨의 책상 위엔 종이가 없었다. 작업대 위에 수많은 글씨가 덧써지고 덧써져서는 네모난 면적 위 작업대 본연의 색은 거의 남아 있지 않았다. 책장에 꽂혀 있어야 할 수많은 양장 도서들은 사라지거나, 남아 있는 것 다수는 상태가 엉망이었다. 색깔의 조화에 맞춰 진열해 놓은 잉크병 위에는 먼지가 쌓여 있었고, 빽빽한 간격으로 쓰인 활자들이 고약한 미감의 문양처럼 벽지를 빼곡히 덮고 있었다. 필사할 내용이 띄워져 있어야 할 화면은 텅 비어 은은한 블루라이트를 깜빡깜빡 내보내는 중이었다. 끔찍한 환각이다. 쥬벵 씨는 기함했다. 이 정도로 심한 부작용은 처음이었다.

쥬벵 씨는 덜덜 떨리는 손으로 약통을 꺼내 안에 있는 행복증진제를 통째로 들이켰으나, 아무 효과가 없었다. 의안에 튄 잉크 때문일까? 스눈 영주에게 긴급하게 의사를 불러달라고 요청해야 했다. 그러나 자동응답기는 쥬벵 씨의 외침에도 작동되지 않았다. 쥬벵 씨는 포기하지 않고 끈질기게 의사에게 전화를 걸었다. 대표번호가 먹통인 걸 확인하자 개인 연락처로 걸었다. 수 번, 수십 번. 받을 때까지.

"이 미련한 친구야."

스눈의 개인 의사 료티는 서른 번째 시도에야 전화를 받았다.

“그간 함께해 온 정이 있으니 짧게 말하지. 더는 연락하지 마. 그게 나한테도 너한테도 좋을 거야.”

“뭐, 뭐어? 갑자기 뭐?”

“갑자기라니, 이 친구야. 스눈 영주가 죽은 지가 언제인데! 뭐, 그래, 얼마 안 되긴 했지. 비교적.”

쥬벵 씨는 료티의 재미없는 농담에 말문이 막혔다.

“허… 허, 허어! 나를 너무 놀리는데!”

“진심으로 그렇게 생각해? 시간이 없어. 요점만 전하지. 너희 부모님이 너를 죽이려고 개인 부대를 보냈어. ‘신성화 프로젝트’가 수면에 드러났고 모두가 그 정체를 알게 됐어. 그들은 스눈 영주와의 연결 고리를 최대한 없애기 위해 너라는 꼬리까지도 자르려는 것 같다. 가문 대대로 섬겨와서 억지로 굴복했다는 발뺌도 안 먹힐 텐데, 뭔 헛짓거리인지.”

“이… 이번 농담은 너무 심했어, 료티. 선을 넘었….”

“부모님이랑 연락 안 된 지 꽤 됐지? 확인하겠답시고 하지는 마. 언제 암살 부대가 도착할지 모르니 지금 바로 어디로든 튀어. 끊는다. 또 연락해도 안 받을 거야. 기록 하나 지우는 데 시간이 또 들겠군, 젠장. 얼른 가야 하는데. 한시가 급한 마당에 너 때문에 번거로워졌잖아, 쥬벵.”

“너, 너는 어디 가는데…?”

“도망쳐야지. 나는 특권에 찌든 네 부모님처럼 ‘부타’들이 우리를 봐줄 거라고 생각하지 않거든. 간다."

뚝, 통화가 끊겼다. 쥬벵 씨는 멍하니 통화 종료 화면만 바라봤다. 이것도 부작용인가? 부작용의 유령과 방금 대화를 나눈 것이다. 하지만 료티의 마지막 전언은, 그간 미묘하게 어긋났던 현실을 갈고리처럼 휙, 하고 바로잡았다.

그러고 보니 스눈 영주님과 마지막으로 교류한 게 언제였더라? 영주님의 목소리를 마지막으로 들은 게, 메일 계정에 새로운 날짜가 띄워진 건 언제였지? 배달은 정확히 언제 끊겼더라? 작업실. 내가 보고 있는 작업실의 풍경은 약이 일그러뜨린 끔찍한 환각이 아니라, 사실….

쳇바퀴를 돌다가 거대한 하얀 손에 들려 낯선 환경에 뚝 떨어진 실험쥐처럼, 쥬벵 씨는 공황에 빠져 잔뜩 겁먹은 채 주위를 두리번거렸다. 작업실 어디에도 닿고 싶지 않았다. 이대로 밖으로 나가야 했다. 무엇이 진짜 작업실의 모습인지 확인하게 되기 전에.

쥬벵 씨는 조금씩 뒷걸음쳤다. 그러다가 발견해 버리고 말았다.

작업대 밑의 작은 두 발.

쥬벵 씨는 비명을 지르지도 못했다. 아무리 환각이라고 해도, 너무나도 환멸스러웠다. 아니, 환각일까? 가짜라고 믿고 싶었으나, 쥬벵 씨의 전두엽은 저 아이가 환각이 아님을 경고했다. 퍼뜩, 침실에서 들었던 유리 깨지던 소리가 현재 위에 겹쳐졌다. 그건, 환청이 아니었던 거다.

그간 작업대 아래로 다리를 편하게 뻗지 않았을 정도로 자세가 늘어진 적 없던 쥬벵 씨였다. 만약 피로함에 자세가 흐트러졌다면…. 쥬벵 씨의 가냘픈 콧수염이 파들거렸다. 쥬벵 씨의 무릎이 저 간악한 유즈인 꼬맹이에게 닿았을지도 몰랐다.

그러면 어떻게 되었을까.

그 물음에 답하듯, 꼬마 악마가 어둠 속에서 튀어나왔다.

J

악마는 하나가 아니었다. 잠자코 숨을 죽여 틈을 노리고 있던 부랑자 아이들이, 사방에서 쥬벵 씨를 덮쳐 왔다

쥬벵 씨는 꺾인 펜촉을 단도처럼 고쳐 잡고 찌르려고 했으나, 아이들은 날렵했다. 그 작은 몸의 힘이 어찌나 센지, 쥬벵 씨는 사지를 붙드는 아이들에게 붙잡혀 옴싹달싹할 수가 없었다. 책상 밑에 있던 부랑자 아이가 쥬벵 씨의 입을 틀어막고 재갈을 물리자, 다른 악마들은 빠른 속도로 쥬벵 씨의 몸을 지배했다.

그들은 삑삑거리는 줄리를 신속하게 해체했다. 쥬벵 씨의 두 인공 다리를 비상전력모드로 전환해 걸을 수 없게 만들었다. 쥬벵 씨는 아이들이 잉크와 펜, 뭐라도 멀쩡한 물건들을 쓸어 담는 모습을, 단단히 잠긴 상자나 서랍은 우당탕, 하고 부수며 어떻게든 털어 가는 잔악무도한 탈취를 무력히 지켜볼 수밖에 없었다. 저항했다가는 소리치지 못하게끔 허파를 비롯한 인공장기마저 침탈당할 수도 있었다. 그러면 아직 사이보그화되지 않은 뇌를 비롯한 감각기관 전반에 큰 손상을 입을 테고, 쥬벵 씨는 지금껏 다져온 지식의 보고를 잃게 될 것이다. 아아, 믿기지가 않는군. 쥬벵 씨는 속으로 탄식했다. 언제나 자랑스러워하던 고매한 지식이, 이 순간엔 가장 무방비한 약점에 지나지 않았다.

작업실을 휘저은 아이들은 쥬벵 씨를 내버려두는 대신, 헹가래질할 것처럼 그를 번쩍 들어 올렸다. 그러고는 일사불란하게 뒷문으로 향했다. 부엌 창고로 이어진 뒷문을 바라보며, 쥬벵 씨는 창고 바닥에 흩어진 유리 조각과 하나도 빠짐없이 털린 찬장을 발견했다. 쥬벵 씨는 그제야 아이들이 어디로 침입했는지 확인할 수 있었다. 아이들은 어려운 꾀를 써서 침입한 게 아니었다. 그럴 필요가 없었다. 쥬벵 씨가 사는 집은 주변의 허름한 집과 다를 바 없는 모습이었다.

그래도 전에는 이러지 않았는데. 쥬벵 씨가 속으로 중얼거렸다. 처음 이사 올 때만 해도 영주님께서 경비 기계견이나 고급 보안 기기들을 주셨는데. 쥬벵 씨는 마침내 기억할 수 있었다. 언제부턴가 그것들이 먹는 전기 요금을 감당할 수 없어서, 보조 기기의 도움 없이 집과 스스로를 지키기 시작해야 했던 나날들. 쥬벵 씨는 방치되지 않은 척을 하기 위해 노력했다. 보안이 없는 건, 이 집에 가져갈 만한 게 아무것도 없다는 위장이 되어주겠지, 하는 합리화와 함께.

하지만 결국 언젠가는 현실을 대면해야만 했다. 그게 바로 오늘이었다.

이제 쥬벵 씨의 완벽한 하루는 없다.

자기들의 근거지에 들어선 아이들의 발에 속도가 붙었다. 쥬벵 씨가 볼 수 있는 거라곤 이가 나간 허름한 벽뿐이었지만, 어쩐지 편안한 기분이 들었다. 속을 요동치게 하는 환각이 더는 없었다. 오직 채도 낮은 녹색뿐이었다. 햇빛이 될 수 없는 어두침침한 초록색. 계단을 오르던 아이들은 자기들끼리 알 수 없는 언어로 이야기하다가 쥬벵 씨를 내려줬다.

쥬벵 씨 입에서 재갈이 떨어졌다. 쥬벵 씨는 얼치기처럼 침을 죽 흘리면서도 닦지 못했다. 줄리가 없었다. 손이 없었다. 쥬벵 씨는 자신의 손목 밑에 있는 거라고는 살덩이로 된 뭉툭한 그루터기뿐이라는 사실을, 어쩌면 영영 이렇게 살아야 할지도 모른단 사실을 대면할 자신이 없었다. 멀미가 진정되자 쥬벵 씨는 겨우 이성적으로 사고할 수 있었다. 종종 유즈인들이 엄한 일반인을 납치해 인질로 삼는다는데, 아마 이 악마들도 쥐새끼들의 사주를 받아 쥬벵 씨를 납치한 걸 수도 있겠다. 하지만 쥬벵 씨는 코앞까지 다가온 지옥으로부터 도망칠 재간이 없었다. 균형 잡힌 사이보그 신체는 버튼 하나로 고물덩이가 됐다.

그때, 한 아이가 쥬벵 씨의 어깨를 두드리며 어딘가를 가리켰다. 그들이 들어선 잔해 안에서는 쥬벵 씨의 거처가 훤히 보였다. 새카만 군복을 입은 무리가 쥬벵 씨의 집을 둘러싸고 있었다. 쥬벵 씨는 그들이 누군지 바로 알아봤다. 쥬벵 씨는 료티의 조언을 잊고 외칠 뻔했다. 자신이 여기 있노라고, 이쪽으로 와서 구해달라고. 하지만 어린 시절을 잊지 못한 구조 요청 시도는 군인의 거친 발길질에 입밖으로 나오지 못하고 목구멍 안으로 숨어버렸다.

선두에 선 군인이 노크도 없이 현관문을 발로 차서 열자, 모두가 커다란 통을 들고 안으로 들어갔다가 나왔다. 통 안에 담긴 투명한 액체는 그새 사라졌다. 대장으로 보이는 이가 모습을 드러내자, 군인들이 딱딱하게 경례하고는 쥬벵 씨가 숨겨뒀던 책 몇 권을 건넸다. 책을 가볍게 훑은 대장이 뭐라고 말하자, 군인들이 웃음을 터뜨렸다. 그는 고개를 끄덕이고는,

라이터를 꺼내 책에 불을 붙이더니 망설임 없이 기름 바다 위로 던졌다. 화르륵, 눈 깜짝할 사이 쥬벵 씨의 집에 불이 붙었다. 쥬벵 씨가 공들인 침실에도 신성한 작업실에도 삽시간에 불이 번졌다. 쥬벵 씨의 몇 날 며칠이 새까맣게 타 없어지는 건 순식간이었다. 쥬벵 씨는 충격에 입을 떡 벌렸다. 시간과 노력이 그렇게, 허무하게 사라졌다. 질 나쁜 농담이기만을 바랐던 료티의 경고는, 진짜였다.

"내가 만약 관리를 잘해서 오늘 뾰루지가 나지 않았더라면." 쥬벵 씨는 중얼거렸다. 이런 일은 벌어지지 않았을까. 오늘은 정말이지, 쥬벵 씨 인생 최악의 날이었다. 한데 조금만 계획이 어긋나도 울어버리던 쥬벵 씨였건만, 한순간 스눈 영주에게서도, 부모에게서도, 화려한 성공을 가져다주리라 믿었던 세월에게서도 버림받은 신세가 된 지금은 왠지 눈물샘이 메말랐다. 눈물이 한 방울도 나오지 않았다. 쥬벵 씨는 작업실이 **진짜로** 어떤 모습이었는지 확인할 방도가 없어진 지금, 오히려 마음이 더없이 평안하게 가라앉고 있음을 자각했다. 쥬벵 씨는 곧 검은 잔해를 토해 낼 화마에서 눈을 떼곤, 천천히 벽에 등을 기댔다.

다른 아이들은 전부 훔친 짐과 함께 어디론가 가버리고 없었다. 오로지 책상 밑에 웅크리고 있던, 그 작은 유즈인만 쥬벵 씨의 옆을 지키고 있었다. 아이 뒤에 찰거머리처럼 붙어 있는 훨씬 조그만 아이는 덤이었다. 두 아이는 진지한 표정으로 군인들이 일으킨 불을 응시했다가, 시선을 느끼고 쥬벵 씨를 돌아봤다. 눈이 마주치자, 큰 아이가 이유 모를 들뜬 공기가 묻은 손짓으로, 망토에서 조심스럽게 무언가를 꺼냈다. 만년필이었다. 이 아이가 바로 그 못돼먹은 만년필 도둑이었던 것이다.

"카할."

아이가 자신을 가리키며 말했다. 같은 단어가 몇 번이고 되풀이된 후에야 쥬벵 씨는 아이가 이름을 알려주고 있음을 눈치챘다. 이름을 몇 번 더 되풀이한 카할은 뒤이어 자기 뒤에 숨어버린 아이를 가리키며 말했다. 아시라. 그러고는 뜸을 들였다. 쥬벵 씨가 자신의 이름을 따라 말하기를 기다리는 듯했다. 하지만 쥬벵 씨가 입을 꾹 다물고 침묵을 지키자, 어깨를 으쓱하더니 다시 운을 뗐다.

오 라하.

쥬벵 씨를 괴롭힌 모두가 내뱉었던 그 말이었다.

한데 지금은 다른 어조로 발음되고 있었다. 무슨 뜻일까? 인사, 안부, 경고, 충고. 그 짧은 말에 도대체 무슨 뜻이 담겨 있는지. 카할의 망토 안에서 다른 손이 쑥 나왔다. 그리고 다른 손이, 그리고 또 다른 손이 나왔다. 쥬벵 씨는 아이의 손이 여러 쌍이라는 것에 깜짝 놀랐다. 그냥 몸집이 두둑한 아이인 줄 알았는데, 망토 아래로 저만큼 많은 팔을 숨겨서 그랬던 거였다. 손들이 나오는 반동에 머리덮개가 뒤로 넘어갔다. 이마의 도도록한 홑눈이 드러났다. 아이의 모습은 거미를 연상케 했다. "악마, 악마, 했지만 정말로 악마같이 생겼을 줄이야." 쥬벵 씨는 저도 모르게 내뱉었다. 이 변두리 행성에서도 구인류와 신인류가 뒤섞여 산다는 건 알고 있었지만, 바로 눈앞에서 '정상적이지 않은' 모습을 가감 없이 보는 건 쥬벵 씨 인생에서 처음이었다.

카할은 쥬벵 씨의 반응을 신경 쓰지 않는 듯했다. 그저 때인지 흙인지 모를 것으로 얼룩덜룩해진 피부를 종이 삼아, 만년필 펜촉을 손등 위에 누를 뿐이었다. 잉크가 나왔다. 카할은 글을 썼다. 영수가 강조했던 '고귀한 행위'를, 이 냄새 나는 노숙자 꼬마도 할 줄 알았다. 비록 펜을 쥐는 법이 잘못되긴 했지만, 카할은 삐뚤빼뚤하게 획을 뽑아냈다.

그런데 어찌된 일인지, 쥬벵 씨는 화가 나지 않았다. 쥬벵 씨의 멍한 눈빛 속에 카할이 적은 글자 두 개가 들어왔다. 쥬벵 씨는 그 글자를 기억했다. 열심히 베껴 쓰고, 베껴 쓰던 수많은 글 중 언제나 첫 줄을 장식했던 단어였다. 아이는 쥬벵 씨에게 유즈어를 가르쳐 주려 하고 있었다. 왜? 쥬벵 씨의 물음에 대한 답은, 아이가 뒤이어 꺼내 든 메모장에 있었다. 페이지마다, 쥬벵 씨의 것이 아닌 글씨체로 덧붙은 문장들이 눈에 띄었다. 아이는 쥬벵 씨가 간직하고 있는 이야기들을 전달받고 싶었던 것이다. 쥬벵 씨가 뜻도 모르면서 종이 위에 옮겨댔던 바로 그 이야기들이 더는 방황하지 않고, 제자리에서 기억될 수 있도록.

그제야 스눈 영주가 무엇을 제물로 바치려고 했던 건지, 쥬벵 씨는 깨달았다.

오 라하. 이번엔 아시라가 웅얼거렸다. 쥬벵 씨는 처음으로 자기가 썼던 글의 일부를 배우게 됐다. 오라하가 아닌 오 라하. 쥬벵 씨가 마른 침을 삼켰다.

따라 해서는 안 돼. 쥬벵 씨 안의 소심한 충신이 소곤거렸다. 저것들이 네게 한 짓을 좀 봐. 너의 자부심을 빼앗았어. 너는 이제 아무것도 쓸 수 없어. 저 야만인들의 언어를 혀 위에 들이면, 정말 돌이킬 수 없는 강을 건너게 되는 거야.

아이가 손등을 문지르자 마르지 않은 잉크가 번져 원래의 형태를 잃었다. 하지만 카할은 아쉬워하지 않았다. 글자야 또 적으면 된다는 것처럼, 카할이 쥬벵 씨에게 만년필을 다시 내밀었다. 이번엔 쥬벵 씨가 고개를 가로저을 차례였다. 쥬벵 씨는 강인한 기계 팔과 다리와 비교도 못할 만큼 연약하지만,

유일하게 뜻대로 움직일 수 있는 입과 혀로 더듬더듬 천천히 응답하듯 말했다.

"오, 오 라하."

피가
시가 되지
않도록

그들의 시대는 피를 화폐처럼 쓰던 때였다.

날카로운 무기가 누군가를 찌른다. 무기는 매번 바뀐다. 기다랗고 낭창낭창한 면을 가진 검이기도 하고, 자루가 한 손에 들어오는 단도일 때도 있으며, 끝으로 갈수록 날카로워지는 창이기도 하다. 시간을 조금 더 빠르게 돌리면, 짤각거리는 방아쇠로 발사된 총알이 허공을 뒤덮는다. 어떤 모양을 하고 있든, 언제나 무기는 인간의 몸을 너무도 쉽게 꿰뚫는다. 인간을 지탱하는 뼈와 근육을 한없이 연약해 보이게 만든다. 관통되고 찢기고 베이고 몸에서 흘러나오는 피는 인간이 자신이 만든 것에 의해 파괴됐다는 증거다.

갈비뼈보다도 긴 날붙이가 근육을 헤집는 촉감과, 체온을 머금고 있어야 할 핏줄이 끊겨 몸이 차갑게 식어가는 감각을 알지 못해, 누군가의 피와 숨결을 지갑 안에 담고 싶다 바랐던 적이 있었다. 그 선망이 어리석은 착각에서 비롯되었다는 것을 이젠 알고, 피가 더는 암묵적인 화폐로 쓰이지 않도록 모두가 고군분투하고 있다는 것도 안다. 그리고 나의 무지를 깨부숴 준 건 바로 너였다.

하지만 가끔 너를 볼 때마다, 멋몰랐을 적 잘 포장된 폭력의 단면에 매료된 순간의 질감이 떠오르곤 한다. 그렇게 떠오른 심상은 어김없이 너와 접착돼 버린다.

내가 느꼈던 매혹이, 내가 너를 위해 선택한 미래를 예지라도 하는 것처럼.

L

이전의 나는 피를 흘릴 수 없었다.

피가 흐르는 육체가 없었기 때문이다.

나는 에테르 세계의 인간으로 태어났다. 원로들은 여기를 '가상 세계'라고도 칭했지만, 여기서 태어나고 자란 우리 세대에겐 이곳이야말로 현실이기에, 현재는 지양하는 표현이 되었다. 에테르 세계와 물리 세계. 이곳과 밖은 그렇게 나뉜다.

이전에는 인간이 자연적으로 생기는 게 당연했다고 한다. 번식이 즐거운 행위가 되도록 쾌락을 느끼는 기관을 지닌 인간은 서로의 성기를 접합하면서 각자의 생식세포에게 번식의 기회를 제공한다. 정자와 난자가 성공적으로 결합되면 세포는 유전정보를 복사한 후 분열되고 분화된다. 그렇게 만들어진 태아는 10개월 동안 자궁이라는 장기 안에서 작은 인간, 아기가 된다. 이 새로운 인간은 미지수 그 자체다. 유전정보가 무작위적으로 조합돼 만들어진 인간은 부모와 가족이라는 이름의 일차적인 사회 집단 훈련을 받은 후, 조금 더 자라면 학교, 사회라는 곳으로 진출해 한 사람의 몫을 맡게 된다. 아무리 좋은 기질을 타고나도 환경에 따라 발현되지 않을 수도 있고, 반면 나쁜 기질이 발현되더라도 사회에서 배제되지 않는 것을 넘어 우두머리로 권력을 잡을 수도 있다는 얘기다.

에테르 세계의 인간, 에테르인의 탄생 과정은 물리 세계의 인간들과는 다르다. 우리에게도 아버지와 어머니라는 개념은 있다. 그들은 우리에게 파동 코드를 물려준다. 우리는 그들에게서 물려받은 아이덴티티와 에테르인에게 기본적으로 주어지는 '연산기'가 조합되어 태어난 존재라고 할 수 있다. 우리는 인공지능의 친척이 아니다. 우리에겐 자아가 있다. 우리는 우리가 왜 존재하는지 안다. 아는 것을 넘어서, 이해한다.

우리는 연속해서 무작위적인 삶의 시뮬레이션을 돌린다. 어떤 모습의 삶에 떨어질지에 대한 정보는 주어지지 않는다. 우리는 그저 '이 삶이 끝나면 지금과 다른 다음 삶이 있다'라는 사실만 알 뿐이다.

우리는 남성이 되기도 하고, 여성이 되기도 하며, 간성이 될 수도 있고, 어느 쪽도 아닌 무성이 될 수도 있다. 다양한 경험은 폭넓은 세계 구축의 핵심이고, 그렇게 조립돼 생성된 삶에 '몰입하는' 것이 우리에게 주어진 유일한 의무이자 역할이다. 사고사든 자연사든, 타의로든 자의로든 하나의 삶이 끝나면, 메타 의식이 마무리된 인생을 진단한다. 차단되어 있던, 이전 삶에 대한 정보와 경험에 대한 보안이 풀리고 이번 생의 기억 정보를 토대로 추가 학습한다. 이 과정에서 생애의 점수가 매겨지고 피드백이 세워진다. 나의 자아는 개인이 개선되어야 하는 것들과 세계가 어떻게 개선되어야 하는지 추론하고 나름의 논리를 세워 출력된 결괏값을 에테르 공동체에 송신한다. 우리의 목표는, 그렇게 인간 행동 데이터를 끊임없이 거듭해 축적하면서 인간이 인간으로서 구상할 수 있는 '최선의 세계'에 필요한 요소들을 조합하는 것이다.

영주가 집권했던 시대의 과오를 반복하지 않기 위하여.

나는 그 과오라는 것이 무얼 뜻하는지 모른다. 에테르 세계가 만들어지기 전, 인간이 오로지 물리 세계에서만 살아갈 수 있었던 시절, '영주'들이 우주를 권력으로 통솔했다는 사실만 들었을 뿐이다. 원로들은 반성 조례가 열리면 우리가 그들의 죄악에서 벗어났다고만 얘기할 뿐, 그들이 정확히 어떤 죄를 저질렀는지는 설명하지 않는다. 누군가가 "그래서 그들이 어떤 잘못을 저질렀나요?"라고 물으면, 한숨을 내쉬며 답했다. "무지에서 탈피하려는 건 좋은 태도다. 하지만 그들의 죄를 모르는 건 여기서는 무지가 아니다. 그들이 저지른 죄의 씨앗이 이 세계엔 없기 때문이다." 원로들이 이렇게 답하면 우리는 수긍한다. 수긍하지 않고 싶어도 받아들일 수밖에 없다. 원로들이 알려주지 않는 것을 알기 위해서는 에테르 세계 밖으로 나가야 하고, 에테르 세계 밖으로 나가는 것은 곧 추방과 고립을 의미했다. 물리법칙의 한계는 우리에게 공포 그 자체였고, 따라서 물리 세계로 나가고 싶어 하는 에테르인이 있을 리 만무했다. 무엇보다 우리는 이 세계에 없는 죄악에 대한 괜한 호기심으로 에너지를 낭비하는 것보다, 조금이라도 더 실질적이고 현명한 일에 기여하는 것이 훨씬 합리적이라는 것에 동의했다.

에테르의 개개인은 개성적이면서 분류될 수 있는 성격 유형을 타고난다. 기본적으로 영리한 인격들이지만 나는 그중에서도 좀 특이한 기질을 타고났다.

나에게는 꿈이 있었다. 언젠가 만장일치의 표를 받아 원로로 추대받고 싶었다. 그만치 특출난 존재가 되고 싶었고, 그래서 더 현명해지고 싶었다. 물론 원로의 구성원은 에테르 세계가 창조된 후로 바뀐 적이 없다. 아무도 그 '꿈'의 현실 가능성조차 점치지 못했지만, 나는 그래서 원로가 되고 싶었다. 나의 이 '꿈'에는 **예민**과 **열정**이란 키워드가 붙었다. 그리고 나는 이 단어가 늘 마음에 들지 않았다.

나는 나를 제대로 표현할 단어가 어딘가 있기를 바랐다. 나를 더 잘 설명해 줄 수 있는 어떤 단어를 갈망했다.

이 갈망 때문에 나는 그 영상을 단순한 오류로 취급할 수 없었다.

스물한 번째 생에 '몰입'하고 있을 때였다. 나는 파스텔컬러의 앙증맞은 차가 도로 위를 도르르 도르르 굴러가는 풍경의 세계 속에서 신혼을 맞이한 중산층 여성의 삶을 살고 있었다. 이번 삶에서 내가 습득해야 할 교양은 **낙관**, **협동심**, **성실함**, 그리고 **사랑**이었다. 사랑은 몇 번째 인생을 살든 필수적으로 배워야 할 감정이었다. 그런고로 나는 스무 번이나 사랑을 한 셈이지만, 새로운 인생에 돌입하는 순간 이전 생의 기억들은 사라지므로 사랑이 지겹다 느낄 겨를은 없었다. 다만 인생

평가를 거듭하면서 조금 지겨운 것 같단 생각이 불현듯 지나가긴 했다. 경험한 스무 개의 사랑을 전부 펼쳐놓고 보니, 그 모습들이 전부 비슷했기 때문이다.

어찌 되었건 새로운 삶은 성실히 살아내는 것이 미덕이다. 아무것도 모르는 스물한 번째 나는 예쁜 앞치마와 옷을 입고 머리를 헤어롤로 말고 있었다. 청소는 즐거웠다. 청소기를 돌리기만 하면 됐으니까. 다리를 한 짝만 가진 기다란 기계와 밀고 당기는 춤을 추는 기분이라고 할까. 멋진 춤이 끝나면 남편이 좋아하는 에테르식食을 구현해 저녁을 차리려고 했다. 남편의 생일이기 때문이었다.

요리도 청소만큼이나 쉽다. 눈을 감고 어떤 향과 맛의 에테르를 원하는지 상상하기만 하면 된다. 정신적인 에너지가 많이 소모되는 행위이지만, '남편'을 위해서라면 그 정도 수고는 대수롭게 여기지 않았다. **희생**이야말로 **사랑**의 기본 요건이라 할 수 있으니까. **희생**이란, 내가 가진 것을 내어주면서 상대의 기쁨을 끌어올리는 것을 의미한다. 남편이 흐뭇해할 모습을 떠올리자 나도 덩달아 기뻐졌다. 청소는 나중으로 미뤄두고, 저녁부터 먼저 차리기로 했다. 설레는 마음으로 청소기 전원을 끄는 순간, 치지직 하면서 텔레비전 화면이 멈췄다. 나는 조금 놀라서는 텔레비전을 두드려 봤다. "얘가 왜 이래?" 통통, 노크하듯 텔레비전을 두들기자 위에 달린 안테나가 더듬이처럼 흔들거렸다. 화면은 곧 안정적으로 돌아왔다. 그런데 내가 늘 보던 로맨스 코미디가 아닌, 다른 영상이 비치기 시작했다.

두 명의 인간이 대치하고 있었다. 그들은 남사스럽게도, 머리와 사타구니에만 거북이 등딱지처럼 생긴 금속을 두르고 있었다. 주변에서는 관중으로 보이는 남성들이 귀가 아플 정도로 먹먹한 함성을 내질렀다. 집 안을 쟁쟁하게 울리는 외침은 짐승의 포효 같았다. 관중석 중앙에 선 남자가 뭐라고 소리치자 관중들은 원시 영장류처럼 단음을 합창했다. 우, 우, 우, 우. 나는 이 기이한 광경에 매혹되어서는 화면에 얼굴을 바짝 붙였다. 나팔 소리와 함께 남자 둘이 손에 쥔 금속을 서로를 향해 겨눴다. 기다랗고 납작한 금속이 근육으로 두툼한 몸을 해친 건 한순간이었다. 한 남자의 목이 몸에서 떨어져 나갔다…. 나는 비명도 지르지 못하고 눈만 크게 뜬 채 양손으로 입을 가렸다. 도대체 무슨 일이 벌어지고 있는 거지?

'침투'는 다음 생에서도 이어졌다. 스물두 번째 생의 나는, 집을 짓는 사람이었다. 건설자로서 나는 부여받은 역할에 충실하기 위해 에테르의 농축력과 좌표 유지 데이터학을 전공하면서, 미감을 높이는 훈련을 해야 했다. 사실 여기선 모두가 다른 방식과 채점 기준으로 **우등생**이었고, 나는 내가 **우등생**임에 자부심을 느끼며 언제나 열심히 공부했다. 공부는 즐거웠다. 즐겁지 않은 일이 없었다. 내가 이런 공부를 한다는 것도, 주위에 친구들이 있다는 것도, 얼마 전에 소개받은 여자친구와의 생산적인 연애까지도. 매일을 충만하게 보내던 나는, 그날도 전공 교수님이 나눠준 자료 영상을 복습하고 있었다.

영상이 재생되고 있던 단말기 화면이 돌연 수없이 깜빡였다. 느껴서는 안 되는 기시감을 느낀 나는 황급히 끄려고 했으나, 한발 늦었다. 자료 영상은 다른 것으로 바뀌었다.

새까만 옷을 입은 여자가 말을 타고 있었다. 그는 반달 모양의, 잘 다듬어신 나무를 쥐고 있었다. 나무의 끝에는 실이 매여 있었는데, 여자는 한 손으로 나무를 쥐고 다른 손으로는 실에 곧은 직선 모양 막대를 꽂아 당겼다. 탄성 있는 실은 큰 폭으로 늘어났다. 무언가를 겨누고 있는 막대기의 끝에는 뾰족한 쇠가 붙어 있었다. 빛을 받은 금속이 반짝였다. 여자가 실을 놨다. 슉, 하는 매서운 소리와 함께 막대기가 발사됐다. 막대 끝의 금속이 뿔 달린 동물에게 박혔다. 그 동물은 죽었다. 막대기가 몇 발 더 많이 날았다. 동물들이 더 죽었다. 그 근처에 숨어 있던 무언가의 몸에도 금속이 퍽, 박혔다. 으악, 하는 비명이 풀숲 속에서 났다. 죽은 건 분명, 아까의 동물들과는 다른 종이었다. 그러자 옆에서 다른 말을 타고 온 사람들이 휘파람을 불며 여자를 향해 엄지를 치켜올렸다. 여자가 깔깔 웃었다. 하늘에 폭죽이 터졌다. 그들이 돌아간 캠핑장에는 점수판이 있었다. 어느 쪽이 승리했다는 선언이 울려 퍼졌다. 축제가 벌어졌다.

나는 유전 코드 덕에 이 '침투' 영상들이 무엇을 의미하는지 본능으로 알 수 있었다. 저것들은, 우리가 무지로 남겨둔 것들이었다. 이 세계에서는 존재해선 안 되기에 존재하지 않는 것. 그런데 그것을 내가 보고 알게 된 것이다. 무지로 남아 있어야 하는 것이 에테르 세계에 침투했다는 것은 심각한 오류였다. 방치된다면 우리 세계를 망가뜨릴 수도 있는 오류였다. 그러니 나는 원로들에게 보고 들은 것을 보고해야 마땅했다. 그러나 그러지 않았다. 아니, 그러지 못했다. 나는 나의 생이 끝날 때마다 에테르 데이터베이스에 '침투' 영상에 대해선 일언반구 언급하지 않았다.

침투 영상을 연속적으로 시청한 나는 인간들이 다른 생명체를 상처입히거나 죽일 때 쓰는 도구가 무기라고 불린다는 것과 벌어진 상처에서 흐르는 붉은색 액체에 '피'라는 명칭이 있다는 사실을 습득했다. 새빨간 피는 보는 것만으로도 충분히 자극적이었다. 하지만 그들의 행위들에 대해 더 알고 싶어진 이유는 따로 있었다. 그들은 자신의 손에 피를 묻힌 후에 어떤 형태로든 보상을 받았다. 번쩍이는 황금 벨트, 목에 무겁게 걸리는 메달, 집을 장식하는 박제품, 박수갈채. 그것들에 깃든 명성이라는 개념이 가슴을 울렸다. 물리 세계의 인간은, 결핍이라는 한계를 이겨내기 위해 언제나 원하는 것을 얻으려 싸웠다. 그리고 나는 스스로의 열망에 따라 몸부림치는 행위를 깊이 선망하게 됐다.

나는 다음 생을 배정받을 때 통합 자아를 꺼놓지 않는 지경에 이르렀다. 새로 업데이트될, 몇 분도 되지 않을 그 짧은 침투들을 차곡차곡 쌓고 싶었다.

이것이야말로 에테르 세계의 언어로 명시될 수 없었던, 나의 기질을 설명하는 완벽한 예시였다. **무엇**. 나는 무엇을 하고 싶었다. 그걸 통해 남들보다 더 우월한 나를 입증하고, 거기에 걸맞은 보상을 바랐다. 하지만 **무엇**이 무엇인지 정확하게 설명할 수 없었다. 원로가 되고 싶다는 갈망이 **무엇**의 부산물일지도 모른다는 어렴풋한 추측만 들 뿐이었다. 나도 누군가를 후려치고, 찌르고, 아프게 하고 싶었다. 실재하는 육체 위에서만 그려질 수 있는, 아물지 않는 흔적을 내 몸에도 남기고 싶었다. 베이고 찢긴 자국은 바로 **무엇**을 경험했다는 증거였다.

하지만 여기서는 원하는 것을 얻기 위해 몸부림치는 행위 자체가 성립하지 않았다. 식량과 자원이 언제나 풍족한 우리는 다툴 일이 없었다. 에테르는 모두에게 공평하게 분배됐다. 토론과 대화로도 해결되지 않을 정도의 갈등이 생긴다면 원로 재판이 해결했다. 애초에 우리 세계의 물질은 필요 여부에 따라 바로 에테르로 환원될 수 있었다. 세계의 법칙에 어긋난 방향으로 사용되는 에테르는 모두 에러로 취급돼 자연히 삭제됐다. 우리의 몸도 에테르였기에 아무도 '에테르로 날붙이를 만들어 에테르 신체를 가진 다른 자아를 공격한다'는 행위를 상상조차 하지 못했다. 물질에 부딪혀 고통을 체험한다는 게 어떤 느낌인지, 궁금해하는 나 같은 사람을 제외하고는.

서른 번째 시뮬레이션 생에서, 나는 결국 호기심을 이기지 못하고 무기를 만들었다. 에테르로 만든 내 첫 무기의 형상은 불안정하게 흔들렸다. 내가 만든 무기를 에러로 간주한 온 세계가 이것을 없애려고 하고 있었다. 곧 미확인 생성체에 관해 원로들이 알게 될 것이다. 그 전에 어떻게든 무기를 써봐야만 했다. 누군가의… 몸체 안에 칼날을 밖에서 안으로 넣어봐야만 했다. 하지만 누구에게 이걸 쓰지? 무기를 쥐게 되었다는 기쁨도 잠시, 나는 이 세계에 다른 무언가가 부족하다는 것을 깨달았다. 그리고 그 결함은 나 혼자서는 채울 수 없는 개념이었다.

나에겐, 이 세계엔 '적'이 없었다. 당연히 적을 처치하는 행위도, 그 행위를 했을 때 보상받을 수 있는 체계도 없었다.

이 세계는, 쓸데없이 평화로웠다.

그래서 나는 칼끝을 나와 가장 가까이 있던 자에게 겨누었다. 누구였는지는 기억도 나지 않지만 아무튼 적을 만들어야만 했기 때문이다. 적의의 이유는 찌른 후에 만들어도 괜찮을 것이다. 에테르로 빚은 칼끝이, 내 곁에 존재했던 다른 자아를 관통했다.

"건의할 게 있습니다."

삶의 시뮬레이션은 그 즉시 강제적으로 중단됐고, 나는 즉시 재판에 회부됐다. 피고인석에 소환된 나는 떳떳한 태도를 고수하며 원로들에게 당당히 말했다.

"에테르인도 물리 세계의 인간처럼 피에 준하는 무언가를 거래 단위로 사용할 수 있어야 한다고 생각합니다. 요청하신

다면 피와 무기가 왜 필요한지 설명하겠습니다."

원로들이 동시에 탄식했다.

"오오, 가엾은 것."

"제가 어리석어 보일 수 있습니다. 에테르 세계가 창조된 이래 이례적인 일을 벌였으니까요. 하지만…."

"이런, 라비! 네가 '그것'에 노출된 유일무이한 에테르인이라고 진심으로 믿는 게냐?"

이오 원로가 성대를 긁는 듯한 웃음소리를 냈다. 언제나 유쾌하다고 여겨왔던 소리였지만, 지금은 나를 비웃는 것 같아 없는 자존심까지도 상했다.

"제가… 제가 무엇을 보았는지 이미 알고 계셨나요?"

"알다마다! 폭력이 난무하는 영상이었겠지! 경쟁이란 파괴적인 짓을 벌이면서 피와 원망이 덩달아 줄줄 흐르는 영상 말이야. 물리 세계 놈들이 우리 세계를 어떻게든 파고들어 아이들을 빼내려 한다는 걸 알고 있었지만, 이런 비열한 수를 계속 쓴다면…."

"경쟁!"

나는 원로님의 발언 중간에 끼어들고 말았다. 예의를 잠깐 잊을 정도로 나는 전율하고 있었다. 드디어 알게 되었단 것에 걷잡을 수 없이 기뻤다. '침투' 영상에서 생과 삶을 지키고, 또 빼앗기 위해 투쟁하는 행위 전체를 아우르는 명칭을,

드디어 이제야 알게 된 것이다. 나는 이제 그것을 추상적인 예시가 아닌 구체적이고 정확한 단어로 떠올릴 수 있게 되었다. 나는 **무엇**을 하고 싶었다. 나는 **폭력**을 쓰는 **경쟁**을 하고 싶었다.

"밖에서는 그것들을… **폭력**과 **경쟁**이라고 부르는군요."

싸늘한 정적이 내려앉았다. 폭력이란 단어에 담긴 야릇한 자극은 유죄판결이 나오면 내 자아가 삭제될지도 모른단 사실과 그것이 에테르 세계에서는 사형에 해당한다는 것까지도 잊게 했다.

"글러먹었어. 이래서 물리 세계와 관련된 데이터를 새 시대 아이들에게는 섞지 말자고 했잖아. 폭력을 동경하다니! 너! 침투 영상을 접했던 다른 아이들은, 적어도 바로 우리에게 보고했다! 스스로 판단하려고 한 건 너뿐이다, 라비!"

분명히 호통인데, 이상하게 칭찬처럼 들렸다. 나는 최대한 반성하는 모습을 보이려고 했으나 내 연기는 스스로가 느끼기에도 어설펐다.

"물론 너처럼 피와 육신을 선망하게 된 아이도 있기는 했다. 얼마 가지 못했지만. 네가… 그 아이들과 다르게 폭력에 사로잡힌 건, 오롯이 네 탓이라고만 할 수도 없겠구나. 처음부터 너의 기질은 에테르 세계에선 정의될 수 없는 카테고리 안에 들어가 있었지. 그 기질을 제거하지 못한 책임은 우리에게 있다."

"무슨 소리를 하는 건가, 네아!"

"사울. 이건 우리의 잘못이네. 경험하지 않았던 것에 매혹되기는 정말 쉽지. 가끔은 거기에 깃든 어둠마저 아름다워 보이기도 해. 당신도 알잖아? 아이들과 다르게 물리 세계에서 태어난 우리에게는 그 어둠을 제대로 파악할 책임이 있어. 어쩌면 이번 일은… 더는 피하지 말라는 우주의 경고일지도 모르지. 우리의 외면이 언제까지 유효할 거라 생각하나?"

"물리 세계 놈들과 뜻을 같이하겠다고? 이제 와서 이런다면, 우리가 어떻게든 이 어둠을 막으려고 했던 노력들은 뭐였지? 무용한 것이었나?"

"사실…."

"무용한 것이었다고 말하려는 건 아니겠지!"

"그만, 그만!"

두 원로의 토론을 빙자한 매서운 말다툼은 이오 원로의 호통으로 끊겼다. 원로들의 의견에 찬성하거나 반대하며 술렁이던 실내가 곧바로 고요해졌다. 이오 원로의 거대한 두상이 좌우로 이리저리 비틀렸다. 이오 원로의 두 눈, 눈동자 없는 두 눈은 언제나처럼 어디를 보는지 정확하게 알 수 없었다.

내가 선 자리의 임의 중력이 무거워졌고, 나는 저절로 균형을 잃으며 우스꽝스러운 꼴로 쓰러지게 됐다.

“판결하겠다. 라비, 너는 이 세계가 수용하지 않은 것에 노출됐으면서 원로에게 즉시 보고하지 않은 나태죄를 저질렀다. 하지만 네가 시청한 ‘침투’ 영상에 대해, 에테르 세계 단위에서의 어떠한 경고 공지 체계가 없었음을 사실로 인정하는 바이다. 그러므로….”

판사석에 앉은 원로의 형상체가 불만족스러운 기분을 숨기지 않고 흔들거렸다. 원로의 형상들은 물건에서 동물까지 다양했지만 몸짓 하나도 기품 없이 움직이지 않아 위엄이 느껴졌다. 유일하게 인간과 가장 가까운 형상을 띤 네아 원로만 왜인지 따듯한 시선으로 나를 바라봤다.

“그러므로 추방을 명한다.”

“추, 추방이요?”

“너는 물리 세계로 추방되어, 지정된 행성에서 거주한다. 물리 세계의 직업훈련을 수행하며 정기적으로 보고서를 제출하도록 하라. 보고서에서 충분한 반성의 기미와 정상참작의 여지가 보이면 양형을 줄여주는 것을 검토하겠다.”

“그… 기준이 무엇이죠?”

“너는 그것을 알 자격이 없다.”

“하지만….”

"왜 겁에 질린 것처럼 구는 거지, 라비? 아까의 당당함은 어디로 갔나? 그토록 원하던 물리 세계로 보내주겠다는데 당연히 기뻐해야지!"

나는 그제야 내가 겁에 질렸음을 자각했다. 물리 세계에서 탐나는 부분만 본떠 취하는 것과, 익숙한 모든 것들을 빼앗기고 물리 세계로 내던져지는 건 완전히 다른 차원의 일이라는 걸 뒤늦게 깨달은 것이다.

"형벌은 0.5파세크 후 집행될 것이다. 그럼 재판을 종료하겠다."

이오 원로의 선언과 함께, 재판석의 원로들이 하나둘 접속을 끊었다.

대부분의 원로들이 나가면서 에테르로 만들어진 법정도 같이 허물어졌다. 아무것도 없는 공간에 네아 원로만은 남아 있었다. 꼭 내게 할 말이 남은 것 같았다. 나는 재판 중 유일하게 편을 들어준 네아 원로에게 감사함을 느끼고 있었지만, 도무지 해소되지 않을 불안이 기를 확 죽여 감사 인사조차 하지 못하고 웅얼거렸다.

"저는… 이곳으로 돌아올 수 있을까요?"

깜빡거리던 네아 원로 형상체의 입매가 희미한 호선을 그렸다.

"이곳을 떠난 너는 돌아갈 수 있을지가 아니라, 이곳으로 돌아가야'만' 하는 때를 궁금해하겠지. 그리고…."

그리고 나는… 네가 그렇게 되기를 바라고 있단다.

수수께끼와 같은 마지막 말과 함께 네아 원로와의 접속이 끊겼다.

L

좁은 우주선에 구겨진 육신은 무거웠다.

에테르 세계에서 느꼈던, 데이터로 쪼개져 작동되는 중력과는 비교할 수 없는 힘이었다. 물리 세계의 중력에 압도된 나는 적응 훈련에서 배운 대로 호흡하려 노력했지만, 아무리 애를 써도 난항을 겪었다. 왜 에테르 세계가 한때 '가상 세계'라고 불렸는지 조금은 이해할 수 있을 것 같았다. 나는 모든 신경이 문제없이 연결되었다는 알림이 뜨자마자 황급히 몸을 움직여 봤다. 이게 손목. 이게 발목. 이게 무릎. 에테르 세계의 자아에는 신체의 각 부위를 이어주는 관절이나 살점 같은 물리적인 접합 기관이 없었다. 있다고 해도 장식에 불과했다. 하지만 물리 세계의 신체는 에테르 세계에서처럼 파편이 아니었다. 자아와의 연결이 끊어지는 순간부터 썩기 시작한다. 그리고 곧 쓸모없는 것이 되어버리고 만다. 침투 영상이 보여준 물리 세계의 신체는 그랬다.

새 몸에 익숙해지자 나는 몸에 흐르는 피를 직접 보고 싶어졌다. 엄지와 검지로 팔을 꼬집었다. 손가락에 살점이 밀리면서 예기치 못한 짜릿한 감각이 내가 꼬집은 부위를 타고 목 뒤까지 올라왔고, 피부를 뜯어내기도 전에 손을 뒤로 물리고 말았다. 반짝거리는 금색 피부는 발갛게 부어올랐지만 피가 나지는 않았다. 내 몸에 흐르는 피를 직접 보고 싶다는 호기심과 이성보다 먼저 몸이 거부하는 감각을 다시는 겪고 싶지 않다는 마음이 상충하며 나를 혼란스럽게 했다. 이 꺼림칙한 감각을 **고통**이라고 부른다는 걸 나는 나중에서야 알았다.

나는 아쉬운 마음에 몸 여기저기를 더듬다가, 손톱보다 더 딱딱한 부위를 발견했다. 입술 바로 뒤에 있는 이였다. 인간처럼 생긴 몸을 형상체로 써봤기에 이런 부위가 존재한다고는 알고 있었으나 필요성을 절감하지는 않았었다. 머뭇거리던 나는 팔에 이를 댔다. 딱 한 번만 더 참아보자. 하나, 둘, 셋. 으득, 소리와 함께 피부가 뜯겼고, 나는 아픔을 못 이겨 비명을 질렀다. 눈과 코가 시큰해지면서 짭짤한 액체가 뿜어져 나왔다. 팔에 난 잇자국에서는 피가 울컥울컥 솟아 나왔다. 한계를 넘은 감각에 더는 버티지 못한 몸이 덜덜 떨렸지만, 나는 내가 방금 깨문 자리를 쓸었다. 상처는 아팠고, 피는 생각보다 오래 흘렀다.

어떤 이유로 인해 형상체에 흠집이 나도 에테르를 운용하면 바로 원래의 모습으로 돌아갈 수 있었다. 하지만 물리 세계의 몸은 바로 회복되지 않았다. 물리 세계에서는 당연한 현상일 테지만, 나에겐 당연하지 않았기에 나는 바보처럼 손바닥에 묻은 피를 한참 바라보기만 했다. 어찌할 바를 몰라 허우적대던 손이 안착한 곳은 쇄골 아래였다. 손이 조금 더 아래로 내려갔다. 툭 튀어나온 갈비뼈를 문지르자 그 안에 있는 장기가 두근거리며 뛰는 게 느껴졌다. 훈련에서 이 장기의 이름이 '심장'이라고 배웠다. 피를 내뿜는 역할을 하는 기관이다. 규칙적으로 두근거리는 소리가 고통이 가시게 하진 않았지만, 이유 모를 안정감을 주었다. 그래서 나는 피를 멈추기 위한 헛수고를 벌이는 대신, 그 상태로 가만히 있었다.

나를 받아줄 행성으로 가는 길은 고독했다. 내 신체 사이즈에 딱 맞는 발사선에서 할 수 있는 유일한 일은 얌전히 누워 있는 것뿐이었다. 발사선에는 창 하나 나 있지 않아서, 나는 내가 존재했던 에테르 세계가 물리 세계에서는 어떤 모습으로 있는지 확인할 수 없었다. 있는 줄도 몰랐던 호기심이 불현듯이 부피를 키워 펑펑, 하고 폭발하듯 잡념과 망상으로 불꽃놀이를 벌였다. 하지만 닳아버린 자석의 자력처럼 금세 힘이 빠져서는, 행동의 동력이 되지는 못하고 스멀스멀 흐려졌다. 나는 이 호기심이 정확히 무엇을 겨냥하는지 스스로에게도 설명할 수 없었다. 물음표만 있고 문장은 없는 의문문들이었다.

"진짜 왔네?"

셔틀이 정거장에 도착하고 문을 열자, 한 인간이 나를 맞이했다. 곤충 머리를 연상케 하는 원색의 헬멧을 쓰고 있었기에 표정을 읽을 순 없었지만 말투에서부터 나를 영 반기지 않는다는 걸 알 수 있었다.

"당신이…."

"당신이라니? 그냥 '너'라고 해. 같이 지내야 할 사이니까 말 편하게 하자고. 너는 라비지?"

"라비, 맞아."

"사이버 인간들에게 이름이 있다니…. 글자나 숫자를 딴 코드 같은 걸 서로 불러댈 줄 알았는데."

사이버라. 상대는 한물간 표현을 쓰며 짝다리를 짚었다. 나는 타 문화를 수용하는 저 태도가 무례한 부류에 해당하는 건지, 아니면 조금 껄렁한 것뿐인지 분간 가지 않아 화를 낼 타이밍을 놓쳐버렸다.

"이름은 이름이지. 몇 번의 생을 시뮬레이팅해도, 나는 라비야. 어떤 세계의 어떤 인물이 되든 이름이라는 고유명사는 유지된다고. 모두가 그렇지 않나?"

"모두가 그렇진 않지. 보통 인간은 단 한 번의 생만 살거든. 그런데 궁금하네. 너희가 노닥거리며 보내는 시간도 '생'이라고 할 수 있나? 어린애도 아니고, 아프고 괴로운 게 싫다, 하면서 예쁘고 아기자기한 세계에서 소꿉놀이만 하는 게 부끄럽다곤 생각 안 해봤어?"

"무슨 말을 하는지 모르겠어."

"그러시겠지."

"내가 뭔갈 잘못한 거야? 물론 잘못해서 여기 온 건 맞긴 하지만, 물리 세계에도 피해가 갈 정도의 잘못은 아니라고 생각했는데."

"…뭐라는 거야?"

"내가 하고 싶은 질문이야."

잔뜩 뿔이 나 있던 상대의 기세가 조금 누그러졌다. 그는 내가 연기를 하는 건지 아닌지 가늠하기 위해 눈을 가늘게 떴다. 언제나 타인을 **존중**했고 타인에게 존중받았던 나는 그의 이유 모를 적대에 진심으로 당황할 수밖에 없었다. 무고함을 어떻게 호소해야 할지 감이 잡히지 않았다.

"정말 몰라?"

"내가 뭘 모르는지도 모르겠어. 네가 나한테 화풀이하는 것처럼 느껴진다고."

헬멧 아래에서 쯧읍, 하는 소리가 났다. 혀를 윗니와 아랫니 사이에 끼우고 바람과 침을 빨아들이면 저런 소리가 난다는 걸 배웠지만, 그때의 나는 오작동을 의미하는 소리인 줄 알고 괜찮냐는 질문을 하며 그를 걱정했다. 헬멧의 유리가 나를 한참 비췄다. 나는 상대가 다시 말을 걸어주기까지 잠자코 있었다.

"좋아, 미안해. 3세대인가 보네. 신세대를 만들어 냈다는 소문을 건너 듣긴 했는데 깜빡하고 있었지 뭐야. 하지만 나를 속이는 거면 가만 안 둘 줄 알아."

"내가 너를 왜 속이겠어? 내 이름과 내가 에테르 세계에서 추방되었다는 사실. 이것들 말고는 내가 너에게 숨길 정보도 애초에 없었어. 무언가를 숨기고 있는 건 너잖아? 나는 네 얼굴도 이름도 몰라."

인간은 자기가 선부른 판단을 했다는 걸 인정하면서도, 내 지적에 아랑곳하지 않고 팔짱만 꼈다. 꼭 그가 나보다 높은 위치에 있다는 듯한 태도였다. 원로도 아니면서. 나는 이 이상 시비를 더 걸면 가만히 있지 않겠다며 맞서려고 했으나, 헬멧 속에서 나온 인간의 얼굴을 보자마자 그 말은 쏙 들어갔다.

후, 하는 숨결을 입으로 내뱉는 인간은 붉은 머리카락을 가지고 있었다. 피 같은 붉은색은 아니었다. 피에 그림자를 물감처럼 갠 후 물을 몇 번 뺀 것 같은 붉은색이었다. 아무렇게나 자른 듯한 비죽비죽한 앞머리 사이로 자잘한 갈색 점들로 뒤덮인 피부가 보였다. 점은 빛이 산란한 모양대로 퍼져 있었다.

"이름, 아시라."

"아시라…."

넋을 놓고 아시라의 머리카락과 얼굴을 바라보는 사이, 아시라가 콧잔등을 찡그렸다. 에테르 세계의 형상체가 짓는 표정과는 전혀 달랐다. 내 시선이 불만족스럽다고 말하는 듯한 아시라의 표정은 조금 더 많이… 생생했다. 피부 밑 얼굴 근육이 표정을 지을 때마다, 평평한 피부 위에 자글자글하게 잡히는 선명한 질감의 주름이 내 눈동자를 두드렸다.

"넌 이미 알고 있겠지만, 나는 라비고, 음, 너 되게 예쁘다."

나는 나도 모르게 그렇게 말을 뱉어버렸다. 아시라는 내 말이 농담이 아니라는 걸 눈치채고는 경악했다. 그것도 잠시, 아시라가 고개를 젖히며 깔깔거리기 시작했다.

"남의 얼굴을 대뜸 평가하다니, 너 되게 무례하다. 하지만 실수 같으니 봐줄게. 구인류 몸을 가진 나를 두고 예쁘다고 한 건 네가 난생처음이기도 하고…. 응? 이건 뭐야? 다쳤어? 잇자국이…."

아시라가 들어 올린 내 팔은 피가 잔뜩 말라붙어 토시를 입은 것처럼 보였다.

"내가 직접 물어뜯은 거야. 물리 세계의 몸에서 흐르는 '피'

라는 걸… 직접 보고 싶어서."

아시라에게 지적받는 것보다 내 입으로 털어놓는 게 더 나을 것 같아서 나는 서둘러 해명했다.

"아하."

아시라의 입매가 비뚜름하게 올라갔다.

"너도 상당한 괴짜구나?"

L

"그런 이유로… 에테르 세계에서 쫓겨났고, 여기로 오는 길에는 자해까지 했다는 말이야?"

기승전결로 깔끔하게 정리한 내 사연을 들은 아시라의 얼굴이 심상치 않아졌다. 아시라의 입매가 대각선 위로 꺾이면서 볼이 올라갔는데, 올라간 쪽 볼이 광대뼈와 같이 툭, 튀어나왔다. 아시라는 얼굴을 잘 썼다. 일상적인 감정을 느낄 때도 짓는 표정의 범위가 굉장히 넓었고, 나는 아시라의 표정을 하나라도 놓치지 않기 위해 눈을 떼지 못했다. 아시라는 나의 이런 행동을 심히 못마땅해했지만 내버려뒀다. 비록 시간이 지날수록 나를 멸시하는 시선이 심해지긴 했지만 말이다.

"내 행동에 자해의 의도는 없었어. 어감이 불편한데?"

"아니, 자해는 자해야. 그렇게 말하니까 언짢은 기분이 들지? 그게 불편한 기분이고, 너는 지금 불편해야 해. 불편하라고 직설적으로 말하는 거야. 너는 네가 스스로에게 뭘 했는지 확실하게 알아야 해. 뭐, 그래야 한다고 누구에게 배울 일이 없었긴 했겠다. 에테르 세계의 너는 무얼 하든 칭찬과 격려만 받았을 테니까…."

아이에게 꾸짖듯 말하더니 아시라는 의자에서 일어났다. 내가 따라 일어나려고 하자, 아시라가 나를 제지하고 쉿, 소리를 냈다. 아시라는 그렇게 나를 혼자 남겨두고 어디론가 가버렸다. 아시라가 사라지고 나서야 나는 주변을 살펴볼 겨를이 생겼다. 하지만 너무 어두웠다. 아시라가 나를 어디로 데려왔는지, 이곳은 어떤 장소인지 알 방도는 전혀 없었다. 나는 무심코 전등을 만들 에테르를 불러오려다가, 적막 속에서 여기엔 에테르가 없음을, 그래서 내가 아무것도 할 수 없음을 되새겨야 했다.

아시라는 곧 돌아왔다. 아시라가 노란 촛불이 일렁거리는 작업등과 함께 내려놓은 건 작은 칼이었다. 아시라는 그 칼을 내 쪽으로 내밀었다. 침투 영상에서 본, 양손으로 쥐어 휘둘러야 하는 화려한 칼과는 다르게 생겼다. 나무로 된 자루는 투박했고, 날도 한쪽에만 둥근 호선을 그리며 잡혀 있었다. 그토록 궁금해했던 칼의 실물을 눈앞에 두고 있다는 게 믿기지 않았던 나는 그것을 덥석 잡지 못했다. 나의 손은 나와 분리된 생명체인 것처럼, 다섯 손가락을 다리처럼 움직여 칼 근처로 다가갔다가, 조심스럽게 자루를 쥐었다. 칼을 내 쪽으로 당기자, 알싸한 냄새가 코끝을 공격했다. 나는 콧잔등을 찌푸렸다.

텅, 소리가 났고 탁자 위에 아시라의 한쪽 팔이 올라왔다. 푸른 핏줄이 도드라진 아시라의 안쪽 팔목에는 오래돼 보이는 타투가 있었다. 아시라는 반대쪽 손으로 나에게 준 것과 비슷하게 생긴 다른 칼을 들고는, 내게 명령했다.

"내가 하는 거 그대로 따라 해. 나처럼 팔 올려. 그리고 칼 제대로 잡아."

나는 아시라가 무엇을 시키려는 건지 즉각 깨달았다.

"싫어."

"내가 뭘 할 줄 알고?"

"저 칼로 팔을…."

"그래. 네가 좋아하는 거잖아?"

누가 내 머리를 때리거나 누른 것도 아닌데, 뒤통수가 지끈거렸다.

"좋아하지 않아. 나 자신은… 나의 적이 아니야."

"너는 네 적이 아니다, 그러니 칼로 너를 찌르지 못하겠다, 이거야? 찔러봤자 얻을 수 있는 게 없으니까?"

"정정하고 싶지만 네가 갑자기 이러니까 나도 내 생각을 빠르고 설득력 있게 정리하지 못하겠어…. 그래. 그렇다고 치자."

"하지만 너는 네 팔을 깨물었지?"

"그건 내 몸에서 나오는 피가 어떨지 궁금해서…."

"보기보다 구구절절 잘만 변명하는 성격이었네. 아직도 너는 네가 뭘 했는지 모르고 있어. 그러니 잔소리 말고 칼 들어."

나는 아시라의 기세에 못 이겨 아시라를 따라 했다. 탁자 위에 한쪽 팔을 올렸고 반대쪽 손으로 칼을 고쳐 쥐었다. 그러자 아시라는 조금도 고민하지 않고 칼을 강하게 내려찍었다.

퍽. 칼이 아시라의 손등을 관통했다. 왜인진 알 수 없었으나 피가 나지 않았다. 그 와중에도 아시라는 눈 깜짝하지 않고 나를 기다렸다. 물리 세계의 육체는 고통을 감지할 수 있는 부위가 나뉘어 있는 건가? 나는 칼을 높이 들었다. 그리고 내 손등을 향해 내려찍었다. 하지만 칼을 아시라처럼 깔끔하게 사용하지 못하는 나는 내 손등을 통과할 수 있을 정도로 힘을 넣지 못했다. 게다가 내 손등 내부는 날이 부드럽게 지나가기 어려울 정도로 단단하고 끈적이는 것들로 가득했다. 아시라의 칼이 단숨에 손을 꿰뚫은 게 신기할 지경이었다. 내 손에는 어설프게 깊은 상처만 남았다. 나는 비명을 질렀다. 내 몸이 탁자 위로 반쯤 무너졌다.

"다시 해."

팔을 깨물었을 때와는 비교도 할 수 없는 양의 피가 흘러나왔으나, 아시라는 나의 상태가 조금도 신경 쓰이지 않는다는 것처럼 말했다.

"꼬, 꼭, 해야 하, 한다면, 네가, 해줘, 차라리."

"아니, 네가 해야 해."

내가 고통에 숨을 헐떡이며 애원했지만, 아시라는 단호했다.

"네가 하지 않으면 의미 없어."

그 의미라는 게 뭔지 설명이라도 해주었으면 했지만, 아시라는 그러지 않았다. 나는 거절하고 싶었다. 나한테 무슨 짓을 하려는 거냐고 따지면서. 하지만 그러기엔, 아시라는 이미 몸소 시범을 보였다. 나는 그제야 아시라의 얼굴을 자세히 볼 수 있었다. 결연하려고 애쓰는 아시라의 입술이 파르르 떨렸고, 아시라의 턱과 목덜미에는 식은땀도 흐르고 있었다. 아시라도 필사적으로 견디고 있었다. 꿍꿍이가 있다고 할 수 없는 모습이었다. 나는 묻고 싶었다. 왜? 무엇을 위해서 이러는 거지? 나를 훈계하고 싶었다면, 다른 방법은 얼마든지 있었을 것이다. 하지만 지금은 어떤 말을 하든 변명이라는 평가만 내려올 것이었다. 원인 모를 승부욕이 일었다. 나는 아시라가 나를 만만하게 여기지 않았으면 했다.

나는 여러 번의 시도 끝에, 내 손등에 칼을 꽂아 넣는 데 성공했다. 손등에서부터 번지는 무시무시한 통증과 더불어 나를 마구 긁어대는 정신적인 충격에, 입에서 침이 절로 흘러나왔다. 하지만 고통은 내가 부끄러움을 느낄 겨를을 조금 내주지 않았다. 아팠다. 정말 너무도 아팠다.

고통스러워하는 나를 가만히 바라보던 아시라는 자신의 손에 박은 칼을 뽑았다. 그제야 피가 철철 흘렀다. 하지만 아시라는 거기서 그만두지 않고, 날을 팔 안쪽에 대고 비스듬히 눌렀다. 여러 개의 행성 타투가 새겨진 피부는 붉은 선을 중심으로 쩍 갈라졌다.

"못 해, 제발…."

"해."

나의 애원에도 아시라는 고정값만 입력된 기계처럼, 똑같은 투로 같은 말을 반복했다.

"따라 해."

나는 꼴사납게 흑흑거리며 울면서도 아시라에게 굴복했다. 하필 공격의 대상이 된 팔이 내가 깨물었던 쪽이었기에, 흉하게 진 딱지가 칼날에 걸렸다. 피부에 엉겨 붙은 딱지가 뜯기는 감각에 순간 머리가 핑 돌았다. 아시라가 그만, 하고 이야기했지만 명령을 수행해야 이 고통이 끝난다는 사고에 빠져버린 나는 멈추지 못했다.

나는 칼을 쥔 채로 기절하고 말았다.

L

정신을 차렸을 때, 나는 침대에 누워 있었다. 몽롱한 의식 사이 나는 내가 물리 세계에 있다는 사실과, 그래서 에테르를 쓸 수 없다는 사실을 바로 자각했다. 동시에 아시라와 함께 했던 자기 훼손 경험이 파노라마처럼 뇌리를 스쳤다. 낡은 칼로 내 몸을 찌른 일이 각인처럼 몸에 남은 것 같았다. 아시라가 의도했는지는 모르겠으나 이 일은 나를 물리 세계에 고정하는 압정이 되어줬다.

"그만하라고 할 때 그만했어야지, 동맥을 끊을 뻔했잖아."

아시라는 내 곁에 있었다. 내가 깨어난 걸 발견한 아시라는 퉁명스럽게 말했지만, 나는 아시라의 눈가에 짙게 내려앉은 검은 그늘을 알아봤다. 나는 대답 없이 아시라의 왼팔에 눈길을 줬다. 붕대가 친친 감긴 왼팔은, 내 입에 약을 밀어 넣고 차가운 수건을 올려주는 등 분주히 움직이는 오른팔과는 달리 축 늘어져 있기만 했다. 그러니까 아시라는 진짜로 자기 팔을 찌른 거다. 아시라는 나를 속이지 않았다. 그게 왜 나를 기쁘게 한 건지는 모르겠지만, 기분이 나아진 나는 눈꺼풀을 묵직하게 누르는 나른함에 기꺼이 굴복했다. 아시라는 내가 쓰러진 후 닷새를 누워만 지냈다고 했다. 여기선 파세크를 쓰지 않느냐고 물으니, 에테르 세계와 다르게 시공간 통합 단위를 쓰지 않는다는 짤막한 답변이 돌아왔다.

"장난 아니게 아팠지?"

내 이마의 온도를 재던 아시라가 어색하게 물었다. 무슨 빈정거리는 것도 아니고, 나를 아프게 한 장본인이 꺼내기엔 이상한 말이라 대답하고 싶지 않았지만, 그렇다고 아시라를 무시하고 싶지는 않았다. 아시라와 서먹해지긴 싫었다. 그래서 나는 이전에 본, 아시라가 지었던 입술을 비죽이는 표정을 흉내 내봤다. 참나, 하고 아시라가 픽 웃었다.

"왜 그랬어?"

목소리가 꺼끌꺼끌하게 튀어나왔다. 반사적으로 입안에서 침을 모아 꼴깍 삼켰으나, 목이 찢기는 감각은 사라지지 않았다. 갈라진 신음만 나오자, 아시라가 말없이 액체가 담긴 작은 원통형 그릇을 건네줬다. 나는 상체를 일으켜 베개로 목을 어정쩡하게 받치고는 액체를 벌컥벌컥 들이켰다. 시원한 것이 들어가니 쪼그라들 것 같았던 식도가 다시 펴지는 듯했다. 나는 입가에 남은 물기를 입술에 문질렀다. 갈라져 따가운 입술이 진정됐다. 아시라는 잔소리처럼 말했다.

"이제 번거로운 일들이 많아질 거야. 생산적인 일을 하지도 않았는데 허기가 질 거고 그 허기를 채우기 위해 먹을 걸 마련해야 해. 물이 없으면 강이나 연못에 물을 뜨러 가야 하고 없으면 땅이라도 파야 해. 만약을 대비한 분자 프린터기가 있긴 하지만, 쓸 일이 거의 없을 테니 숙지해 둬. 물리 세계에, 에테르는, 없어. 항상 명심해."

"알았어. 그러니까 왜 너를 따라 하라고 했는지 말해줘."

"방금 해준 설명이 내 대답의 일부야."

아시라가 이불 아래에 있던 내 너덜너덜해진 팔을 꺼냈다. 아시라의 팔처럼 붕대가 마구 감겨 있었다. 아시라는 붕대를 갈겠다며 얼룩덜룩한 붕대를 풀었다. 팔을 압박하던 붕대가 풀리면서 상처가 공기에 닿자, 나는 몸을 비틀었다. 칼날로 피부를 찔렀을 때의 고통과는 또 다른 고통이었다. 피부가 활짝 벌어져 있으리라는 달갑지 않은 예측이 무색하게도, 검붉은 상처는 꼼꼼하게 꿰맸는지 꼭 다물어진 상태였다. 아시라가 솜에 소독약을 묻혀 닦자 노란 진물이 묻어났다.

"나머지 대답은… 네가 여기 생활에 적응하는 과정 중에 차차 덧붙을 거고."

"답하는 방식이 좀 번잡스러운데? 일부러 거창하게 구는 거냐고 물으면 화낼 거야?"

아시라는 고름보다도 탁한 빛깔의 연고를 떠서 내 피부 위에 발라줬다. 에테르 세계에서도 손을 잡거나 포옹을 하는 식의 접촉은 존재했지만, 물리 세계에서 느껴지는 피부와 피부가 맞닿을 때의 감각은 영 생경했다. 그러나 이 낯섦은 불안 속에서 안정감을 동반했다. 심장의 박동을 느낄 때처럼.

"나는 모든 걸 문장 하나로 정의할 수는 없는 법이라고 배웠어. 설명은 할 수 있겠지만 너는 문장에 담긴 뜻을 네 것으로 체화할 수 있는 머리가 아닌 것 같아, 아직은. 다행히 너는 나랑 같이 지낼 거니까, 배울 시간은 충분히 있어."

걸어 다닐 수 있을 정도로 내 몸이 회복되자, 아시라는 씻는 법부터 가르쳐 줬다. 물리 세계의 몸은 먼지 같은 오염물질이 잘 묻는데, 제때 씻지 않으면 온갖 질병에 걸릴 수 있다고 했다. 살아남기 위해서는 청결을 유지하는 게 중요하다고 아시라는 강조했다.

"인간은 정신과 육신이 하나라, 육신 관리를 소홀히 하면 정신도 때가 타기 쉬워."

나는 목욕을 빠르게 숙달하고 싶었지만, 솔직히 정말 까다로운 행위가 아닐 수 없었다. 머리카락 사이사이 손가락을 집어넣어 두피를 적당한 압력으로 긁는 것도, 비누를 묻혀 전신을 문지르는 것도 수고스러웠다. 무엇보다 젖은 몸을 말리는 데에 품이 지나치게 많이 들었다. 이게 아시라가 말한 '번거로운 일'의 서막에 불과하다니, 에테르인이 왜 그렇게까지 물리 세계를 기피했는지 나는 조금 이해할 수 있을 것만 같았다. 에테르 세계에서는 더러운 게 묻으면, 에테르로 그 부분을 교체하면 끝이었는데.

아시라는 나에게 이것저것 많은 것을 알려줬고, 나는 아시라의 만족스러운 미소를 얻어내기 위해 꾸준히 노력했다. 해가 몇 번이나 뜨고 졌는지 세지는 않았지만, 아시라가 어깨에 닿을 정도로 길어진 머리카락을 짧게 치기 위해 가위를 쥐는 날이 두 번 정도 돌아왔던 것 같다. 꽤 오래 함께 지낼 거란 믿음이 생기자, 아시라만 좇던 내 시야는 좀 더 넓은 각도로 트였다. 주변을 구성하고 있는 요소들을 인지할 때마다 나는 놀랄 수밖에 없었다. 아시라의 집 곳곳에 '무기'가 널려 있었기 때문이었다. 심지어 우리의 살을 갈랐던 칼은 버젓이 부엌의 한 공간을 차지하고 있었다. 부엌에서 그것을 봤을 때 나는 소스라치며 경계했다. 아시라는 저것들이 무기가 아니라고 강조했다. 똑같이 날이 달려 있기는 하지만, 쓰임이 전혀 다르다면서.

"에테르 세계에서는 의식주를 전부 에테르로 해결할 수 있었지? 1세대나 2세대면 몰라도, 너 같은 3세대는 날 때부터 육신이 없었으니 전력으로 만들어지는 에테르가 곧 생체 에너지였을 거야. 전력이 끊기지만 않으면, 에테르가 기능하기만 하면 너는 영구히 존재할 수만 있었겠지. 하지만 여기선 모든 걸 손수 마련해야만 해. 먹을 것과 입을 것과 쉴 곳까지도. 그런데 네가 '먹는다'라는 단어를 낯설어하지 않는다는 건 좀 의외네."

"음식을 입에 넣는 것까지는 우리도 똑같이 해. 옷의 무게에 거추장스러움을 느낀다거나 음식을 소화한다는 개념이 없을 뿐이지."

"진짜 현실을 책임지는 건 죽어라 회피하면서 인간으로서의 문화는 버리고 싶지 않았던 모양이네? 진짜 웃겨."

아시라가 코웃음 쳤다. 아시라는 원로들을 정말 싫어했다. 손가락에 박힌 가시도 그들보다는 아시라에게 좋은 평을 받을 거다.

"어쨌든. 물리 세계에서의 생활은 상상력만으로 충족되지 않아. 에테르가 없는 이곳에서는 다른 방식으로 살아가야 해. 자원을 구했으면 그걸 가공할 줄도 알아야 해. 채집을 하고 사냥을 하면, 재료를 익히거나 숙성시켜야 하지. 물리 세계의 모든 자원들이 우리를 위해 만들어진 거라는 안일한 생각은 버리는 게 좋아. 손질하지 않고 섭취하거나 만지면 탈이 날 수도 있어. 일련의 가공을 하기 위해서 필요한 게 바로 이런, 식칼 같은 도구야."

아시라가 식칼이라고 부른 날붙이를 들어보라는 듯, 자루를 내 쪽으로 내밀었다. 칼이 선사한 고통을 기억하는 몸은 필사적으로 거부하려고 들었지만, 나는 겨우 용기를 내 자루를 쥐었다. 그때와 똑같은 질감이었다. 그래서 더더욱 아시라의 말을 믿을 수 없었다.

"이게… 우리가 먹을 음식을 자르는 도구였다고? 너는 도구와 무기가 전혀 다르다고 했지만, 도구인 이 칼로 우리는 우리를 다치게 했어."

"맞아. 그게 핵심이야. 도구는 무기가 될 수 있고, 무기도 도구가 될 수 있어. 관건은, 양면성을 지닌 물건을 한 사람이 어떻게 쓰느냐에 따라 달린 거야."

"구별할 수는 없는 거야? 용도가 달라지면 경고 딱지를 붙인다거나…."

"인공 제어기를 쓴다면 가능은 하겠지? 종전 이후 그렇게 도구 사용을 통제하는 행성도 몇몇 생겼고. 하지만 대부분은 도구의 주인을 믿는 것 말곤 할 수 있는 게 없어."

아시라가 식칼을 쥔 내 손 위에 자기 손을 겹쳐 잡고는, 칼이 도마를 탕탕, 두드리도록 움직이면서 덧붙였다.

"그게 우리 인간사를 매번 위기에 처하게 하는, 이 세계의 고칠 수 없는 가장 큰 모순이지."

나는 아시라가 가진 '도구'들을 적절하게 사용하는 방법을 차례차례 익혀갔다. 요리를 하고, 가구를 수리하고, 옷을 수선하는 도구는 크기도 용도도 다양했다. 기교까지 금방 익힐 정도로 가볍고 단순한 형태를 가진 것도 있었지만, 두 손으로도 들기 어려울 만큼 무거운 것도 있었다. 내가 내 몸을 혼자 돌볼 수 있게 되고 여러 살림을 하는 데 능숙해지자, 아시라는 나를 밖으로 데려갔다. 왼팔이 완전히 제 기능을 할 수 있게 되었을 즈음이었다.

아시라의 집은 언덕이라 하기엔 높고 산이라 하기엔 낮은 지대의 숲 한가운데에 있었다. 사냥터는 집에서 꽤 오래 가야만 나왔다. 식량이 될 동물을 잡기 위해, 우리는 아시라의 오토바이를 함께 타고 이동했다. 나보다 덩치가 작은 아시라의 허리를 붙잡은 채 오토바이의 속력 때문에 흐트러진 정신을 겨우 주워 담다 보면, 하늘을 찌를 듯 높이 치솟은 나무들 사이를 달리고 있었다. 아시라는 그 속에서 단 한 번도 헤매지 않았다. 비포장도로에는 오토바이 바퀴 자국이 몇 겹씩 겹쳐져 단단히 굳어 있었는데, 아시라가 이곳을 얼마나 많이 지나다녔는지를 보여주는 듯했다. 아시라는 오토바이 타는 걸 좋아했다. 인간의 다리로는 불가능한 속력을 낼 때 맞는 바람을 고스란히 느끼면 숨통이 탁 트인다면서.

나는 사냥터에서 동물을 발견할 때마다 그것의 명칭을 묻기 바빴다. 물리 세계의 동물은 에테르 세계에서 구현된 동물의 모습과 비슷하면서도 다리나 머리의 수가 달라 미묘하게 거부감이 드는 외향을 가지고 있었다.

“동물을 관찰하겠다는 생각을 여기서는 버려야 해.”

아시라가 사냥을 시범하며 말했다.

“여기 있는 동물들은 하도 유전자 장난을 쳐놔서 번식할 수 없거나 번식해서는 안 되는 놈들뿐이거든. 정말 잔인한 짓이지.”

“영주들이 그렇게 잔인했어?”

“응. 이 행성은 영주의 사냥터였어.”

“저 동물들은 영주가 사냥을 즐기기 위해 만든 거고?”

“아니, 저 동물들은 실험실에서 방생한 녀석들이야. 키울 수도, 폐기 처분해 버릴 수도 없어서 눈 가리고 아웅한 거지. 방생시키자고 설득하는 것도 힘들었어.”

“사냥터인데 동물이 없었다고? …영주들은 그럼 무얼 사냥했어?”

아시라는 대답하는 대신 화살을 내 손에 들려줬다. 그러고는 화살촉이 자신의 목을 향하게끔 내 몸을 당겼다. 나는 몸서리치며 화살을 물렸다.

“같은 인간을 사냥했구나.”

“인간을 인간이 아닌 것으로 만든 후에 사냥했지.”

아시라는 덤덤히 대답했다. 그 단조로운 어조 안에 아시라가 삭여온 수많은 감정이 비치는 것 같았다. 문득 침투 영상으로 본 장면 하나가 떠올랐다. 황금과 은으로 된 띠를 허리에 둘렀던 여자가 쏘았던 화살들이 반짝거렸었다. 밤하늘의 별처럼.

아시라가 다른 화살을 꺼냈다. 그리고 그 여자가 그랬던 것처럼 시위를 당겨, 호수에서 물을 마시고 있던 다섯 다리 달린 동물을 단번에 명중시켰다. 하지만 아시라는 그 여자와 달리 기뻐하지도 즐거워하지도 않았다. 나는 그 차이의 이유를 명확하게 짚기 어려웠다.

동물은 바로 죽지 않았다. 아시라는 낑낑거리는 동물 앞에 앉더니 주머니에서 작은 병을 꺼내 소독약 냄새가 나는 물을 벌컥벌컥 마셨다. 소매로 입가를 닦은 아시라는 내게 작지만 시퍼렇게 날이 서 있는 단도를 건넸다. "죽여." 나는 칼이 내 팔을 가르며 선사했던 고통이 어땠는지 기억했기에, 대답하기도 전에 고개를 저었다.

"못 하겠어."

"우린 이걸 먹으려고 활을 쐈어, 그치? 그러면 이게 죽는 모습을 끝까지 지켜봐야 해."

"아시라…."

"자해했을 때 아팠지? 그 감각을 외면하라는 게 아니야. 떠

올려, 네가 얼마나 아팠는지를. 그리고 먹기 위해 이걸 해칠 수밖에 없다는 사실을 인정하면서 이것이 느낄 고통에 진심으로 미안함을 느껴. 그게 먹는 자가 져야 할 책임이야."

"내가 먹지 않는다면…."

"그럴 수도 있겠지. 하지만 네가 여기서 사냥을 하지 않으면 뭘 먹을 건데? 무언가를 먹어야만 살 수 있는 이상, 이 책임은 선택이 아닌 의무야."

"…."

나는 아시라가 시키는 대로 했다. 단도가 동물의 목을 꿰뚫는 감각이 손끝에서 손바닥을 지나 곧 온몸으로 퍼졌다. 어마어마한 스트레스가 몰려와서 나는 나도 모르게 눈을 질끈 감았다. 피를 손에 묻히면서 얻은 보상은 영상에서 봤던 것처럼 아름답지도 매혹적이지도 않았다. 이 행위는 값어치 있는 보상이 뒤따라야 하는 것이 아니었다.

사냥은 그냥 사냥이고, 피는 그냥 피였다.

동물의 숨이 완전히 끊어지자, 아시라가 옅은 한숨을 쉬곤 내 몸에 팔을 둘렀다. 나는 피 묻은 손으로 마주 안고는 아시라의 목덜미에 얼굴을 파묻었다.

"나는 활이나 총으로 단발에 목숨을 빼앗는 걸 싫어해."

나는 총이 무엇이냐고 묻지 않았다. 이전 같았으면 무기에 대해 더 자세히 알고 싶어 쓸데없는 질문을 퍼부었을 것이다. 하지만 지금은 영 그런 기분이 들지 않았다.

"대상과 거리가 멀수록 내가 뭘 죽이고 있는지, 죽이고 있긴 한 건지 실감을 못 하게 되거든."

아시라가 포옹을 풀었다. 조금 더 안겨 있고 싶었던 나는 어중간하게 팔을 아시라의 허리에 걸친 채로 버텼으나, 아시라는 자연스럽게 몸을 틀어 내게서 벗어났다. 아시라는 아무 일도 일어나지 않았다는 듯이 동물의 가죽을 벗기는 법과 근육과 지방을 분리하는 법을 가르쳐 줬다. 유전자가 가축 사료처럼 섞인 고기이긴 하지만 뱃속에 들어가면 다 똑같아, 하고 덧붙이는 아시라의 말은 진지한 조언 같기도 했고 농담 같기도 했다. 그 모습을 하나하나 눈여겨보던 나는, 불쑥 물었다.

"방금 네가 쏜 활은 무기야, 도구야?"

아시라는 분명히 내 질문을 들었을 텐데 대답은 않고, 낡은 헝겊으로 조용히 피를 닦았다. 고통 때문에 최소한으로 움직이던 왼팔로 주머니를 거칠게 뒤져 통 하나를 꺼낸 아시라는 그 안에 있던 걸 단숨에 들이켰다. 아시라의 왼팔 안쪽엔 내 것과 같은 모양의 흉이 눌어붙어 있었다.

"그러게… 너는 뭐라고 생각해?"

L

아시라는 술을 자주 마셨다.

내가 물리 세계에 도착했을 때만 해도 아시라는 술을 거의 입에 대지 않았었다. 하지만 나와 동거를 시작하면서부터, 아시라가 술을 마시는 주기는 점차 짧아졌다. 그래도 술 마시는 모습을 보이지 않으려는 노력 따위를 처음엔 했던 것도 같은데, 창고에서 병나발 부는 모습을 들킨 날부터는 저녁마다 술병들이 하나씩 늘어 바닥 여기저기에 굴러다녔다.

"물을 왜 그렇게 독특한 병에다 나눠 담아 마시는 거야?"

내가 모른 체하며 묻자, 아시라는 설핏 웃더니 손바닥만 한 크기의 술병을 내밀었다.

"마셔봐."

나는 미심쩍은 눈빛을 흘렸다. 아시라의 행동 패턴을 어느 정도 파악하고 있었기 때문이다. 아시라는 내가 흥미를 느낀 무언가가 실은 빛 좋은 개살구라는 사실을 깨우쳐 줄 때마다 언제나 과격한 방식을 택했다. 내가 그걸 생각만 해도 진저리를 치도록.

"충족되지 않는 호기심은 의혹이 되고, 의혹은 쉽게 영혼을 장악하거든."

그 말은 아시라의 입버릇이었다. 내 팔에는 아직도 흉터가 남아 있었고, 지금까지 아시라에게 당한 것만 해도 수십 가지니 아시라가 원하는 대로 물러날 만도 했건만, 나는 아시라의 술병을 덥석 잡았다. 나도 아시라만큼이나 유별난 성정인지라, 결과가 어떨지 알면서도 호되게 당해봐야 교훈을 얻을 수 있었다. 내가 한차례 크게 고생하고 나면, 아시라가 잠깐이나마 다정하게 대해주기도 했다. 아마도 그래서 똑같은 실수를 반복하고 있는 걸지도 몰랐다.

뚜껑을 따자마자 알코올 향이 콧구멍을 습격해 나는 마른 기침을 뱉었다. "마셔, 얼른." 아시라가 재촉했다. 눈을 질끈 감고 한 모금 머금자마자 얼른 뱉고 싶었지만, 아시라는 입을 떼지 말고 꼴깍꼴깍 계속 마시라고 했다. 갈증이 일었을 때와는 다른 느낌으로 식도가 괴로워했다. 스스로를 고문하는 느낌이었다. 나는 참지 못하고 바닥에 그날 먹은 것까지 전부 게워 내고 말았다. 아시라는 우두커니 나를 내려다보더니, 내 구역질이 끝날 때까지 어깨를 툭툭 두드려 줬다.

"내가 치울 테니까 씻고 들어가서 자. 이런 쓰레기 같은 약물이라는 걸 알았으니 술에 눈독 들이지 말고." 나는 아시라에게 그 말을 그대로 돌려주고 싶었다. 아시라의 손에 든 술병을 뺏고 싶었지만, 혈관 구석구석에 스민 알코올 때문에 몸을 제대로 가누기가 힘들었다.

술은 맛도 없었지만 정신을 쉽게 마비시켰다. 뭔가를 깊게 고찰하려고 치면 생각이 여지없이 툭툭 끊겨버렸다. 활력을 잃어버린 근육이 무기력에 복종해 힘을 풀었고, 몸을 기대 눕는 게 누릴 수 있는 최대치의 행복처럼 느껴졌다. 술에 취하는 순간 내 의지는 무의미한 티끌처럼 쪼그라들었다. 에테르 세계에서는 느껴보지 못한 감각이었다. 나는 사고 회로를 둔하게 만드는 술이라는 약물을 바로 경계하게 되었다. 하지만 아시라는 그 둔해지는 감각을 즐겼다.

"다시 말해봐. 뭐라고?"

"그만 마셔, 아시라. 너한테 득 되는 거 하나 없어. 애초에 이런 걸 왜 마시는 거야?"

"네가 나한테 이래라저래라 말하는 거야? 감히? 에테르인 주제에 훈수 두지 마."

"이건 내가 에테르인인 것과는 상관없는 문제야."

"상관이 있지! 가끔은 너를 보고 있는 것만으로도 진짜 끔찍한 기분이야. 그래서 마시는 거라고, 알아?"

아시라는 자리에서 벌떡 일어나 내 가슴을 툭툭 치며 버럭 외쳤다. 나는 그 말과 행동에 반격할 수 없었다. 나를 뒤로 밀치려던 아시라의 손이 멈췄다. 술에 취해 몽롱해진 아시라의 눈에 빛이 들어왔다. 자신이 심한 말을 했음을, 그래서 내가 상처받았음을 깨달은 아시라의 눈동자가 나를 똑바로 바라보지 못하고 이리저리 튀었다. 아시라는 사과하기는커녕 남은 술을 모조리 입속에 털어 넣고는 나를 지나쳐 가버렸다. 나는 신음했다. 아시라가 나를 때리지도 찌르지도 않았는데 가슴 안쪽이 아팠다. 아시라는 그렇게 말도 무기가 될 수 있음을 내게 가르쳐 줬다.

나는 이 아픔을 겪은 후에야 아시라가 나에게도 폭력을 휘두를 수 있는 존재라는 걸 제대로 인지했다. 아름다운 첫인상에 너무 오래 홀려 있었던 거다. 그제야 보이는 것들이 있었다.

아시라는 정말 많은 이야기를 들려줬다. 물리 세계의 숨겨진 이야기들은 확실히 흥미롭고 충격적이었다. 하지만 정작 아시라 본인은, 자신이 나에게 가르쳐 주는 대로 행동하지는 못했다. 아시라는 집안을 정리하기 귀찮아했고, 자기가 뭘 어디에 뒀는지 잘 잊어버렸다. 아시라는 외로움을 많이 탔고 그래서 종종 내게 입을 맞췄지만, 나를 정말 좋아하고 존중해서 하는 키스는 아니었다. 아시라는 자주 자다 말고 비명을 지르거나 욕을 했다. 그러면 나는 잠에서 깨 아시라의 방에 갔다. 깨어 있는 아시라는 언제나 흐느끼고 있었다. 위로해 줄까? 하고 내가 물으면 아시라는 답하지 않았지만, 거절로 받아들이고 방에서 나가려 하면 가지 마, 하면서 나를 붙잡았다. 하지만 끝의 끝에는, 그 모든 것에 대해 위로받기 위해 아시라는 결국 술을 택했다. 내가 아니라.

"어차피 견학이 끝나면 언젠가 에테르 세계로 돌아갈 몸이시잖아." 아시라의 음주를 만류하다가 실패한 후, 사소한 말다툼을 벌일 때마다 아시라는 그 말을 무기처럼 꺼내 들었다. 대화의 흐름이 아시라의 습관을 개선하자는 식으로 흘러갈라치면 아시라는 대장 자리에서 밀려난 어린애처럼 한없이 유치해졌다. 나는 내가 받은 형벌이 유배가 아니라 추방이고, 내가 보고서를 어떻게 써서 제출하느냐에 따라 형량이 감소될 수는 있지만 지금껏 보고서를 성실히 쓰진 않았다고 조목조목 설명하는 대신 세상만사 다 아는 척하면서 왜 이렇게 미성숙하게 구느냐고 받아칠 수 있게 됐다. 왜인지 에테르 세계로 돌아가지 않을 거란 말만큼은 거짓말로라도 할 수 없었다. 내가 기세를 굽히지 않으면 아시라는 골이 나서는 언성을 높였고, 나도 기분이 상할 대로 상해 네 마음대로 하라며 집에서 나갔다. 하지만 저녁이 되면, 고개를 숙이고 사과를 하게 되는 쪽은 항상 나였다. 밤마다 우는 아시라를 방치할 수 없었기 때문이다. 그렇게 애매하게 화해하고 싸우고 또 화해하는 일은 거의 일상이 됐다.

나는 수많은 삶을 시뮬레이션하면서 매칭된 파트너를 대하듯 아시라를 대할 수가 없었다. 거기서는 간단히 유대 계약을 파기하기만 하면 파트너와의 모든 문제가 해결됐다. 하지만 아시라와 나는 그런 파트너 관계가 아니었고, 그런 미래를 약조하지도 않았다. 나는 아시라에게 아무것도 아닌, 어느 날 갑자기 떠맡겨진 짐에 불과했다.

그럼에도 나는 아시라를 이해하고 싶었다. 아시라에게 매달린 악몽을 떨쳐 낼 방법을 강구하고 싶었으나, 나는 아시라가 필요할 때 곁을 내어주는 것 말고는 할 수 있는 게 없었다. 아시라는 아무것도 내보이려 하지 않았다. 내가 에테르인이기 때문임이 틀림없었다. 그래서 나는 아시라가 에테르인을 왜 그렇게 끔찍해하는지 알고 싶었다. **외면, 회피, 도망**. 아시라가 에테르인을 묘사할 때 사용하는 주요 키워드다. 나는 내 조상이 무얼 피해서 도망쳤는지 알려달라고 하고 싶었으나, 두려웠다. 그게 아시라와 나 사이에 지워지지 않을 선으로 확실하게 그어질까 봐. 내 안에 깃든 조상의 일부가 내가 주목하는 순간 숨길 수 없는 얼룩으로 드러날까 봐.

나는 기회를 원했다. 아시라가 나를 에테르인으로만 보지 않고, 기대고 의지할 만한 존재로 봐줄 순간을.

"잘 지내는 것 같아 보여서 다행이네."

하지만 그 과정에서 아시라가 상처받길 바랐던 건 아니었다.

"꺼져."

"아시라, 사라. 그래도 나를 오랜만에 보는 건데 반갑지도 않은 거야?"

"정신 나갔어? 내가 왜 반가워해야 하지?"

혼자 사냥을 마치고 돌아가는 길이었다. 집에서 나는 대화 소리가 마당에까지 쩌렁쩌렁 울렸다. 나는 아시라에게 빌렸던 오토바이를 급하게 주차하고 문에 바짝 붙였다. 당장 박차고 들어가고 싶었으나, 눈치 없이 끼어들었다가는 아시라의 미움을 살 수도 있었다. 아시라가 신변을 위협당하는 것 같진 않다고 판단한 나는 상황을 더 지켜보기로 했다.

"그래도 함께 역경을 이겨낸 동료 사이였잖아. 꼭 나를 영주 잔당 보는 듯 대하니 많이 서운한데?"

"닥치고 꺼지라고, 개자식아. 머리에 바람구멍 나기 싫으면 이대로 사라져. 그딴 소식 들고 올 거면 그냥 메일을 보낼 것이지, 기분 잡치게 왜 직접 찾아온 거야?"

"좋은 소식은 얼굴 보고 전해야 하는 법이잖아. 솔직히 나는 네가 기뻐할 줄 알았어. 네 환자들이 드디어 존엄사로 평화를 찾게 되었는데."

"존엄사? 그걸 존엄사라고 할 수 있어, 카할? 신경 마비 주사를 놓고 방치한다고 그걸 존엄사라고 할 수 있냐고, 미친 새끼야!"

"꼭 진심으로 그들의 안위를 걱정하는 것처럼 들리네…. 아시라 박사님, 의사님이라고 해야 하나? 다른 누구도 아니고 네가 포기한 환자들이잖아?"

탕, 하는 굉음이 났다. 처음 듣는 소리였다. 나는 깜짝 놀라 문을 벌컥 열며 외쳤다. "아시라!" 두 사람의 시선이 내게로 쏠렸다. 아시라가 검은색 기계를 손에 쥐고 있었다. 내가 문을 연 순간 기계가 한 번 더 작동됐는지, 탕! 소리가 다시 났다. 귀가 아팠다. 나는 기계에 난 구멍에서 무언가가 발사됐다는 걸 알 수 있었다. 눈으로는 좇을 수 없을 정도로 빠른 무언가였다. 나를 발견한 아시라의 눈이 커졌다. 나는 굳이 설명을 듣지 않아도, 아시라가 무얼 사용한 건지 짐작할 수 있었다.

총. 총이었다. 아시라가 그토록 싫어한다고 말하던 원거리 무기다. 희생양을 살아 있는 생명체가 아닌 장난감처럼 느끼게 하기에 써서는 안 된다고 했던 것. 그 무기를 아시라가 쓰고 있었다.

"네 반려인 왔네."

"…뭐 하나라도 트집 잡고 싶어 죽겠지, 아주?"

주변을 전부 뒤집어엎을 듯이 굴던 아시라의 기세가 한순간에 꺾였다. 아시라는 나를 쳐다보지 못했다. 집에 찾아온 손님은 인간이었는데, 키가 엄청나게 커서 정수리가 천장에 닿았다. 포니테일로 묶은 머리카락 때문에 훤하게 드러난 이

마엔 올록볼록한 다섯 개의 홑눈이 마치 머리띠처럼 깜빡이고 있었다. 오른쪽에 셋 왼쪽에 둘로, 총 두 쌍 반의 팔을 가진 그는 아래 한 쌍으로 팔짱을 꼈고 위 한 쌍으로 과장스레 어깨를 으쓱해 보였다.

"그렇게 싫어하길래 첫날에 소리 소문 없이 죽여서 묻어놨을 거라고 생각했는데. 혼자서도 주변을 돌아다닐 수 있을 정도로 훈련은 또 잘 시킨 것 같네. 역시 추방형을 받은 에테르인은 네 쪽으로 보내라 하길 잘했어."

"왜 보낸 거야? 누가 일손이 필요하대? 왜 부탁하지도 않은 짓을 멋대로 하냐고!"

"네가 호기롭게 우릴 떠나긴 했지만, 혼자서는 못 사는 사람이잖아. 누구라도 네 곁에 붙여주고 싶었어."

"우리가 이제 서로를 애틋하게 돌봐줄 사이는 아닌 것 같은데?"

"여기서 계속 이렇게 지낼 거야? 자존심 때문에 오기 부리는 건 이쯤 해둬, 사라. 이번 일을 제외하면 우린 의견이 같아. 에테르인을 물리 세계로 끌어내야 한다고 주장하는 점도 그렇고…. 모두 네가 돌아오길 기다리고 있어."

"너넬 다시 보느니 내 목숨을 끊고 말지."

훈련. 카할이 말한 그 단어가 내 머릿속을 자극했다. 나는 원로님이 형을 선고할 때 언급했던 말을 곱씹었다. 훈련을 받으면서, 라고 하셨다. 그리고 그 훈련이 어떤 것을 의미하는지는 아무도 나에게 일러주지 않았다. 양형과도 관련된 아주 중요한 부분인데, 어째서 나는 이걸 지금까지 궁금해하지 않은 걸까? 물리 세계에 적응하는 것만으로도 힘들었지만, 나는 아시라와 함께 지내는 일상 자체에 안주하고 있었다. 이런 하루하루에 의미를 느끼고 있었다. 에테르 세계에서는 느낀 적 없었던 충만함이었다.

내가 정말로 '살아 있다는' 느낌이 들었다. 한 생마다 어떤 업적을 세우는 것을 달성 목표로 삼았던 에테르 세계에서와는 다르게, 아시라와 함께하는 이 세계에서는….

"아무튼 갈게. 내가 살다 살다 너한테 위협 사격도 받아보는구나. 집들이 선물도 없이 와서 그렇게 화를 낼 줄은 몰랐네. 다음엔 술이라도 한 박스 가져올게. 문지방에서부터 술 냄새가 진동을 하더라."

카할이라 불린 거미 인간은 손을 살랑살랑 흔들고는 나를 지나쳐 나갔다. 저렇게 키가 커서는 눈 돋은 이마를 문틀에 박지 않으려고 어떤 자세를 취하는지 보고 싶긴 했지만, 내 신경은 처량한 우울을 온몸으로 뿜어내는 아시라에게 전부 쏠려 있었다. 나는 아시라가 운을 뗄 때까지 기다렸다.

"나 술 안 마셨어."

"알아."

"맨 정신이었어, 저 자식이 오기 전부터도, 줄곧."

"알고 있어."

"너는… 난…."

"아시라. 괜찮아. 명분이 있었겠지. 저 인간이 너를 그만큼 화나게 한…."

"명분? 명분이라고? 아냐, 아냐, 아냐. 그거 아니야. 그래선 안 돼. 라비, 무기는 어떤 이유에서든 사람을 향해서 쏘면… 젠장."

헛웃음을 흘리며 이야기하던 아시라는 돌연 높은 수위의 욕설을 마구잡이로 내뱉었다. 그러더니 총을 던지고는 머리를 쥐어뜯으며 악을 썼다. 아시라의 등이 들썩였다. 푹 숙인 고개에서 투둑, 하고 눈물이 수없이 떨어졌다. 나는 무릎을 꿇고 엎드린 아시라의 등에 두 팔을 둘렀다. 나는 아시라를 안아주려고 했지만, 아시라가 몸을 일으키며 나를 밀어냈다.

"넌 내가 우습지도 않아? 인간이라면 무릇 이래야 한다, 이게 맞다, 이건 잘못된 거다, 아주 전지전능한 선생처럼 얘기해 댄 내가, 막상 감정을 주체할 수 없는 상황에서는 스스로 금기를 깨버렸잖아. 나한테 실망해. 마음껏 하라고! 비웃으려면 지금 마음껏 비웃어!"

"아시라. 진정해 봐. 아시라."

아시라는 북받치는 울분을 어떻게든 억누르고 싶어 했지

만, 몸이 따라주지 않는 듯했다. 나는 아시라의 등을 쓸어주다가, 할 수 있는 한 나직한 어투로 말했다. 아시라가 내 진정을 알아주길 바랐다.

"아시라… 너는 내가 만난 인간 중에서 가장 현명한 사람이야."

아시라가 고개를 살짝 들었다. 눈물범벅인 눈동자는 잔뜩 충혈돼 있었다.

"그래서 내가 이해할 수가 없다고 말해왔던 거야. 누구보다 세상에 대한 통찰력을 가진 사람이 자꾸만 자기파괴를 일삼는다는 게. 내가 널 고쳐보겠다는 건 아니야. 너를 바꾸려는 것도 아니고. 그냥 나는 있는 그대로인 네 곁에 조금이라도 더 오래 있고 싶어. 이 생이… 죽으면 정말 끝인 생이라고 해도, 너랑 있는 것만으로도 의미가 있는 것 같아. 나는 네가 느끼는 걸 같이 느끼면서 더 나은 인간이 되고 싶어."

아시라의 눈에서 눈물이 계속 떨어졌지만, 아까처럼 격하게 등이 들썩이진 않았다. 심호흡하듯 숨의 진폭이 커졌다.

"네가 어떤 선택을 한다고 해도."

L

"나는 '부타의선언' 단장이었어."

감정을 추스른 우리는 언제나 난장판이었던 집을 정말 오래간만에 청소했다. 청소가 마무리될 즈음 아시라가 창고에서 커다란 상자를 꺼내 왔다. 안에는 홀로그램 메모리 칩이 있었다. 워낙 오래된 것이어서, 아시라가 거칠게 흔들고 스패너로 몇 번이고 때리고 나서야 작동했다.

"나는 아주 어릴 때부터 저항군에 속해 있었어. 고아였던 나를 그들이 키워줬거든. 그곳이 내 울타리가 되어줬기에, 나는 자연스럽게 그들의 신념을 따르게 됐어. 천운이었지. 보통 우주 고아는 인신매매를 당하거나 노예로 팔려 가거든. 나는 운 좋게도 우주의 안녕과 무사를 위해 싸우는 사람들에게 거두어져 그들의 품에서 자랄 수 있었던 거야."

"우주의 안녕과 무사를 위해 싸운다는 건 무슨 뜻이야?"

내가 물었다.

"안녕과 무사 같은 무형적인 것이 어떻게 싸움의 보상이 될 수 있지? 메달이나 트로피처럼, 보상을 받았다는 가시적인 증거가 없는데?"

"물리 세계의 안녕과 무사는, 에테르 세계 속 평화처럼 모두에게 보장된 공공재가 아니거든."

아시라는 큰 고민 없이 답했다. 조금의 망설임도 없는 말투에서 아시라가 그 말을 얼마나 자주 되풀이해 왔는지 느낄 수 있었다. 평화가 기본값이 아닌 세계. 나는 이 개념부터가 이해되지 않았지만, 더는 묻지 않았다. 내가 듣고 싶은 건 아시라의 이야기였으니까.

아시라는 칩이 데이터를 투사하기 시작하자 입을 다물었다. 홀로그램 속에서는 움직이는 사진이 차례대로 재생됐다. 성장의 시간을 따라 흐르는 사진들 속에서, 아시라는 언제나 엇비슷한 디자인의 단체복을 입고 있었다. 자라는 키에 맞춰 사이즈만 커진 듯했다. 나는 말없이 아시라의 옆에 책상다리를 하고 앉았다. 아시라가 자연스럽게 내게 기댔다.

"나는 말을 처음 깨우쳤을 때부터 내가 무얼 해야 할지 알았어."

수많은 동물과 식물의 유전자가 결합된 인간의 수가 너무 많아 다양성이 곧 평범함이 된 시대에, 하나의 머리와 한 쌍의 팔다리만 가진 모습은 곧 도태의 상징이었다. 그러나 아시라는 보호자들의 걱정과 달리 머리가 좋았고 열의도 있었다. 아시라는 성인이 되기도 전에 무수한 학문적 업적을 일궈냈고, 그 공로를 인정받아 군의관에 합격했다. 기세를 이어 단장 자리를 꿰차는 데에도 긴 시간이 걸리지 않았다. 절대적이며 수직적인 영주 권력에 반대하는 수평적인 조직이라고 해도, 권력은 권력이었다. 아시라는 목표가 이루어지는 순간까지 헌신하고 싶다는 숭고한 의지를 앞세워 수명 연장 시술과 노화 저속 시술을 받을 수 있었다. "생김새가 구인류라고 해도, 수명까지 구인류인 건 너무 억울했던 것 같아. 그때는 그렇게 생각했어." 아시라는 그때를 회상하며 말했다.

"단장이 되고 나서야 나는, 우주에는 구인류보다 못한 삶을 사는 신인류가 널려 있다는 사실을 직면할 수 있었어." 아시라는 유전자 과잉 결합으로 인해 인간의 흔적조차 사라져버린 돌연변이에 대해 들려줬다. 영주가 장난질을 잔뜩 해놓은, 버려지거나 방치된 놀잇감. 아시라는 그들을 다시 '인간'으로 되돌릴 방법을 찾고 싶었다.

인간의 의식을 가진 모든 존재들이 인간다운 삶을 살 수 있게 돕는 것.

그게 아시라가 스스로에게 부여한 숙명이었다. 아시라의 사명감은 더 뚜렷해졌다. 전쟁에서 승리해야 했다. 인간으로서의 삶을 부당하게 빼앗긴 이들을 구해야 했다. 하지만 전쟁이 끝났다고 해서 영주들이 저지른 온갖 폭력의 잔재가 바로 정리되는 것은 아니었다.

영구히 절대적일 것 같던 영주로부터의 해방을 선포한 날, 기뻐하지 않는 사람이 없었다. 영주 연합에게서 항복을 받아낸 그날은 분명 기념비적이었다. 그러나 공동의 적을 무찔러야 한다는 유대가 걷히면서, 숨죽이고 있었던 갈등이 모습을 드러냈다.

모두가 바라는 것이 달랐다. 하루에 안건으로 올라오는 주제만 수십 가지였다. 복수와 용서, 업보 청산, 이상적인 사회 공동체를 위한 정치 체제, 자본을 투자할 연구 분야 논의….
합의가 가능한 지점도 있었고, 결코 합치되지 않는 부분도 있었다.

어긋나기만 하는 조율 속, 돌발적으로 울린 불협이 결국 '부타의선언' 해체를 시발했다. 새로운 우주 질서를 설립하는 데 어떠한 거부권도 행사하지 않을 테니, 자기들 몫만 분배해 달라는 집단이 생긴 거다. 아시라는 그들을 가장 미워했다. 하지만 결국 현실에서 발을 빼는 데 성공한 그들은, 적당한 행성에 기계를 건설한 후 영원한 잠에 의지해 그들이 창조한 새로운 세계로 도망쳤다.

"그곳이 혹시…."

"맞아, 네가 태어난 세계지. 니 에테르 세계를 유지하기 위해 만들어진 기계가 어떤 원리로 물리 세계 안에서 가동하는지 본 적 없지? 그건 자원을 잡아먹기만 하는 고철 덩어리야. 그들, 네가 말하는 원로들은 물리 세계와 단절된 삶을 살겠다고 했지만, 실상 에테르는 물리 세계의 자원을 끝없이 빨아들이고 있어. 그들은 평화를 원했지만, 누군들 평화를 원하지 않았겠어? 하지만 전쟁을 치르면서 모두 본 게 있잖아. 각자의 감상은 달랐을지 몰라도 우리 눈앞에서 벌어진 건 똑같은 풍경이었어. 그런 식으로 도망치는 건 비겁한 짓이었어. 같이 목숨을 걸고 우주를 탈환했으면서, 자신들을 지금까지 받아준 세상을 외면하고 인형놀음을 택했다고! 어떻게 그럴 수가 있었을까?"

아시라는 애써 분노를 억누르며 차분하게 설명을 이어갔다. 그런 식으로 떠나버린 '부타'들이 많았지만, 다행히 '부타의선언'의 의지를 계승하고자 하는 이들도 많았다. 아시라도 그중 하나였다. 더디지만 확실하게 새로운 우주 질서가 확립됐다.

아시라는 믿었다. 비록 공평과 평등이란 개념이 영원히 닿을 수 없는 궁극의 이상향이라고 해도, 한없이 노력하다 보면 언젠가는 그와 엇비슷한 범위로 세상이 수렴될 수 있을 거라는 믿음. 모두가 소소한 행복을 누릴 수 있는 세상이 올 거라는 믿음이 아시라를 살게 했다.

그러나 모두가 아시라 같진 않았다.

"나는 영주들이 우주 곳곳에 숨겨둔 변이 피해자들을 연구했어. 핏국물탕이라고 불리던 우주 폐기장에 자주 들렀지. 그들을 원래 모습으로 되돌리지는 못하더라도, 일상생활이 가능할 정도로는 재활에 도움을 주고 싶었거든. 하지만 반대하는 동료들이 많았어. 과반수였지. 전쟁의 여파는 그렇게나 심각했어. 자원은 언제나 부족했지. 영주들의 재산을 끌어모아도 전쟁이 망친 폐허를 복구하기에는 턱없이 부족했어. 어딘가에서는 사람들이 굶어 죽었고 어딘가에선 전염병이 창궐했고…. 동료들은 실패 확률이 높은 연구에 자원을 투자하고 싶지 않아 했어. 차갑게 들릴 수 있지만… 신중해야 했기에, '인간'이라고 확실히 부를 수 있는 존재들의 삶에 더 집중하고 싶어 했지. 그들의 판단은 합리적이었어. 오히려 그게 최우선 순위였지. 그렇지만 나는 동료들이 영주들에게 폐기물이라고 칭해지던 돌연변이들을 마주하기 힘들어서, 그래서 그들의 존재를 회피하고 싶어 한다는 것도 알았어. 돌연변이들은 인간의 추악함이 어디까지 바닥을 칠 수 있는가, 하는 물음에 답하기 위해 만들어진, 끔찍한 조형물 같았으니까…. 정작 그 돌연변이들은 아무 잘못을 하지 않았지만, 그들만 사라지면 인간의 심연도 같이 덮어버릴 수 있을 것 같았겠지. 나는 끝까지 싸우려고 했어. 저들을 버려두면, 우리가 영주와 다를 게 무어냐고. …그러나 나는 졌어. 나는 언제까지고 이길 수 없었던 거야."

딸각, 딸각, 딸각. 홀로그램 앨범은 누가 찍었는지 모를 사진들을 연이어 투사했다. 이미지가 많이 깨져 있었지만, 그래도 나는 아시라를 식별할 수 있었다. 아시라와 카할은 자주 붙어 나왔다. 둘은 꽤 친해 보였다. 장난스럽게 팔씨름을 하거나 머리를 맞대고 연구 기록을 보는 모습은, 카할과 아시라가 단순한 전우 이상의 친구였음을 보여줬다. 둘이 찍힌 사진엔 굉장히 눈에 띄는 모양의 콧수염을 가진 중년의 사이보그 남성도 종종 끼어 있었는데, 아시라가 한 뼘씩 자랄 때마다 그의 콧수염 모양은 점점 괴상한 디자인으로 바뀌었다. 사진을 뒤로 넘길수록 그가 나타나는 빈도가 줄더니, 어느 순간부터는 아예 나타나지 않았다. 그처럼, 수많은 다른 사람들이 아시라의 일상 속에 들어왔다가 사라졌다.

아시라는 지나가는 자신의 세월을 멀거니 보다가, 눈가를 꾹꾹 눌렀다. 누가 언제 죽었고 또 의견 차이로 떠났는지, 하는 이야기는 구태여 하지 않았다.

"단순히 옳고 그름을 따질 수 없는 문제라는 걸 알아서 더 화가 났어. 하지만 우리는 영주들보다 더 나은 선택을 하기 위해서 싸워왔던 거잖아. 편의라는 이름으로 포기해서는 안 될 것들을 포기하지 않기 위해 분투해 왔던 건데, 어쩔 수 없다는 것처럼, 그렇게…."

"환자의 존엄사에 대한 얘길 엿들었는데, 그것도 혹시…."

"존엄사가 아니야, 그건. 그 환자, 그 환자들은… 그들의 몸은 고장 났어. 네가 몸을 다쳤을 때 기억하지? 상처는 시간을 두고 천천히 회복됐지. 그런데 그 환자들은 아주 작은 상처만

나도 세포가 빠르게 분열 증식해서 기형적인 모양으로 환부가 변했어. 가끔은 재생이 가속돼서, 신체가 급작스럽게 부풀기도 했지. 자그마한 자극에도 네 몸이 변형될 수 있다고 생각해 봐, 라비."

"…유쾌하지 못한 기분일 것 같아."

"유쾌하지 못한 것 이상이지. 그들은 영원히 살고 싶은 영주의 영약을 위한 실험체였어. 나보다도 훨씬 오랜 시간을 버텨온 거야. 산 게 아니라, 말 그대로 버텼다고. 그런데 그런 그들을 세포 증식 억제액에 담근대. 말이 억제액이지, 그냥 산에 넣어버리는 것과 같아. 그들의 세포 증식 속도보다 그들의 몸이 녹는 속도가 더 빠르기를 바라면서. 그렇지만 만약 증식 속도가 더 빠르다면? 정말… 정말 끔찍한 결과를 낳을 거야."

"그들을 죽이지 않고 얌전히 둘 순 없는 거야?"

"말 그대로 그들은 환자야. 작은 상처도 입지 않도록 관리받아야 하는 인간이라고. 영주처럼 그들을 가축이나 야생동물 취급하며 방치할 수는 없어. 문제는 그들을 보살피고 간호하려는 사람이 없다는 거지. 나도… 내가… 자원할 수 있었겠지만… 해야 할 게 많았으니까. 하지만 어느 순간 이 또한 내 졸렬한 핑계라는 생각이 들더라. 해야 할 것과 하고 싶은 것 사이의 괴리가 나를 강타했고, 나는 견딜 수 없었어."

아시라의 목소리가 공허하게 꺼졌다. 나는 아시라를 위로해 주고 싶었지만, 적절한 말을 고를 수가 없었다.

"나는 다른 사람들보다 똑똑하니까, 내가 올바르다고 여기는 것을 뭐든 이룰 수 있으리라 믿었어. 그런데 아니었어, 라비. 다수의 의견을 얻지 못한 나는 그냥 무력한 한 명의 인간에 지나지 않았어. 그래서 도망쳤어. 나는 내가 가장 싫어하는 짓을 저질러 버렸고, 이제는 스스로를 믿을 수가 없게 됐어. 나도 나를 믿을 수 없는데 네가 나를 믿어선 안 돼, 라비…."

아시라는 그날 밤 악몽을 꾸지 않았다. 자다가 괴로운 신음을 내며 뒤척이지도 않았고, 슬픈 목소리로 잠꼬대하지도 않았다. 응어리를 내게 터놓은 게 일시적으로나마 도움이 된 것 같아 기뻤다. 그렇지만 나는 잠을 이루기 어려웠다. 아시라의 물리 세계 이야기는 솔직히 내 안에 잘 녹아들지 않았다. 영주와 전쟁, 그리고 희생된 사람들의 이야기가 내겐 마치 머나먼 어딘가에서 만들어진 잔인한 창작 동화처럼 느껴지기만 했다. 잠 못 들 게 한 건 아시라의 감정이었다. 나는 아시라가 어떤 마음으로 여기에 있는지 되새기려고 애썼다. 아시라가 지나온 길, 그래서 아시라에게 필요한 것. 앞으로 내가 아시라를 위해 할 수 있는 것. 어떤 결심이 섰을 때야 나는 잠깐 눈을 붙일 수 있었다. 얕은 수면은 기이한 꿈을 불렀다.

나는 피범벅이 된 채 서 있었다. 분명 내 것이 아닌 피이건만, 나를 적신 피는 점점 불어나 흘러내렸다. 핏국물은 내 발치에 고이더니 곧 커다란 늪이 되어 나를 삼켰다. 나는 빠져나오기 위해 허둥대는 대신 늪 앞에 서 있는 아시라를 바라보기만 했다. 아시라는 내가 알지 못하는 선택의 기로에 있었다. 아시라의 등 뒤에서 뿜어져 나오는 눈부신 빛이 아시라를 아프게 태웠다. 아시라는 정수리 끝에서부터 타닥타닥 타들어 갔다. 머리카락에 불이 붙기도 전에, 아시라는 재가 되어 조각조각 흩날렸다. 아시라. 나는 아시라를 부르며 손을 내밀지만, 아시라는 늪에 비친 자신의 얼굴을 보며 눈물만 흘릴 뿐이었다. 내가 마침내 아시라의 팔을 붙잡았을 때, 내 손에서는 출처 모를 빛에 완전히 타고 남은 재 한 줌만 남아 있었다.

"에테르 세계로 돌아가려고 해."

아침에는 아무것도 먹지 않는다던 아시라가 모처럼 차린 아침을 앞에 두고 나는 툭, 그렇게 선언했다. 아시라가 물을 마시다 말고 조용히 컵을 탁자에 올려뒀다. 아시라는 그럴 줄 알았다는 미소를 지었다. 체념하는 그 표정은 나에 대한 환상이 어제 일로 깨진 거지? 하고 묻는 것 같았다. 나는 아시라가 나를 붙잡아 주길 바라는 얄팍한 욕심으로 침묵을 질질 끄는 대신, 어젯밤 생각한 계획을 선언했다.

"거기서 에테르인을 데리고 나올 거야."

"…뭐라고?"

"네 얘기대로라면 내가 태어난 곳은 물리 세계에 기생하고 있는 현실도피처라는 거잖아?"

"너무 극단적인 비유를 쓸 필요는 없어, 라비…."

"불편하더라도, 정확한 용어로 직설적인 표현을 해야만 하는 때가 있다고 가르쳐 준 건 너야."

아시라가 마른세수를 하며 중얼거렸다. 계속해 봐.

"에테르인을 설득할 수만 있다면, 모든 에테르인이 물리 세계로 나와서 더는 에테르라고 부르는 에너지를 생성할 필요가 없어진다면, 에테르 세계에 들어가는 막대한 자원도 그만큼 줄일 수 있을 거야. 에테르 세계를 완전히 허물 수 있으면 좋겠지만, 당장은 인구 이동이 급선무라고 생각했어."

"너 지금 무슨 소리 하고 있는 건지 알기나 해? 너 혼자 뭘 어떻게 할 수 있다는 거야?"

"도와줄 만한 분이 계셔, 원로 중에."

어젯밤 나는 법정의 판사석을 떠올렸다. 이오 원로를 중심으로 사울 원로와 네아 원로는 각기 반대편 방향에 앉아 있었다. 둘을 주축으로 한 파벌은 뒤섞인 적이 없었다. 나는 이제야 판사석 배치가 무얼 의미하는지 헤아릴 수 있었다.

"너는… 뭘 바라는 거야? 내 얘기를 들으면서 에테르 세계에 갑자기 반감이라도 생겼어?"

"자원을 확보하면 네가 원하는 연구를 할 가능성이 생길 거야."

아시라가 숨을 삼켰다. 그러곤 한참을 미동도 없이 나를 바라보기만 했다.

"지금… 진심이야? 대의는 순간의 충동으로 결심하는 게 아니야, 라비. 신중하지 않으면 도리어 네게 독이 될 수 있어."

"대의 같은 게 아니야. 그게 뭔지 실감도 안 나고. 난 네가 후회나 죄책감 같은 거 다 잊고 여기서 산다고 해도 상관없어. 오히려 찬성이야. 하지만 지금으로선 네가 술을 끊게 만들 방법을 아무리 고민해 봐도 그것뿐이잖아."

아시라가 믿기지 않는다는 듯 자리에서 벌떡 일어났다. 내가 말을 물리지 않자, 아시라는 내 앞까지 성큼성큼 다가왔다. 이럴 때는 어떻게 해야 할지 도무지 모르겠다는 듯, 아시라가 머뭇거리다가 허리를 숙였다. 그러자 앉아 있는 나와 같은 눈높이가 됐다. 아시라의 엄지가 조심스레 내 뺨을 쓸었다. 우리가 함께한 시간은 결코 짧지 않았지만, 이제야 아시라가 나를 제대로 봐준다는 느낌이 들었다.

공막에 덮인 동그란 눈동자가 나를 꿰뚫는다. 멀리서 보면 구인류에 지나지 않는 아시라지만, 가까이서 마주한다면 누구라도 아시라의 눈동자에서 눈을 돌릴 수 없을 것이다. 홍채이색증을 가진 아시라의 눈엔 여러 가지 색이 담겨 있었다. 그 눈을 들여다보고 있으면 나 또한 다채로워지는 듯한 감각으로 생경했다.

아시라 같은 몸이 인류의 보편적인 형태라 받아들여지던 시절엔 눈을 영혼의 창이라 불렀다고 했다. 아시라는 이 표현을 단순한 문학적 표현이라고 가볍게 넘겼지만, 나는 이 표현에 담긴 생물학적 근거를 유추할 수 있었다.

호모사피엔스라는 인간의 공막은 영장류를 포함한 여타 동물종에 비해 흰자의 비중이 컸다고 한다. 흰자위와 구분되는 경계가 뚜렷한 눈동자는 유용한 생존 도구가 되어주었다. 말이나 행동 혹은 미래를 기약하는 의식 따위가 없어도, 눈동자를 통한 시선 하나만으로도 마음을 전할 수 있게 된 것이다. 눈동자가 어디를 향하는지, 그 움직임을 명확하게 드러낸 하얀 공막의 여백이 인간을 지금의 인간으로 만들었다.

아시라의 시선 속에 머물러서야 비로소 '나'가 될 수 있었던 것처럼.

"미안해."

고마워가 아닌 미안해. 나는 그 안에 어떤 속마음이 담겨 있을지 부러 해석하지 않았다. 아시라의 세계에 속할 수만 있다면, 아시라가 어떤 마음으로 나를 대하든 전부 받아들일 수 있었다.

아시라. 정의롭지만 오만하고, 선구적이지만 무력한 나의 아시라. 나는 아시라가 완벽하지 않은 인간이라는 걸 이제 안다. 낮을 버리고 밤을 택한 아시라의 하늘은 언젠가 별 한 점도 보이지 않는 어둠으로 물들 수 있다는 것도 알고 있다. 하지만 내 세계가 한 번 찢겼다는 증거가 내 팔뿐 아니라 아시라의 팔에도 있었다. 아시라는 나의 세계를 찢은 책임을 스스로에게 지웠다. 그 흉터가 남아 있는 한, 나는 아시라를 위해 살 수 있었다.

"네 도구가 되어줄게."

나는 이전 밤에 꾸었던 꿈을 상기하며, 아시라의 숨결 속에서 중얼거렸다.

"무기로만 쓰지 말아줘."

해설

눈부신 솔리테어

전청림(문학평론가)

이야기의 힘을 믿는 작가의 글은 단순하다. 화려한 사변 없이 단어를 쏟고, 길지 않은 지점에서 마침표를 찍는다. 그러고는 많은 사람을 홀린다. 직관을 찌를 줄 안다는 소리다. 곧장 본론에 진입해 핵심을 들추는 명석함. 곧은 호흡으로 전진해 저릿하게 마음을 만지는 언어. 백사혜의 소설에서 당신이 기대할 수 있는 것은 바로 이토록 눈부신 선명함이다.

우리는 그런 이야기를 안다. 코가 긴 인형이 나오는 동화, 다리가 물고기인 여인의 노래, 주석잔 안에서 찰랑거리는 신화 속 달콤한 포도주, 이제는 고전이 되어버린 로맨스. 기괴한 것에 마음을 빼앗기고, 원초적 욕망에 마음이 동해버린 주인공은 어리석어 보이지만 도저히 미워할 수 없는 매력으로 세상에 응한다. 물론 고난도 있다. 브로치에 달린 옷핀으로 눈을 찌르거나 귓구멍에 뜨거운 양초를 부어버리고, 가죽 샌들을 신은 발목의 인대가 끊어지기도 한다. 찢어진 옷, 조각난 뼈. 살점이 파이고 번민에 잠긴다. 어쨌거나 이 이야기들의 명성은 다음과 같은 의의를 도출해 냈다. 한 인간의 사연은 자연의 냉정함과 은총의 강인함을 종합해 보편적인 탐구를 보여줄 수 있다는 것.

숙적과 맞서고 애인에게 깊이 반하는 영웅. 깡통을 두른 채 성벽에 돌진하는 바보. 삶의 모양은 다르지만 이들은 각자의 나름으로 긴 서사시의 주인공이 될 수 있다. 그뿐인가. 우리는 때로 부랑자, 악인, 약골의 사연까지 시간을 들여 열심히 읽곤 한다. 그것이 바로 이야기의 '너그러움'이라는 본질을 보여준다. 각자의 삶의 빛줄기를 따르는 인물들에게 비교우위를 부여하는 것이 불가능하다는 것을 역력히 드러내고, 운명에 적응하는 한 인물의 긴 역사가 두루마리처럼 펼쳐질 때 삶의 우위와 경중을 따지는 게 무의미하다는 사실을 보여주는 것. 이야기 앞에서, 인물들은 각자 자기의 필연을 짊어지고 수수께끼 앞에서 무릎을 꿇으며 세월에 스러지는 삶의 연약함에 헌신하고 있다는 걸 우리는 본능적으로 안다. 이 책에 실린 여섯 편의 소설은 금세 말라버리는 잎처럼 짤막한 순간을 살아갈 뿐인 운명의 무자비한 폭력성에 주목한다. 단

하나의 삶, 한 번뿐인 숨. 모두에게 다르게 주어진 운명, 불가피한 불평등을 짊고 살아갈 뿐인 생명의 자연스러움에 대해 말이다.

그러므로, 이렇게 말할 수 있다면, 이 소설집은 너그러움의 신화를 새로 쓴다. 그것도 필승이 예감되는 전략적인 방식으로 말이다. 혼자 하는 카드놀이인 솔리테어Solitaire가 킹과 퀸과 잭을 순서대로 반듯하게 나열하듯, 이 소설집은 적재적소에 연작의 이야기를 정밀하게 배치하며 눈을 뗄 수 없는 강렬함으로 독자를 사로잡는다. 가르강튀아를 닮은 그로테스크함과 그림 형제의 동화를 닮은 잔인한 창조성으로. 거대한 사회실험을 보는 것 같은 정밀함과 지치지 않는 꿋꿋함으로. 그리고 자신의 신념을 밀고 나갈 줄 아는 용맹함으로 말이다. 누구도 넘볼 수 없는 창조적 전략으로 무장한 이 소설집이 마침내 고취하는 신화가 무엇인지, 궁금하지 않은가.

2131, 그들이 지구를 지배했을 때

찔러도 피 한 방울 나오지 않는 인간. 흔히 감정적 동요가 없는 냉정함을 빗대어 표현하던 이 표현은 의외의 상황 속에서 실현된다. 마침내 피와 아픔이 사라진, 고도로 수행된 평화 앞에서 말이다. 「피가 시가 되지 않도록」의 배경이 되는 장소는 인간이 물질이 되어버린 '에테르 세계'다. 체온과 피,

숨결과 육체가 생략된 세계. 영원히 무감해서 더없이 평화로운 세계. 에테르 세계에서 '라비'는 코드와 파동과 연산만으로 존재하는 인간이다. 라비와 같은 에테르인은 자연적으로 발생하지 않으며, 알고리즘의 조합을 통해 자아를 가지게 된다. 하나의 삶이 끝나면 다른 삶이 시작되고, 그렇게 끝없는 삶의 시뮬레이션이 계속되는 동안 에테르인은 "인간이 인간으로서 구성할 수 있는 '최선의 세계'에 필요한 요소들을 조합"(340쪽)해 나간다. 그야말로 되풀이되는 윤회의 운명 속에서 영원한 주사위 놀이를 반복하는 것이다.

그런 라비의 세상에 물리 세계의 법칙이 별안간 '침투'한다. 서로를 향해 무기로 겨누고 목을 베거나, 동물의 몸에 활이 퍽, 하고 박히는 장면. 라비는 칼끝에 베이고 찢긴 덩어리의 묵직함을 실감하고 힘이 실린 잔혹함에 놀란다. 그리고 이 놀라움은 라비의 마음 깊은 구석에 있던 어떤 욕망에 불을 붙인다. 차마 알 수도 없는, 그래서 이름 붙일 수도 없는 그 "무엇"(347쪽). 한계를 가진 자들이 원하는 것을 위해 전투를 벌이며 투쟁하는 이 감각은, 에너지와 자원이 공평하게 분배되고 무기가 에러로 간주되는 에테르 세계에서는 찾을 수 없는 '결핍'의 한 사례다. 적대와 보상, 피와 무기가 있어야만 데워지는 그 경쟁적인 열기는 에테르 세계가 만들어 낸 평화가 가져온 난처한 무력감의 실체를 관통한다. 에테르 세계에서는 모든 것이 가능하지만, 실은 그 무엇도 라비에게 진정으로 가치 있지 않았기 때문이다.

베이고 찢긴 상흔, 아물지 않는 흉터의 유일무이함은 인간이 '나 자신만의 이야기'를 만들어 나갈 때 얻는 고통을 상징한다. 라비에게 필요한 것은 바로 그 매혹적인 이야기의 독립성과 구체성이다. 인간은 결핍 속에서 무언가를 욕망하고, 피비린내 나는 경쟁에 자신을 내몬 뒤 적을 쓰러뜨리고 벅찬 기적 속에 자신의 운명을 내던진다. 그리고 그 울부짖음의 역사는 뜨거운 몸을 가진 인간에게서 풍기는 느른한 살냄새처럼 역하지만, 매혹적인 삶의 위엄을 기념할 수 있게 한다. 물리 세계로부터 침투당하며 환하게 일깨워진 라비의 욕망은 신경으로 뒤덮이고 맥박이 흐르는 손으로만 움켜쥘 수 있는 묽은 피의 실감을 불러내고 있는 것이다.

그래서일까. 물리 세계에 떨어진 라비가 가장 먼저 한 일은 딱딱한 자신의 이로 팔의 살점을 물어버리는 것이었다. 으득 소리와 함께 뜯기는 살점과 선명하게 남은 잇자국, 울컥거리며 솟아나는 피는 "가상 세계"의 "사이버 인간"(358쪽)처럼 살아가던 라비에게 주름지고 처진 몸의 부드러움을 감각하게 한다. 더 나아가 물리 세계에서 만난 아시라는 한술 더 떠 자신을 따라 칼로 손등을 내려찍으라고 주문한다. 라비에게 이토록 그로테스크한 신체 훼손이 필요했던 이유는 무엇일까? 그녀가 죄인이기 때문에? 혹은 물리적 신체에 적응하는 과정이 필요해서?

이 질문에 답을 하기 위해서는 에테르 세계라는 기이한 문명의 발생을 더욱 깊이 생각할 필요가 있을 듯하다. 아시라의 분노 섞인 말에서 유추할 수 있는 건, 우리가 '현실'이라고 부르고 있는 물리 세계는 어느 순간 무너졌고, 우주의 무사와 안녕을 위해 많은 이들이 전쟁을 치러야만 했다는 것이다. 가까스로 안전하고 조용한 상황을 되찾았지만, 물리 세계에 예속되는 한 실패와 갈등을 피할 수 없다는 걸 예감한 이들은 에테르 세계를 창조해 도피한다. 그러나 역설적으로, 에테르 세계를 실현하는 거대한 기계 엔진은 물리 세계의 자원에 의존하며 유지된다. 지루할 만큼 평화로운 유토피아가 다른 세계를 맹렬히 좀먹으며 오염시키고, 거꾸로 디스토피아를 새롭게 생산하고 있다는 사실은 아시라를 밀려오는 끔찍한 비관 속에 가둔다. 피와 경쟁을 덮고 우호 속에 건설된 삶, 즉 "평화가 기본값"(392쪽)인 세계가 실은 적대와 이기심을 지반에 깔고 누군가의 희생을 요구하며 만들어졌기 때문이다.

소설은 물질과 가상, 육체와 영혼이라는 이분법과 흑백논리를 거부하며 몸이 가진 책임과 그에 걸맞은 존엄을 동시에 강조한다. "물리 세계에 고정하는 압정"(368쪽)이자 시공간을 감각하는 좌표로서의 몸이 소설에서 이토록 중요하게 다루어지는 이유는 바로 그 때문이다. "피부와 피부가 맞닿을 때"(371쪽)의 온기와 숭고함은 "먹는 자가 져야 할 책임"(378쪽) 안에서 실현될 수 있다는 것. 입으로 먹고 씹고 소화하며 허기를 달래는 번거로운 메커니즘은 무기를 손에 쥔 살생의 자각이 선행되어야 한다는 것. 그리고 그건 발로 땅을 디딘 채 생명을 만지고 훑는 사려 깊은 존중 속에서 가능하다는 것. 라비는 그렇게 "내 세계가 한 번 찢겼다는 증거"(405쪽)를 품은 채 사랑을 실현하기 위해 떠난다. 손에 쥔 금속의 무게와 책임의 압력을 온전히 느끼면서 말이다.

책의 대미를 장식한 소설에서부터 서둘러 이야기를 시작한 이유는 이 짙은 사랑의 농도가 소설을 움직이는 가장 강렬한 맥박이라는 걸 내질러 말해야 했기 때문이다. 차곡차곡 쌓아온 세계관이 응집되어 강렬한 몰입감을 선사하는 이 소설집의 끝에 우리가 발견할 수 있는 건, "모든 걸 문장 하나로 다 정의할 수는 없"(371쪽)다는 생의 복잡성과 구체화된 사랑의 실감이다. 자신이 속한 세계마저도 무너뜨리는 결심으로 응결되는 사랑은 이 소설집 내내 주된 서사적 메타포로 등장한다. 질리도록 기묘한 상황 속에서도 말이다.

그렇다면 이 기이한 소설의 운명은 어떻게 시작되었었나? 다시 처음으로 되돌아가 보자. 「우리는 모두 마른 꽃잎과 같다」에서 '영주'가 등장했고, 이들은 기업가와 재벌을 중심으로 구축된 계급이라는 짤막한 단서가 달린다. 영주의 풍족한 지원을 등에 업은 '개척단'은 인류의 미래를 기약하며 불모지 행성으로 떠난다. 그리고 2131년, 개척단은 여러 행성에 성공적으로 안착하지만 끝내 지구와 교류하기를 거부한다. 영주를 중심으로 흘러가는 자본주의적 계급성에 반대하겠다는 명목으로 말이다. 이것이 바로 열두 살에 불과한 '얀'을 용병으로 만든 전쟁의 시발점이다.

그런데 이 어린 용병인 얀, 부대에서 또래로 보이는 아이들을 발견한다. 게다가 이 아이들은 기꺼이 전쟁 영웅이 되려고 하고, 영주에게 절대적인 충성심마저 내비치기까지 한다. 전쟁으로 내몰린 아이들이 호전적으로 고무된 뒷배경에는 외지구인을 또렷한 '적'으로 맥락화한 영주들의 교묘한 전략이 숨겨져 있다. 본래 지구인이었던 개척단은 도착한 행성의 특성에 따라 변화하고, 지구 밖의 자원을 융합해 신기술을 창안하며, 피부색과 팔다리 등 신체적 조건 및 생김새 또한 새롭게 진화한다. 그렇게 더 이상 지구인이라고 불릴 수 없는 그들은 지구로부터 이종異種, 즉 외지구인이라 지칭되는데, 이것이 영주가 일으킨 전쟁에 명분을 실어준다. 푸른빛의 피부는 지옥에서 튀어나온 악마의 외모로 묘사되고, 도망자 무리로서 갈취의 혐의를 가진 이기심이 강조될 때 외지구인은 "찢어 죽일 것들"(26쪽)로 손쉽게 학습된다. 행성의 가치를 회수되어야만 하는 부동산이자 재화로 판단하는 영주들에게 지구인과 외지구인이라는 구별은 매우 손쉽게 전쟁의 명분과 당위를 거머쥐는 전략이 된 것이다.

그뿐인가. 고도로 발달한 기술과 문명은 전쟁의 잔혹함마저 속인다. 우주에서 벌어지는 살육 스포츠는 지구 내에서 올림픽처럼 중계되고, 승패를 점치는 도박이 지구에 성행하며, 용병은 마치 데뷔한 아이돌처럼 상품화된다. 이 과정에서 얀이 얻게 되는 것은 삶에 대한 전적인 냉소다. 수명의 무가치함, 낭만화된 사랑의 기만, 조촐한 한 끼의 식사가 하루하루의 생활을 장악한다. 그러나 전쟁이 지속되고 위기에 내몰릴 때 얀의 세계는 변화한다. 사랑의 진실함을 믿고, 바스러지는 삶의 연약함을 믿기 시작한다. 얀에게 무슨 변화가 일어난 걸까?

여기에는 두 명에 인물이 침투한다. 첫 번째로 등장하는 것이 '쟝'이다. 아버지다운 아버지, 가족다운 가족을 한 번도 가져본 적 없는 얀은 쟝을 자상하고 이상적인 가장처럼 여기고 따른다. 그러나 쟝에게는 치명적인 결함이 있다. 바로 '진짜'의 가치를 알면서도 '가짜'에 집착했고, 얀의 눈을 가린 환상이라는 장막을 끝끝내 지켜주지 못했다는 것. 존재하지 않는 가족 이야기를 지어내고 허상에 눈을 돌려버린 인물인 그는 사실 진실의 의미를 수호할 만큼 충분히 참되지도, 얀을 거짓의 세계에 잠기게 할 만큼 완전히 가식적인 인간도 되지 못한다. 결국 쟝은 그 자신이 비판하던 "인격 없는 캐릭터에 열광하는 지구인"(64쪽)과 다를 바 없는 존재가 되어 서사 속에서 거두어지고 만다.

그렇지만 쟝은 얀에게 아픔의 의미를 알려주고 떠난다. 진실된 사랑이 선행되지 않으면 알 수 없는 아픔, 그 징그러움과 자조와 역겨움의 감정을 말이다. 비록 성공적이지는 못했지만, 마지막까지 얀을 수호하고자 했던 쟝의 집념은 "잃지 않고자 하는 의지만 있다면, 잃지 않을 수 있"(79쪽)는 환상에 마음을 빼앗겼던 한 연약한 인간의 초상과도 겹쳐 보인다. 그렇다면 그는 위선적이거나 모순적이었다기보다는 차라리 겁이 많은 인간이었다고 보는 것이 옳지 않을까. 쟝의 죽음으로부터 얀이 느끼는 "징그러워서 미칠 것만 같"(78쪽)은 사랑의 감정은 바로 인간을 향한 연민을 상징한다. 박애라는 범박한 표현으로 매듭짓기는 어렵지만, 희망 없는 삭막함 속에 길든 얀에게 쟝은 친족이라는 연결고리도, 혹은 이성적인 매력이 없이도 사랑이 존재할 수도 있다는 사실을 어렴풋이 건네는 인물이다.

그러나 얀은 아직 사랑을 온전히 믿지 못한다. "모든 사랑이 고귀할 수는 없"다는 명제가 얀의 뇌리에 박혀 있고, 사랑이 "삶을 견디기 위한 도구"(36쪽)에 불과하다는 기만적 제스

처가 그의 좁은 품을 장악하고 있기 때문이다. 야스코에게서 받은 상처와, 영주와 신민을 가르는 뿌리 깊은 계급적 압력은 얀에게 '상위의 사랑'과 '하위의 사랑'을 나누는 배척의 트라우마를 가지게 한다. 여기에서 얀이 통과해야 할 인물이 한 명 더 등장한다. 바로 액자식 내화內話 속에 등장하는 소녀 '에이브'다. 얀이 지어낸 이야기 속 상대이기도, 쉬런의 진정한 연인이기도 한 그녀는 진짜와 가짜를 가르는 얕은 선을 넘나들며 진위와 우위의 판별을 거부하는 사랑의 진정성을 선사한다. 로켓 안에 잘 말린 보라색 압화처럼 연약한 그 소녀는 쉬런과 똑 닮은 얀의 얼굴에 입맞춤한 뒤 세상을 떠난다. 이 순간의 강렬함은 얀의 삶을 완벽하게 장악해, 그가 거짓과 환상으로 지어진 사랑의 집 속에 침잠하게 만든다. 문제는 도플갱어처럼 닮은 두 사람, 얀이 쉬런과 대면했을 때다. 소녀의 마지막 숨을 가져가 버린 얀의 혐의는 그를 가짜에 영혼을 빼앗겨 버린 장의 처지로 몰아넣는다. 얀은 선택해야 한다. 가짜를 손에 쥔 채 불명예스럽게 죽어버리거나, 얻은 만큼 치열하게 뻔뻔해지거나. 그러나 뜻밖에도, 쉬런은 얀에게 제3의 길을 열어준다. 그는 어둠과 빛의 레이어가 겹친 창, 그 창 너머를 손가락으로 가리킨 후 별이라는 무형의 점을 보여준다. 그리고 얀이 "가여운 개새끼"(82쪽)라는 동정 속에서 안식할 수 있게 만든다. 나는 이것이 용서에 가깝게 읽힌다. 소녀와 얀, 그리고 쉬런이 함께 같은 별을 바라보는 장면이 연출되었기 때문이다.

별과 사랑. 마땅히 있는 것만 같고, 닿을 수도 있을. 그러나 아득해서 존재하지 않는 것처럼만 여겨지는 두 가지의 빛. 소설은 허상 안에서도 빛이 났던 얀의 사랑을 무가치한 것으로 서둘러 종결짓지 않고, 그것으로 삶의 희망을 얻은 시간을 충분히 인정하며 얀이 영원히 속죄하고 살 수 있을 만한 죄책감을 심어놓는다. 그리고 그 죄책감이 실은 자기 자신을 존중할 줄 아는 가장 기초적인 사랑에서 온다는, 그 사랑 안에서라면 '하위의 사랑' 따위의 구분은 소용없을 수도 있다는 귀중한 깨달음마저도 얀에게 선사한다. "나는 내가 잃을 게 있는지도 몰랐어. 내 게 아니어도 잃을 수 있다는 사실을, 누구도 가르쳐 주지 않았어…"(81쪽)라는 고백이 보여주듯, 자신의 것이 아니어도 잃을 수 있는 사랑 안에서 얀은 성장한다. "존재했던 인간"(66쪽)의 실재성을 존중하고, 자기 자신이 품었던 허황된 사랑마저도 인정할 때 마침내 그는 사랑의 우위와 기만에 집중했던 비관주의에서 벗어나기 때문이다. 꽃처럼 바스락거리는 생의 연약함과 깃발 하나 펄럭이지 못하는 무중력의 삭막함 속에서도 별의 온기를 바라볼 줄 알았던, 그 행성의 연인들처럼 말이다.

속삭임의 신화

사랑의 실재성이 강조된 이 시점으로부터, 질문은 극단으로 치닫는다. 만일 생의 한계가 사라진 세계가 있다면, 그래서 더 이상 하나뿐인 목숨이라는 말이 유효하지 않게 된다면, 우리는 같은 잣대로 사랑을 이야기할 수 있을까? 이 질문을 안고 읽어보아야 할 소설이 바로 여기에 있다. 표제작 「그들이 보지 못할 밤은 아름다워」는 유사 부자의 이야기로 읽혔던 첫 번째 소설의 모티프를 살짝 비튼, 유사 모녀의 이야기다. 여기에는 하나 더 새로운 설정이 추가된다. 딸은 무한히 새롭게 태어날 수 있고, 생명은 식상해지며, 사랑은 죽음을 가로막지 못한다. 아니다. 오히려 사랑이 죽음을 '생산'한다.

소설의 배경인 이곳은 히엠스 행성. 베트파린 조약으로 영주들의 힘이 절대 권력으로 자리 잡으며 서로의 우주 공간 소유권을 인정하는 간경이 설정된다. 행성 간의 본격적인 세력 다툼이 이루어지는 와중, 요툰 행성 출신의 패잔병 인어인 '나'는 영주 대신 전범의 죄를 지고 히엠스 행성으로 유배된다. '나'가 치러야 할 죗값은 아이를 맡아 양육하는 것. 그 아이는 '세상에서 가장 아름다운 여자애'로 무사히 성장할 때까지 끝없이 폐기되고 영원히 다시 태어난다. 마치 높은 성에 갇힌 라푼젤처럼, '나'와의 유대 이외의 것을 알지 못한 채 고립된 탑에 속박된 채로 말이다. 비극적인 것은 아이의 운명만은 아니다. '너'를 안아 드는 풋풋하고 아름다운 한 시절만이 허락된 '나'에게 미래를 그리는 사랑과 기대는 기약 없는 사치다.

견딜 수 없어진 '나'는 자신에게 익숙한 형태로 자유의 공간을 스스로 개척한다. 수조가 있는 방으로 아이를 데려가 자유롭게 물살을 타고 수압을 이겨내는 시간을 보내기 시작한 것이다. 실로, '나'가 아이를 기르며 죗값을 치르는 상황에는 이중의 속박이 있었다. 해양 행성인 요툰의 지형에 따라 육체를 교체한 '나'에게 히엠스 행성은 휠체어 없이 살 수 없는 불편한 행성이었기 때문이다. 돌봄의 의무와 죄의 책임뿐만 아니라 신체적 장애의 형식으로 '나'를 속박한 행성의 영주에게 '너'와 함께하는 수영 시간은 비록 소극적일지언정 명백한 도전이자 저항이 된다. 그건 매뉴얼에 없는 삶을 살아내겠다는, 그렇게 자유의 공간을 조금씩 넓혀보겠다는 작은 분투이기 때문이다. 부드러운 물을 헤엄치고, 유속을 읽어 내고, 젖은 몸으로 뒤엉키는 두 사람은 "우리만의 여백"(190쪽) 속에서 공통분모를 늘려나가며 비슷한 영혼의 모양을 그려나간다.

그리고 이 저항과 도전을 함께하는 서른한 번째의 '너'는 '나'로부터 '인사'라는 이름으로 불린다. 인사가 "만날 때나 헤어질 때 나누는 말을 아울러 부르는 통칭"(187쪽)이라는 걸 모르는 사람은 없다. 그렇지만 '나'가 '너'에게 인사라는 이름을 붙일 때에는 '너'의 처음과 끝을 '나'가 함께 정해보겠다는 각오가 깃들어 있던 게 아닐까. 영주가 정해놓은 시나리오를 거부하고 인사에게 스스로 삶을 마감하게 만든 '나'의 작정은 제대로 들어 먹힌다. "오롯이 타인의 유희를 위한 것"(196쪽)으로서 살아가는 악무한의 순환은 마감되고, "공주의 키스를 필요로 하는 왕자 역을 자처"(202쪽)한 영주의 역겨운 놀이도 끝이 난다.

그런데 이 소설에는 끝이 마지막이 아닐 수 있게 만드는 서사적 장치가 하나 숨겨져 있다. 북쪽 탑과 가까운 곳에 갇혀 있는 용. 이 존재는 "아름다운 걸 만드는 과정에서 출현한 부산물"(185쪽)로, 폐기된 '너'들을 흡수하며 영양분을 취하는 탓에 '무덤'이라고 빗대어 표현된다. 살아 있는 무덤. 그곳은 모든 '너'의 이야깃거리가 숨죽여 있는 기억의 저장고다. 영주를 물밑으로 끌어 내린 뒤, '나'는 곧장 용에게로 달려가 "인사를 살려줘"(208쪽)라고 외치며 절규한다. 그리고 '살려줘'라는 긴급한 요구는 여기에서 조금 다르게 쓰인다. 이 행성에서 '나'와 '너', 그리고 용에게 삶과 죽음의 의미는 이미 반전되어 있기 때문이다. 사랑을 포기하며 살아온 지난 삶은 죽음이 되지만, 수많은 '너'와 함께하기 위해 선택한 죽음은 '나'에게 새로운 삶과 사랑을 탄생시킨다. 그러므로 '나'는 삶마저도 포기하는 결단에 한 톨의 억울함도 두려움도 없이 뛰어든다. 뒤늦게 알아버린 사랑을 위해, 죽어서라도 그 사랑 안에서 지지대가 되어주기 위해. 자유를 넓히려는 안간힘으로 수조 안에 뛰어들었던 결심처럼, '나'에게 죽음은 도리어 급진적인 삶의 확장이 되어 '너'와의 합일을 선사한다. "더는 죽듯이 살지 않을 거야. 살아가듯 죽을게"(208쪽)라는 '나'의 고백은 물처럼 부드러운 연옥, '너'로 가득한 유속 안에서 삶 이후의 시간을 누리겠다는 세상에서 가장 아픈 위령慰靈의 사랑이다.

가까스로 자신들의 평안을 찾아냈지만, 사실 이 소설에는 석연치 않게 끝난 부분이 있다. 바로 '무덤지기'로 위장했던 고티어 영주의 생사가 불분명하기 때문이다. '나'는 사건이 일어난 직후, 자신이 물속에 빠뜨린 몸이 영주의 아바타일 수도 있다는 사실 또한 어렴풋이 직감하기도 했다. 이어지는 소설에서 영주의 죽음이 밝혀지긴 했지만, 그가 죽음에 이르는 과정은 '나'가 예상한 범위를 벗어나는 것임은 분명하다. 물론 '나'는 생의 가장 잔인한 모욕을 안겨줬으므로 이미 그를 죽음에 이르게 한 것이나 다름없지만 말이다. 육체적 파멸과 관계없이 '나'는 그의 사랑을 거절하며 그가 평생을 헌신해 온 삶의 서사를 무너뜨렸다.

실로 수명의 한계를 넘어선 영주가 죽음에 이르는 길은 논리적으로 어려워 보인다. 행성 단위의 세계를 군림하고 원할 때 새로운 아종의 생명체를 창조하며 우주의 권능까지 거머쥔 이들에게 불멸이 대수가 될 수는 없기 때문이다. 말 그대로 영주는 스스로가 창조한 유토피아 속에서 영생을 누릴 수 있다. 그러나 소설은 그들이 비대한 정복의 망상 속에서 자멸하는 서사를 연속해서 그리며, 소유욕의 팽창으로 흐를 수 있는 서사를 다시 욕망의 존재론적 고찰로 뒤집어 놓는다. 「왕관에 불붙이는 자」는 이와 같은 탐구가 가장 적실히 드러난 소설이다. 이 이야기에는 무려 여덟 쌍둥이가 등장한다. 행성의 영주인 한 명의 모체가 여덟 명의 클론을 남긴 뒤 죽어버린 것이다. 불어난 클론 수가 보여주듯, 유토피아처럼 잘 가꾸어진 행성을 오래 유지하려는 욕망은 징그러울 만큼 나르시시즘적으로 응집되어 있다.

흥미로운 것은 같은 모체에서 여덟 갈래로 뻗어져 나온 쌍둥이들이 보여주는 서로 다른 인격성이다. "여덟 명의 '나'는 시간이 지날수록 오선지에 새로운 음표들이 새겨지듯 다양한 모습으로 성장했다. 세부적인 취향, 분위기, 개성이 나뉜 우리는 똑같은 얼굴을 공유했음에도 점차 독립되었다."(223쪽) 예측이 가능한 것을 좋아하는 기질, 제자리에서 빛나는 보석의 안정성을 추구하는 성향은 비슷하지만, 이들은 서로에게 겨눠진 적대를 거두지 못해 안달이다. 그도 그럴 것이 이들은 너무도 다르다. 호기심이 빛나는 1호 '이아몬', 성정이

냉소적이고 치밀한 2호 '디온'에서부터 연인관계로 발전한 5호 '아파타'와 7호 '루비', 반짝임을 유독 좋아하는 8호 에메릴까지. 나 안에 타인보다 더욱 불친절한 타인이 있을 수 있다는 사실을 예증하듯, 이들은 한 존재 안에 감춰진 여러 음영을 극화해 보여준다. "우리는 더는 '나'가 아니야. '나'라는 모체에서 갈라져 나온 '남'이지"(264쪽)라는 말은 더없이 적절하게 실현된다. 마음이 맞는 이들끼리 연합하고, 행동을 교묘히 숨기고, 사랑에 빠지며, 몰래 뒤통수를 치는 서사의 진행은 마치 누군가의 승리를 점치는 서바이벌 프로그램을 보는 것처럼 생생하다.

나조차 나를 신뢰할 수 없고, 자신을 스스로 통제할 수 없는 순간은 누구나 경험한다. 그러나 이 행동에 행성 단위의 대의가 부여되면 이야기는 달라진다. 이들은 판타콘, 즉 유토피아가 유지되어야 한다는 마음에는 변함이 없지만, 그 이상향이 어떤 형태여야 하는지에 대해 해석적 갈등을 겪으며 경합한다. 모든 신민을 광결 기술로 얼릴 수도 있을 것이며, 프로메테우스처럼 인간에게 '불'을 쥐여주어 새로운 신화를 쓸 수도 있을 것이고, 광인류의 유전자를 널리 퍼뜨릴 수도 있을 것이다. 또한 어떤 미래를 그리든 간에, 저항군 무리인 '부타의선언'이 침투할 가능성도 배제할 수 없다. 이 모든 혼란 속에서 또렷한 결정은 매우 단순하고 급진적인 방식으로 쓰인다. 살아남은 자의 의견이 정설이 되고, 죽은 자의 말은 묵인된다. 그러므로 "'나' 중에 '나'를 죽인 살인자가 있다"(233쪽)라는 매력적인 문장의 의미는 이런 것이다. 우리가 내리는 매일의 결단이 살인의 수위에 이를 만큼 고도의 갈등과 엄청난 파장을 함축하고 있다는 것. 이는 어떤 악독한 존재마저도 선악의 판별을 기피하게 하는 망설임의 시간을 무궁히 보낼 수 있다는 이해심을 주기도 하고, 하나의 결정 속에 작은 속삭임이 무수히 깃들어 있을 수 있다는 다성성多聲性의 단면을 보여주기도 한다.

그렇지만 "조만간 영구적으로 죽을까 해"(267쪽)라는 말을 내비쳤던 6호 '파라이바'의 결단이 이들 여덟 쌍둥이 중에서 가장 힘이 셌다는 사실은 어떻게 받아들여야만 할까? 나는 여기에서도 작가가 강조한 사랑의 결단을 조명해 볼 셈이다. 여러 쌍둥이 중에서도 파라이바는 타인을 말살한 영원의 감각이 가지는 무상함, 사랑의 존재가 없는 우주의 삭막함을 볼 줄 알았다. 단선적 존재가 영원히 군림하는 풍경을 예견할 때 그에게 권태감이 찾아온 것이다. 마침내 영리하게도 '빛을 얻는 유토피아'와 '빛이 되는 유토피아'의 차이를 알아챈 그가 내린 결단은 무수히 증식하고 폭주하는 '나'를 얼려 타인을 살리는 길로 향한다. 빛을 얻는 유토피아가 인류를 말살할지도 모르는 잔혹한 욕망으로 가득 차 있다면, 빛이 되는 유토피아는 사랑하는 존재 그 자체가 됨으로써 누구도 해치지 않는 동면의 꿈을 실현한다. 보석 그 자체로 얼어붙어 빛이 되는 죽음은 '나'가 사랑하는 빛을 완성하는 마지막 결단인 동시에 살아 있는 감각을 선사해 준 우주의 다양한 생을 위한 헌사이기도 하다. 사실은 이런 거창한 수식이 필요하지 않을지도 모른다. 그 갈등이 얼마나 첨예했든 간에, '나'는 자신이 사랑하는 것과 정말로 혼연일체가 되었고 그것이 결국 '나'만의 결정이었다는 것은 변하지 않는 사실이기 때문이다. "우리는 우리가 사랑하는 것을 지키기 위해 싸워야만 해"(267쪽)라는 명제하에서 '나'는 치열하게 싸웠고 자기만의 사랑의 방식을 창조했다. 이 세상에 그것만큼 명석하고 유명한 신화는 없다.

이야기, 이야기, 이야기

알고 있던 것을 보는 듯한 친숙함과 새로운 것을 보는 참신함으로 독자들을 매혹시킨 이 소설집은 「쥬벵 씨의 완벽하지 못한 하루」에서 이야기를 쓰는 작가적 의식까지도 함께 등장시킨다. 문자와 책이 소멸한 시대, '쥬벵' 씨는 기계 의수 '줄리'로 손을 갈아 끼우고 글을 쓰기 시작한다. 만년필을 쥐고 종이에 잉크를 바르는 일. 이 단순한 노동의 숭고함은 이렇게 표현된다. "'입력된 순간부터 수정할 수 없어지는' 글자에는 힘이 있어요. 부동성이 가지는 힘이죠. 그들은 글을 입력하는 행위를 '입력하다'나 '두드리다'가 아닌, '쓰다'라고 표현했죠."(301쪽) 그리고 이런 문장도 등장한다. "글은 인류를 스친 시간에 구체적인 형태를 부여한다. 그렇기에 진정 의미 있는 삶을 살려면, 글에 사고를 지배당하는 게 아니라, 원하는 사고를 하기 위해 글을 지배할 줄 알아야 한다."(295쪽) 매력적인 이야기의 환희와 실감을 아는 이 문장들은 우리가 익히 알고 듣는 문자에서부터 번역 불가능한 언어에 이르기까지, 모든 소통의 감각이 주는 의미에 대해 다시금 생각하게 만든다. 실상 까막눈에 불과했던 쥬벵 씨의 베껴 쓰기는 그 행위의 의미를 아는 '카할'의 천연덕스러움과 만나 신성한 이야기의 구체성으로 격상된다.

그러고 보면, 어떤 순간에도 이야기의 절대성을 잃지 않는 백사혜의 소설은 누구보다 '쓰다'의 실천에 기민하게 반응하는 것처럼 보인다. "난 '진짜'의 이야기를 가져갈 거예요."(66쪽)라는 문장이나, "남은 건 이야기밖에 없잖아요."(185쪽)라는 표현이 소설 속에서 불쑥 솟아오를 때 멈칫할 수밖에 없었던 이유는, 이 문장에 맥락을 초과하는 의미가 덧보였기 때문이다. 띄어쓰기와 붙여쓰기의 패턴, 의미와 소용의 놀이 속에서 작가는 무엇보다 쓰고 읽히는 감각을 의식하며 보편성이라는 이야기의 혁혁한 힘을 거머쥐려던 게 아니었을까. 만일 그렇다면, 이 소설집은 그 헌신을 자랑해도 될 만큼 장인적이다.

그리고 나는 시간을 들여 이 소설집을 읽는 당신이 클라우드에 떠다니는 가상의 데이터 조각이 아니라 쓰이는 글의 아름다움을 아는 독자일 것이라 (거의) 확신한다. 당신이 책을 펼쳐 "많이, 많이, 많이 읽"고, "읽고, 읽고, 또 읽기"(295쪽)를 멈추지 않기를, 그리고 그 글자가 두드려진 압력이나 낭창한 타건 소리가 아니라 '쓰다'의 진실된 의미를 찾아내기를 기대한다. 읽은 이야기, 관찰된 이야기, 그리고 다시 쓰는 이야기. 그래서 결국엔 이야기, 이야기, 이야기. 종이에 새겨진 글자의 힘을 감각할 때 우리는 비로소 이야기를 다시 쓰는 굶주린 지배자가 된다. 당신이 진정 의미 있는 삶을 경험하는 것은 바로 이 책장을 덮은 뒤부터일지도 모른다.

작가의 말

"Nothing ever ends poetically.
It ends and we turn it into poetry.
All that blood was never once beautiful.
It was just red."

시적으로 끝나는 것은 없다.
다만 끝맺고, 우리가 끝맺이를 시로 바꿀 뿐.
피가 아름다웠던 적은 단 한 번도 없다.
그저 붉기만 했었다.

어떻게 발견하게 되었는지는 기억이 나지 않지만, 인터넷을 떠돌다가 보게 된 Kait Rokowski 님의 문장이 이 연작소설의 뿌리입니다. 지금도 종종 이 문장을 노래 가사처럼 되뇌곤 합니다. 앞으로도 그러겠죠. 수전 콜린스 작가님의 『헝거게임』과 이태제 작가님의 『푸른 살』, 리베카 솔닛 작가님의 『오웰의 장미』, 프란츠 파농 작가님의 『대지의 저주받은 사람들』에서도 많은 영향을 받았습니다.

창작은 혼자서 할 수 있는 게 아니라고 믿기에, 단편의 모티브가 되어준 책과 음악, 영상을 후기에나마 간략히 적어보고자 합니다.

「우리는 모두 마른 꽃잎과 같다」

세계관과 인물 설정에는 모드리스 엑스타인스 작가님의 『봄의 제전: 세계대전과 현대의 탄생』, 스베틀라나 알렉시예비치 작가님의 『전쟁은 여자의 얼굴을 하지 않았다』, 벤저민 카터 헷 작가님의 『히틀러를 선택한 나라: 민주주의는 어떻게 무너졌는가』, 장 아메리 작가님의 『죄와 속죄의 저편』, 클레어 데더러 작가님의 『괴물들: 숭배와 혐오, 우리 모두의 딜레마』에서 영감을 받았습니다.

에이브와 쉬런의 이야기를 쓸 때는, 96猫Neko 음악가님 커버의 〈オレンジ오렌지〉, Jackie Evancho 커버의 〈All of the Stars〉를 계속 들었고 쟝과 얀의 이야기를 구상할 땐 Anson Seabra 음악가님의 〈Walked through Hell〉을 들었습니다.

「황금 천국의 증언」

올리버 프랭클린-월리스 작가님의 『웨이스트 랜드: 쓰레기는 우리보다 오래 살아남는다』를 읽자마자 바로 이 세계관을 구상할 수 있었습니다. 윌리엄 번스타인 작가님의 『군중의 망상: 욕망과 광기의 역사에 숨겨진 인간 본능의 실체』

는 저택의 분위기를 그리는 데 도움이 되었고요. 시즈 영주는 〈센과 치히로의 행방불명〉에 나오는 캐릭터 '가오나시'가 모티브입니다. 개고하면서는 영화 〈바람계곡의 나우시카〉의 OST인 〈나우시카 레퀴엠〉을 Coin-Op. Studios에서 편곡한 버전을 계속 들었습니다.

「그들이 보지 못할 밤은 아름다워」

이 소설집의 시작인 작품입니다.

어릴 적 읽었던 가즈오 이시구로 작가님의 『나를 보내지 마』와 전민희 작가님의 『룬의 아이들-데모닉』을 읽으면서 든 복제인간에 대한 생각을 짧게 나마 풀어낸 소설이었습니다. 용의 모습은 조던 필 감독님의 영화 〈놉〉에서 나온 괴비행물체 '진 재킷'의 본모습에서 영감을 받았습니다. 탑에 갇힌 '인사'의 모티브는 라푼젤입니다.

「왕관에 불붙이는 자」

에이티즈 분들의 〈Ice on My Teeth〉 뮤직비디오와 〈수성의 마녀〉 1기 엔딩 뮤직비디오를 보고 영감을 받았습니다. '푸른 불'이라는 설정은 제가 즐겨 하는 그리스 로마 신화 기반 게임 〈하데스 2〉의 캐릭터 '프로메테우스'를 보고 바로 떠올릴 수 있었습니다. '나'들은 이미지와 성격도 올림포스 신들을 조금씩 담아낸 것 같네요.

「쥬벵 씨의 완벽하지 못한 하루」

바딤 피얼먼 감독님의 영화 〈페르시아어 수업〉과 더불어, 2024년 11월 19일 뉴질랜드 의회에서 마오리당 하원의원님인 하나 라위티 마이피-클라크가 외치신 하카Haka에서 큰 영감을 받아 쓰게 되었습니다. 쥬벵 씨 캐릭터는 뮤지컬 〈썸씽 로튼〉과 엔초 트라베르소 작가님의 『혁명의 지성사』의 '제4장 혁명적 지식인' 부분에서 설정을 일부 따왔습니다.

「피가 시가 되지 않도록」

이 작품은 로이 스크랜턴 작가님의 『인류세에서 죽음을 배우다: 문명의 종말에 대한 성찰』과 프란츠 파농 작가님의 『대지의 저주받은 사람』, 브라이언 헤어 작가님과 버네사 우즈 작가님의 『다정한 것이 살아남는다: 친화력으로 세상을 바꾸는 인류의 진화에 관하여』에서 영감을 받았습니다. 아시라의 "불편해도 직접 말해야 하는 것이 있다"라는 대사는 애덤 매케이 감독님의 넷플릭스 영화 〈돈 룩 업〉에서 깨달음을 얻고 차용했습니다. 라비는 타이카 와이티티 감독님의 영화 〈조조 래빗〉의 주인공이 모티브였습니다. 서사적인 부분은 쓸 땐 요네즈 겐시 작곡·작사의 〈まちがいさがし틀린 그림 찾기〉의 가

사와 Ghostly Kisses의 〈Golden Eyes〉에서 큰 도움을 얻었습니다.

글을 쓸 수 있게 해주고 여러모로 지지해 준 분들께 전부 감사드리고 싶지만, 특히 야단스럽더라도 지면을 통해 길게 감사를 전하고 싶은 분들이 있습니다.

김초엽 작가님. 전해 듣고 나서야 알게 되었지만, 만약 작가님께서 편집자님께 제 「그.못.밤」에 대한 언급을 해주지 않으셨더라면, 아마 이 단편집은 결코 나오지 못했을 것입니다. 너무나도 감사한 마음뿐입니다. 같은 작가로서도, 팬으로서도 항상 응원합니다.

김학제 편집자님, 출간 제의 연락을 주셔서 진심으로 감사합니다. 덕분에 제가 담고 싶었던 이야기들을 마음껏 꺼내 소설집으로 엮어 낼 수 있게 되었습니다. 제 글에 대한 자신감을 키워주신 주역이 바로 편집자님이세요. 메일로 보내주신 단단한 격려들을 지금도 종종 읽어봅니다.

박소연 편집자님, 어딘가 n퍼센트 부족했던 제 단편들이, 편집자님이 짚어주신 부분들 덕에 저 자신도 정말 만족하는 이야기로 거듭날 수 있었습니다. 그리고 편집자님 덕분에 제 글에 대해 조금 더 깊이 생각하고 분석할 수 있어서 정말 좋았습니다.

최고의 출판사에서 첫 단편집을 낼 수 있게 되어 영광입니다.

그리고 송아 언니, 나는 언니한테 예전부터 지금까지 10년이나 넘게 정말 많은 도움을 받아왔지. 언니는 나한테 투자하는 것뿐이니 너무 고마워하지 않아도 된다고 말했지만, 언니가 아니었으면 나는 이 글을 쓰기까지의 과정조차 거치지 못했을 거야.

고마워.

2025년 6월
백사혜

그들이 보지 못할 밤은 아름다워

초판 1쇄 펴낸날 2025년 6월 18일
초판 2쇄 펴낸날 2025년 7월 4일

지은이 백사혜
펴낸이 한성봉
편집 김학제·안태운·박소연
콘텐츠제작 안상준
디자인 최세정
마케팅 오주형·박민지·이예지
경영지원 국지연·송인경
펴낸곳 허블
등록 2017년 4월 24일 제2017-000050호
주소 서울시 중구 필동로8길 73 [예장동 1-42] 동아시아빌딩
페이스북 www.facebook.com/dongasiabooks
인스타그램 www.instagram.com/dongasiabook
트위터 twitter.com/in_hubble
홈페이지 hubble.page
전자우편 dongasiabook@naver.com
블로그 blog.naver.com/dongasiabook
전화 02) 757-9724, 5
팩스 02) 757-9726

ISBN 979-11-93078-58-7 03810

※ 허블은 동아시아 출판사의 문학 브랜드입니다.
※ 잘못된 책은 구입하신 서점에서 바꿔드립니다.

만든 사람들
책임편집 박소연
크로스교열 안상준
디자인 곰곰사무소